NOCHES ROBADAS

Rebecca Maizel

Noches robadas

Libro II de la Reina Vampira

Traducción de Camila Batlles Vinn

Argentina – Chile – Colombia – España
Estados Unidos – México – Perú – Uruguay – Venezuela

Título original: *Stolen Night*
Editor original: Macmillan Children's Books,
a division of Macmillan Publishers Limited, Londres
Traducción: Camila Batlles Vinn

1.ª edición Febrero 2014

Copyright © 2012 by Rebecca Maizel
All Rights Reserved
© de la traducción 2014 *by* Camila Batlles Vinn
© 2014 *by* Ediciones Urano, S.A.
  Aribau, 142, pral. – 08036 Barcelona
  www.mundopuck.com

ISBN: 978-84-96886-29-2
E-ISBN: 978-84-9944-678-3
Depósito legal: B-1189-2014

8/14 5574 1556

Fotocomposición: Ediciones Urano, S.A.
Impreso por: Rodesa, S.A. – Polígono Industrial San Miguel
Parcelas E7-E8 – 31132 Villatuerta (Navarra)

Impreso en España – *Printed in Spain*

Para Ryan Quirk, que es valiente

En un lugar oscuro, sagrado, hay un antiguo pergamino.
Su ubicación se desconoce, su creador es anónimo.
Es una leyenda. En ella se describe un ritual,
sus palabras escritas con sangre. El ritual exige
el amor más profundo y el último sacrificio: la muerte.
Pero transforma a un vampiro de nuevo en un ser humano.
Mi amor, Rhode, había realizado este ritual por mí, y murió.
Yo lo realicé hace unos días. Y sobreviví.

1

—Has vuelto a casa —dijo Justin Enos, conduciéndome por entre las grandes torres de piedra del internado de Wickham. Cuando crucé el umbral dudé, deteniéndome en el sendero principal que discurría frente a la residencia estudiantil llamada Seeker y hacia los numerosos colegios mayores y senderos del campus. A lo lejos, las elevadas farolas iluminaban los edificios de ladrillo como si fueran diminutos faros.

Hace tan sólo cuatro días, yo estaba segura de que este mundo ya no era el mío. Había llevado a cabo el ritual para Vicken, mi amigo, mi confidente, que también es un vampiro. Realicé el ritual para hacer que volviera a ser humano.

—Oye, que puedo andar sin ayuda —dije, aunque tropecé y Justin tuvo que asirme del brazo. Me dirigió una mirada cargada de significado. Los muslos me temblaban debido a haber permanecido postrada e inconsciente en la cama de un hospital. Hacía cuatro días que mi mejor amigo, Tony, había sido asesinado en la torre de arte, y creí que yo también moriría.

—Es una noche espléndida —comenté, apoyándome en el brazo de Justin mientras caminábamos. Él procuraba adaptarse a mis pequeños pasos, sosteniendo en el otro brazo una bolsa con mis pertenencias.

Lovers Bay, en Massachusetts, estaba lleno de flores en junio; estábamos rodeados de hortensias y rosas. Junto con los aromas procedentes del café y de los restaurantes que había a nuestras espaldas en la calle Mayor, el ambiente estaba saturado de los olores que me resultaban familiares en mi humanidad recién recuperada: salsas, perfumes y flores fragantes.

Después de todo lo que había ocurrido, el campus del internado de Wickham me parecía un lugar imaginario. Vivía encerrado al mismo tiempo en un sueño y una pesadilla.

La noche estaba silenciosa. Los árboles se mecían perezosamente bajo la brisa de junio y vi a unos estudiantes deambulando en el campus, charlando en voz baja. La luna apareció entre las nubes, y cuando bajé de nuevo la vista a la tierra y miré hacia el otro extremo del sendero, hacia la playa de Wickham, una figura saltó sobre el sendero y se dirigió hacia el bosque. Unos cabellos rubios ondeaban a su espalda, agitados por el viento.

Al principio me reí, imaginando que era una estudiante que había salido a hurtadillas del campus en busca de algo decadente que comer o para reunirse con su chico. Pero había algo en sus movimientos que me llamó la atención. Saltaba con la agilidad de una bailarina, pero con el ímpetu de una persona que persigue algo o a alguien. Era delgada y veloz. Demasiado delgada…, demasiado veloz.

Alarmada, observé con detenimiento los jardines de la escuela.

—¿Qué ocurre? —inquirió Justin.

—¿Quieres que bajemos a la playa? —pregunté, tratando de ganar tiempo.

Él fue a entregar mi bolsa al guardia de seguridad en la entrada de la residencia y esperé sola, observando el sendero. Si la figura salía del bosque, yo sabría que era un ser humano normal y corriente. Unos estudiantes pasaron junto a mí, diciendo:

—¡Hola, Lenah!

—¿Cómo estás? ¿Te encuentras mejor?

Mantuve la vista al frente.

—La noticia corrió como la pólvora cuando te ingresaron en el hospital —dijo Justin, besuqueándome en el cuello.

Pasamos frente al centro estudiantil y la residencia de Justin. No me explicaba por qué *tenía el convencimiento* de que esa mujer era extraña, que quizás esa rubia no fuera humana. Quizá me comportaba de forma paranoica. Era lógico. Yo era una ex vampira de quinientos noventa y dos años. Las rarezas y las criaturas extrañas habían formado parte de mi vida cotidiana durante casi seis siglos.

Bajamos a la playa de Wickham. Me quité los zapatos, y tras dejarlos junto a los escalones, me senté sobre la fresca arena. Allí, apoyada contra el cálido pecho de Justin, maravillándome del océano que se extendía frente a nosotros, traté de olvidarme de los cabellos rubios y del salto insólitamente ágil.

La mano de Justin apretó la mía. Contemplamos la bahía, mientras yo evocaba el recuerdo de cuando nos conocimos. Era mi primera semana renacida como ser humano, y él salió del agua, reluciente y dorado.

Apoyé la cabeza en su hombro, respiré hondo y escuché cómo el agua lamía perezosamente la playa.

Salvo que...

Un olor terrorífico y familiar me produjo un escalofrío. Me estremecí y Justin me miró.

—Eh..., ¿estás bien?

Mira a la izquierda..., decía mi mente.

Pero Justin también lo sintió. Apartó la vista de mí, hundió los dedos en la arena y se incorporó sobre las rodillas.

Se acerca la muerte, decía la voz en mi mente. La voz de la reina vampira. La cazadora de centenares de seres.

Ya conoces este problema, murmuró la voz.

Me volví lentamente y miré hacia el otro extremo de la playa.

—¿Has visto eso? —preguntó Justin.

Por supuesto que lo había visto. Mi corazón era como la cuerda de un violonchelo, vibrando en el arco apoyado sobre ella, temblando. Alguien se dirigía corriendo hacia nosotros desde la otra punta de la playa. Una joven, no era una niña, pero tampoco una mujer adulta. ¿Una estudiante? Su figura menuda oscilaba mientras avanzaba a la carrera, en zigzag, por la arena, hasta que de pronto tropezó y se cayó. Se levantó de la arena, pero su brazo cedió y volvió a caerse.

—Creo que es… —Justin no terminó la frase.

La chica se incorporó por fin y echó de nuevo a correr hacia nosotros. La siguiente vez que cayó sobre la arena, al cabo de unos momentos, gritó. Era un grito cuyo eco reverberó en un prolongado gemido a través de la playa, haciendo que el terror que denotaba resonara en nuestros oídos. Sentí que se me erizaba el vello de los brazos.

Conocía bien ese tipo de gemido.

—Necesita ayuda —dijo Justin, avanzando un paso hacia ella.

—Espera —le ordené en voz baja, agarrándolo del brazo. Agucé la vista para ver con mayor nitidez en la oscuridad.

—¿Estás loca? Está herida —dijo él—. ¿A qué esperamos, Lenah?

El terror hizo que se aceleraran los latidos de mi corazón. Tenía la boca seca. Las palabras estaban atascadas en mi garganta, atrapadas por el pavor. No podía mover los ojos.

Había alguien detrás de ella.

La otra figura avanzaba con paso seguro, contoneando las caderas. Caminaba como una modelo. El paso de la muerte. La mujer agarró a la chica por su coleta. Tiró de ella con fuerza, un gesto feroz y bestial.

El viento soplaba por entre los árboles, que se estremecían de modo sobrenatural bajo la brisa estival.

—Debemos irnos —dije—. Ahora mismo.

—¡Pero, Lenah! —Justin dijo de nuevo mi nombre y yo le atraje hacia mí para que pudiéramos hablar bajito.

—Silencio. O ambos moriremos.

Justin no respondió, pero por la expresión de sus ojos vi que lo había captado.

Tenía que obrar de forma calculadora, con determinación. No podía dejar que la persona humana en mi interior me abrumara. Me volví, subí apresuradamente los escalones y me dirigí hacia el bosque que se extendía en paralelo a la playa. Las piernas me dolían debido a los muchos días que había estado ingresada en el hospital, y cada pocos pasos tenía que apoyarme en un árbol para no caerme.

—¡Lenah! ¡Tenemos que pedir ayuda! —murmuró Justin en voz alta a mi espalda. Me volví hacia él.

—¿No te he dicho que guardes silencio? —le espeté—. Y no vuelvas a decir mi nombre.

Caí de rodillas y me arrastré hasta el borde del bosque, donde se unían la tierra y el rompeolas de la playa, y contemplé la escena que se desarrollaba más abajo. Al reconocer a la chica sofoqué una exclamación de asombro.

Kate Pierson, mi amiga. Miembro del Terceto, el grupo de chicas en Wickham con las que, contra todo pronóstico, me había encariñado el año pasado. Kate acababa de cumplir dieciséis años, era la más joven de nosotras. Inocente, hermosa y ahora en grave peligro.

Esto cambiaba las circunstancias.

Teníamos que hace algo. Analicé de inmediato nuestras opciones.

No teníamos una daga ni una espada para clavársela en el corazón a la vampira, de modo que tendríamos que atemorizarla utilizando la fuerza, de la que Justin andaba sobrado.

—Para, por favor —imploró Kate a su agresora.

Justin y yo nos tumbamos boca abajo y clavé los dedos en la hierba arenosa.

La mujer seguía a Kate, avanzando por la oscura arena como si hubiera salido simplemente a dar un paseo nocturno.

Iba vestida de negro de pies a cabeza. Su espesa, rubia y maravillosa cabellera le caía por la espalda, ondeando al viento.

Sonrió, su boca manchada de sangre.

Contuve el aliento.

—La conozco —murmuré a Justin.

Mi casa en Hathersage, en Inglaterra, apareció en mi mente junto con una imagen de la escalera que conducía al desván.

La doncella.

La amable doncella de mejillas sonrosadas.

Ahora estaba blanca como la piedra y furiosa.

En la playa, debajo de nosotros, Kate trató de alejarse de la vampira, pero al ver ahora la gravedad de sus heridas comprendí que Justin y yo habíamos llegado demasiado tarde.

Tragué saliva cuando la rubia agarró a Kate por la parte delantera de su camiseta y la mordió en un lado del cuello. La chica emitió un grito, un grito hueco que me resultaba familiar. Un grito de muerte. Abrió su pequeña boca y soltó un alarido que reverberó en la noche.

—¿De qué la conoces? —preguntó Justin.

—Yo… —Un escalofrío me recorrió el cuerpo—. Yo la convertí en una vampira.

Él dirigió de nuevo los ojos, muy lentamente, hacia la playa, sin decir nada.

La arena estaba manchada de sangre coagulada mientras Kate pataleaba y agitaba los brazos con desesperación. Sangraba por los brazos y el cuello. Ésta era una muerte que requería una fuerza tremenda. La muerte causada por un vampiro puede consistir en un mordisco y ser prácticamente indolora, pero ésta era una muerte como la de Tony, brutal, no por hambre ni necesidad, sino para demostrar poder. Por diversión.

Kate se llevó los dedos al cuello en un intento de restañar la hemorragia.

Era inútil. Yo había visto esto demasiadas veces.

—No quiero morir —suplicó la joven—. Por favor…

Tenía el corazón en un puño, pero la vampira que llevaba dentro, antaño poderosa, me decía que esta vampira rubia era muy fuerte. Era implacable en su sed de sangre.

Justin y yo no podíamos echar a correr. No podíamos ayudar a Kate. Si hacíamos el menor ruido, moriríamos a manos de la vampira.

No podíamos hacer nada hasta que el horror hubiera concluido.

Oímos otro débil grito procedente de la playa.

Y Kate Pierson dejó de existir.

2

—Tenemos que informar a alguien —dijo Justin cuando salimos del bosque y entramos en el campus.

—No. No podemos —respondí. Nos detuvimos debajo de la farola en el sendero. Me llevé una mano al estómago—. Lo que tenemos que hacer es entrar. Tengo que analizar esto despacio.

Necesitaba ayuda. Necesitaba a alguien que comprendiera a los vampiros.

Quería a Rhode, pero estaba muerto.

—¡No podemos dejarla en la playa! —protestó Justin en el preciso momento en que una estudiante de segundo año y un guardia de seguridad pasaban junto a nosotros en el sendero. La señora Tate, la profesora de ciencias, les seguía a corta distancia.

—¿Dices que oíste unos gritos? —preguntó el guardia de seguridad a la estudiante.

—Un par de veces, señor. Allí abajo.

La señora Tate se detuvo, indecisa, junto a nosotros.

—Lenah, me alegro de verte, querida. —Me dio un leve golpecito en el hombro—. ¿Habéis oído algo cerca de la playa? —nos preguntó cuando nos detuvimos junto al invernadero—. Alguien dijo que oyó una pelea o una discusión.

—No —contesté, meneando la cabeza—. Estábamos aquí dentro —añadí señalando el invernadero.

La profesora asintió y siguió al guardia de seguridad y a la estudiante hacia la playa. Dentro de unos momentos empezarían a sonar las sirenas.

Mis pensamientos eran encontrados. ¿Qué hacía una vampira aquí en Lovers Bay? Una vampira que yo había creado. El nombre de Vicken pulsaba en mi mente.

Vicken. Mi fiel Vicken. Le había creado en una profunda oscuridad y dolor. Era mi compatriota. Pero ya no era un vampiro. Había practicado el ritual sobre él, liberándolo de su infinita sed de sangre y permitiendo vivir al ser humano que llevaba dentro.

¿Y si el ritual había fallado? ¿Y si Vicken seguía siendo un vampiro y colaboraba con esa rubia?

—¿En qué piensas, Lenah? —me preguntó Justin.

—En Vicken —respondí, pestañeando rápidamente y mirándole a la cara—. ¿Qué fue de él después de que yo llevara a cabo el ritual?

En la mandíbula de Justin se contrajo un músculo y cruzó los brazos.

—Lo dejé en tu apartamento cuando te llevé al hospital. No tengo la menor idea de si está vivo o muerto. No he vuelto al apartamento.

La idea de un Vicken en estado de descomposición sobre la cama en mi apartamento en Wickham no era un pensamiento alentador, pero tendría que ir a comprobarlo por mí misma. Echamos a andar hacia Seeker, fingiendo que las piernas no nos temblaban. Justo cuando iba a subir a mi habitación, oímos la sirena de un coche de la policía que acababa de llegar al campus.

El caos había comenzado.

Cuando el coche pasó junto a nosotros a toda velocidad, dejó una estela de angustia que me envolvió de pies a cabeza. Una intuición que sentía en mis huesos, por segunda vez esa noche.

Alguien me acechaba.

¿La rubia? ¿Era a mí a quien buscaba? ¿Por eso había matado a Kate?

Docenas de estudiantes se dirigían a la playa para investigar el caos. Miré más allá del centro estudiantil, hacia la empinada cuesta de una elevada colina que conducía al campo de tiro con arco.

Sobre ella vi una figura familiar, y de inmediato sentí renovadas esperanzas. Él me lo explicaría todo.

Suleen. El vampiro más viejo.

Iba vestido de blanco, con un turbante encasquetado en la cabeza. Alzó el brazo y me indicó que le siguiera, luego dio media vuelta, se encaminó hacia el campo de tiro con arco y desapareció en las sombras.

Eché a correr, tratando de no hacer caso de la debilidad que sentía en las piernas mientras subía la cuesta a la carrera, seguida por Justin.

—¡Espera, Lenah! ¿Qué ocurre? —me preguntó.

Mientras corría hice recuento de los horrores del último día. El asesinato de Kate, la vampira rubia y ahora la aparición de Suleen. No cabía duda de que todo ello estaba conectado.

—Algo va mal. Él no habría venido de no ser así —dije.

—¿Qué es lo que va mal? ¿Quién es ése? —preguntó Justin.

Alcanzamos la meseta donde se hallaba el campo de tiro con arco; la hilera de dianas a lo lejos aparecían iluminadas por la luz de la luna. Suleen no estaba solo. Junto a él, en medio del campo, había una figura, vestida con un pantalón negro, unas botas negras y el cabello negro y corto con una cresta.

Dios santo.

El joven se volvió y sus ojos taladraron los míos. Eran azules. Azules. Azules.

Me llevé la mano al pecho y retrocedí con paso vacilante.

Rhode. Mi Rhode. Todo su cuerpo estaba rodeado por una aureola plateada. La luz que emanaba de su cabello negro, sus ojos azules y la curva de su rostro no era nada comparada con la belleza que irradiaba de su interior.

¿Cómo era posible? Ese primer día, en Wickham, yo había pasado los dedos por sus restos vampíricos cubiertos de tierra. Estaba segura de que había muerto.

Por supuesto... De pronto lo comprendí. Si yo había sobrevivido al ritual que había practicado sobre Vicken..., ¿por qué no iba él a sobrevivir también al ritual?

Eché a correr hacia él. Rhode me observó, sin mover un músculo. La impresión de verlo me produjo una sacudida tras otra, haciendo que mi corazón mortal latiera con furia. Me detuve a un paso frente a él, lo bastante cerca para alargar la mano y tocar su piel.

¡Podría tocarlo! Sentir su piel con las yemas de unos dedos llenos de terminaciones nerviosas que pulsaban con la sangre que circulaba por ellos. De pronto Suleen se interpuso entre nosotros. Me aparté a la izquierda para evitarlo, pero Suleen me cerró el paso. Me moví hacia la derecha, pero él volvió a impedirme avanzar. Rhode mantenía los ojos fijos en los míos, pero no dio un paso hacia mí.

Los dedos me temblaban cuando extendí la mano hacia él.

—Rhode... —murmuré—. No has muerto. No has muerto.

Él pestañeó un par de veces, mirándome maravillado, como si yo fuera una criatura desconocida o una rara ave.

—¿Rhode? —dije, sintiendo que el pánico que me oprimía la boca del estómago me atenazaba también el pecho.

—Lenah... —La voz de Suleen me hizo desviar la mirada—. No disponemos de mucho tiempo.

—Maldito seas, Rhode, dime algo —le ordené.

Cerró los ojos durante un momento, como si hiciera acopio de fuerzas para hablar. Pero en vez de ello, respiró hondo. Cuando abrió los ojos para mirarme, casi retrocedí horrorizada debido a su frialdad.

—¿Rhode? —dije—. ¿Sabes cuánto hace que sueño con esto? —Él no respondió—. ¡Te amo!

La presión que sentía en mi brazo se relajó. Justin. Casi

había olvidado que estaba allí. Tenía las mejillas manchadas de tierra, y cuando miré sus manos, vi que también estaban cubiertas de barro y arena. Me recordó el terror que habíamos experimentado esa noche, lo que habíamos pasado durante las últimas horas. Y Kate Pierson había muerto.

—¿Éste es Rhode? —preguntó Justin bajito. La sorpresa y el dolor que denotaba el tono de su voz hicieron que sintiera deseos de taparme los oídos con las manos.

Rhode le miró con la misma curiosidad con que me había mirado a mí, como si fuéramos unos bichos raros. Justin me agarró de nuevo del brazo.

—No debes quedarte, Lenah —dijo.

Al oír esto, Suleen se interpuso entre Justin y yo.

—Pero ¿qué pretendes...? —empecé a decir cuando Suleen abrió su mano, con la palma dirigida hacia Justin. De pronto una intensa ráfaga sopló sobre nosotros. Los árboles oscilaban de un lado a otro y sus ramas se combaban y crujían. Se oyó un sonoro chasquido cuando el viejo vampiro extendió su brazo. En un abrir y cerrar de ojos, un amplio remolino vertical de agua separó a Justin de Suleen y de mí. Este acuoso escudo permaneció suspendido en el aire entre nosotros. Alargué la mano, abriendo los dedos, y los pasé por el remolino suspendido en el aire. Mis dedos trazaron unas líneas a través del agua.

Jamás había visto, en toda mi vida, un vampiro con semejante poder.

—¡Lenah! —dijo Suleen a mi espalda—. *Rapidemente* (rápido). —Se volvió de nuevo hacia Rhode y dejó que el escudo de agua que giraba vertiginosamente permaneciera suspendido en el aire, como si siempre hubiera estado allí.

—¡Lenah! —Justin descargó un puñetazo sobre la barrera de agua, tras lo cual retrocedió. Se alzó de puntillas, tratando de ver por encima del agua. Pero la barrera se elevó también. Nuestras miradas se cruzaron a través del agua, que distorsionaba los rasgos de Justin.

Me volví hacia Suleen, furiosa.

—¿A qué viene esto?

—Lenah —dijo el viejo vampiro con tono afable. Al tocarme sentí calor en mis dedos—. Cuando practicaste el ritual con Vicken, alertaste a las Aeris.

—¿Las Aeris? —pregunté sorprendida. Sólo las conocía por haber leído sobre ellas en antiguos textos vampíricos y en la mitología celta.

—Lo que ambos hicisteis con el ritual exige una reparación.

—¿Una reparación? ¿Como un juicio? —pregunté. Rhode se negaba a mirarme; tenía los brazos cruzados. Los músculos de sus antebrazos se contrajeron, haciendo que me fijara en ellos durante una fracción de segundo. Luego tragó saliva. Le observé, sólo para demostrarme que era humano, que era real. Su pecho se movía al ritmo de su respiración acompasada. Ambos habíamos realizado el ritual, ambos habíamos pensado que moriríamos, pero estábamos aquí, juntos, vivitos y coleando. Ambos humanos.

—Lenah —dijo Suleen—, debes centrarte ahora mismo. Esto os afectará a los dos… —apoyó las cálidas palmas de sus manos sobre mis hombros— por tiempo indefinido.

Quería hablarle a él y a Rhode sobre la vampira rubia. Sobre la muerte de Kate y el horror que había estallado en el campus de Wickham.

El escudo acuoso seguía suspendido en el aire, pero Justin ya no se hallaba al otro lado del mismo. Lo único que se veía detrás de la barrera era el ondulado verdor de los oscuros árboles tachonados de reflejos plateados de la luna. La opresión que sentía en el pecho aumentó cuando habló Suleen.

—Rhode debe explicar a las Aeris por qué manipuló los elementos para llevar a cabo el ritual con el fin de transformar a una vampira en un ser humano. Debe explicarles por qué te pasó esta información, para que tú también pudieras practicar el ritual.

—Es fácil de explicar. Yo había perdido el juicio. Me estaba volviendo loca. Díselo, Rhode.

Él suspiró y luego habló por primera vez.

—Lenah... —Ni siquiera sonaba como mi nombre, sino como una palabra soez, una maldición que había escupido con el fin de olvidarla.

—No me dijiste que este ritual consistía en una magia elemental —le dije. La magia elemental era el único motivo por el que las Aeris se habían involucrado en el asunto. Representaban a los cuatro elementos del mundo natural: tierra, aire, agua y fuego. No eran humanas. No eran espíritus. Las Aeris existen al igual que existe la tierra.

—Debemos hacerlo, Lenah —dijo Rhode. Su tono era sereno—. Tenemos que subsanar el desastre que hemos organizado.

—Ha llegado el momento —dijo Suleen, apartándose por fin de entre nosotros. Dirigió la vista hacia el centro del prado, pero yo no aparté los ojos de Rhode. Los elevados troncos de los árboles a su espalda aparecían borrosos. Las hojas planas estivales constituían una mancha de color esmeralda oscuro.

—¿No quieres siquiera mirarme? —pregunté en voz baja—. ¿Sabías que las Aeris aparecerían? —No me atrevía a acercarme más a él—. ¿Por qué no regresaste antes?

Rhode respondió de nuevo con el silencio.

—No te entiendo —dije.

—Yo no quería regresar —me espetó—. Tuve que hacerlo. —Alzó los ojos y los fijó en los míos—. Para esto.

Sus palabras se me clavaron en el centro del pecho.

¿No había querido regresar?

Fue entonces cuando vislumbré una luz blanca con el rabillo del ojo. Conocía esa luz, una luz sobrenatural.

Las palabras de Rhode permanecieron flotando en el aire, escociéndome como una quemadura. Ante mí se abría una inmensa extensión de tierra y a lo lejos, en la meseta, se alzaban las dianas del campo de tiro con arco. Noté que la sangre me pulsaba en el fondo de la garganta; me toqué la piel con las yemas de los dedos para sentirla. La luz blanca en el centro del prado se hizo tan larga y ancha como el campo de tiro que se extendía ante mí.

Al principio era difícil discernir algo en esa blancura, pero al cabo de unos momentos los contornos difusos asumieron la forma de cuerpos humanos. Cuatro cuerpos femeninos. Las Aeris avanzaron hacia nosotros.

Lucían unos vestidos vaporosos, y parecía como si fueran de agua. El color de sus vestidos mudaba a cada momento; tan pronto eran azules, como adquirían un tono azul más intenso, como se tornaban rojos. Me pregunté si no sería un efecto óptico producido por la luz. Una de las mujeres tenía unos ojos blancos imposibles y su cabello flotaba en torno a su cabeza como si se hallara debajo del agua. La mujer junto a ella tenía una cabellera que se agitaba a su alrededor como llamas crepitantes, de un rojo vivo. Cuando me miró, su vestido asumió un color naranja amapola. Fuego.

Detrás de las Aeris había centenares, no, miles de formas que parecían seres humanos.

Las cuatro hablaron al mismo tiempo.

—Somos las Aeris.

Su luz se extendía sobre todo el firmamento.

—¿Quiénes son esas personas que hay detrás de vosotras? —pregunté.

—Son —respondió Fuego, señalando la masa de personas a su espalda—, son tus víctimas y las víctimas de los vampiros que tú creaste.

¿Mis víctimas? Sacudí la cabeza rápidamente. *Era imposible.*

Pero estaban allí. Eran amorfas, sus identidades ocultas

por la luz. Entre la masa de gente había un ser luminoso que medía menos de un metro de estatura. Un escalofrío de horror me recorrió el cuerpo.

Una niña.

La niña que yo había matado hacía centenares de años.

Fuego miró a Rhode y luego me miró a mí.

—Vuestras vidas están destinadas a estar entrelazadas —dijo—. Estáis unidos por un poder que las Aeris no podemos deshacer.

—¿Destinados? —pregunté.

—Sí, Lenah Beaudonte. Tú y Rhode Lewin nacisteis bajo los mismos astros. El curso de vuestras vidas os ha traído hasta aquí, juntos, como almas gemelas.

—Nunca os habíais inmiscuido en nuestros asuntos —dijo Rhode.

—Tú estabas destinado a morir cuando realizaste el ritual para transformar a Lenah en un ser humano. Pero tu alma gemela te ligó a la tierra. Cuando saliste a la luz del sol, estabas destinado a morir. Pero no podías. No sin Lenah.

—¿Y en mi caso ocurrió lo mismo —pregunté—. cuándo practiqué el ritual con Vicken?

Ella asintió con la cabeza.

—De modo que ahora hemos venido a subsanar lo que habéis creado con este ritual.

Me esforcé en comprender lo que decía Fuego. Su cabellera crepitaba.

—No podéis manipular los elementos con el fin de extraer vida de la muerte. No sin consecuencias.

—¿Así que habéis venido a castigarnos? —pregunté.

—Hemos venido para obligaros a rendir cuentas de vuestros actos.

Fuego señaló la figura espectral de la niña para ilustrar su argumento. No había nada que decir. Nada que yo pudiera tratar de defender.

26

—Nuestra naturaleza nos impulsaba entonces a matar —apuntó Rhode con tono neutro.

—No hemos venido aquí para juzgaros por vuestros infinitos asesinatos, por odiosos que fueran. Las Aeris no somos responsables del mundo de los vampiros, ni nos dedicamos a vigilarlo. Los vampiros están muertos. Unos seres sobrenaturales que vagan por las noches en busca de víctimas. No podemos pediros cuentas por los asesinatos que cometisteis en ese mundo —dijo Fuego mientras se paseaba entre los dos—. Lo que me interesa es lo que habéis hecho para transformaros en humanos. Manipular los elementos es contrario a las leyes de la naturaleza. Forzasteis vuestro regreso a este mundo natural mediante el ritual, y al hacerlo os convertisteis en nuestra responsabilidad. Debéis ser castigados.

Rhode calló. Yo no podía apartar las vista de las miles de figuras que se habían congregado detrás de las Aeris. Todas esas personas...

Fuego se volvió hacia mí y enlazó sus manos a la altura de la cintura, luego las dejó caer. Fijó sus ojos en los míos. Mis piernas estaban tan débiles y temblaban tanto que temí caerme redonda al suelo.

—La elección es ésta: podéis regresar a vuestro estado natural, Rhode a 1348 como caballero durante el reinado de Eduardo III. Tú, Lenah, vivirás tu vida en 1418, como estabas destinada a hacer.

—¿Cuando éramos humanos? —pregunté sin dar crédito.

—El estado natural significa que cada uno de vosotros tenía un alma blanca, pura —explicó Fuego.

—¿Nos harás retroceder en el tiempo? —inquirió Rhode.

Fuego se volvió y miró a la multitud de víctimas nuestras. De pronto se me ocurrió una pregunta.

—¿Y todas esas personas? —pregunté, señalándolas.

—Cuando regreses al mundo medieval, estas almas regresarán también al curso natural de sus vidas.

—No entiendo —dije.

—Cada persona que asesinasteis vivirá de nuevo, al igual que las personas asesinadas por los vampiros que vosotros creasteis. Jamás se encontrarán con vosotros, porque no os convertiréis en vampiros. Será como si nunca os hubierais conocido. —Fuego nos miró.

En 1348, cuando se convirtió en un vampiro, Rhode tenía diecinueve años. Yo no nacería hasta cincuenta y cuatro años después. Él habría muerto cuando yo naciera, o, en el mejor de los casos, sería muy viejo. Ése era el propósito de las Aeris. Obligarnos a retroceder en el tiempo para permanecer separados.

—Se trata de un equilibrio, Lenah. Los cuatro elementos del mundo crean un equilibrio. Tú te convertiste en una vampira contra tu voluntad. Eres la víctima original de Rhode, de modo que a ti te corresponde decidir su suerte.

—¿Cuál es la otra opción? —pregunté.

Fuego se acercó al borde de la luz blanca. Sus pupilas tenían un color rojo vivo, pero el iris a su alrededor relucía y era de un blanco perlado. Contuve el aliento hasta que sentí un hormigueo en mis mejillas y en todo mi cuerpo.

—Tú y Rhode habéis desencadenado unas reacciones en cadena que no pueden ser subsanadas a menos que os separéis. Podéis regresar al mundo medieval o quedaros aquí. Si decidís quedaros, no podéis comprometeros.

—¿Comprometernos? —preguntó Rhode—. ¿A qué te refieres?

—Comprometerse a amar es una elección que reside en lo más profundo del alma. Si elegís unir vuestras vidas en este mundo, nosotras lo sabremos.

¿Podríamos tocarnos? ¿Hablar? ¿Besarnos...? Todas esas preguntas bullían en mi mente.

—Podréis hablar, conversar, interactuar, pero no podréis comprometeros a ser una pareja como erais antes —dijo Fuego, como si leyera mi pensamiento.

—Pero ¿cómo sabremos si nos hemos comprometido el uno con el otro? ¿Si formamos la pareja que éramos antes? No puedo dejar de amar a Rhode así como así.

—Siempre lo has hecho, siempre has amado a quien te apetecía en el momento en que te apetecía. Rhode, Vicken, Heath, Gavin, Song y Justin. Pero ¿quién llenaba tu alma? ¿Con cuántos de ellos te comprometiste? No compartiste una vida, no creciste con ellos como lo hiciste con Rhode. Todo ha terminado, Lenah. Debes hacer con Rhode lo que hiciste con el resto de los hombres con quienes te tropezaste en tu camino. Mantener las distancias.

—No lo entiendo —murmuré, sabiendo en el fondo de mi alma que ella tenía razón. ¿Había utilizado a todo el mundo excepto a Rhode? Por supuesto que sí. Fuego avanzó otro paso hacia mí y sentí el calor que emanaba.

—Como la costa más blanca de una playa que se prolonga hasta el infinito. Deseas ese océano. Ves ese océano. Pero no puedes regresar a él. Jamás.

Tragué saliva, incapaz de formular las palabras que tan desesperadamente deseaba pronunciar. Quería convencerla. ¿Sería capaz de mantener las distancias con Rhode? ¿Podría fingir que no teníamos la historia que teníamos? La luz plateada que rodeaba a mis víctimas pulsaba detrás de la cabeza de Fuego, recordándome todo lo que yo había hecho para merecer este momento en este campo de tiro con arco.

—¿Y ellos? —pregunté, indicando con la cabeza a los otros seres—. ¿Qué será de ellos si decido quedarme?

—¿Ves esta luz que me rodea? —preguntó Fuego.

Asentí de nuevo.

—Tus víctimas tienen almas blancas. Y las conservarán así.

Visualicé mi alma negra y endurecida, como un trozo de carbón.

—¿Y si regreso al mundo medieval? ¿Y si ellas regresan a sus vidas?

—En tal caso ellas decidirán lo que quieren hacer. La suerte de sus almas dependerá de ellas.

Yo ya había decidido su suerte. Estaban a salvo donde estaban, a salvo en esa luz. ¿Cómo podía enviarlas a un pasado sobre el que no sabía nada? ¿Me comportaba de forma egoísta? Lo que sabía ante todo era que, si yo tenía un alma, Rhode y yo estábamos destinados a permanecer juntos.

—¿Qué has decidido? —preguntó Fuego.

Miré a Rhode. Él se negaba a mirarme a los ojos. Deseaba besarle en la boca, incluso ahora, incluso conociendo el decreto de las Aeris de que jamás podríamos volver a ser una pareja. El hecho de verlo allí, de saber que podía estar cerca de él cuando había estado convencida de su muerte... No quería regresar. Fuera lo que fuere que tuviéramos que afrontar, si Rhode estaba junto a mí, incluso manteniendo las distancias, me sentía capaz de lo que fuera.

—He decidido quedarme —dije, mirando a los ojos de color amapola de Fuego—. Aquí y ahora, en Lovers Bay.

En mi mente, un perfecto manzanar pintado con gruesos trazos de color se disolvió como si la lluvia hubiera disuelto los colores.

—¿Y ellas estarán a salvo? —pregunté, refiriéndome a las personas que estaban detrás de las Aeris.

Fuego asintió y dijo:

—Debes luchar contra ella, Lenah. —No era necesario que me aclarara a quién se refería.

Retrocedió un paso hacia la luz y su nítida forma empezó a difuminarse.

La luz blanca también se atenuó y Suleen, que estaba junto a nosotros, extendió una mano hacia las Aeris. Volvió su palma hacia la izquierda, luego hacia la derecha, y después cerró la mano en un puño. Era un tipo de comunicación que yo no comprendía. Fuego hizo lo propio. Giró una palma hacia la izquierda, luego hacia la derecha y finalmente cerró la mano en un puño. Ella y sus hermanas comenzaron a desvanecerse, confundiéndose en el paisaje como si nunca hubieran estado allí.

Rhode miraba a Suleen, pero yo no dejaba de observar el movimiento acompasado de su pecho. Lo había contemplado durante centenares de años, deseando que ambos estuviéramos vivos, respirando y viviendo juntos.

No podéis comprometeros, había dicho Fuego.

Me apresuré hacia delante, pasé junto a Suleen y me dirigí hacia las Aeris, que se desvanecían.

—¡Esperad! —grité—. ¡Esperad!

Extendí los brazos hacia la luz, pero se había amortiguado, dejando en su estela tan sólo unas difusas telarañas. Las Aeris habían desaparecido. Fuego había desaparecido.

Rhode miró alrededor del campo de tiro con arco, ahora envuelto en la oscuridad. Hacía mucho rato que el anochecer había caído sobre el campus de Wickham.

—¡Tenemos que hacer algo! —dije a Suleen.

—Ya lo has hecho —apuntó Rhode—. Has decidido quedarte.

Su voz denotaba tristeza, y también ira. Lo cierto era que no podía separarme de él. No podía regresar al mundo medieval sin él.

La hierba debajo de mis pies era gris, el cielo negro. Tragué saliva para aliviar el dolor que me producía el nudo en la garganta.

—A partir de ahora vuestros centenares de años de experiencia en esta tierra serán vuestra conciencia. Manteneos alejado el uno del otro —dijo el viejo vampiro. Su tono sosegado rompió el hechizo de mis reflexiones.

Rhode miró a Suleen a los ojos. Un temblor me recorrió las espinillas y las rodillas hasta los muslos. Tenía que asir algo duro, apretarlo en mi puño y partirlo.

Mi mente empezó a pensar con rapidez, como si regresara al mundo en el que había existido antes de que las Aeris aparecieran procedentes de su mundo blanco e iluminaran la meseta del tiro con arco.

Justin.

Me volví apresuradamente para mirar el borde de la meseta, donde Suleen había realizado el conjuro del escudo de agua. Pero Justin había desaparecido hacía mucho rato. Supongo que no podía reprochárselo. En su lugar, yo tampoco me habría quedado para asistir a la escena.

—No hay más remedio, Rhode —dijo Suleen.

Rhode respondió en hindi, una lengua que yo no había aprendido. Pese a las veinticinco lenguas que hablaba con fluidez, él había elegido una que yo desconocía.

Echó a andar, pasando frente a mí, y descendió por la colina sin volverse.

¿Se marchaba para siempre?

—¿Qué ha dicho, Suleen? ¡Dímelo! ¡Rhode! —grité tratando de seguirle. Pero Suleen me agarró del brazo—. ¡No! —chillé. Traté de soltarme, pero el viejo vampiro me sujetó con fuerza, impidiéndome que le siguiera.

Observé a Rhode echar a correr por el prado y enfilar el sendero.

—¡Rhode! —grité. El dolor que sentía en el corazón me producía náuseas—. ¡Rhode!

Él no se volvió.

No pude hablarle sobre la vampira rubia. No pude decirle: *Quédate, porque te amo. Siempre te ha amado. Quédate y afrontaremos esto juntos.*

Porque Rhode desapareció sin volverse una sola vez, sin mirarme.

3

1730, Hampstead, Inglaterra. El Páramo

Cuando los años de vampirismo comenzaron a encadenar mi mente a la locura, añoré el manzanar de mis padres. Añoraba las suculentas manzanas rojas que colgaban de las ramas. Durante casi trescientos años supliqué a Rhode que me acompañara de regreso a Hampstead. Cuando por fin viajamos allí, me vestí de negro para la ocasión. El cabello me caía en largos mechones sobre los hombros; un corsé me oprimía las costillas. La década de 1730 fue la época de los miriñaques, unos amplios aros sujetos a las caderas de las mujeres debajo de sus faldas. Las mujeres tenían que ocupar espacio, constituir un espectáculo, ser admiradas. Era una época de opulencia. Mi preferida. Podía brillar cuando la luz del sol ya no incidía sobre mí. En cuanto a los hombres, muchos lucían pelucas, blancas y empolvadas. Pero Rhode no. Siempre llevó el cabello largo, negro y sujeto en la nuca con una cinta. Sus botas de cuero negras le llegaban casi a las rodillas.

Éramos unos espectaculares Ángeles de la Muerte.

—Hacía trescientos doce años que no pisaba estas tierras —dije volviéndome hacia Rhode.

—Yo también —respondió.

Un brillante crepúsculo cayó sobre el páramo, bañando los campos con una luz de color mandarina. Detrás de él, enmarcado por un prado, se alzaba el monasterio de piedra donde yo había pasado buena parte de mi infancia. El crepúsculo en Hampstead tiñó la hierba de color rojo sangre. Como vampira, me alegré al comprender que la luz diurna pronto empezaría a declinar.

—¿Estás segura de que quieres verla? —me preguntó Rhode.

Asentí con la cabeza, apartando los ojos del monasterio para fijarlos en el sendero ante nosotros. De niña había correteado a menudo por estos campos. Tenía grabadas a fuego en la mente unas imágenes de los dedos de mis pies cubiertos de tierra, el cabello ondeando al viento y el penetrante olor a tierra. El viento agitó de nuevo las ramas de los árboles y una lluvia de hojas cayó al suelo. La tierra pareció estremecerse, como si supiera que algo sobrenatural deambulaba por sus caminos.

Cuando Rhode avanzó un paso, su espada le golpeó la pierna, emitiendo un sonido metálico. Alcé la mano y enlacé suavemente mis dedos con los suyos. Aunque casi todos mis dedos estaban adornados con un anillo, él optó por restregar el pulgar sobre el ónice, la piedra de la muerte. Descendimos por el largo y estrecho sendero hacia la casa de mi familia. Cuando pasamos frente al monasterio, mis ojos recorrieron la piedra gris y el cuidado jardín. Al cabo de trescientos años, seguía siendo un lugar de culto sagrado.

¿Era posible que Enrique VIII no lo hubiera destruido? ¿Que hubiera escapado a la disolución de los monasterios en el siglo XVI?

—Ahora es una iglesia —comentó Rhode, y cuando lo observé más de cerca, vi que el monasterio de mi infancia ya no existía, aunque la parte principal del edificio seguía intacto. Oí los sonidos del oficio que celebraban en el interior, suaves murmullos y cantos.

Cuando tenía nueve años, solía esconderme debajo de las ventanas de piedra, con los pies apoyados sobre el áspero suelo. Escuchaba centenares de evocadoras voces. El rumor de las dulces voces de los monjes reverberaba a través del campo, haciendo que vibraran en mi pecho.

Una noche, mi padre me contó que la luz que provenía del monasterio era la más hermosa del mundo.

«La luz de las velas —me explicó— es un faro humano hacia Dios. Un pequeño pedazo de Dios en la tierra.»

—Ahí está —dijo Rhode. En efecto, ahí estaba. Contemplé la casa rodeada por el manzanar.

—No ha cambiado —murmuré—. Es tal como la veo en mi memoria.

El mismo techo de pizarra y piedras espaciadas de forma uniforme. La misma casa solariega de dos plantas que se alzaba sobre unos cuidados senderos bordeados de árboles tan largos que no alcanzabas a ver dónde terminaban. Y los árboles estaban en flor. Todo era verde, verde lima, verde mar, verde botella, y la hierba era tan alta que te hacía cosquillas en los tobillos.

Me recogí el pesado tejido de mi vestido para no arrastrarlo sobre el suelo embarrado.

—Creo que no hay nadie en casa —comentó Rhode, observando la chimenea de la que no salía humo.

A mí no me importaba. Apoyé las manos en el cristal, preguntándome si su tacto era fresco, pues no sentía su temperatura. A medida que un vampiro envejece, su sentido del tacto disminuye. Me acerqué más. Las vigas de madera del techo habían sido reforzadas, pero todo lo demás estaba igual. La familiaridad de la escena me reconfortó, eclipsando la ira, el dolor y la tristeza que tanto me abrumaban como vampira. La reconfortante sensación era un regalo.

—Mira, Lenah —dijo Rhode a mi espalda—. Aquí hay...

—Veinte hectáreas —dije, terminando la frase y volviéndome. Al mirarlo me invadió una sensación de sosiego. Supuse que contemplaba maravillado la enorme extensión de terreno.

—No —dijo—. Unas lápidas.

Como si alguien me hubiera arrojado un jarro de agua, la sensación de sosiego se desvaneció dando paso al familiar, implacable y constante dolor: el sentimiento más común en los vampiros. Dolor. Pérdida. Sufrimiento.

Dirigí la vista hacia donde él señalaba. Me detuve junto a la puerta unos momentos antes de encaminarme hacia el pequeño camposanto. Rhode se había acuclillado y pasaba el dedo índice sobre la inscripción grabada en la parte frontal de una lápida.

Cuando pasé frente a la casa, contemplé mi imagen reflejada en las ventanas. Muchos años atrás, me había visto como una niña en las onduladas líneas del cristal. Ahora, en ese mismo cristal, contemplé la larga cabellera oscura que me caía sobre los hombros. El color negro de mi vestido contrastaba con el intenso verdor de las hileras de árboles a mi espalda. Avancé otro paso hacia la esquina de la casa y entré en el cementerio.

Rhode pasó el dedo sobre la ele de mi nombre.

Era mi lápida.

Dios santo, la piedra estaba podrida, pero pese a haber estado expuesto durante trescientos años a los elementos, mi nombre aparecía inscrito con nitidez. No había ningún epitafio.

LENAH BEAUDONTE
1402-1418

Hace tiempo, pensé, *hace mucho tiempo yo pertenecía al mundo. Pude haber influido de forma positiva en mi familia, en mis vecinos, en los monjes y en mí misma.*

—Ahora ya lo sabes —susurró Rhode, levantándose—. Te pusieron una lápida. —Ésa había sido una de las muchas preguntas que me había hecho sobre mi muerte humana.

—Quería verla —respondí, asintiendo con la cabeza—. Por doloroso que resultara.

—Tu padre murió poco después que tú —dijo él.

La lápida junto a la mía indicaba con claridad que Aden Beaudonte había fallecido en 1420. Junto a la curva redondeada de su lápida crecía un jazmín. Las flores de jazmín son blancas y delicadas; crecen arracimadas. «Cultiva jazmín si quieres vivir», me había dicho alguien en cierta ocasión, no sólo existir sino *vivir*. Cultiva jazmín para no sentirte nunca sola. Avancé un paso, me incliné hacia delante y cogí tres ramitas de flores. Cuando me volví de nuevo hacia la tumba de mi padre, Rhode se había alejado y se hallaba al final de un sendero bordeado de tumbas, contemplando otra lápida.

Deposité un ramito de jazmín sobre la tumba de mi madre; había muerto sola en 1451.

—Lenah... —murmuró Rhode.

Le miré. Tenía la cabeza agachada y los ojos fijos en la lápida frente a él. Se colocó en cuclillas. Me acerqué y al llegar a su lado vi el nombre que estaba escrito en la lápida. Le sujeté del hombro y retrocedí un paso, tambaleándome. Me quedé sin aliento. Mi corazón parecía haberse detenido debido a la impresión que me produjo ver el nombre:

GENEVIEVE BEAUDONTE
MADRE Y HERMANA
1420-1473

—Tuviste una hermana —dijo Rhode, asombrado—. Nació dos años después de que tú desaparecieras.

Una hermana. ¿Yo tenía una hermana? Contemplé el nombre, incapaz de moverme. De haber sabido que existía, habría venido a verla, habría observado cómo vivía. Me volví de espaldas a la lápida, me alejé de las tumbas y regresé al manzanar. La cola de mi vestido se arrastraba sobre la tierra de los terrenos de mi padre.

—¡Lenah! —gritó Rhode.

¿Qué le habían contado a ella? ¿Que su hermana había sido raptada por unos demonios? ¿Que había desaparecido de la noche a la mañana? Mi hermana había vivido hasta los cincuenta y tres años, una edad muy avanzada para la época. Había sobrevivido a mi madre. Mi madre no había estado sola. Cuando llegué al manzanar, me detuve.

Una hermana.

Oí los pasos de Rhode sobre la hierba y se detuvo a mi espalda.

—Tenías razón. Era preciso que vinieras. Para averiguar más datos sobre tu familia —dijo con tono afectuoso.

Ahora que el crepúsculo casi había caído sobre la tierra, sabía que si escrutaba el firmamento vería la constelación de Andrómeda. Miré de nuevo el manzanar. Quienquiera que vivía ahora en mi casa no tardaría en regresar. Probablemente habían asistido al servicio vespertino en la iglesia.

Rhode enlazó su mano con la mía. Cuando dos vampiros se aman, al tocarse producen calor. Sin amor, no sentimos nada. En ese momento, el tacto de su mano era como la intensa luz del sol en un día caluroso.

—Lenah, cada lápida en ese camposanto ostenta el apellido Beaudonte. —Rhode indicó la casa con la cabeza—. Tu familia vive aquí... incluso ahora.

Así su mano entre las mías, atrayéndolo hacia mí. Nuestros cuerpos se abrazaron en medio de ese sendero. Rhode y yo, unos demonios sedientos de sangre, nos abrazamos con fuerza.

—Prométeme —le rogué—. Prométeme que, pase lo que pase, siempre estarás a mi lado para apoyarme. —Me aparté y miré sus ojos de vampiro. Eran gloriosos, del color del cielo estival. Mi cielo—. No sabemos qué ocurrirá, pero si sé que siempre estarás a mi lado, podré soportarlo.

—Te lo prometo —respondió él—. Pase lo que pase.

Me tomó de la mano. Tras volverme para mirar de nuevo la casa y el camposanto, sentí el escozor de unas lágrimas que jamás afloraban. Dejé que la única persona que quedaba en mi corazón me llevara lejos de allí. Mientras la oscuridad se cernía sobre el largo sendero que conducía fuera del manzanar, oí a unas personas cantando en el prado detrás del viejo monasterio. Caminaban en sentido contrario a nosotros, de regreso al manzanar. Quienes cantaban eran miembros de mi familia. Aunque habían nacido muchas generaciones después que yo, teníamos la misma sangre. Apreté con fuerza la mano de Rhode y dejé que me condujera, como había hecho trescientos años atrás, hacia la noche.

4

Hoy en día

El tiempo no transcurre para los muertos. Cuando nos morimos, no podemos regirnos por él. Es el amo de los vivos. Para los muertos, para el vampiro, el tiempo es un avispero peligroso que conviene evitar, zumbando siempre en tu oído.

Cuando Rhode huyó de mí después de nuestro encuentro con Suleen y las Aeris, me abandonó por segunda vez en nuestra larga historia. La primera vez había ocurrido en 1740, cuando mi mente empezaba a deshilacharse en pedazos de encaje. Él me había dicho «jamás te abandonaré» centenares de veces, miles de veces. A los vampiros les gusta contar; les gusta hacer recuento de sus desgracias.

La última vez que Rhode me abandonó, me volví loca. La última vez que me abandonó, me había creado un tipo de familia muy distinta. La última vez que Rhode me abandonó, había creado un clan de vampiros. Esta vez, cuando me hallaba en el sendero del internado de Wickham, con la luna filtrándose por entre la filigrana formada por las ramas, juré que no volvería a experimentar ese sufrimiento. Decidiría ser yo misma…, quienquiera que fuera.

Pero ¿adónde había ido Rhode esta vez? ¿De regreso adónde se había ocultado durante el año en que le creía muerto? ¿Qué fuerza tan poderosa le había mantenido alejado de mí?

Sus palabras no cesaban de dar vueltas en mi mente.

Yo no quería regresar, había dicho. *Tuve que hacerlo.*

Rhode había dicho que jamás me abandonaría. Lo dijo cuando nos hallábamos en los senderos del manzanar de mi padre, hace centenares de años.

Unos furgones de policía entraron en el campus. Los guardias y los agentes de policía reunieron a los estudiantes y les ordenaron que entraran en sus residencias. Los árboles se mecían agitados por el viento y las estrellas en el cielo centelleaban en una perezosa danza.

—¡Eh, tú!

Me volví. Un guardia de seguridad que no había visto nunca se encamino hacia mí en la oscuridad. Su placa relucía bajo las luces del sendero, que parecían más intensas que nunca.

—Esta noche el toque de queda es a las nueve, o sea dentro de quince minutos. Enséñame una identificación.

Saqué un carné de mi bolsillo y se lo alargué sosteniéndolo entre los dedos. Él extendió el brazo para tomarlo, pero de pronto se detuvo, como si se hubiera quedado helado.

—¿Señor? —dije, pero él miraba a lo lejos. Inmóvil.

Al cabo de unos momentos, sacudió la cabeza rápidamente, dio media vuelta y se alejó por el sendero.

Me quedé plantada allí, sin saber qué había ocurrido.

Suleen salió de la sombra de un edificio cercano, sobresaltándome.

—Acompáñame —dijo.

—¿Cómo lo conseguiste? —pregunté, maravillada.

Pero él no respondió. Caminamos en silencio por el sendero junto al edificio y pasamos frente a los operarios de mantenimiento que trabajaban en la oscuridad. No pude ver qué hacían, pero en el aire saltaban unas chispas como pequeños fuegos artificiales.

—Están cambiando las cerraduras —dijo Suleen. Guardamos de nuevo silencio mientras atravesábamos el campus y nos acercábamos a la playa. En los escalones que conducían a la arena habían colocado una cinta amarilla que decía: «Policía. Prohibido traspasar esta cinta».

Suleen levantó la cinta junto a un agente de policía que leía algo en una carpeta sujetapapeles. Nos agachamos y pasamos debajo de la cinta sin que el hombre diera muestras de habernos visto.

Cuando llegamos a la playa, ya habían retirado el cadáver, pero la arena aún estaba empapada de la sangre reseca de Kate.

La luz de la luna nos bañaba. Soplaba una leve brisa estival y admiré a mi silencioso protector. Me pregunté por qué se había involucrado en mi vida durante tanto tiempo. Y cómo era posible que tuviera tanto poder. Un poder que irradiaba de él, que vibraba en el aire.

Aspiré el olor del océano y la sal. Cuando era una vampira, sólo podía oler la carne y la sangre. Mi visión, por lo demás, era ilimitada, imprescindible para cazar, y había cometido innumerables asesinatos. Veía las venas en la piel de mis víctimas, el fluir de su sangre. Pero ¿el tacto y las sensaciones? No existían. ¿Y el gusto?

—«El único sabor que notarás es el de la sangre y será fruto de tu tenebrosidad.» Eso dicen los libros sobre vampirismo —dije en voz alta.

—A los vampiros les encanta tomar nota de su sufrimiento y transmitirlo. Utilizan cuanto cae en sus manos para hacerlo. Documentos antiguos, escritos y garabateados en papeles insólitos, la corteza de un árbol o sobre piel humana —respondió Suleen.

Callé unos momentos.

Luego le confesé:

—Creé a la vampira que mató a Kate Pierson.

Él asintió con la cabeza.

—Como has visto esta noche —dijo—, nuestro pasado no

es algo inamovible. Nos define; puede dar al traste con nuestro futuro.

Suspiré en voz alta.

—¿Cómo es que las Aeris tienen tanto poder? ¿Es cierto que pueden viajar en el tiempo? ¿Podrían haberme hecho regresar al pasado?

—Creo que sí. Verás, con este decreto tratan de reparar el daño que has hecho. —Tras meditar unos instantes sobre sus palabras, añadió—: Las Aeris no son humanas. No tienen deseos humanos ni pretenden hacerte daño.

—Sin embargo, al separarme de Rhode me hacen el mayor daño que pueden hacerme.

Suleen respiró hondo, lo cual me sorprendió. Le observé inspirar aire, aunque no lo necesitaba. Cuando espiró, sopló sobre el suelo, de forma que los granos de arena se desplazaron en minúsculos movimientos, creando unos dibujos.

Cuando terminó, a nuestros pies apareció una vaga silueta. El cuerpo de Kate, como un espectro plateado, yacía de costado, con la boca abierta, tal como Justin y yo la habíamos visto por última vez.

El viento arreció, pero la aparición de Kate seguía reluciendo sobre la arena.

—Dijeron que Rhode y yo podíamos hablar y tocarnos, pero que no podíamos comprometernos el uno con el otro. —La palabra «comprometernos» permaneció suspendida en el aire unos segundos.

—Sí, es la unión de unas almas gemelas. Si elegís formar una vida juntos, si cedéis a vuestro amor pese a la seria advertencia de las Aeris, tú regresarás al siglo quince y Rhode al catorce.

Mi visión se nubló, el océano era una masa de líneas acuosas; no me atreví a mirar a Suleen a los ojos y apreté los labios con fuerza. Ante mi vista aparecieron unas imágenes difusas de mi primera vida humana: un camposanto sembrado de viejas lápidas, una luz tenue que se filtraba a través de un grueso cristal, y unos monjes entonando unos cánticos en la noche.

El cadáver borroso de Kate relucía bajo el resplandor de la luna. Si yo regresaba al siglo XV, como habían amenazado las Aeris, no me encontraría con ninguna de las personas de este mundo que amaba. Ni Vicken. Ni Justin. Wickham aún no habría sido construido; la calle Mayor de Lovers Bay no existiría.

Pero Kate viviría. Y Tony también.

—Sé el ser humano que deseabas ser. Deléitate con ello —dijo Suleen.

—¿Cómo puedo ser ese ser humano cuando es tan peligroso serlo aquí? —Lo miré a los ojos y suspiré—. La vampira rubia seguramente ha vuelto en busca de venganza. Parecía encantada consigo misma y con el asesinato que había cometido.

De pronto se me ocurrió una idea: Suleen debía quedarse. ¡Él podía ayudarme!

—Quédate —dije sin más—. Si estás aquí, ningún vampiro se atreverá a atacarme.

Él mostraba una expresión que yo conocía, pero que hacía mucho tiempo que no veía pintada en su rostro. Como la de un padre preocupado. Sentí un dolor emocional en mi pecho. Visualicé a mi padre y a mi madre bajo la luz blanca de las Aeris. No era difícil imaginar el trastorno que mi desaparición había causado en sus vidas.

—Tu padre no fue una víctima —dijo Suleen, leyendo mis emociones y tal vez mis pensamientos.

Caí de rodillas y él hizo lo propio. Ambos permanecimos arrodillados en el suelo.

—Hiciste una elección en el campo de tiro con arco, Lenah —me recordó.

—Lo sé.

—Entonces sabes que elegiste quedarte aquí, en este mundo. Lo cual significa que debes afrontar las consecuencias, aunque signifique pelear contra esa vampira.

No quería pelear contra la vampira. Al menos, no quería hacerlo sola.

—¿Y las Aeris? —pregunté.

—Ningún ser sobrenatural ha conseguido jamás lo que Rhode y tú habéis conseguido. Del mismo modo que las Aeris no se inmiscuyeron en lo que hacíais tú y Rhode, no pueden inmiscuirse en lo que haga esa vampira.

Un sentimiento de culpa hizo presa en mí. Mi única esperanza era que Suleen se quedara.

—No puedo hacerlo —dijo, leyendo de nuevo mis pensamientos. Dudó unos instantes mientras contemplaba el cuerpo de Kate, y luego dijo—: ¿Quieres que te explique por qué es tan poderosa la magia elemental? ¿Por qué vuestro ritual invocó a las Aeris?

Asentí en silencio.

—La magia elemental es la magia de la vida —continuó Suleen—. Los vampiros arrebatamos la vida a las personas. Ésta es nuestra maldición. Cuanto más poderosa es la magia, más atraídos nos sentimos por ella.

—¿Por qué?

—La magia se deriva de los elementos. Los seres sobrenaturales la hemos invocado, la hemos creado con nuestro poder. Por ello, cuando alguien realiza un conjuro, los vampiros, si estamos cerca, lo presentimos. Anhelamos la magia como anhelamos sangre. Nos recuerda que tenemos cierto control en este mundo que discurre sin nosotros.

—No conocía las consecuencias.

—Por supuesto que las conocías —respondió Suleen, y en cuanto lo dijo comprendí que tenía razón. En aquel entonces, a mí no me preocupaba el poder del ritual. Antepuse mis deseos egoístas a todo lo demás—. Y también las conoce esa vampira que ha venido a Lovers Bay. Ansía esa magia.

—Si no puedes ayudarme, ¿por qué me cuentas esto?

—Estamos mucho más conectados de lo que supones.

Le miré boquiabierta.

—¿En qué sentido? —pregunté.

—Ya hablaremos de ello en otro momento —contestó Suleen—. Basta con que sepas que cuando me necesites con urgencia acudiré a ti.

Suleen sostuvo la palma de una mano sobre el cuerpo de Kate. La movió como si agitara el aire, y la arena recuperó el aspecto que tenía antes de que llegáramos. Regresamos caminando por el sendero hacia el campus y él se detuvo conmigo en la entrada de Seeker.

—Te aconsejo que entres —dijo.

—Podría morir —contesté.

Después de escrutar mi rostro un momento, las comisuras de su boca se curvaron levemente hacia arriba. Lo suficiente para que en sus ojos se reflejara una sonrisa.

—No una chica como tú... —dijo.

Pestañeé. Ocurrió en un abrir y cerrar de ojos. En esa fracción de segundo me quedé sola. Nadie caminaba por el sendero. Nadie me llamó desde el prado. Estaba rodeada por el omnipresente sonido del silencio.

5

Me detuve frente a la puerta acristalada de la residencia Seeker, contemplando la imagen reflejada de la chica de dieciséis años que estaba ahí sola. Casi diecisiete. Cuánto había ansiado llegar hasta aquí. Este año envejecería.

Pero el vestíbulo era el mismo que el año pasado y la guardia de seguridad, a la que conocía, estaba sentada detrás de su mesa, con su uniforme azul, hablando por un *walkie-talkie*.

Observé mi aspecto. La misma nariz. El mismo cabello castaño que me llegaba a las costillas. Unas piernas largas y delgadas, enfundadas en unas botas negras de combate. La luz tenue iluminaba mi humanidad. Mi piel blanca y perfecta solía relucir a la luz de la luna. Si algo o alguien se atrevía a mancillarla, se regeneraba al instante. Pero ahora tenía en las manos unos profundos arañazos rojos. Volví la mejilla para mirar otro arañazo, más pequeño. Eran los recordatorios físicos de que Justin y yo nos habíamos arrastrado entre los matorrales del bosque de Wickham mientras Kate era asesinada.

Justin.

Suspiré, sintiendo el peso de las terribles experiencias de esa noche en la corvadura de mi espalda. Tenía que entrar sola y subir a mi apartamento. Abrí la puerta y entré.

—Lenah Beaudonte acaba de entrar —dijo la guardia de seguridad por su *walkie-talkie*, tachando mi nombre de una lista. Cuando me dirigí hacia la escalera, desde el largo vestíbulo en la planta baja de habitaciones, oí a unas personas especulando sobre los coches de la policía que había en el campus.

He oído que Kate Pierson ha muerto.

Primero Tony, ahora Kate.

¿Ha visto alguien a Tracy?

Escuché los murmullos mientras subía la escalera hasta el piso superior. Cuando abrí la puerta de mi apartamento, encontré un cenicero de cristal ennegrecido por unas colillas de cigarrillos, unos platos sucios en el fregadero y tres cajas vacías de pizzas sobre mi mesita de café. Junto a ellas había una petaca de plata, la cual me resultaba familiar; un conde se la había regalado a Vicken en la década de 1890. La tomé y la destapé, imaginando que hallaría la habitual reserva de sangre en su interior. La olfateé en busca del olor metálico, a herrumbre, pero en vez de ello comprobé que contenía... ¿whisky? Sacudí la cabeza, sin poder evitar sonreír.

Por supuesto. Vicken Clough era ahora definitivamente un mortal.

Dejé la petaca en la mesita y me volví hacia mi habitación; la puerta estaba abierta. Atravesé lentamente el cuarto de estar, sorteando unas desordenadas pilas de libros y una cajetilla de cigarrillos vacía. Cuando apoyé la mano sobre la puerta de mi cuarto, rechinó, reverberando en el silencioso apartamento cuando la abrí. Sobre la cama, donde esperaba ver cenizas y sangre, había unas sábanas revueltas y dos pares de vaqueros en un montón. Cuando salí del dormitorio, la decoración del cuarto de estar no había cambiado desde que lo había dejado hacía cuatro días.

La espada antigua que colgaba en la pared.

El sofá rojo.

Los candelabros de hierro decorados con espinas.

¡En esto sonó un golpe en la puerta! Supuse que era Justin, que venía en busca de una explicación después de lo ocurrido en el campo de tiro con arco.

Me dirigí hacia la puerta, y cuando así la manija vi con el rabillo del ojo algo en mi balcón.

—Un segundo —dije.

Avancé lentamente, pasito a paso, por el suelo de madera noble. Los dedos de mis pies se curvaron sobre el metal de la puerta del balcón. Sobre las baldosas negras, miles de diminutas partículas relucían a la luz de la luna. Y en el centro aparecía, con toda nitidez, la silueta de un cuerpo, el mío. Debía de ser donde me había tumbado después de practicar el ritual con Vicken. Las doradas partículas estaban diseminadas de forma irregular junto a la puerta, como si me hubieran alzado de ese lugar y me hubieran trasladado al interior.

Hay tres formas de matar a un vampiro: clavándole una estaca en el corazón, decapitándolo y mediante una luz solar muy intensa. Cuando una vampira es asesinada, deja sólo el polvo de su forma sobrenatural y la mía aparecía ante mí, como pequeños cristales.

¡Toc, toc!

—¡Ya voy! —Me volví, me dirigí con paso rápido hacia la puerta de entrada y la abrí.

No era Justin.

Un joven con una caballera semejante a la melena de un león y el mentón alzado con gesto orgulloso tenía un codo apoyado en el quicio de la puerta.

—Ya era hora. Creí que ibas a dejarme esperando aquí fuera toda la noche —dijo Vicken Clough sonriendo.

—¡Vicken! —exclamé arrojándole los brazos al cuello.

—Ése es mi nombre. —Los músculos de sus brazos se contrajeron al abrazarme. Se me puso la piel de gallina en los brazos al sentirle estrecharme contra sí y respirar en mi oído de forma acompasada.

—¡Vicken! ¡Cielo santo! —exclamé, retirándome. Le acaricié ambas mejillas. Sus intensos ojos castaños me miraron con afecto—. ¡Tienes un aspecto magnífico! —dije emitiendo un suspiro de asombro. Oprimí una mano en su espalda y esperé a notar el movimiento de su pecho. Fue muy rápido, pero le sentí inspirar y espirar.

El ritual había funcionado. Era un ser humano que estaba vivo y respiraba. Oficialmente un ex vampiro.

—Hola, cariño —dijo Vicken, apartándose sin dejar de sonreír. Entró en mi apartamento, se dejó caer sobre mi sofá y apoyó sus botas de cuero negras en la mesita de café. Su espesa melena estaba deliberadamente revuelta; se reclinó en los cojines y cruzó las manos detrás de la cabeza. Un gesto típico de él. Sentí deseos de volver a abrazarlo.

—Tú tienes un aspecto... —dijo— espantoso.

Tomé nota de sus armoniosos hombros y su delgada figura. Me parecía increíble que las Aeris nos reprocharan a Rhode y a mí el haber concedido a alguien este don. Al mirar a Vicken, lo que habíamos hecho me pareció más que justificable. Me pregunté durante un instante si las Aeris se le habían aparecido también a él. Vicken había entrado también de nuevo en el mundo natural como humano sin el consentimiento de las Aeris. Quizá le habían visitado y le habían amenazado con enviarlo de regreso al siglo XIX, antes de que yo le transformara en un vampiro.

—¿Has visto a las Aeris, Vicken?

—¿A las Aeris? —preguntó poniéndose serio de golpe—. Pero ¿existen?

De modo que Suleen tenía razón. Las Aeris no se aparecían a los vampiros porque fueran malvadas. Habían venido a por Rhode y a por mí. Habían venido para imponernos un castigo ejemplar.

Le expliqué lo que había sucedido en el campo de tiro con arco. Que Rhode se había largado dejándome sin respuestas.

—Esto lo explica todo —dijo Vicken con una risita.

—¿Qué es lo que explica? —pregunté.

—Me he alojado en tu habitación. Rhode entró, cogió una bolsa y dijo que se marchaba.

—¿Dijo adónde iba?

—No. Traté de seguirle, pero cuando salí al campus, se había organizado un caos tremendo. Coches de policía, sirenas, ambulancias. Aún no tengo un pase para estar en el campus, ¿comprendes? ¿Qué ha pasado?

Me enderecé y crispé las manos. No le respondí de inmediato.

Rhode había permanecido en mi habitación los cuatro días que yo había estado ingresada en el hospital, ¡mientras yo le creía muerto! El año pasado, existía. En alguna parte del mundo…, sin mí.

Gemí. Qué extraño se me antojaba estar ahora aquí, contemplando su espada antigua y nuestras fotografías sin sentir un intenso dolor en la boca del estómago. Era el mismo apartamento, pero todo era diferente.

—Ah, se me olvidaba —dijo Vicken, interrumpiendo mis reflexiones. Se levantó y rebuscó en un bolsillo de sus vaqueros. Sus dedos asieron algo que no alcancé a ver y abrió la palma de la mano—. Esto es para ti.

Dejó caer un anillo en la palma de mi mano. Mi anillo de ónice.

—Lo encontré en el balcón después de que yo…, después de despertarme —dijo—. Tú te habías marchado.

La leyenda del ónice dice que puede seguir ligado a espíritus que vagan por un mundo que los rechaza. Pensé de inmediato en Rhode sosteniéndome la mano durante nuestra larga caminata por mi manzanar hacía muchísimos años. Traté de apartar las palabras que me había dicho en el campo de tiro con arco, pero no pude impedir que acudieran a mi mente… *Yo no quería regresar. Tuve que hacerlo.*

—Siento no haber estado aquí para ti —dije, aclarándome la garganta y colocándome el anillo en el dedo—. Justin me llevó al hospital cuando concluyó el ritual.

—Típico de un mortal… —rezongó Vicken—. Lo único que necesitabas era un poco de…

—Agua de lavanda —dijimos al unísono, compartiendo una sonrisa. Yo no dejaba de mirar el anillo de ónice en mi dedo. Observé su superficie lisa y negra. La piedra no tenía fin, ni principio, ni un destello de luz. Sólo oscuridad.

—Eh —dijo Vicken—. Te tiemblan las manos.

¿Me temblaban las manos? Me senté en el sofá y las apoyé en el regazo.

—¿Es por mí? —continuó—. Acabo de regresar. No puedes haberte enfadado ya conmigo. —Le miré a los ojos—. En serio, ¿qué ocurre?

—El caos en el campus fue provocado por un asesinato. Una estudiante fue asesinada esta noche. Por una vampira.

—¿La conocemos?

—Sí. La reconocí. ¿Te acuerdas de la doncella de Hathersage? ¿En 1910? No recuerdo su nombre de pila.

—¿Estaba sola? —preguntó Vicken.

—Que yo sepa, sí. No vi a nadie más.

Apoyé los codos en las rodillas y lo miré en busca de respuestas. Él sabría lo que convenía hacer. Antaño había sido uno de los líderes de mi clan.

En vista de que no me ofrecía una respuesta, me levanté y me acerqué a la puerta del balcón. Fuera, observé la luz de la luna brillando sobre los destellos de mis restos vampíricos…, un extraño remanente de una vida tenebrosa, vacía.

Pensé en Rhode huyendo de mí y un dolor pulsante me recorrió el cuerpo. Confiaba en que, se encontrara donde se encontrara, estuviera a salvo.

Vicken se reunió conmigo en la puerta del balcón.

—No se lo dijimos a nadie —dijo, refiriéndose a mi clan y a su llegada al internado de Wickham hacía unas semanas—. Nadie en el mundo vampírico sabía que veníamos aquí a por ti.

—Ya —respondí, mientras las palabras de Suleen resonaban en mi mente—. No es culpa vuestra. Esa vampira ha venido aquí atraída por el ritual.

Vicken se volvió hacia mí al tiempo que en su mente se formaba un pensamiento. Observé la excitación que traslucían sus ojos.

—Probablemente esperará a ver quién ha llevado a cabo esa magia.

—Puedes estar seguro de ello —respondí.

—Anda, vamos —dijo, entrando de nuevo en el cuarto de estar.

—¿Adónde? —pregunté—. ¿Tienes idea de la nochecita que he pasado?

—No me vengas con tonterías. Vamos en busca de esa vampira. Veamos a qué nos enfrentamos y si hay más vampiros.

—Estás loco. El ritual ha destruido tu mente —dije.

—Una simple caza. Eso es todo. Para comprobar a qué clase de enemiga nos enfrentamos.

—¿Ahora? ¿Esta noche?

Estaba hecha polvo, pero algo en la idea de Vicken hizo que la adrenalina activara mis músculos.

—¿Por qué no? Mató a esa chica esta noche. ¿Quieres que nos quedemos cruzados de brazos hasta que se produzcan más asesinatos?

Tuve que reconocer que era mejor salir a buscarla que esperar. Pero era preciso abordar el asunto con lógica.

—No tenemos a Song ni a Heath. No tenemos un clan. Somos humanos, sin refuerzos y sin dotes sobrenaturales —añadí.

—No es cierto. Conservo aún mi visión de vampiro y mi percepción extrasensorial. Si hay vampiros merodeando cerca, sentiré su presencia, intuiré qué se llevan entre manos.

¡Era cierto! Vicken conservaba algunas de sus habilidades vampíricas porque hacía poco que había sido transformado. Aún conservaba su extraordinaria visión y un sexto sentido. Podría captar las emociones de otras personas y sus intenciones.

—De acuerdo, vamos —dije, saliendo del apartamento.

—Por favor —protestó Vicken cerrando la puerta detrás de nosotros—. No te comportes como si fuera idea tuya.

Cerca de la biblioteca, una furgoneta de seguridad se dirigía hacia la capilla, alejándose de Seeker.

Vicken señaló los árboles.

—Vamos —murmuró.

Nos apresuramos por el sendero hacia las sombras, manteniéndonos pegados a los edificios. Al llegar a la enfermería giramos y echamos a correr frente a la fachada de ésta hacia el bosque. No podía ver el muro de piedra, pero sabía que estaba allí. Vicken avanzaba a la misma velocidad que yo, y cuando le vi con el rabillo del ojo, observé una pequeña sonrisa pintada en sus labios.

—Lo estás pasando bomba —dije.

Llegamos al muro de piedra, que era tan alto como Vicken. Él apoyó una bota de motero entre las piedras irregulares y se encaramó sobre el muro. Luego me ayudó a trepar por él. Descendimos por el otro lado, que daba a la calle Mayor, lejos de la protección de los muros del internado de Wickham.

Al aterrizar en la calle, la idea se me antojó bastante estúpida. Vicken y yo no habíamos tomado ninguna precaución. Pudimos habernos atado una cuerda alrededor del cuello con un nudo a modo de conjuro protector. Pudimos habernos armado con todo tipo de conjuros.

Respiré hondo, observando la larga perspectiva de la calle Mayor.

—Puedo hacerlo —dije, extendiendo la mano hacia Vicken—. Sé manejar un cuchillo.

—Buena chica —respondió él, llevándose la mano a la bota. Me entregó la daga metida en una funda de cuero. Seguimos caminando junto al muro, por la calle Mayor, alejándonos de la escuela, alejándonos de los cafés, en dirección al cementerio de Lovers Bay.

—Además —añadió Vicken—, hemos venido a averiguar qué quiere esa vampira. A observar. No tendremos que pelear con nadie si procuramos pasar inadvertidos.

No podía permitirme el lujo de tener miedo, aunque ella fuera más poderosa que nosotros. En cualquier caso, no estábamos inermes. Por naturaleza los vampiros no tienen una fuerza o una velocidad extraordinarias. Tan sólo poseen una percepción extrasensorial, pueden percibir el olor a carne en un instante, leer pensamientos e intenciones, incluso localizar a una persona a kilómetros de distancia. Vicken y yo podíamos correr más que un vampiro en una distancia corta, pero al cabo de un rato la necesidad de recuperar el resuello nos debilitaría. Teníamos que pasar inadvertidos para que ella no pudiera sentir nuestra presencia ni vernos.

Empecé a sentirme mejor. Había sido la reina de los vampiros durante casi seiscientos años, y los conocía. Sabía más que ella, que era una vampira de apenas un siglo de edad. Los vampiros son por naturaleza unos seres solitarios. Suelen desplazarse en grupos de no más de cinco, un clan. Muchos vampiros juntos son demasiados vampiros pugnando por hacerse con el poder. Pasamos frente al cementerio y nos dirigimos hacia el extremo de la calle Mayor. Mientras caminábamos, atisbamos el océano al final de la calle.

—¿Presientes algo? —pregunté a Vicken.

—Sólo lo asustada que estás —respondió con una sonrisa socarrona. Pero ésta se desvaneció de golpe. Inspiró profundamente. Yo también.

Se había producido un cambio en el aire. Se había levantado una ligera brisa, la cual transportaba el olor a...

—Almizcle —dijimos al unísono. El almizcle era un olor muy específico, utilizado en numerosos conjuros.

—¿De dónde proviene? —pregunté. Él señaló hacia el extremo de la calle. Se levantó otra ráfaga de viento, y esta vez el olor era más fuerte.

Toqué a Vicken en el brazo.

—¿Qué probabilidades tenemos de dar con ella? —pregunté.

—Bastantes. Tú misma lo dijiste —murmuró, mirando hacia el otro lado de la calle—. El ritual la ha atraído hasta aquí.

Aspiré de nuevo el intenso olor a almizcle y miré el cielo. Sobre nuestras cabezas aparecía una constelación que conocía bien.

—Pegaso —dije.

Mi viejo amigo el caballo alado. Vicken y yo nos miramos con gesto cómplice. Los vampiros contemplaban Pegaso para saber la hora; uno podía descifrar cuánto rato faltaba para el amanecer basándose en la posición de Pegaso en el cielo. Ahora era casi medianoche, una hora poderosa para que los vampiros llevaran a cabo sus conjuros. Aunque ahora nosotros dos éramos mortales, confié en que Pegaso nos concediera fuerza.

Junto con el almizcle percibimos el olor de tierra y vainilla. El olor se intensificó; no era el almizcle tradicional, era distinto. Había olido en otras ocasiones esa combinación.

—Está claro —dije, muy convencida—. Están quemando este almizcle sobre un fuego. ¿No notas un olor a madera?

Yo misma había llevado a cabo este conjuro con Heath, Gavin, Song y Vicken poco después de que se convirtieran en miembros de mi clan. El conjuro de anunciación se utilizaba para consolidar un clan, para ligar las vidas de todos sus miembros entre sí. Para siempre.

—Y debe de llevarse a cabo antes de la medianoche en la playa. Necesitarán agua de mar —dije, echando a correr hacia el extremo de la calle Mayor con renovada determinación—. Por eso la vampira mató a Kate. Tenía que estar lo bastante saciada de sangre para poder compartirla con su clan —continué, resollando.

—Sí, lo recuerdo —dijo Vicken con tono sombrío mientras me seguía hacia la playa—. Mira, si sólo hay uno o dos, podemos apuñalarles en el corazón. Así acabaremos rápidamente con ellos. —El olor a almizcle era ahora casi insoportable—. Saca tu daga.

La extraje de mi bota asiéndola por el mango. El extremo de la acera daba paso a una urbanización cuyas viviendas estaban separadas de la calle por un largo camino de acceso. Vicken me sujetó de la muñeca y me condujo hacia la sombra, al borde de un pequeño aparcamiento.

Se volvió de perfil, serio, para observar el mar.

—Vamos —murmuró. Le seguí, agachada mientras atravesábamos el aparcamiento hacia el malecón que rodeaba la arena.

Vicken se puso de cuclillas y se inclinó hacia delante.

—Detente —murmuré—. Sentirán nuestra presencia.

—No si están en medio de la ceremonia —contestó él.

Avanzó lentamente para asomarse por la esquina del malecón. Su cuerpo estaba inmóvil mientras observaba la playa.

—¿Qué ves? —pregunté, incapaz de soportar la tensión.

Vicken se sentó sobre sus talones. Iluminado por el resplandor de la luna, abrió la boca y fijó la vista en el suelo antes de responder en voz baja:

—Son cinco. Cuatro hombres y la mujer.

Sin dejarle continuar, me coloqué de forma que pudiera contemplar la playa. No me quedaba un ápice de mi visión de vampira, por lo que sólo pude distinguir cinco figuras, tal como había dicho Vicken. Ante los miembros del clan ardía una hoguera, y unas pequeñas chispas crepitaban en la oscuridad. Percibí el olor a almizcle e incienso.

La vampira lo había conseguido. Disponía de un clan.

Mientras yo la observaba, volvió la cabeza, levemente iluminada por el resplandor de la luna, de forma que pude ver su perfil. Tenía la nariz pequeña y respingona y una pronunciada clavícula, como si no hubiera comido lo suficiente cuando era humana. Acto seguido se volvió hacia mí, alzó un brazo y me señaló.

—Corre —dije, retrocediendo apresuradamente—. ¡Corre, Vicken!

Forcé a mi cuerpo al máximo mientras avanzábamos a la carrera por la calle Mayor de regreso a la civilización. Mis piernas, mis pobres piernas, no cesaban de temblar hasta el punto de que, de no ser por la imagen mental del brazo de la vampira señalándome, me habría caído redonda al suelo. Ese cabello rubio y la curva familiar de la nariz. ¿Cómo había averiguado que me hallaba aquí, en Lovers Bay?

Corre, Lenah. No pienses y corre.

Si lográbamos encontrar una multitud, estaríamos salvados. Los vampiros no se muestran a los humanos en masa. Pero ella no cejaría en su empeño. Me había visto, a su creadora.

Pero ¿cómo se llamaba?

—¡Aquí! ¡Aquí! —dijo Vicken, deteniéndose en una zona de la calle que supuse que había elegido al azar. Empezó a trepar por el muro de piedra, y entonces comprendí que sabía exactamente dónde nos hallábamos gracias a su visión de vampiro que aún conservaba.

Me volví de nuevo para cerciorarme de que no nos seguían. Por fortuna, los elevados árboles se curvaban sobre la amplia calle, que estaba desierta.

Vicken me tendió la mano y trepamos por el muro. Cuando mis pies aterrizaron sobre la hierba de Wickham, me sentí un poco mejor. Regresamos con paso sigiloso hacia el campus entre los árboles, pero cuando nos aproximamos al sendero, Vicken se detuvo.

—Espera —dijo, extendiendo el brazo.

Una furgoneta de seguridad pasó de largo, haciendo que ambos retrocediéramos hacia las sombras. Cuando alcanzamos la seguridad que nos ofrecía la oscuridad, Vicken me preguntó:

—¿Por qué echaste a correr como alma vendida al viento? ¿Acaso te vieron?

—¡Pues claro! —respondí, tratando de recobrar el resuello.

—Caminemos junto a la parte posterior de los edificios —propuso—. Así tendremos más probabilidades de permanecer ocultos.

Echamos a andar hacia Seeker.

—Se llama Odette —dijo Vicken—. No tardó en empezar a vagar por el mundo cuando te sumiste en tu periodo de hibernación.

Mientras avanzábamos divisé la parte trasera del edificio Curie y el invernadero.

—¿Odette? —dije. Su nombre me sonó raro y extraño cuando lo pronuncié en voz alta—. No lo recuerdo. —Pero recordaba su rostro. Jamás olvidaba las caras de las personas a las que había asesinado.

—Si el poder del ritual la ha atraído a Lovers Bay, significa que ha venido en busca de la magia elemental —dije—. Desea utilizarla.

No tenía que explicarle a Vicken que lo que deseaba la vampira era poder.

—Bueno, nosotros no volveremos a practicar ese ritual hasta dentro de mucho tiempo, de modo que quizá se marche cuando compruebe que la magia no vuelve a aparecer.

Confié en que tuviera razón, pero desconocía las intenciones de Odette. No obstante, cuando nos detuvimos, indecisos, junto a la parte trasera de la enfermería, comprendí una cosa: la primera prioridad de un vampiro es la sangre. Lo segundo en la lista de esa vampira sería el poder. Si Odette deseaba averiguar la fuente de la magia del ritual, actuaría siguiendo un plan. Los vampiros siempre tienen un plan.

Vicken y yo nos dirigimos apresuradamente hacia el edificio de los medios de comunicación, junto a Seeker. Vacilamos al ver a dos policías de Lovers Bay patrullando el sendero frente a nosotros. Alcé la vista para mirar mi balcón, situado en el piso superior. El balcón donde había llevado a cabo el ritual.

Traté de ignorar la voz que sonaba en mi cabeza, la que venía atormentándome desde que la vampira había alzado el brazo y me había señalado en la oscura playa.

Odette no tardaría en regresar.

6

Examiné la espada antigua que colgaba en la pared. Estaba sentada en el sofá, con la cara apoyada en las manos y las piernas recogidas debajo de mí. Analicé la delgada imagen de mi cuerpo reflejada en el metal de la espada. ¿Cuántas veces había contemplado su hoja plateada y me había preguntado cómo lograría sobrevivir sin Rhode? ¿Cuántas veces había tenido que desviar la mirada porque me resultaba insoportable mirarla?

Luego había conocido a Justin, que me había sacado del pozo de desesperación en el que había caído y había vuelto a ver la luz.

Habían transcurrido dos días desde que Vicken y yo habíamos descubierto a los vampiros en la playa. No nos aventurábamos fuera del campus después del anochecer. Por más que examinara esa espada antigua, contemplando su espejo infinito en busca de respuestas, no las hallaba. ¿Por qué había permanecido Rhode tanto tiempo alejado de mí después de sobrevivir al ritual? Un ritual que había llevado a cabo para transformarme en humana.

Lo único que sabía con certeza era que nuestras almas nos habían ligado a la tierra.

Durante dos días después de que Rhode me abandonara, recorrí el camino entre mi apartamento y el campo de tiro con arco numerosas veces. Buscaba respuestas en el lugar donde habían aparecido las Aeris. Pero después de pasar varias horas sentada sobre la hierba, no había adelantado nada.

Durante dos días me pregunté donde podía estar ¿Dónde se había ocultado durante los años en que yo le había dado por muerto? No encontré ninguna respuesta, y Rhode no regresó.

Dos días
　　que se convirtieron
　　en dos semanas,
　　que se convirtieron en dos meses.

El verano transcurrió en un abrir y cerrar de ojos. Pasaba muchos ratos en mi apartamento, leyendo y reflexionando, pero conforme nos acercábamos al comienzo del curso, empecé a tachar los días en el calendario. El 31 de agosto decidí hacer un viaje. Los estudiantes de Wickham regresarían dentro de un par de días y no había visto a Justin o a sus hermanos en el campus en todo el verano.

No había recibido ninguna carta. Ni correos electrónicos.

Traté de contactar con Justin, pero mis llamadas telefónicas no obtenían respuesta.

Tres días antes de que comenzara el curso, emprendí el largo trayecto en coche, al amanecer, hacia Rhode Island, a casa de los padres de Justin. Quería darle una explicación. Él la merecía. Ensayé mi discurso durante el trayecto de una hora hasta allí. Cuando por fin enfilé su calle, bajé la ventanilla. Una fresca brisa penetró en el coche, acariciándome las mejillas. Las grandes mansiones dormían a esa temprana hora de aquella mañana estival. Ni los aspersores habían empezado a regar los jardines.

Me detuve al pie del camino de acceso a la vivienda familiar de Justin, y contemplé la casa. La última vez que había estado allí había sido en Halloween. Los árboles estaban ahora en flor y cubiertos de hojas. Asociaba esa casa al olor a galletas recién horneadas, comida casera y manos suaves acariciándome la piel. Esperaba ver en cualquier momento encenderse una luz en la ventana de la cocina. La madre de Justin era madrugadora. ¿Sabía que su hijo y yo no nos habíamos hablado en todo el verano? ¿Me recibiría en su casa?

¿Cómo podría explicarle a Justin lo mucho que lo sentía? De acuerdo, lo ensayaría una vez más.

—No lo comprendes, Justin —me dije en voz alta—. Cuando vi a Rhode, me llevé… una sorpresa.

Oí el sonido de una cerradura; la puerta principal se abrió. Alcé la barbilla y vi a Justin, con el torso desnudo y vestido con un chándal que decía WICKHAM en una pernera. Él achicó los ojos.

Había llegado el momento. Tenía que decírselo.

—¿Lenah? —preguntó, alzándose de puntillas para tratar de verme sobre una mata de hortensias.

Trasladé el peso de mi cuerpo del pie izquierdo al derecho. Mi corazón no hallaba un ritmo que le resultara cómodo. No podía gritar lo siento desde donde estaba. Eché a andar por el largo camino de acceso a la casa, pero fue inútil.

Él cerró la puerta de un portazo.

—No lo entiendo —dijo Vicken la tarde siguiente. Teníamos la precaución de no salir después del anochecer y faltaban un par de horas para que se pusiera el sol. Habíamos planeado nuestras jornadas de esa forma durante todo el verano. Eran las seis y unos minutos y nos hallábamos en la herboristería de Lovers Bay, situada al final de la calle Mayor—. ¿Por qué tenemos que quedarnos en este maldito lugar? Escondiéndonos durante el día por si nos topamos con una vampira a la que quizá transformaste hace cien años. Por si habías olvidado dónde ocurrió, tenemos una casa en Hathersage. De hecho, allí asesinamos a muchas personas.

—Ya, una casa que imagino que habrán invadido un montón de vampiros en nuestra ausencia —repliqué.

—Tenemos dinero —insistió él—. Podemos ir a París. A beber vino. A relajarnos.

—Sabes que no podemos marcharnos —contesté, sosteniendo un tarro de jazmín desecado. *Podía sernos útil.* Eché un puñado en la bolsita de papel—. No pienso irme ahora que han matado a Kate. Y menos sintiéndome responsable de su muerte.

—Quizá todo sea una coincidencia. Hace siglos que practicaste el ritual. Esos vampiros probablemente vinieron a la ciudad, devoraron a tu desdichada amiga y se marcharon. Vámonos. Podemos localizar a Rhode nosotros mismos. No nos costará dar con él —dijo él con tono malhumorado—. Ojos azules, gesto hosco, actitud prepotente...

—Nos quedaremos aquí —contesté, colocando las compras sobre el mostrador. Me abstuve de explicarle que no quería marcharme de Lovers Bay porque había echado raíces aquí. Éste era ahora mi hogar.

—Oye, mira, el hecho de que durante centenares de años fueras la reina de los vampiros no significa que sigas siéndolo.

La dueña de la herboristería había desaparecido detrás de la cortina para ir en busca de unas patas de salamandra que le había pedido. Deposité un billete de veinte dólares en el mostrador, esperando a que la mujer regresara.

Vicken examinó unos cristales mágicos que había en el estante inferior del expositor, pero luego se acercó a mí lentamente y murmuró:

—Piel blanca, delicada. Como humana, es tan menuda que sería muy fácil partirle el cuello.

Sentí un hormigueo en todo el cuerpo. Lo miré. Él me observó desde detrás del mostrador con los ojos desmesuradamente abiertos.

—Le extraeré toda la sangre, lentamente —dijo. El tono

de su voz era distinto, femenino, casi espeluznante. Hablaba por boca de otra persona; solía ocurrir cuando un vampiro utilizaba su percepción extrasensorial—. Será más fácil localizar a Lenah sola —murmuró.

Retrocedió un paso.

—Lenah —dijo con su voz habitual—. Vete. Ahora.

La mujer reapareció y se colocó de nuevo detrás del mostrador. Su larga y rubia cabellera caía sobre su blusa formando unos bucles perfectos. Tenía una piel insólitamente pálida y reluciente. Los ojos eran vidriosos, de un color jade anormal.

Odette.

Se oyó un chirrido contra el cristal. Una mano blanca adornada con unas uñas afiladas como cuchillas agarró el dinero como una zarpa. Deslizó sus uñas de color escarlata sobre el cristal del lustroso mostrador.

Odette se enjugó una gotita de sangre de la comisura de la boca.

—Empezabais a sentiros tranquilos, ¿eh?

Se relamió e hizo una mueca como si el sabor le disgustara.

—¡Puaj! Estaba muy gorda. Estaré saciada durante días —dijo, tras lo cual dobló las piernas con agilidad y aterrizó sobre el mostrador de un salto—. Vaya, vaya... —susurró, mirándonos a Vicken y a mí.

Retrocedí hacia la puerta, sosteniendo la bolsa de papel.

—Lenah Beaudonte. La reina. ¿Retrocedes ante mí?

Un hilo de sangre se deslizaba por su barbilla como vino por el lado de una copa.

Vicken sacó una daga y se colocó frente a mí. Odette saltó al suelo y aterrizó a pocos centímetros de él, mirándonos a uno y a otro repetidamente.

—Muy bien, señora Beaudonte. Veo que tu ritual funciona. Tu amigo es un humano muy convincente.

La sangre me martilleaba en los oídos y en la garganta. Vicken extendió el brazo, empuñando la daga.

Oí un gemido procedente del suelo detrás del mostrador. La tendera aún estaba viva.

—Si quieres morir, acércate —dijo Vicken a la vampira.

Ella ladeó la cabeza y sonrió, observándome a mí, que estaba detrás de Vicken.

—Siempre he admirado tu grandeza, Lenah —dijo, lamiéndose la sangre de la barbilla—. Y tu maldad...

Sentí un nudo en la garganta que me impedía tragar saliva con facilidad.

—Tu amiga Kate..., se llamaba así, ¿no? Trató de escapar de mí arrastrándose. No cesaba de gritar y chillar. Fue muy divertido —dijo Odette con tono burlón.

Vicken se precipitó sobre ella, extendiendo la mano para clavarle la daga en el corazón. Ella alzó una pierna y la daga voló en el aire, describiendo un arco, y cayó al suelo con un golpe seco.

—¡Maldita sea! —bramó Vicken, apresurándose para recuperar su arma.

La vampira agachó la cabeza y sus ojos se clavaron en los míos. Abrió la boca, enseñando los colmillos.

Cuando los miembros de mi clan vinieron a por mí hace unos meses, cuando los maté en el gimnasio, no lo comprendí. No fue hasta este momento, mientras mi corazón bombeaba sangre, que entendí lo que significaba ser humana. Yo rebosaba de humanidad. Ella necesitaba sangre. Yo sería su próxima víctima. Ella deseaba arrebatarme mi fuerza vital; conocía bien ese sentimiento. Con qué voracidad había chupado la sangre de mis víctimas por dos minúsculos orificios, extrayéndola mediante rítmicas succiones mientras la vida se escapaba lentamente de mi presa.

Dejé caer la bolsa de hierbas al suelo y alcé las manos, dispuesta a defenderme. Me volví de lado para no presentar un blanco fácil a la vampira. Ella corrió hacia mí, extendiendo un brazo y golpeándome en el pecho. Caí hacia atrás y choqué contra la pared. Unos pequeños viales marrones y negros cayeron de los estantes. Algunos cayeron sobre mí, derramando su contenido, y otros se hicieron añicos contra el suelo. El pecho me dolía debido a la fuerza con que la vampira me había golpeado.

Odette rodeó a Vicken con un brazo y lo levantó del suelo, aferrándolo por el cuello. Él me miró a los ojos. Se debatió denodadamente tratando de soltarse, pero la vampira lo sujetaba con fuerza. Vicken tenía las manos crispadas. La daga estaba en el suelo, inservible.

Me levanté de un salto y agarré los dedos de Odette, tirando de ellos con fuerza, pero era imposible moverlos. Era como una niña tirando de una tenaza de hierro. Volví a intentarlo. La vampira tenía una fuerza descomunal.

Sonrió, enseñando de nuevo sus colmillos.

—¿Qué es esto? —gruñí.

—Qué preguntas —contestó ella con tono socarrón. Apretó el cuello de Vicken con más fuerza, y él hizo un gesto de dolor. La vampira me apartó con la mano derecha, pero fue como si un yunque me hubiera golpeado en el estómago. Choqué de nuevo contra los estantes repletos de frascos, que cayeron y se estrellaron contra el suelo a mi alrededor. Caí al suelo y sacudí la cabeza para aclararme la vista.

La fuerza de su mano había debilitado mis músculos. Cuando me los palpé con las yemas de mis dedos, se contrajeron y sentí un agudo dolor en todo el cuerpo.

—Dame el ritual, Lenah. Ahora —me ordenó Odette.

Vicken tenía el rostro congestionado. Miré la daga y me levanté del suelo en el preciso momento en que él alzó una rodilla.

Pisó con todas sus fuerzas el pie de Odette y ésta, sorprendida, le soltó. Él se apartó de un salto y se precipitó hacia la daga. La vampira, en lugar de atacarlo de nuevo, se precipitó hacia mí agitando sus garras. La esquivé, evitando sus uñas afiladas como cuchillas, pero resbalé sobre el aceite derramado de los frascos rotos de aromaterapia y caí de espaldas al suelo con un fuerte impacto.

Odette apoyó un pie sobre mi pecho.

Apretó con fuerza. Temí que me partiera las costillas. El pecho me dolía. Vicken, que estaba detrás de ella, se puso de pie. Ella apretó con más fuerza, justo debajo de mi cuello. Comencé a toser, incapaz de respirar. ¡Necesitaba respirar!

Vicken recogió la daga.

—Mataré a tus amigos uno tras otro —murmuró la vampira entre dientes—. Kate fue fácil. El resto morirá de forma lenta y dolorosa.

Vicken asestó una puñalada en el aire, pero no fue tan rápido como la vampira.

Odette apartó el pie de mi pecho y salió corriendo de la tienda. Vicken la persiguió, daga en mano, pero la vampira desapareció. Procuré recobrar el resuello, inspirando bocanadas de aire caliente. Me llevé las manos al pecho y froté la piel sobre la que Odette había oprimido su bota con fuerza.

Kate fue fácil. El resto morirá de forma lenta y dolorosa.

—¡Vicken! —tosí, colocándome boca abajo y recogiendo mi bolsa de hierbas del suelo. Me levanté entre el montón de frascos rotos y aspiré una mezcla de olores a higos y pachulí. Vicken había salido en pos de Odette, pero no podía competir con una vampira, que no necesitaba respirar. Cuando salí de la tienda tambaleándome, él estaba en medio de la calle. Lo único que alcanzamos a ver fue la cabellera rubia y la delgada figura de la vampira, que desapareció en el crepúsculo que había caído sobre la calle Mayor.

Me acerqué lentamente a Vicken. Él pestañeó, escudriñando la calle para comprobar si había más vampiros merodeando por allí. Lo único que se movía eran las nubes que se deslizaban rápidamente sobre nuestras cabezas. Olfateó el aire un par de veces y me miró.

—Apestas.

—No me sorprende. —Tenía la blusa impregnada de aceites esenciales—. Debemos volver y comprobar si la dueña de la tienda aún está viva —dije—. Aunque si alguien entra y nos pilla antes de que la mujer se despierte, tendremos problemas.

—Yo iré —dijo Vicken—. La idiotez humana no me da miedo. —Se agachó y guardó la daga en su bota—. Esa vampira era muy veloz. No creo que la hubiera alcanzado si le hubiera arrojado la daga. —Lo dijo como si tratara de justificarse ante mí.

—Al menos no nos mató —dije.

—Cierto —respondió él, llevándose la mano al hombro. Hizo un gesto de dolor—. Pero trató de llevarme con ella.

—Quiere el ritual.

—Ya lo supuse —dijo Vicken, mirándome y olfateando de nuevo el aire—. Espera aquí, donde pueda verte. —Tras dudar unos instantes añadió—: Y olerte.

—Vuelve a hacer ese movimiento —me pidió Vicken, dando una calada al cigarrillo.

Estábamos en la playa de Wickham, y repetí el movimiento que había visto hacer a Suleen a principios de verano.

—¿Agitó la mano y el cuerpo de esa chica apareció como por arte de magia? —preguntó Vicken.

—No exactamente. Era una silueta. Una especie de fantasma.

Parecía como si ese momento se hubiera producido hacía miles de años. La cinta amarilla y los policías habían desaparecido. Alguien había explorado a fondo la arena. La habían examinado detenidamente, la habían limpiado, se habían llevado todas las pruebas de que una persona había sido asesinada allí.

—Ya te lo dije —continué—, éramos invisibles para las personas que nos rodeaban. Totalmente invisibles.

Vicken se levantó, arrojando el cigarrillo a la arena en el momento en que un vehículo de seguridad de Wickham pasó frente a la entrada de acceso a la playa. Un guardia bajó la ventanilla del coche y nos dijo en medio de la oscuridad:

—¡Dentro de veinte minutos sonará el toque de queda!

—¡Gracias! —contesté.

Al cabo de un momento, dije:

—Odette mostraba la típica expresión de ansia de poder. —Recordé la impresión que me había causado al verla avanzar por la playa—. Es la expresión típica de cuando la locura empieza a apoderarse de una.

Dejé de pasearme de un lado a otro cuando Vicken encendió otro cigarrillo. Contemplaba el océano, de espalda al campus.

—¡Eh, chicos! ¡Dentro de quince minutos sonará el toque de queda!

En el sendero había otro guardia de seguridad, un tipo corpulento con barba, que nos señaló.

—Nadie puede estar fuera después de las nueve —nos recordó.

Cuando los estudiantes regresaran al campus durante los próximos días, lo encontrarían muy cambiado. Vicken y yo habíamos salido del campus esa mañana y habíamos visto a unos obreros de la construcción instalando una pesada puerta de acero. La habían colocado de forma que conectara entre las dos torres góticas de la entrada.

Cuando regresamos esa tarde, vimos a un guardia de seguridad en la caseta de la entrada, en la cual habría apostado un guardia las veinticuatro horas del día. El año pasado la caseta había estado siempre vacía.

Ahora, en la playa, había un guardia de seguridad vigilando.

Me reuní con Vicken en la orilla del agua.

—¿Cómo podemos protegernos si hay cinco vampiros merodeando por aquí? —pregunté—. Ya no soy una vampira capaz de utilizar la luz solar como arma.

Vicken calló durante unos momentos y luego dijo:

—De eso se trata, ¿no? —Asintió con la cabeza como si hablara consigo mismo—. Tenemos que contar con la luz solar.

—Depende. Esa vampira era lo bastante fuerte como para sujetarte e inmovilizarte. No sabemos qué tipo de fuerza posee. Y esta tarde salió antes de que anocheciera.

—Casi había anochecido. Quizá sea simplemente muy fuerte. No conocemos sus poderes. Tenemos que dejar que los acontecimientos sigan su curso para averiguar a qué nos enfrentamos. Trataré de fisgonear a ver si consigo más información.

—Ten cuidado. ¿Estás seguro de que tu percepción extrasensorial no se ha debilitado? —pregunté, confiando en que algunos de los rasgos vampíricos de Vicken no se hubieran desvanecido desde su transformación. Él negó con la cabeza. Al igual que él, lo único que yo había conservado de mis poderes vampíricos después del ritual eran mi visión y mi percepción extrasensorial. Era imposible adivinar cuándo desaparecerían los suyos, pero los míos comenzaban a debilitarse a medida que me hacía más humana. Cuanto más tiempo los conservara él, mayor sería nuestra ventaja. Abandonamos la playa y echamos a andar hacia Seeker.

Cuando regresé a mi habitación y Vicken a su residencia, encendí una vela blanca sobre mi mesita de centro. Me tumbé en el sofá y observé cómo la llama de la vela parpadeaba y oscilaba. La luz se convirtió en un resplandor dorado y difuso. Recliné la cabeza sobre el respaldo del sofá, y mientras observaba la rítmica danza de la llama, me quedé dormida. Vi en mi mente unas imágenes de Justin cerrando puertas de un portazo y gritándome delante de un grupo de gente. Luego irrumpieron otras imágenes de pesadilla: Justin pilotando su fueraborda y embistiendo con ella a Rhode, que yacía inerme en la orilla.

Luego las imágenes cambiaron.

Camino por un sendero que me es familiar. Estoy en Wickham. Veo unos edificios de piedra cubiertos por nieve embarrada. No hay estudiantes. Las ventanas están ennegrecidas, el centro estudiantil desierto. Echo a andar por el largo sendero hacia la playa de Wickham.

—¿Qué es este lugar? —pregunto al campus desierto, y de pronto me doy cuenta de que no estoy sola. Suleen está junto a mí. Caminamos por la nieve hacia la playa de Wickham. Cuando miro hacia la costa, veo los pedazos quemados de un viejo bote de remos sobre la arena.

Las ventanas de la residencia Quartz están oscuras, abandonadas. Nadie sale o entra de las residencias estudiantiles ni se apresura a sus clases sosteniendo una taza de café en la mano. Wickham está oscurecido, muerto. Una ciudad fantasma.

—¿Es esto el futuro? —pregunto.

—Esto es Wickham si Odette consigue hacerse con el ritual —responde Suleen—. Nadie tan malvado puede verter sus pérfidas intenciones en un ritual tan potente sin que haya repercusiones. Ella lo destruirá... todo.

Me detengo, conteniendo el aliento en el gélido aire invernal.

Me incorporé bruscamente en el sofá, apoyé las manos en mis muslos y traté de recobrar el resuello. Me quedé inmóvil unos momentos; tenía la punta de la nariz helada. Era como si hubiera salido a pasear un día en que nevaba.

—¿Suleen? —dije en voz alta—. ¿Suleen?

Me volví y miré alrededor de la habitación, pero había sido un sueño. Y estaba sola.

7

Un mar de tejido negro. Camisetas negras. Vestidos negros. Faldas negras. Botas negras.

Kilómetros y kilómetros de negro. Sabía que el año pasado me había puesto todo lo que tenía en el armario, pero…

—¿Tengo algo que no sea negro? —pregunté al armario. Todo el mundo tenía motivos para mirarme con extrañeza: a fines del año pasado me había ausentado durante seis meses; mi mejor amigo, Tony, había muerto; y ahora yo había vuelto a la escuela sin dar ninguna explicación. *¿Qué dirían Tracy y Claudia?*, me pregunté, sosteniendo una falda en la mano. Era inevitable que hubiera preguntas y rumores sobre Kate, la tercera chica del Terceto, que ahora estaba muerta. Saqué una blusa negra y unos vaqueros negros del armario. Sentí un pellizco en el corazón. ¿Seríamos amigas Tracy y yo este año, sin la presencia de Tony?

Suspiré y traté de desterrar el sueño que había tenido la noche anterior. El reinado de Odette; si conseguía el ritual, convertiría Wickham en un infierno abandonado. Un infierno sin aquellos a quienes yo amaba, sin Justin y sin Rhode.

Hola, pensé, sosteniendo la blusa contra mí. *Soy Lenah Beaudonte. Visto siempre de negro, y antaño sembraba la muerte a mi paso.*

Suspiré de nuevo y me preparé una taza de café.

Cuando salí al campus, me puse unas gafas de sol. Durante unos breves instantes, supuse que vería a Tony esperándome, como había hecho a menudo el año pasado. Esperaba ver los pendientes que ensanchaban los orificios que se había hecho en las orejas, las manchas de carboncillo en las yemas de sus dedos y su gorra de béisbol colocada al revés. A poco que me esforzara, vería en mi imaginación a mi maravilloso amigo japonés.

Pero estaba muerto.

La escuela, por otra parte, hervía en actividad pese a la nueva presencia de los guardias de seguridad. El campus estaba lleno de estudiantes de los colegios mayores dirigiéndose de un edificio a otro. Algunos salían del centro estudiantil sosteniendo unos vasos de cartón con café, otros portaban unas bandejas de desayunos rápidos para llevar. Caminé por la sombra de las ramas, aunque ya no temía al sol. Miré las palmas de mis manos, las líneas de la vida que conocía bien. Durante un momento me pregunté, por más que sabía que nunca obtendría respuesta, por qué, durante mi segunda vida como vampira, había brotado luz solar de mis manos. ¿Quién tomaba esas decisiones en el mundo y por qué se me había concedido ese poder?

Mientras me encaminaba hacia la reunión general de todos los alumnos, pensé que cuando había sido capaz de utilizar la luz solar como arma había detentado un poder increíble. Me atraganté con el café y me paré en seco al darme cuenta de una cosa: si hubiera seguido siendo una vampira, sería una de las vampiras más poderosas del mundo. Durante unos instantes sentí en mi interior la pulsión del «subidón» que había experimentado antaño como vampira, el afán de poder, pero luego se desvaneció.

Seguí caminando. Vicken se levantó de un banco situado a unos diez pasos de donde me hallaba, en el sendero. Al verlo allí, con una mochila colgada de los hombros, sonreí. Más allá, a lo lejos, el puerto relucía bajo el sol matutino.

—Voy a saltarme la reunión —dijo con tono categórico.

—No puedes —respondí—. Toman nota de los asistentes.

—¿Que toman nota…?

—Pasan lista —aclaré.

—No debí dejar que Rhode me convenciera para venir a esta maldita escuela.

Me detuve. Una chispa de sorpresa se encendió en mi pecho. Al oír mencionar su nombre, imaginé de inmediato varios escenarios en los que aparecía Rhode. Rhode en Hathersage caminando por los pasillos desiertos, Rhode observándome de lejos, protegiéndome. ¿Se preguntaría si yo estaba bien?

—¿De modo que Rhode te convenció para que vinieras a Wickham?

—No exactamente, pero ¿te das cuenta de que no he asistido a la escuela desde que la gente se desplazaba a caballo y en calesas?

—¿Cuándo hablaste con Rhode?

—Antes de que se marchara —respondió, pero no le creí. Me paré en seco y dirigí la vista al frente. Junto a la entrada de Hoppper estaban Claudia y Tracy, Roy, unos jugadores de lacrosse que yo no conocía, el hermano de Justin, y junto a él también estaba Justin.

—¿Qué pasa? —pregunto Vicken con tono alarmado. Quizás estaba más dispuesto a empuñar su daga que en circunstancias normales—. Ah… —gruñó cuando se dio cuenta de a quién miraba yo.

Justin abrazó a Claudia con fuerza. Cuando se apartó, ella se enjugó los ojos y vi que estaba llorando. Este compañerismo había existido entre ellos antes de que yo llegara a esta escuela, antes de que yo apareciese. Estaban juntos y unidos, con las espaldas encorvadas en un gesto de abatimiento, y, de alguna forma, pensé que parecían más reducidos. No en sentido numérico, sino en cuanto a su energía.

—Me gustó su perfume, el del frasco rosa y curvo —dijo Vicken inopinadamente. Tenía los ojos cerrados como si se concentrara. Su cabello revuelto enmarcaba su rostro en unas ondas como la melena de un león—. Esa chica echará de menos ese olor —dijo, aunque las palabras que pronunciaba no eran suyas.

—¿Qué? —pregunté bajito.

—Tu amiga Tracy. Desearía que Kate estuviese aquí. Porque... —dudó unos instantes—. Porque sabe escuchar mejor que Claudia.

Observé al grupo un momento. Tracy miraba a Claudia, aunque estaba callada.

—Y tu otra amiga rubia... —dudó de nuevo—. Desearía que su amiga estuviera presente para ir con ella de compras, de paseo. La echa de menos. Pero no lo entiendo. Han pasado más de dos meses desde que murió. ¿Cómo es que no se han serenado todavía?

Yo, a diferencia de Vicken, comprendía el dolor de los mortales.

Echaría de menos la costumbre que tenía Kate de sentarse en un asiento junto a nosotras, ofreciéndonos en primer lugar un chicle. Incluso echaría de menos su manía de hurgar constantemente en mi vida sentimental, haciéndome preguntas impertinentes. No éramos amigas íntimas, desde luego, pero su muerte había dejado un fantasma en mi mente.

—Dos meses no es nada —dije, pensando en Tony. Su muerte, a diferencia de la de Kate, había dejado una herida en mi corazón que estaba segura de que nunca cicatrizaría—. El dolor de una muerte puede durar años.

Había sido muy fácil comprender la muerte cuando éramos vampiros. Pero, como humanos, la muerte de un ser amado constituía un punto en la historia que siempre tendríamos presente. Un punto fijo en tu vida con el que te medías constantemente a medida que envejecías, un punto de referencia.

Una punzada en el corazón.

—Bueno, vayamos a que tomen nota de nosotros y entremos en clase —dijo Vicken.

—¿A que tomen nota de nosotros? —pregunté, desviando los ojos de Justin y sus amigos.

—Ya sabes, a que pasen lista.

Vicken sacó un trozo de papel del bolsillo mientras yo miraba de nuevo el grupo de personas que antes consideraba mis amigos.

—Mi primera clase es literatura universal —dijo Vicken, examinando su programa de estudios.

Justin se encaminó hacia nosotros con paso decidido y me preparé agitando la cabeza para que el pelo me cayera sobre los hombros. *Te lo tienes merecido. Encájalo, acéptalo. Te mereces lo que va a decirte.* Él apretó el paso. De hecho, sus pies le conducían hacia nosotros a gran velocidad. Vicken alzó la vista del papel que leía en el último momento.

Cuando el cuerpo de Justin chocó contra él, saltó por el aire y aterrizó en el suelo de espaldas. Justin se arrodilló junto a él y le asestó un puñetazo en la cara con una fuerza tremenda. Reaccioné de forma instintiva. Le propiné una patada en la cadera, lo cual hizo que se apartara de Vicken. Una nutrida multitud se había agolpado a nuestro alrededor cuando me agaché para tirar del brazo de Vicken y ayudarlo a levantarse. Él se incorporó tambaleándose y se limpió el ojo derecho, que había empezado a hincharse y tenía una mancha de sangre debajo.

—¡Dame un espejo! —dijo.

—No es el momento de ser presumido —respondí.

—¡Quiero ver esto! —exclamó con gesto de incredulidad. Sacudió la cabeza como si le pareciera increíble que yo no comprendiera que éste era un momento trascendente.

Se volvió hacia Justin.

—Buen golpe, colega.

La señora Tate, nuestra profesora de ciencias, salió corriendo del edificio Hopper. Miró a Justin furiosa, señalándolo con el dedo. Estaba claro que había visto lo ocurrido.

—¡Tú! —gritó. Justin agitó su mano, que debía de dolerle—. Acompáñame. Y tú —dijo volviéndose hacia Vicken— ve a la enfermería. Luego señaló a Andrea, una alumna de penúltimo curso, y le ordenó que fuera con Vicken.

Justin se acercó peligrosamente a nosotros. Podría haber asestado a Vicken otro puñetazo sin mayores problemas. Nunca le había visto tan sereno..., ni tan furioso.

—Eso... —dijo tan bajito que sólo lo oímos nosotros dos—. Eso —repitió— fue por Tony. —Acto seguido dio media vuelta y echó a andar detrás de la señora Tate, pero sin apartar los ojos de Vicken.

Sentí una opresión en el estómago y esperé a que Vicken reaccionara. Vi que se crispaba un músculo en su mandíbula, pero nada más. La señora Tate volvió a señalar, esta vez al edificio Hopper.

—¡Sígueme, Justin! —gritó.

Él clavó los ojos en mí. Eran fríos, distantes, furiosos, como si se sintiera decepcionado conmigo. Dejó de mirarme cuando se volvió y siguió a la señora Tate. Le vi alejarse con dolor en mi corazón. Era un dolor distinto del que sentía por Rhode. Quería recuperar a mi viejo amigo Justin. El que me sonreía, el que me tomaba el pelo, el que me ayudaba a entender el mundo de los humanos.

Andrea se colocó junto a Vicken, dispuesta a acompañarle a la enfermería. Se volvió para mirar a Tracy y a Claudia, como preguntando «¿quién es este tío?»

Él se inclinó hacia ella.

—Responde con sinceridad, ¿está rojo o morado? —le preguntó—. ¿Tienes un espejo, cariño?

Claudia y Tracy se dirigieron hacia mí. Lucían unos vestidos veraniegos preciosos; el de Claudia era de color amarillo canario. Durante una fracción de segundo deseé poder brillar como ellas, como brillaban siempre. Pero cuando Claudia se acercó, me di cuenta de lo abatida que estaba. Tenía los ojos enrojecidos e hinchados de llorar.

—Caramba —dijo—. Dos tíos que se pelean por ti. —Esbozó una sonrisa que dulcificó el dolor que traslucía su rostro.

—No fue por mí —contesté.

—Anda que no —dijo Tracy con cara seria—. ¿Quién es ése? —preguntó indicando a Vicken con la cabeza.

—Mi... primo —balbucí—. Vicken.

—Es mono —comentó Claudia, y durante unos instantes me alegré al comprobar que volvía a ser la misma de siempre.

—Entremos —dijo Tracy—. Está a punto de comenzar la asamblea matutina.

Mientras las seguía, me volví, buscando con la mirada a Rhode en el campus prácticamente desierto. Sabía que era inútil. No vendría. Se había tomado en serio la promesa que había hecho a las Aeris, y sabía que yo debía hacerlo también.

Dentro de Hopper, se oía un murmullo que reverberaba a través del auditorio. Los estudiantes formaron unos grupos, charlando sobre sus respectivos veraneos. Crucé el umbral y me detuve. ¡Cuánta gente! Había un centenar de personas, quizá más. En ese momento tendría la oportunidad de poner a prueba lo que había aprendido con respecto a la conducta humana. Entré en el espacioso auditorio y la multitud enmudeció. Los estudiantes más jóvenes, con la impertinencia propia de quienes aún no han aprendido a disimular, se me quedaron mirando. Mis compañeros de clase que habían sido testigos de los acontecimientos del año pasado interrumpieron sus conversaciones y se volvieron hacia mí.

Tracy y Claudia se habían colocado en la tercera fila, donde solían sentarse, aunque el asiento de Kate estaba ahora vacío.

Nerviosa, crispé los puños. *¿Por qué había tenido Justin que asestar un puñetazo a mi único aliado?*

Rhode..., me dije, pero sonó como un gemido.

Pasé junto a unas estudiantes de penúltimo curso que guardaron silencio al verme, a las que reconocí del año pasado. Al parecer, mi seguridad en mí misma había desaparecido junto con mis colmillos.

Detestaba el afán humano de chismorrear. Cuando pasé de largo, siguieron murmurando.

Es Lenah. Ha dejado a Justin Enos. Qué idiota, ¿no?

Ésas eran las mejores amigas de Kate Pierson.

Lenah era la mejor amiga de Tony Sasaki.

Ya, esa tía debe de ser una estúpida si ha dejado a Justin.

—Siéntate con nosotras —me dijo Claudia, retirando su mochila del asiento junto a ella.

Me recogí el pelo detrás de la oreja y me dirigí agradecida hacia las dos chicas que confiaba que siguieran siendo amigas mías. Ambas llevaban tan sólo unos ridículos dieciséis años en la tierra. Pero habían sido amables conmigo cuando yo las necesitaba y seguían siéndolo. Me senté y escuché a Claudia contarme los pormenores de su verano en un campamento para jóvenes aficionados a la navegación.

—¿Y tú, Lenah? —preguntó Tracy—. ¿Regresaste a tu casa en Inglaterra?

Cuando me disponía a explicarles que había pasado todo el verano en la escuela, la señora Williams, la directora de Wickham, una mujer con un carácter autoritario, dio unos golpecitos en el micrófono.

—… en cuanto se os ocurra firmar el registro para salir. Debéis ir como mínimo en parejas —nos ordenó la señora Williams—. Cuando salgáis del campus, debéis ir en parejas o perderéis ese privilegio.

Siempre he admirado tu grandeza, había dicho Odette.

Y tu maldad…

—La seguridad es más importante que nunca. Hemos perdido más de un tercio de solicitudes de ingreso en Wickham debido a las muertes fortuitas de Tony Sasaki y de Kate Pierson —dijo frunciendo el ceño—. De modo que tenemos la responsabilidad de asegurar a la comunidad del internado de Wickham que estaremos vigilantes y comprometidos con vuestra seguridad.

Tracy bajó los ojos y se los enjugó, pero yo mantuve la vista al frente, fingiendo que no me había dado cuenta. Claudia alargó el brazo y le apretó la mano.

—Kate Pierson —continuó la señora Williams— murió fuera del campus. Así que, aunque la echaremos de menos, os ruego que no tergiverséis los hechos. Estos incidentes no están relacionados específicamente con los estudiantes, ni van dirigidos específicamente contra ellos. No obstante, mantendremos nuestras medidas de seguridad.

Los mortales son capaces de mentir sobre lo que sea con tal de protegerse.

Suspiré, desconectando para no seguir escuchando su voz. Me puse a juguetear con mi anillo de ónice, girándolo una y otra vez alrededor del dedo, de forma que la banda de plata me restregaba la piel. Sin Rhode, Vicken y yo no podíamos luchar contra más de un vampiro o quizá dos. Lo necesitábamos. Sus años de experiencia nos ayudarían. Y por más que yo creía conocer muchas cosas sobre él, estaba claro que desconocía otras. Muchas cosas de las que era capaz. Muchas cosas que me había ocultado.

No, pensé apartando el cabello que me caía sobre los hombros. *No tomes ese camino, el de la compasión, pensando de forma obsesiva en Rhode. Se ha ido. Se ha ido, y lo único que puedes hacer es seguir adelante con tu vida.*

Pero estaba vivo. *¿Dónde está?*

Cuando la reunión concluyó, los asistentes comenzaron de nuevo a charlar entre sí. La mayoría comentaba la nueva política que nos obligaba a salir del campus en parejas, señalando como responsables de la misma a los guardias de seguridad que estaban apostados en la entrada del auditorio.

—Me alegro de que hayas vuelto —dijo Claudia, abrazándome. Aspiré el olor limpio a jabón y un perfume penetrante. No pude evitar mirar a Tracy por encima de su hombro. Nos observaba con los vestigios de unas lágrimas en los ojos. Claudia se apartó y vi que también tenía los ojos húmedos—. Sobre todo después de lo que le ocurrió a Kate. Prométenos que no te marcharás a ninguna parte, ¿vale? Que no desaparecerás como el año pasado.

—No —le aseguré, había tomado mis manos en las suyas—. Me quedo aquí.

Sus manos eran cálidas y apretaban las mías con fuerza. Estábamos tan cerca que de haber sido yo todavía una vampira no me habría costado nada inclinarla hacia delante para morderla en el cuello.

Miré sus muñecas. Para investigar sus venas. Resultaba tan chocante que aún sintiera el deseo de hacer eso que me invadió un silencioso horror. Retiré de inmediato mis manos de las suyas. *Debo alejarme de ella,* pensé.

Al parecer los viejos hábitos nunca mueren. ¿No es lo que suele decirse?

La sensación pasó y me agaché para recoger mi mochila. Era mortal. No una vampira. No era como Odette. Eché a andar detrás de Tracy y Claudia hacia la puerta principal del auditorio.

Vuélvete, murmuró una voz en mi mente. Quizá fuera una intuición, o la reina de los vampiros que se ocultaba en lo más profundo de mi ser. *Vuélvete, Lenah. Mira a tu espalda.*

Me volví lentamente y me quedé helada. En la cima de la escalera situada al fondo del auditorio estaba… Rhode.

Un profundo corte, cubierto por una costra negra, le atravesaba la parte superior de la cabeza en sentido horizontal. Sobre sus hermosos labios tenía otra costra, tan oscura que no pude ver si sangraba todavía. Tenía el ojo derecho tumefacto y la mejilla derecha magullada.

Le miré sorprendida.

—Vamos, Lenah —dijo Claudia desde la puerta del auditorio.

Pero yo no podía apartar la vista. Al cabo de unos segundos, fue Rhode quien tomó la iniciativa bajando por la escalera situada al fondo y desapareciendo.

—¡Rhode! —le llamé, corriendo hacia la puerta del fondo.

—¡Lenah! —gritó Claudia, pero no le hice caso y salí apresuradamente al campus en pos de Rhode.

—¡Rhode! —Esta vez grité con todas mis fuerzas. Él se volvió; las gafas de sol ocultaban sus ojos. Vi mi expresión horrorizada reflejada en el reluciente cristal.

Al acercarme a él vi con claridad las lesiones que había sufrido. Un moratón le recorría el hinchado tabique de la nariz. El tono negruzco de su piel le daba un aspecto enfermizo. Debajo de la arruga en su frente tenía otro corte profundo, que probablemente requería unos puntos, pero ya era demasiado tarde para eso. Sobre él se había formado una costra reseca y probablemente cicatrizaría. Sus labios, sus maravillosos labios, mostraban unos cortes en el centro cubiertos por unas costras parduscas.

Alcé una mano para tocarle la frente, pero él retrocedió. Sentí un intenso dolor en el centro de mi pecho y bajé la mano. En el cristal de sus gafas de sol, vi el reflejo de mi boca curvada hacia abajo y mis ojos entornados debido al resplandor del sol.

—¿Qué te ha pasado? —pregunté.

—Nada —respondió—. Le dije a la directora que había tenido un accidente de coche.

Tenía el ojo derecho tan amoratado que no pude evitar alzar los dedos para acariciar su piel mutilada. Él se apartó de nuevo.

—Lo que me ha ocurrido no te incumbe —dijo—. Tengo que entrar en clase.

Pasó frente a mí y se encaminó hacia el edificio de ciencias, donde, con suerte, compartiríamos aula.

8

Unos estudiantes salieron en fila del aula y echaron a andar por el pasillo. Geología era una materia muy popular entre los alumnos de último curso; había tres secciones llenas de alumnos de último curso y unos pocos, escogidos, del penúltimo. Me alcé de puntillas para tratar de ver a Rhode al frente de la fila, pero lo único que divisé fue su pelo negro y corto. El corazón me dio un vuelco al recordar que tiempos atrás el cabello le caía sobre los hombros como seda negra. ¡Me encantaba su sombrero de copa y el ángulo de sus colmillos! En esa época, los colmillos formaban parte de nuestro ser físico. El recuerdo de la afilada punta de los colmillos de Odette hizo que me llevara los dedos al cuello como para protegerlo.

—Ah, muy bien, Lenah —dijo la señora Tate.

Bajé la mano. Vaya. Al parecer había llegado a la puerta del aula de ciencias.

Rhode estaba sentado en la primera fila, inclinado sobre un cuaderno en el que tomaba notas. La señora Tate examinó su lista, señaló a Rhode con un bolígrafo y dijo:

—Rhode Lewin, quédate ahí. Te sentarás junto a… Justin Enos. —La directora estaba organizando dónde se sentarían los estudiantes durante el curso—. Él te ayudará a ponerte al día. —Daba la impresión de que hablaba consigo misma.

Una idea pésima.

La señora Tate entregó a Rhode un pedazo de papel.

—He oído que tuviste un accidente de coche. ¿Cómo te encuentras?

—Mejor, gracias. —Rhode dejó su bolígrafo y tomó la hoja de papel con dedos temblorosos. Tenía ambas manos envueltas en unas gruesas gasas: una alrededor de la muñeca y la otra sobre los nudillos. Cuando alzó la vista y me miró, me quedé helada. Debajo de esos hematomas de color púrpura y negro asomaban los ojos azules que yo conocía y había amado durante medio milenio. Sentí una opresión en el estómago y contuve el aliento. No dejamos de mirarnos y él mantuvo sus ojos fijos en los míos el tiempo suficiente para producirme una sensación de vértigo. Desconcertada, le vi suspirar y cerrar los ojos, rompiendo así el hechizo.

—Lenah — dijo la señora Tate—, ocuparás el asiento del año pasado. Tenemos una alumna de penúltimo curso que ha solicitado asistir a esta clase y cuando llegue se sentará a tu lado.

Asentí y traté de mantener los ojos apartados de Rhode mientras me dirigía a mi mesa.

Detestaba la silla vacía a mi lado. La de Tony. Cuando me disponía a sentarme, la señora Tate dijo:

—Vaya. Mmm...

Justin y otros dos estudiantes habían entrado en el aula. La profesora consultó su lista.

—Bien pensado, Justin, siéntate junto a Lenah. Y, Margot..., colocaremos a los dos recién llegados juntos; siéntate al lado de Rhode. Caroline... —La señora Tate se dirigió a la otra chica que acababa de entrar—. Siéntate al fondo, junto a...

Dejé de escuchar la confusa lista de nombres. Justin se sentó, evitando mirarme a los ojos, y cuando colocó los libros sobre la mesa, observé que tenía los nudillos envueltos en una gasa blanca. Tomó su libro de texto y vi que las rodillas le temblaban de nervios, de rabia o quizá de un exceso de cafeína.

Tragué saliva, desconcertada debido a su silencio. Comencé a girar el anillo de ónice alrededor de mi dedo una y otra vez, y por fin, cuando abrí la boca para hablarle, la señora Tate nos llamó al orden.

—Vayamos al plan del día. Repasaremos algunos datos básicos.

Justin mantuvo la vista al frente deliberadamente. El dolor que sentía en la tripa me sorprendió. ¿Por qué no quería hablarme y ni siquiera mirarme? Durante un momento esperé sentir el tacto familiar de su cálida mano sobre mi rodilla o mi espalda.

—Bien, hoy analizaremos los niveles de pH de las muestras de agua local de Lovers Bay. Sé que es muy elemental, pero creo que debemos repasar algunas técnicas básicas antes de proseguir con nuestro proceso de experimentación.

Miré de nuevo a Justin y él apretó los labios.

—¿Qué? —preguntó con frialdad, pestañeando un par de veces y manteniendo la vista al frente. Tardé un momento en darme cuenta de que me hablaba a mí.

—Ah, nada —respondí, fijando de nuevo la vista en mi cuaderno—. Sólo...

—¿Qué? —preguntó de nuevo, esta vez volviendo la cabeza lentamente. El verde de sus ojos era duro, frío—. ¿Quieres humillarme aún más?

—¿Humillarte? —murmuré, y miré a la señora Tate, que escribía en el encerado.

—Tu novio está sentado ahí arriba. Deberías sentarte junto a él —dijo Justin entre dientes.

—Sólo quiero...

—Si vuelves a hablarme sobre algo que no sea este trabajo, Lenah, me levanto y abandono el aula.

—Pásame el papel de tornasol. —El tono de Justin era gélido.

Se lo di en silencio.

—Siete —dijo—. ¿El tuyo qué pone?

Comprobé la coloración del papel y tomé nota de nuestros resultados. En cuanto terminamos, él recogió sus papeles, dejó nuestros trabajos sobre la mesa de la señora Tate y se marchó apresuradamente. Rhode, sentado en la primera fila, recogió sus bolígrafos y su cuaderno. Tenía la mandíbula crispada e hizo un gesto de dolor cuando se colgó la bolsa del hombro. Le seguí fuera del aula.

—Rhode —le llamé en voz baja cuando salió y avanzó unos pasos por el pasillo—. ¡Rhode! —repetí, levantando un poco la voz. Él echó a andar con rapidez por el pasillo. Estaba harta de que me tratara como la Mujer Invisible—. Si no te vuelves ahora mismo, me pondré a gritar como una posesa.

Él se volvió y me miró.

—En la herboristería había una vampira —dije—. Aquí, en Lovers Bay. La reconocí de Hathersage. La doncella a la que maté antes de mi hibernación. Y sabe lo del ritual —añadí. Me hallaba a medio metro de distancia de él y le observé para comprobar su reacción—. Vicken y yo queríamos contártelo antes, pero estabas ilocalizable.

—¿Te hizo daño? —me preguntó sin mudar de postura, con los brazos cruzados y la espalda erguida.

—Ha matado a una amiga mía —respondí con tono neutro—. Dijo que volvería para obtener el ritual.

Daba la impresión de que Rhode sostenía esta conversación conmigo pese a que no deseaba hacerlo. Respetaba la exigencia de las Aeris de que mantuviéramos las distancias, pero eso no le impedía hablar conmigo.

—Se ha limado las uñas y ahora son puntas afiladas —dije tragando saliva. La imaginé produciéndome un corte profundo con sus dedos. Rhode se llevó una mano envuelta en gasa a la barbilla, asintió con la cabeza y mantuvo los ojos fijos en mis pies—. Ha creado un clan. Vicken y yo contemplamos la ceremonia con nuestros propios ojos.

—¿Cinco? —preguntó Rhode.

Asentí, pero no pude evitarlo. Tenía que saberlo.

—¿Qué te ha pasado? —pregunté—. Estás hecho unos zorros. ¿En qué tipo de pelea te metiste? ¿Fue debido al ritual?

—No, ya te he dicho que no fue nada.

—Mientes —repliqué indignada.

—Debo irme —dijo Rhode, pero antes de alejarse, añadió—: Conviene que nos veamos esta noche. Para hablar de ese clan. Haré que Vicken te indique cuándo y dónde. —Avanzó unos pasos y escuché el eco de sus tacones sobre el suelo. La ira hervía en mi interior.

—Como recordarás —dije, alzando la voz algo más de lo normal—, siempre fue así.

Él se detuvo, de espaldas a mí. Había comenzado la siguiente clase y estábamos solos.

—Durante centenares de años, tú llevabas la voz cantante y yo estaba en la inopia.

Se volvió hacia mí y nos miramos a los ojos.

—Es verdad —repliqué con voz débil—. Yo tenía otras distracciones, pero siempre fuiste tú el que detentaba el poder. A mí no me importaba porque te amaba.

Rhode se acercó y se detuvo a pocos centímetros de mí. Estábamos tan cerca que vi el vello que le crecía en la barbilla y los leves moratones en su mandíbula, unos moratones en los que no me había fijado antes.

—El poder no me interesa —murmuró. Parecía como si se esforzara en controlar su ira. Respiró hondo—. Nunca he dejado de pensar en ti —dijo con tono airado.

—Me mantuviste siempre al margen de lo que hacías —repliqué—. Quizá, de haber conocido los pormenores del ritual, podría haberte ayudado. Ahora no estaríamos metidos en este follón, maldecidos por las Aeris y sin poder estar juntos.

En el fondo de mi mente me pregunté por qué Rhode había dicho que jamás habría regresado voluntariamente a Wickham, y dónde había estado el año en que permaneció ausente. No dejaba de darle vueltas en la cabeza. ¿Qué poderoso motivo le había inducido a mantenerse alejado durante un año? Otro secreto, otra verdad que me ocultaba.

—Ya te lo dije, no sabía que afrontaríamos estas repercusiones debido al ritual —dijo.

—Dijiste muchas cosas, Rhode. Hiciste promesas, que no has cumplido. —Vi en mi mente una imagen de la tumba de mi hermana adornada con flores de jazmín.

—¿Como por ejemplo?

—No necesito recordártelo. La cuestión estriba en que si yo te hubiera ayudado con el ritual, si me hubieras explicado qué hacías, quizás habríamos hallado otra solución. Quizás habríamos hecho las cosas de otra forma. No habrías tenido que fingir tu muerte —me atreví a decir.

—Debo irme —dijo Rhode. Me miró los labios y mi ira se disipó. Con qué rapidez se evaporó en el aire y se alejó de mí. Estábamos muy cerca. Lo suficiente para que nuestros labios casi se rozaran. Mi cuerpo deseaba tanto que me besara que los músculos me dolían. Sus ojos, rodeados por esos tremendos moratones, no se apartaban de los míos.

Jamás nos habíamos tocado como mortales.

Si se hubiera inclinado hacia delante, me habría besado, sus labios contra los míos, su piel contra la mía, y habríamos sabido qué sentíamos al tocarnos. Con un sentimiento humano. Tal como habíamos anhelado durante centenares de años. A las Aeris no les habría importado. ¿O sí? Un simple beso...

—¿No lo sientes? —pregunté.

Le miré, escrutando sus ojos. Miré los moratones, preguntándome si aún le dolían.

—¿No lo sientes? —repetí.

En la boca de mi estómago se había desatado un tornado de emociones que giraba de forma vertiginosa, tirando de mí hacia él. Seguí mirándole a los ojos, empapándome de él. Tenía los pies clavados en el suelo, pero oscilaba levemente. Mi cuerpo ardía, sentía la gloriosa sensación de la sangre circulando por mis venas y mi corazón. Alargué la mano y él hizo lo propio. Su mano, tan distinta de la piel fría y lisa de un vampiro, era ahora la mano curtida de un humano. Permanecimos así unos momentos, casi tocándonos, gozando de la electricidad entre nosotros. Dejé que cada poro, cada célula, experimentara la sensación de calor.

—Sí —respondió al fin, dejando caer la mano.

No debe de ser así para todo el mundo, pensé. *No todo el mundo siente el amor de esta forma.*

Por fin di un pequeño paso hacia él, pero él me detuvo.

—No podemos —dijo.

Yo no quería regresar. Tuve que hacerlo. Sus palabras resonaban dentro de mí. Por fin logré apartar mis ojos de él, y el espacio entre nosotros se abrió.

—Debes marcharte. Para siempre —contesté, fijando la vista en el suelo. Retrocedí un paso—. Si para ti es un suplicio estar cerca de mí, si no querías siquiera regresar, tal como dijiste, debes irte. —Al decir eso, sabía que no lo decía en serio. Y Rhode no se dejaba engañar fácilmente.

Pestañeó lentamente.

—Sabes que no podría irme. Ya no.

Volví a enfurecerme. Tragué saliva. Rhode se acercó más. Aspiré el olor que emanaba: a jabón, a desodorante, a su piel. Era un olor dulce, a humanidad. Él crispó la mandíbula como si se esforzara en reprimir las lágrimas, y cuando nuestras miradas se encontraron, vi que tenía los ojos... nublados.

—Lenah —dijo, obligándome a mirarle a los ojos—, me quedo porque existe una gran diferencia entre pensar en ti y verte en carne y hueso, como una mortal. Me quedo para verte sonreír, siquiera un momento, durante el día. O para ver cómo te pasas la mano por el pelo. Porque es preciso, porque necesito —dijo con voz entrecortada— estar cerca de ti, sea como sea.

Me quedé muda. Quería decir algo, cualquier cosa. Decirle que yo sentía exactamente lo mismo, pero no pude detenerlo antes de que diera media vuelta y se alejara.

De pronto...

Me invadió el penetrante olor a manzanas maduras. Por doquier olía a manzanas. Como si me hubiera subido sobre una caja que contuviera docenas de relucientes manzanas rojas de la cosecha de septiembre. Sacudí la cabeza para aclararla, pero el olor era tan fuerte que tuve que cerrar los ojos para escapar de él unos momentos. Unas imágenes acudieron a mi mente. Era como si un álbum de recuerdos de mi vida discurriera en mi cerebro, imparable.

Rhode y yo somos vampiros. Nos besamos sobre la elevada colina, al pie de nuestra mansión de piedra. Yo llevo un fabuloso vestido negro con una larga cola. Faltan unos momentos para que anochezca. Sus manos están apoyadas en mi espalda, atrayéndome hacia él. Mi piel emite un fulgor de porcelana. Mis labios son de color rosa y veo las puntas de mis colmillos. ¿Cómo es que puedo verme? Una mano sostiene un bastón. Conozco ese bastón y su empuñadura de ónice en forma de cabeza de lechuza.

Abrí los ojos, sacudí la cabeza y me centré en mi respiración. *Inspira y espira*, Lenah, pensé. *Inspira y espira*. Lentamente, las imágenes se disiparon junto con el olor a manzanas. El sonido de los pasos de Rhode que se alejaban me trajo al mundo del presente.

Tengo que estar cerca de ti.

Procuré respirar con normalidad.

Él siguió avanzando por el pasillo; sus palabras resonaban en mi mente y el aire estaba saturado del olor a manzanas.

9

—Es el tres de septiembre. Quedan veintisiete días para que comience el mes de la Nuit Rouge —nos explicó Rhode.

Tal como había prometido, Vicken me había convocado en la biblioteca después de cenar. Me detuve frente al ventanal del atrio de estudio. Desde el fondo de la biblioteca veíamos la empinada colina que conducía a la meseta donde estaba el campo de tiro con arco. Traté de no seguir con los ojos la cuesta de la colina, sobre todo porque no pensaba subir de nuevo allí. Dudaba que un vampiro me estuviera acechando desde allí, en un lugar tan visible. No había árboles detrás de los que ocultarse ni sombras en las que refugiarse. A los vampiros les gusta observar y estudiar a sus víctimas. Tras averiguar sus puntos débiles, pueden matarlas con toda facilidad. Apoyé el peso de mi cuerpo contra el cristal, para que refrescara mi piel. Solía hacerlo cuando era una vampira para asegurarme de que aún conservaba vestigios de mi sentido del tacto.

Me volví de espaldas a la ventana hacia los dos hombres de mi pasado. Vicken se apoyó contra la pared, con los brazos cruzados. Tenía el ceño fruncido y la vista fija en Rhode. Éste se sentó y apoyó su codo vendado sobre la mesa de estudio.

—¿Qué importancia tiene la Nuit Rouge? —preguntó Vicken.

—Es cuando la conexión entre el mundo sobrenatural y el mundo mortal es más débil —respondí. Sentí los ojos de Rhode fijos en mí—. Por ese motivo la fiesta que dábamos para celebrar la Nuit Rouge era siempre tan sangrienta. ¿No te sentías más fuerte esas noches? ¿Más... bestial?

Vicken meditó en ello con el ceño arrugado.

—Sí. Supongo que tienes razón.

—Hasta el primero de octubre, no es probable que Odette pueda atacar el campus —dijo Rhode.

—Nos atacó en la playa —apuntó Vicken.

—Técnicamente no forma parte del recinto de la escuela —respondió Rhode—. El ritual fue llevado a cabo en el campus más de una vez. Quizá fuera lo que atrajo a Odette en un principio, pero tal vez nos ofrezca al mismo tiempo protección. La energía que aún perdure obrará a modo de escudo. Al menos hasta el primero de octubre, cuando la Nuit Rouge la dotará de unos poderes extraordinarios.

—Genial. De modo que entre tanto estaremos prisioneros en este manicomio —se quejó Vicken.

Me pasé la mano por el pelo, masajeándome el cuero cabelludo para aliviar un poco la tensión. Por fin miré a Rhode a los ojos. Sentí un chispazo en el pecho, como si él hubiera tocado algo dentro de mí, cerca de mi corazón.

Quería hablarle sobre la muerte de Tony y la forma en que Justin me había defendido. Quería explicarle cómo me había sentido al poder utilizar la luz solar como arma. Pero él no me había preguntado por el clan. No había preguntado cómo habían muerto. Entonces recordé que seguía sin saber dónde había estado todo el año pasado. No me había revelado nada.

—Vale, ya podemos irnos —dijo Rhode—. Creo que hemos cubierto todos los aspectos.

Vicken apagó las luces del atrio de estudio, dando por finalizada nuestra reunión. Rhode me miró cuando salimos al patio frente a la biblioteca.

Cuando sus amoratados ojos se clavaron en los míos, me paré en seco, aspirando de nuevo el olor a manzanas. Peo esta vez era distinto. Ahora era un olor como cuando era una niña. Me llevé la mano a los ojos y me los froté, evocando con ese gesto el olor de sidra en invierno. En el fondo de mi mente, vi la clase de geología de esa mañana.

Estoy sentada en la mesa de Rhode en la primera fila. Levanto la vista hacia la puerta y se me encoge el corazón. Me veo entrar en el aula. Visto de negro de pies a cabeza, y mi cabello castaño cae sobre mis hombros.

¿Cómo es posible que entre en el aula y al mismo tiempo esté sentada en una mesa? Ésta es la visión de otra persona. ¡La mente de otra persona!

Preciosa, dice una voz. Una voz grave, de hombre. Alguien me está mirando. Soy consciente del dolor en mis manos, de la sensación de tener los labios partidos cuando los muevo. He participado en una pelea.

Todo merecía la pena, piensa la persona. Le duele todo el cuerpo. Pero hay algo más. Cuando paso frente a él, el hombre aspira profundamente, confiando en percibir un olor familiar. Toma su cuaderno como para no tener la tentación de alzar una mano para tocarme. El mero hecho de mirarme le hace daño. Qué doloroso es esto, piensa. Este amor es tan profundo que no puede destruirse.

De golpe me doy cuenta de algo que me abruma: estoy dentro de la mente de Rhode. ¡Estos pensamientos son los de Rhode!

Pestañeé, aspirando el olor familiar del campus: el centro estudiantil, los cuidados céspedes y, por supuesto, el océano. El dulce olor a manzanas se había desvanecido como si no hubiera existido nunca. Me tomé unos instantes para reproducir en mi imaginación lo que acababa de ver. Me vi en la clase de geología tal como me veía Rhode. Sonreí a la verde hierba que crecía a mis pies. *Pensó que yo era preciosa. Este amor es tan profundo que no puede destruirse.*

Con el clic mecánico de un encendedor, y una voluta de humo de su cigarrillo, Vicken me tocó en el codo. Él no temía tocarme, pero Rhode sí. Al comprenderlo, sentí otra oleada de felicidad que me recorrió el cuerpo. Rhode *deseaba* tocarme, pero se resistía a hacerlo. Durante la visión sentí los sentimientos encontrados que se agitaban en él. La esperanza renació en mí, como me había ocurrido en el pasillo esa mañana.

Me quedo porque existe una gran diferencia entre pensar en ti y verte en carne y hueso, como una mortal... Porque es preciso, porque necesito estar cerca de ti, sea como sea.

—Siempre nos amaremos —dije en voz alta.

—¡Ay, Señor! Anda, vámonos —rezongó Vicken.

Atravesamos el patio y enfilamos el sendero principal.

—¿Adónde vamos? —pregunté.

—Al observatorio del Curie. —Llamaba al edificio de ciencias por su nombre oficial.

Dio una calada a su cigarrillo cuando pasó junto a nosotros un grupo de estudiantes de penúltimo curso.

—Hola, Vicken —dijo una de las chicas, sonriendo y con tono sensual—. No deberías fumar —añadió riendo tontamente.

Él caminó hacia atrás durante unos momentos para mantener el contacto visual con ella.

—He oído decir que podría matarme —dijo, sonriendo de oreja a oreja.

Las chicas soltaron unas risitas y puse los ojos en blanco cuando nos acercamos al Curie.

—Una de ellas tiene celos. Cree que estoy colado por ti —dijo Vicken, y puse de nuevo los ojos en blanco.

—Acaba de fumarte de una vez ese cigarrillo —le espeté.

Él dio otra calada.

—Me gusta experimentar a fondo las cosas que no me convienen.

—Te aseguro —dije cuando emitió la última bocanada de humo— que, contrariamente a cuando vivías tu antigua vida, el tabaco te matará.

Vicken dio un bufido de indignación y apagó el cigarrillo contra la piedra del edificio.

—A tu amigo Justin también. Oye, esto me duele —dijo, señalando el hematoma amarillo y violáceo debajo de su ojo derecho—. No dejo de tocármelo para comprobar que sigue ahí. Es fácil olvidar el dolor físico cuando hace más de cien años que no lo sientes. Es glorioso. —Me acercó su mejilla—. Tócalo. Me pregunto si sentiré una sensación distinta si lo toca otra persona.

—Estás enfermo —dije, pasando mi carné de estudiante por el escáner, una de las numerosas medidas de seguridad que habían introducido en el internado de Wickham desde la muerte de Tony y de Kate.

—¿Que estoy enfermo? —replicó Vicken, entrando detrás de mí en el edificio—. ¿Es preciso que te recuerde el día en que estuviste a punto de matar tú solita a todo un grupo en la playa? —Se detuvo y subimos los seis tramos de escalera—. Pero no me malinterpretes —añadió resollando—, estuviste genial.

Al cabo de una hora, la brillante luna arrojó un resplandor lechoso sobre el techo de cristal de la planta del observatorio. Abrimos las ventanas del techo, y en lugar de utilizar el gigantesco telescopio, Vicken y yo admiramos las constelaciones que se deslizaban por el firmamento con nuestros propios ojos, tumbados boca arriba en el suelo. Aunque hacía sólo dos horas que se había puesto el sol, el firmamento se iba oscureciendo cada vez más y aparecían más estrellas en el cielo nocturno.

—A propósito, es posible que Rhode haya participado en una pelea aquí —dijo Vicken—. No en Hathersage, como crees.

—De acuerdo —respondí—, entonces, ¿por qué no mencionó Odette a Rhode en la herboristería? Está claro que ignora que sobrevivió.

—Son meras conjeturas.

—¿Cómo sabes que ella tiene algo que ver con Rhode? ¿No crees que nos habría dicho algo al respecto, que se habría referido a él?

Una estrella fugaz surcó el cielo. Señalé hacia lo alto y Vicken hizo lo propio. Ambos contamos al unísono en latín:

—*Unus, duo, tres...*

Esperando... esperando... Otra estrella fugaz voló a través del cielo. La emoción de ver esa rutilante luz surcar el firmamento sobre nosotros se disipó enseguida y las palabras de las Aeris resonaron en mi cabeza.

Sois almas gemelas. Vuestras vidas están destinadas a estar entrelazadas.

—Déjalo de mi cuenta —dijo Vicken—. Ya averiguaré lo ocurrido. Recuerda que fui soldado. No me costará hacer algunas pesquisas. Es difícil no toparse con Cara Partida estos días.

—¿Cara Partida? —pregunté riendo.

—Exacto.

—Eres más divertido como humano —dije.

Al cabo de unos momentos, Vicken me preguntó con una ancha sonrisa pintada en la cara:

—¿Quieres tocar mi moratón?

—No.

Él se volvió de costado y se arrastró hacia mí como una foca fuera del agua.

—Venga, Lenah. Toca mi moratón.

—¡No! —protesté. Estaba tan cerca que percibí el olor a tabaco en su piel.

—Anda, hazlo. ¿Tienes miedo?

Le propiné una sonora bofetada.

—¡Una pequeña marca de sangre! —exclamó él, y ambos rompimos a reír como histéricos hasta que oí el eco de otras risas en la escalera. Me quedé helada. Las risas tontas de unas adolescentes seguidas por una voz que reconocí. Vicken y yo nos incorporamos y nos volvimos hacia la puerta. Justin entró en el observatorio con una estudiante de penúltimo curso a la que reconocí: Andrea.

—¡Pero si es mi acompañante! —dijo Vicken con una sonrisa socarrona. La chica sonrió.

Justin nos miró.

—Vámonos, Andrea. Este espacio está ocupado —dijo.

—No está ocupado —protesté, levantándome apresuradamente.

Vicken se apoyó en la pared y encendió otro cigarrillo.

—Deja que se vayan. Este tío es un imbécil —dijo a mi espalda, cruzando un tobillo sobre el otro—. Por cierto, ha venido aquí para desnudarla.

Le fulminé con la mirada.

—Es la percepción extrasensorial —dijo, encogiéndose de hombros.

—Apaga ese cigarrillo —le ordené.

Bajé apresuradamente la escalera detrás de ellos. Justin me odiaba, ¡y ahora creía que yo estaba con Vicken!

—Esperad —grité, saliendo al campus.

Andrea y Justin estaban junto a la puerta; ella me miró como si quisiera asesinarme.

—Sólo tardaré un segundo —le dije—. ¿Te importa dejarnos solos?

La chica miró a Justin con cara de sorpresa, esperando que él se negara. En vista de que no lo hacía, dio un respingo.

—Eres patético —le espetó con tono melodramático, y se alejó indignada.

—¡Andrea! —Justin la llamó de nuevo, pero ella había ido a reunirse con otras alumnas en el sendero. Dentro de poco sonaría el toque de queda.

Él hizo ademán de ir tras ella.

—¿Quieres hacer el favor de concederme un momento? —pregunté.

Él se volvió hacia mí y soltó un enorme suspiro.

—No estoy con Vicken —le informé con rotundidad.

—¿He dicho yo que lo estuvieras? —contestó. El tono de su voz me escoció como si me hubiera asestado una bofetada.

—No —respondí bajito.

—De todas formas, en el campo de tiro con arco me dejaste por Rhode —prosiguió—, así que supongo que no me sorprendería que ahora estuvieras con Vicken. Es difícil llevar la cuenta de tus novios.

No tuve valor para decirle que la lista se componía, por orden de aparición en escena, de Rhode, Vicken y él.

—Vicken y yo sólo somos amigos.

—De modo que eres amiga de su asesino. ¡Él ayudó a tu clan a matar a Tony!

—La cosa es más complicada —respondí.

—Ya, bueno, a mí no paree tan complicado —replicó Justin—. Debo irme.

Esa frase parecía haberse convertido en un latiguillo últimamente.

Pero no se fue. Miró el suelo y luego a mí.

—¿Qué quieres de mí? ¿Qué hay entre tú y Rhode? —pregunto—. ¿No sois almas gemelas? ¿Compañeros de ritual o lo que sea?

—No estoy con Rhode —dije después de una pausa—. No estoy con Vicken. No estoy con nadie.

Sus fosas nasales se dilataron un poco y sus mejillas se tiñeron de rojo. Pestañeó unas cuantas veces y me esforcé en leer su expresión.

—¿No le amas? —preguntó—. Me refiero a Rhode.

—Las cosas han cambiado —respondí meneando la cabeza, y era verdad. Por más que estuviera obsesionada con Rhode, por más que siempre le amaría, ahora todo era distinto. Tenía que seguir con mi vida.

—Parece difícil que eso cambie —dijo Justin.

Dejamos que los sonidos del campus reverberaran a nuestro alrededor. La gente charlaba y reía. Los móviles sonaban, y no lejos de nosotros circulaban coches por una calle.

—Mira —dije—, no quiero que me odies. Aunque sé que me lo merezco.

—No te odio —respondió él, alzando la vista del suelo y mirándome a los ojos—. Pero no quiero tener más trato contigo. Quiero vivir mi vida sin rituales, clanes y vampiros asesinos que matan a mis amigos. Me gusta salir con chicas que están vivas.

Sus palabras se me clavaron en el corazón. Pensé que nunca volvería a sentir la alegría y el consuelo de yacer en sus brazos. Recordé lo potente que me había parecido su calor después de haber pasado frío durante centenares de años. Calor, caricias, ternura…, ése era Justin. Era un recordatorio de que podía estar realmente viva y sentir amor. El año pasado me había ayudado a seguir adelante; ahora deseaba que me ayudara de nuevo. De una forma que sólo él podía ayudarme. Pero se volvió y echó a andar por el sendero detrás de Andrea.

—Espera —dije—. Por favor.

Él se detuvo junto a la farola del sendero.

—¿Qué? —preguntó, de espaldas a mí.

—Perdóname —dije, tras lo cual vacilé. Elegí las palabras en mi mente, pero ninguna me parecía adecuada—. Por todo —concluí.

Él meneó la cabeza, pero se volvió de nuevo hacia mí.

—Lo siento, Lenah, pero no es suficiente.

—Sólo quería que supieras… —avancé un paso hacia él y alcé las palmas para decirle «quédate»—. No, te lo diré de otra forma. Quiero que trates de imaginar a alguien en tu vida que has conocido siempre. Por ejemplo, Roy, tu hermano menor.

Arrugó el ceño, pero asintió.

—Y que, de pronto, un día desaparece. Lo único que te queda en el recuerdo es la forma como sostenía una taza de café, o se reía, o se tocaba la cara. Se ha ido para siempre. Quiero que trates de imaginar ese dolor.

—Tony ha muerto, Lenah. Kate ha muerto. Conozco el dolor.

Me aventuré a dar otro paso.

—Los humanos pueden aprender a vivir de nuevo después de llorar la pérdida de alguien, pero para el vampiro ese dolor es constante. Es lo que nos hace tan peligrosos. Y cuando Rhode murió, o creí que había muerto, tú estabas ahí, en el momento en que yo era humana por primera vez. Me sacaste de esa maldición. Me sanaste.

Justin dirigió la vista hacia el campus para rehuir mis ojos. Esperé a que respondiera, a que dijera que se sentía conmovido, que lo comprendía. Pero soltó un resoplido y metió las manos en los bolsillos.

—Ya —dijo sin mirarme.

—No es que no te…

Justin alzó los ojos.

—… ame —concluí.

Él sostuvo mi mirada, pero no respondió. No dijo *Yo también te amo.* Esperé unos segundos.

—De acuerdo —dije. Di media vuelta y eché a andar por el sendero.

—¡Espera! —gritó a mi espalda—. ¡Espera, Lenah!

Pero no me detuve. Seguí caminando por el sendero mientras me invadía una oleada tras otra de vergüenza. *No puedo creer que le haya confesado lo que siento y no haya obtenido ninguna reacción. ¡Ninguna reacción!* No era propio de él. Seguí andando hasta que llegué casi a Seeker.

Me detuve en el sendero, junto a la biblioteca, cuando de pronto sentí el deseo de entrar. Faltaba una hora para el toque de queda. Deseaba entrar a la sala de audiciones, donde podía sentarme y escuchar música con sólo pulsar un botón. Donde podía estar sola. Quizás escucharía algo de Mozart. Le había visto tocar en persona varias veces, cuatro para ser exactos.

Me había alejado de las palabras de Justin. Confié en que la sala de audiciones me ayudara a olvidar la expresión de sus ojos. Entré en la biblioteca y avancé por el pasillo principal hacia las pequeñas estancias del fondo. El año pasado había trabajado en esa biblioteca. Conocía bien su contenido. Miré por la pequeña ventana rectangular de la sala de audiciones. Estaba vacía. Abrí la puerta y entré.

Ya no había cedés. En lugar de ello, habían colocado un ordenador sobre una mesita. El año pasado me había dedicado a aprender el manejo de ordenadores. Me senté e hice clic con el ratón sobre un pequeño icono que decía: «CANCIONES NUEVAS». Alguien las había clasificado: románticas, clásicas, *new age, death metal. ¿Death metal?*

Examiné durante unos momentos la lista de canciones, maravillada de las miles de opciones que ofrecía. Alguien alargó una mano sobre mi hombro. Me sobresalté un poco cuando la mano rozó suavemente mis dedos y se apoyó en el ratón. ¡Yo ni siquiera había oído abrirse la puerta! La mano estaba tibia y era de un color moreno dorado.

—Elige ésta —dijo Justin con tono quedo. Hizo doble clic y en la pequeña habitación empezó a sonar una balada, una canción muy dulce cantada por una mujer.

—¿Qué haces? —susurré cuando me obligó a levantarme de la silla.

—Bailar contigo.

Recordé su imagen cuando se enfundó las manos en los bolsillos.

—Pensé que estabas enfadado conmigo.

Sus musculosos brazos me atrajeron hacia él suavemente y sentí que me rodeaba los hombros con firmeza. Apoyó la palma de la mano en el centro de mi espalda y alcé la barbilla para mirarlo. Debajo del cuello de su camisa asomaba una tira de cuero negra. Cuando se movió vislumbré debajo de su camisa un colgante de plata, y entonces Justin me estrechó contra él con fuerza. Me pregunté qué clase de colgante era y qué otra cosa había cambiado durante el verano. El sonido de una guitarra invadió la habitación y las melancólicas notas del piano me conmovieron. Nos miramos a los ojos y la dulzura que traslucían los de Justin me indujo a decir:

—Lo siento mucho. Lo de Rhode, lo de... —Dudé unos instantes. Me pareció chocante disculparme por haber estado a punto de morir al llevar a cabo el ritual—. Bueno, como hc dicho, lo siento. Siento todo lo ocurrido.

Él me hizo callar con ternura y restregó su nariz sobre mi hombro. Me estrechó con más fuerza contra él y empezamos a girar.

—A propósito de Tony...

—Calla —volvió a decir, y esta vez cerré los ojos. Estaba de nuevo en el baile de gala celebrado en invierno con Justin, bailando bajo las rutilantes luces. En este mundo moderno, las personas bailaban de forma muy íntima. Cuerpo contra cuerpo, pecho contra pecho. Sentí su deseo sexual en el calor que ambos emitíamos. Al estar tan cerca de él, la música hizo que me percatara de que me deseaba. La vampira que llevaba dentro anhelaba sentir los latidos de su corazón. Y cuando cerré los ojos y presté atención a la canción..., los sentí.

Imagina que estuvieras con Rhode. ¿Qué diría sobre los bailes modernos? No había pasos coreografiados como en tiempos medievales. Sólo dos cuerpos, juntos, moviéndose al unísono. Si estuviera con Rhode, sus manos ascenderían por mi espalda, deteniéndose en la base de mi cuello. Justin deslizó las manos por mis axilas, haciendo que se me pusiera la carne de gallina. Me abrazó con fuerza y le besé en la curva del cuello.

Sí, está aquí. Rhode está aquí. Éste no es Justin, es Rhode.

Rhode me estrechó con fuerza contra sí mientras la serenata musical sonaba en la habitación. Tragué saliva, nerviosa, y me dejé llevar por mi fantasía. Giramos alrededor de la habitación; sus exquisitas manos se movían en sentido ascendente y descendente por mi cuerpo. Su calor, su calor humano, me abrumó. Me abrazó con fuerza, cerrando el espacio entre nosotros. Me besó en el cuello y me estremecí.

Amor. Qué extraña palabra. Una palabra infinita. Había definido mis creencias durante mucho tiempo. Porque habíamos vivido a lo largo de muchas décadas, cogidos de la mano, caminando siempre con la luna. Deleitándonos con todos los matices del crepúsculo.

—Te amo con locura —musité.

—Yo también te amo —respondió una voz extraña.

El acento americano me arrancó de mi ensoñación. Pestañeé unas cuantas veces, aferrándome a retazos de mi fantasía, pero sabiendo que si alzaba la barbilla vería los ojos de Justin, no los de Rhode.

Seguimos bailando, aunque mi hechizo se había roto en mil pedazos.

—Supuse que cuando vieras a Rhode todo terminaría entre nosotros —dijo Justin.

No puedo tener a Rhode. Jamás volveré a tocarle la mano. Se ha acabado.

Me centré de nuevo en Justin.

—Pensé que me resultaría más fácil enfurecerme contigo —continuó.

—No estoy acostumbrada a verte furioso —respondí.

—No puedo dejar de amarte, Lenah. No puedo —susurró—. Por más que lo intento, no puedo.

Le miré a los ojos mientras el ritmo de la canción se ralentizaba al llegar a sus últimos compases.

Puedo conseguir que la cosa funcione entre Justin y yo.

Esto era mucho más fácil que el constante rechazo por

parte de Rhode. Nada sobrenatural nos decía que no podíamos estar juntos. Nada nos lo impedía.

Justin apoyó la mano en mi mejilla y me acarició el pómulo con el pulgar. Escruté sus ojos. ¿En qué consistía el amor? El amor era calor y confort. El amor era para los vivos. Justin podía ayudarme a que volviera a sentirme viva. Estaba convencida de ello. El año pasado lo había hecho.

Yo no quería regresar. Tuve que hacerlo. Las palabras de Rhode resonaban en mi mente.

Justin se inclinó hacia delante y me besó en la nariz.

—¿Quieres que regresemos dando un paseo? —preguntó—. Faltan treinta minutos para que suene el estúpido toque de queda impuesto por Williams.

Apagamos las luces de la sala de audiciones. Justin me robó otro beso antes de tomarme de la mano y conducirme a casa.

10

La lluvia que había caído por la noche había dejado la hierba reluciente. Me hacía cosquillas en la parte superior de los dedos de los pies cuando a la mañana siguiente anduve por el sendero y doblé la esquina hacia el Curie. La señora Tate salió volando por una esquina del edificio y entró en el patio.

—Lenah —dijo, deteniéndose frente a mí—, me alegro de encontrarme contigo. Tenemos que hablar de tu proyecto para el semestre. —Siguió parloteando unos momentos sobre Justin y yo y la importancia del trabajo en equipo. Tomé algunos papeles del montón de carpetas que llevaba para aligerar su carga.

—Gracias —añadió, prosiguiendo con su diatriba.

La escuché unos momentos, pero el viento me distrajo. Era más recio que una brisa. Tenía un propósito. El aire serpenteaba entre los árboles y me agitó el pelo sobre las orejas como si éste tuviera vida propia. Me apresuré a alisármelo. La voz de la señora Tate se alejó flotando y dejé de prestarle atención.

Las hojas en los árboles se estremecieron de nuevo. El agua de la fuente caía en un extraño silencio. No necesitaba la percepción extrasensorial de un vampiro para percatarme. Siempre poseería esa percepción. Lo sentía en el aire.

Alguien me observaba.

Escudriñé las sombras. Cualquier pista sería útil. Una sonrisa velada o unos ojos quietos como la muerte.

—¿De acuerdo, Lenah? —preguntó la señora Tate.

—Sí. Desde luego —respondí.

Ella sonrió, aunque no tenía idea de a qué acababa de dar mi conformidad. Examiné el terreno frente a mí, pero sin mi visión vampírica era imposible ver el otro extremo del campus. Cuando me volví para entrar tras ella en el Curie, me percaté de que había olvidado que a nuestras espaldas estaba el bosque que rodeaba la escuela. Era el lugar ideal para que alguien se ocultara allí y acechara a una incauta víctima.

—Lenah, necesito esos papeles en clase hoy —dijo la señora Tate desde el oscuro vestíbulo del Curie.

Mis ojos se posaron en los árboles y en el sol matutino que brillaba a través de los espacios entre las ramas. No tenía tiempo para tratar de localizar los ojos que me acechaban.

Entré en el edificio convencida de lo que me decía mi instinto.

Iban a por mí.

Me senté junto a Justin, tratando de olvidarme de la carne de gallina que se me había puesto. Tenía la mano envuelta en una gasa y por un momento recordé sus brazos estrechándome contra sí en la sala de escucha.

—No puedo dejar de pensar en anoche —dijo.

Deslizó la mano debajo de la mesa, la apoyó en mi rodilla y apretó. Le sonreí. Quizá no me costaría establecer una relación sentimental con Justin. Sabía cómo tranquilizarme. Tal vez la chica del año pasado aún existía, la chica que deseaba ser humana, la chica que necesita que Justin la ayudara a sentirse humana. No era como Rhode, que era más capaz que yo de acatar las órdenes de las Aeris.

—Deduzco que la señora Tate ha decidido que nos lancemos de lleno en este experimento —comentó Justin—. Ayer fueron las pruebas de pH, ahora el sedimento de no sé qué. No sé pronunciar la otra palabra.

El experimento era muy, muy complicado. Justin y yo nos levantamos para tomar los instrumentos que necesitábamos para la tarea del armario donde guardaban el material. Procuré rehuir los ojos de Rhode y ni siquiera miré hacia donde estaba sentado. Quería evitar a toda costa mirarlo y sentir de nuevo una extraña conexión que no podía controlar. No estaba segura de quién había desencadenado el apabullante olor a manzanas, los recuerdos y el hecho de poder penetrar en su mente.

—Quizá podamos cenar juntos esta noche —sugirió Justin bajito.

—Vale —respondí, odiándome por desear que fuera Rhode quien me hubiera pedido que cenara con él. En mi mente vi una habitación oscura iluminada por velas. Rhode y yo estábamos sentados a una larga mesa de roble y alzábamos nuestras copas llenas de sangre. Nunca había compartido una comida con él. Me pregunté qué le gustaría comer en el mundo moderno.

—¿Lenah? —dijo Justin—. ¿Una pizza?

—Sí —contesté, sustituyendo mi fantasía por mesas de linóleo y cubiertos de plástico. Ingiriendo la comida grasosa del centro estudiantil y utilizando servilletas de papel, como habíamos hecho docenas de veces el año pasado.

Sentí el espacio vacío entre mi asiento y el de Rhode. Sabía que las velas, las que iluminaban el oscuro comedor de Hathersage, se habían extinguido hacía mucho tiempo.

Supuse que Rhode detestaba la pizza moderna. Era muy pringosa.

Justin tomó una caja de diapositivas. Cuando se incorporó, vi de nuevo su collar de cuero. Me alcé de puntillas para tratar de observar más de cerca el colgante de plata.

—Andrea no me dirige la palabra —dijo esbozando una pequeña sonrisa.

—Lo siento —respondí, y regresamos a nuestra mesa.

Él me pasó un cuentagotas y yodo. Luego me guiñó un ojo y dijo:

—Yo no.

Esa tarde traté de hacer la siesta, pero me despertó el sonido de sirenas en el campus. Retiré la manta y corrí a la ventana para observar la escena que se desarrollaba abajo. Unos guardias de seguridad dirigían a los estudiantes hacia los lados de los senderos. Al otro lado del patio, los profesores obligaban a los estudiantes a entrar en el centro estudiantil para alejarlos de Hopper.

El sonido de otra sirena de la policía se desplazaba en una ola, intensificándose cuando el coche dobló la curva en el sendero y se detuvo delante de Hopper. Traté de no pensar que la muerte de Tony se había producido en ese edificio. Vi a Vicken y a Rhode de pie junto a él. Los ojos azules de Rhode se fijaron en los míos.

Me hizo un breve gesto con la cabeza indicándome que bajara. Le obedecí sin vacilar. No hubiera podido negarme, aunque hubiera querido.

—¿Qué ha pasado? —pregunté. Había centenares de estudiantes en el prado. La gente dentro del centro se había agolpado frente a las ventanas circulares, con las manos apoyadas contra los cristales.

—Tengo que entrar en el estudio de arte —dijo una estudiante a un policía. Sostenía una carpeta debajo del brazo—. Tengo que entregar mi retrato mañana.

—No se puede acceder al edificio Hopper durante dos horas —respondió el policía, apartándose a un lado para dejar pasar a un guardia de seguridad.

—¿Ha muerto otra persona? —preguntó un estudiante.

—Haced el favor de regresar a vuestra residencia —dijo el policía.

—¡Ha muerto otra persona! —gritó el estudiante. La gente había empezado a hablar por sus móviles.

Apareció un tercer coche de policía. Tenía la sirena desconectada, pero las luces azules giraban sin cesar. Vicken me tiró de la manga y echamos a andar, alejándonos del tumulto que se había formado frente a Hopper.

—Una de las ventanas en la parte posterior del gimnasio está abierta —comentó Vicken señalando con la cabeza. La parte posterior del edificio daba al pie de la elevada colina que conducía al campo de tiro con arco.

—Vamos —dijo Rhode.

—Tranquilo —contestó Vicken, pensando siempre como el soldado que había sido—. Tómatelo con calma.

Los tres nos encaminamos, uno tras otro, hacia la parte posterior de Hopper. Cuando nos detuvimos frente a la ventana del gimnasio, dije:

—Odette. Tiene que ser ella. Nos lo advirtió en la herboristería. Dijo que regresaría. Y esta mañana presentí su presencia.

—¿La presentiste? —preguntó Rhode.

—Sentí que alguien me observaba. Deduzco que era Odette.

—Bueno, sólo hay un medio de cerciorarnos —dijo Rhode—. Necesitamos pruebas. Pistas.

—Pistas —repetí, pasando la mano sobre la repisa de la ventana. El cristal era horizontal y medía casi un metro de alto, pero era estrecho. Yo podría pasar a través de él con facilidad, pero Vicken y Rhode tendrían que esperar a que les abriera la puerta para que entraran. Metí la mano, así la manija de la ventana para abrirla más y penetré en el gimnasio.

Aterricé en el suelo de la oscura habitación. Avancé unos pasos y me volví para mirar por la ventana.

—Adelante —murmuró Rhode.

—No debería ir sola —dijo Vicken.

—No me pasará nada —respondí, dirigiéndome de puntillas hacia la puerta de doble hoja. La abrí un poco, lo suficiente para mirar a ambos lados del pasillo. Cuando doblara la esquina del primer piso, llegaría a la sección administrativa del edificio Hopper. El despacho de la directora estaba allí, junto con la secretaría. Me apresuré sigilosamente, y por fin doblé la esquina. Oí el eco de unas voces procedentes de los despachos.

Como vampira, es imprescindible conservar la seguridad en ti misma. Con los años, adquieres más confianza. En estos momentos, como simple humana, era difícil sentir esa confianza. Me agaché un poco y eché a andar de puntillas con mis pesadas botas. Avancé en silencio hacia las voces que se oían al fondo del pasillo. Mi cuerpo no era tan ágil como tiempo atrás, pues mis órganos estaban llenos de sangre que se movía. Me acerqué de puntillas y me detuve a pocos pasos de la puerta del despacho.

—Está muerta. ¿Estamos absolutamente seguros? —La inquisitiva voz de la señora Williams, que se hallaba dentro del despacho, reverberaba en el pasillo.

—Me temo que sí. Hace al menos media hora que ha muerto —respondió una voz.

—¿Qué voy a decirles a los estudiantes? —preguntó la señora Williams con tono abatido.

—Nuestro equipo tendrá que llevar a cabo una investigación a fondo, señora. Le aconsejo que pida a alguien que se haga cargo de las clases de la señora Tate y traslade estos despachos a otro edificio.

Aparté la mano de la pared. No me había dado cuenta de que había crispado el puño.

¿La señora Tate? ¡Mi profesora de ciencias!

—No lo entiendo —dijo la señora Williams con voz entrecortada. Se produjo un breve silencio y luego oí que alguien se sonaba la nariz. Se oyeron unos pasos junto a la puerta y la señora Williams habló de nuevo, esta vez con voz gutural y más cerca—. ¿Por qué dejaron esa nota junto al cadáver? ¿Qué significa?

—Es un misterio —contestó una voz que no reconocí—. La policía se la ha llevado con el resto de pruebas.

—¿Qué pruebas? Me dijo que no habían encontrado huellas dactilares.

—Todo indica que la asesinaron de la misma forma que a los otros dos. Presenta unas heridas como pinchazos. Le extrajeron la sangre. Tomaremos unas fotografías del cadáver y nuestro equipo forense hará las investigaciones pertinentes.

—Suena como una película gótica de terror, agente.

—De vez en cuando nos encontramos con este tipo de crímenes. Un psicópata que ha visto *Drácula* demasiadas veces.

Oí de nuevo unos pasos. *¡No, por favor!* Iban a salir del despacho. Miré el otro extremo del pasillo. Una puerta. Eché a correr, la abrí y me metí en un pequeño armario que contenía artículos de limpieza. Me senté en el suelo, apoyé la espalda contra la pared de cemento y apreté las rodillas contra mi pecho. Contuve el aliento al tiempo que los latidos de mi corazón resonaban en mis oídos.

—Señora Williams, es preciso que prohíba el acceso a esta zona. La acordonaremos con cinta de la policía y apostaremos a unos guardias para que la vigilen de noche.

—¿Es posible que saliera del campus conduciendo ella misma su coche? ¿Sangrando? —preguntó la señora Williams.

—Hay sangre en todo el coche, pero no sabemos aún los detalles, señora.

Tenía que ver el cadáver para estar segura. Confiaba en que no se lo llevaran todavía.

Las voces se desvanecieron mientras el grupo de gente echaba a andar por el pasillo y salía del edificio. Mantuve el brazo apretado contra mí, para no tocar una mopa y un cubo que estaban colocados de forma precaria. Abrí la puerta unos centímetros, lo suficiente para echar un vistazo al pasillo. Uno de los policías se había quedado montando guardia dentro del despacho, supongo que para custodiar el cadáver. Tendría que entrar a hurtadillas en la habitación a través de la puerta de un despacho anexo.

El policía estaba de pie, con las piernas separadas y las manos a la espalda. Tenía que procurar que mirara hacia el otro lado durante unos instantes. Distraerlo con algo, lo que fuera. Esperé. Conforme transcurrían los minutos, sabía que Rhode y Vicken se impacientarían y vendrían en mi busca.

Vamos, idiota, vuelve la cabeza hacia el otro lado.

Una chica gritó fuera del edificio y el policía se volvió para mirar por la ventana. ¡Perfecto! El grito de la joven dio paso a la risa en el preciso momento en que salí del armario de artículos de limpieza. Tenía que dejar la puerta abierta detrás de mí. Me apresuré a través del pasillo y entré en el despacho anexo. Me quedé de pie, esperé unos segundos y apoyé la espalda contra la puerta que comunicaba con el otro despacho. Procuré respirar sin hacer ruido, y esperé para comprobar si el policía me había oído. A diferencia de Odette, yo podía dejar huellas dactilares, de modo que mantuve las manos pegadas a los costados. Sabía cómo proceder con sigilo. Si aplicaba presión sobre todo el pie en lugar de sólo en la punta del mismo, haría menos ruido. Era preciso que entrara en ese despacho. Tenía que comprobar si era Odette quien había matado a la señora Tate.

Me quité la bota y el calcetín, y utilicé éste para girar la manija de la puerta con el máximo sigilo. Volví a calzarme la bota y penetré en la habitación avanzando a cuatro patas. El policía estaba dentro del despacho, pero cerca del pasillo.

Nunca había temido a los muertos. Jamás. Lo primero que vi fueron los tacones de la señora Tate. Yacía en el suelo, de costado. *Había regresado al campus conduciendo ella misma su coche y había muerto aquí, en este despacho.*

114

El mordisco de un vampiro hace que la herida sangre durante horas, incluso después de morir la persona. Cuando me arrodillé junto al cadáver, presentí que estaba frío sin necesidad de tocarlo. Un cuerpo vivo emana un calor corporal. Este cuerpo estaba inmóvil, rígido. Y presentaba dos pinchazos en el cuello, que aún sangraban después del mordisco de la vampira, mediante el cual le había succionado toda la sangre. Las últimas gotas de sangre de la señora Tate. Pronto dejaría de sangrar. Cuanto más espesa fuera la sangre de la víctima, más tiempo duraba la hemorragia.

La mujer tenía los ojos cerrados; supuse que alguien se los había cerrado. En el suelo, junto al cadáver, había un pequeño papel blanco. La nota que la señora Williams había mencionado.

Estaba escrita con una letra de trazo ondulado, anticuada, y decía lo siguiente:

La muerte puede ser rápida como una llamarada,
o prolongada si pasas un cuchillo lenta e
incesantemente sobre la piel.

Reprimí un grito. En la parte inferior de la nota había otra línea escrita.

Ya sabes lo que quiero.

—¡Suena como un poema! —observó Vicken—. Muy hermoso. Si te divierten los poemas que amenazan con asesinatos y muertes.

—Odette lo ha hecho adrede —dijo Rhode.

—Por supuesto. Es justamente lo que yo habría hecho. Es morboso.

—Matará una tras otra a todas las personas con las que

115

sabe que tienes una estrecha relación, Lenah —apuntó Rhode—. Debe de haber estado observándote durante todos estos días.

Me paseaba de un lado a otro frente a la ventana del gimnasio.

—La segunda estrofa del poema amenaza con más muertes. Con una tortura prolongada. No cejará en su empeño —añadió.

—¿Qué vamos a hacer? —preguntó Vicken cruzando los brazos—. No podemos darle el ritual.

—Por supuesto que no —respondí—. Piensa en las consecuencias. —Había visto las consecuencias en mi sueño con Suleen.

—Tenemos que ir a reunirnos con el resto de la escuela. La señora Williams ha convocado una asamblea en el centro estudiantil —dijo Rhode.

Otra muerte quizás obligaría a la escuela a cerrar sus puertas. No tendrían más remedio que hacerlo si se producían más muertes. El único lugar al que podíamos ir era Hathersage, lo cual significaba abandonar Lovers Bay.

Salimos por la parte trasera y nos dirigimos hacia la fachada del edificio, pasando frente al coche de la señora Tate. Un policía estaba en el lugar del crimen tomando fotografías. Unos guardias de seguridad conducían a los estudiantes hacia el centro estudiantil, donde iba a celebrarse la asamblea. Tracy y Claudia caminaban juntas al frente de una multitud de estudiantes.

—Se me acaba de ocurrir una cosa —dijo Vicken, deteniéndose cerca del coche—. La señora Tate no fue asesinada en el campus. Dijiste —añadió mirándome a mí— que regresó aquí conduciendo ella misma. Sangrando. De modo que logró huir.

—O la liberaron —terció Rhode.

—En cualquier caso, el poder del ritual todavía funciona.

Odette no puede penetrar en el campus. Al menos, de momento —dijo Vicken.

—Pasad por aquí, haced el favor —dijo un guardia de seguridad, y entramos en el centro estudiantil, donde reinaba el caos.

11

—Repito, este accidente ocurrió fuera del campus. Fuera del campus. No existe relación alguna entre el accidente de la señora Tate y las medidas de seguridad de la escuela. Ahora, permitidme continuar...

Volvió a estallar un tumulto, pero la señora Williams gritó por el micrófono:

—¡Silencio! A partir de ahora, sólo los estudiantes de último curso podrán salir del campus y tendrán que firmar tanto cuando se vayan como cuando regresen. Si salís del campus, deberéis hacerlo en grupos de dos personas por lo menos. El accidente de la señora Tate sucedió fuera del campus, por lo que todo indica que no tiene nada que ver con Wickham o con los otros desdichados accidentes. En cualquier caso, debemos insistir en que vayáis acompañados por lo menos de un amigo o una amiga, al margen de adónde os dirijáis. Wickham sigue siendo el lugar más seguro para nuestros estudiantes.

En el centro estudiantil estalló un guirigay de voces y preguntas.

—¿Por qué regresó en coche al campus? —gritó alguien.

—Por favor, por favor... No lo sé. —La señora Williams alzó las manos con las palmas hacia arriba y la sala enmudeció. Las ventanas de la cantina estaban cerradas debido a la reunión de urgencia. Estábamos rodeados por rejillas de metal y mostradores vacíos—. Lovers Bay, Massachusetts, nunca había padecido este nivel de violencia, y estoy segura de que éste será el último incidente.

—Si fue un accidente, ¿por qué tenemos que salir del campus en grupos de dos? —gritó uno de los presentes, y los demás estallaron de nuevo en abucheos y preguntas.

—¡Quiero respuestas! —gritó una estudiante de segundo año, rompiendo a llorar.

—¡Silencio! —gritó la señora Williams por el micrófono. Algunos asistentes se taparon los oídos—. Lo más seguro para los estudiantes dentro y fuera de cualquier campus es ir acompañados por amigos o amigas, y Wickham no es una excepción.

Miré a mi alrededor. Por fin vi a Justin. Estaba sentado con el equipo de lacrosse al otro lado de la sala.

—Esta escuela sigue siendo el lugar más seguro para vosotros —declaró la señora Williams.

—¡Nadie lo diría! —gritó alguien entre el público.

—Entiendo que algunos de vosotros querréis iros a casa y no podemos impedíroslo. Tal como diremos a vuestras familias, el accidente de coche de la señora Tate ocurrió fuera del campus y fue justamente eso, un accidente.

—Está mintiendo —murmuré a Vicken.

—Todos los presentes en esta sala lo intuyen —respondió él—. El grado de incredulidad es impresionante.

—¿Qué más? —inquirió Rhode.

—Bueno, intuyen que está consternada. La mayoría de asistentes están indignados. Saben que existe una relación entre todas las muertes. Han dejado de confiar en lo que les dicen.

—¿No te sentirías tú también así? —murmuró Rhode.

Cuando la asamblea concluyó, la mayoría de estudiantes se quedaron en el centro estudiantil para hablar sobre la señora Tate. Algunos lloraban, otros preguntaban qué tenían que hacer con las tareas que les había puesto. Otros querían saber quién impartiría la clase de ciencias.

Yo no podía llorar.

No quería llorar. Había visto la marca de la muerte.

Me quedé sentada, esperando sentir algo, siquiera tristeza. Pero lo único que sentía era rabia. Rabia e ira contra mí misma. Contra Odette. Contra Rhode y los recuerdos entre nosotros que no alcanzaba a comprender.

—¡Lenah!

Levanté rápidamente la cabeza. Miré a Rhode.

—¿Qué?

Él señaló a Claudia y a Tracy, que estaban de pie junto a mí. Estaba claro que trataban de atraer mi atención.

—¿Cómo estás? —preguntó Claudia.

—Supongo que bien —respondí encogiéndome de hombros.

Me moví a un lado para que se sentaran junto a mí, pero Claudia se sentó junto a Vicken y me pregunté si lo había hecho adrede. Percibí un olor dulce que emanaba de ella, a vainilla.

—Qué bien hueles —dije—. Conozco ese perfume.

—Es el antiguo perfume de Kate.

Fijé la vista de inmediato en la mesa de formica.

—Ah —fue lo único que atiné a decir.

—Tenías una relación bastante estrecha con la señora Tate, ¿verdad? —preguntó Tracy arqueando una ceja. Me di cuenta de que me hablaba a mí.

—No —contesté, pensando en el año pasado. No podía decirse que hubiera tenido una relación estrecha con la señora Tate, aunque había sido la primera persona adulta con la que había pasado muchos ratos desde que había vivido con mis padres. Y eso había ocurrido quinientos noventa y dos años antes.

—Es la tercera persona que muere —dijo Claudia.

—¿Qué? ¿Acaso llevas la cuenta? —inquirió Tracy, bebiendo un sorbo de su refresco.

—Quizá deberíamos hacerlo —contestó Claudia.

—Una coincidencia —dijo Rhode, tras lo cual se puso en pie y se marchó. Tracy le siguió con los ojos hasta que él llegó a la puerta del centro estudiantil y desapareció.

—Estás muy callado —comentó Claudia dirigiéndose a Vicken.

—No me preocupa demasiado —respondió él.

Claudia emitió un largo suspiro y meneó la cabeza.

—No quiero ver a la señora Tate cuando... —se detuvo, estremeciéndose—. Cuando la saquen del edificio.

—Yo tampoco —dije, recordando la impresión que me había producido ver su cuerpo sin vida y los tacones de sus zapatos.

—¿Quieres salir a dar una vuelta fuera del campus con nosotras? —me preguntó Tracy. Se levantó de la mesa y alisó la parte delantera de su camisa azul. Admiré al color, que hacía resaltar el tono de su piel.

—¿Ahora? —pregunté.

—Sí, ahora —respondió Claudia con gesto serio—. Quiero ir a un lugar donde haya mucha gente. Al cine o a algún sitio así.

Mala idea. Está oscuro.

—¿O a dar una vuelta en coche? —propuso Tracy.

Claudia se levantó y cruzó los brazos.

—Me parece increíble que te tomes esto con tanta calma —le reprochó a Vicken.

Él se levantó de la mesa.

—¿Qué quieres que haga, rubita? —Agitó las manos en el aire y fingió que se ponía a correr de un lado a otro—. ¿Que grite? —Dejó caer las manos a los costados, tras lo cual introdujo un cigarrillo entre sus labios—. La muerte nos llega a todos. A algunos antes que a otros. —Salió del centro estudiantil dejando tras de sí el olor de su cigarrillo.

—Lenah —dijo Justin, acercándose a nosotras. Se apresuró a tomarme la mano. Suspiré contra el familiar tejido de algodón de su camiseta y le abracé con fuerza. Permanecí abrazada a él unos momentos, dejando que su fuerza me invadiera.

—¿Quieres venir con nosotras? —le preguntó Claudia—. Queremos ir a dar una vuelta en coche. Para salir del campus.

Justin arrugó el ceño.

—No puedo. El entrenador quiere reunirse con el equipo.

Me aparté y él me miró a los ojos. Intuí la pregunta que le rondaba por la cabeza. La presencia de Claudia y de Tracy le impedía formularla. *¿Estaba Odette detrás de esto?*

Frente a nosotros pasó un grupo de animadoras. Algunas caminaban con el brazo apoyado en el hombro de una compañera y otras iban cogidas de la mano. Una de ellas, situada en el centro, lloraba.

Claudia me tiró de la manga de la camisa.

—Salgamos de aquí. No lo soporto —dijo.

—Ten cuidado —me dijo Justin, dándome un apresurado beso.

—No me pasará nada —respondí—. Tengo la luz diurna de mi parte.

Sabía que a Rhode no le agradaría la idea de que saliera del campus después del asesinato de la señora Tate, pero supuse que en un lugar público estaríamos a salvo. Además, sólo íbamos a dar una vuelta en el coche de Claudia, y si decidían detenerse, propondría que lo hiciéramos en un lugar donde hubiera gente.

—Tengo que ir a por mi cartera —dije, y regresamos caminando a Seeker.

Mientras subía con las chicas, se me ocurrió que no habían estado nunca en mi habitación. Ni siquiera el año pasado, cuando Tony vivía aún. Tracy caminaba detrás de mí. Estaba tan cerca que la oía respirar.

—Enseguida salgo —dije.

—¿No podemos entrar? —preguntó Tracy—. Eres una tía supermisteriosa, Lenah.

Vale. Debí pensar en eso.

—Claro que podéis entrar —respondí.

Me detuve ante la puerta para abrirla; el romero y el espliego colgaban en su lugar habitual.

—Qué bonitas —comentó Claudia, tocando levemente las flores con las yemas de los dedos—. Flores secas. Cada vez que me regalan un *corsage* o un ramo de flores dejo que algunas flores se sequen.

Abrí la puerta y las chicas entraron. Exclamaron admiradas al contemplar la espada antigua, mis muebles y en general todo el apartamento. Tracy alzó un dedo para tocar la espada.

—Yo que tú no lo haría —dije—. Tiene una hoja muy afilada.

—¿Por qué tienes una espada? —preguntó.

—Es una reliquia de familia —contesté. *Tenemos que salir de aquí*, pensé.

—¿Qué es esto? *Ita fert...*

—*Ita fert corde voluntas.* Es latín —dije—. Significa: «El corazón lo desea».

—El corazón lo desea —repitió Tracy al cabo de un instante—. Me gusta.

Observamos juntas la espada, a la que yo estaba tan acostumbrada. Sí, es magnífica, pensé al contemplarla junto a alguien que no la había visto nunca.

—¿Qué es eso que hay en tu balcón? —preguntó Claudia.

Me volví. Claudia tenía las manos apoyadas en el cristal de la puerta del balcón. Alzó la barbilla para ver con más claridad.

En el suelo, adheridos empecinadamente a las baldosas, estaban mis restos vampíricos. La mayoría había desaparecido con las lluvias estivales, pero algunos relucían bajo el sol del mediodía.

—¿Estabas haciendo un proyecto artístico? —me preguntó Claudia.

—No sé muy bien qué es eso. —Decidí que era preferible hacerme la tonta—. Vámonos.

Al cabo de unos momentos partimos. Bajé la ventanilla del BMW de Claudia, sintiendo el aire de últimos de verano agitar mi cabello.

—Feliz. Feliz. Feliz. Sin pensar en la señora Tate. Me siento *feliiiiz* —dijo Claudia, subiendo el volumen de la música. Una estruendosa explosión de guitarras, pianos y múltiples voces resonó en mis oídos. El baladista cantaba sobre el amor y el chicle de globo. Decididamente, esto no era Mozart. Observé que Tracy estaba más callada que de costumbre, mirando por la ventanilla del copiloto.

Al cabo de unos momentos, Claudia sugirió:

—¿Por qué no vamos al centro comercial? Podríamos dar una vuelta por allí.

Sí. Excelente idea. Genial. Estará lleno de gente.

Por estúpido que pudiera parecer en esos momentos, era agradable salir del campus en septiembre, cuando aún podía darme una vuelta por el centro comercial como cualquier chica normal. Antes de que comenzara la Nuit Rouge.

Claudia tomó una curva a toda velocidad y el motor se aceleró cuando enfilamos la autovía. Tuve que sujetarme al reposabrazos para no golpearme contra la puerta del coche.

—Venga —dijo Claudia—, háblame de Vicken.

Me agarré al reposabrazos con fuerza mientras tomábamos otra curva a toda pastilla.

—Tiene un bonito moratón —comentó Tracy con tono sarcástico. Era la primera vez que despegaba los labios desde que habíamos salido.

—Insistió en que yo se lo tocara —dijo Claudia, pero su tono no denotaba repugnancia, sino más bien excitación.

—¿Hablamos de Vicken? —pregunté, sorprendida. *Un ase-*

sino. Un excelente espadachín. Habrías constituido un suculento bocado para él.

—¿Es escocés? —preguntó Claudia.

—De Girvan, Escocia, cerca de la costa —le aclaré.

—Es primo hermano tuyo, ¿no?

—Sí. Es hijo del hermano de mi madre —mentí.

—Anda, pregúntaselo —terció Tracy, echándose el pelo hacia atrás—. ¿Sale con alguien?

—Yo... no lo creo —respondí, un tanto horrorizada ante la idea de que Claudia y Vicken salieran juntos.

Nos detuvimos en el aparcamiento del centro comercial. Claudia metió el coche en un espacio vacío a tal velocidad que temí que sufriéramos un accidente. Pero, milagrosamente, no nos estampamos contra la pared. De hecho, las chicas salieron del coche antes de que yo respirara aliviada.

Parecían hablar en otro idioma. Hablaban de unas tendencias en materia de moda sobre las que yo no sabía una palabra.

Cardiganes. Peplums.

Los zapatos de plataforma, ¿están de moda?

¿Y los tacones de madera?

Rhode me había comprado el año pasado la mayor parte de mi ropa. Yo me limitaba a ponérmela, aceptándola sin más. No había prestado atención a la moda desde la época victoriana. Ahora estaba un poco más puesta en el tema, pero seguía siendo bastante inútil a la hora de elegir una prenda.

—¡Lenah! —dijo Claudia, y me condujo del brazo hacia una tienda—. Tienes que probarte esto. Este color te sentará de maravilla.

Señaló el maniquí que había en el escaparate. Lucía una vaporosa blusa color mandarina sobre unos vaqueros azules. Era de un tejido semejante a la gasa, muy suave; el color evocó un recuerdo en mi mente. Una noche en la ópera, un fabuloso vestido color naranja. Como reina de los vampiros, el medio más sencillo de atraer a mis víctimas era seduciéndolas con cosas exquisitas. Cuando se acercaban para felicitarme por mi atuendo o mis joyas, yo no tenía más que...

Claudia tomó una blusa naranja de un expositor y me la dio. Poco después, cargadas de prendas, cada una entramos en un probador. Tras probarse las prendas que habían elegido, Claudia y Tracy salían y las mostraban una a la otra. Nunca me probaba la ropa moderna ante otras personas. Pedir su aprobación me parecía una tontería, pero por lo visto era lo que había que hacer.

—¡Lenah! ¡Quiero que me enseñes ese *top*! —dijo Claudia.

Sintiéndome un tanto ridícula, salí del probador luciendo la blusa y me volví para que las chicas pudieran admirarla.

—¡Estás espectacular! —exclamó Claudia, pasmada—. ¡Tienes que comprártela!

—Este color te favorece mucho —convino Tracy.

En el centro comercial, casi pude olvidarme de la nota de Odette. De la muerte de la señora Tate y de la de Kate. Me distraía con la posibilidad de ponerme estas prendas. Incluso pensé en regresar a la escuela y lucirlas ante Rhode.

A continuación me probé un vestido rosa muy ajustado, de estilo contemporáneo y atrevido, con unos tirantes muy finos. Me encantó. Confié en que a las chicas también les gustara. Me habría gustado que las mujeres del siglo XIX, con sus corsés y sus polisones, pudieran verme ahora. Salí y miré al fondo del pasillo de los probadores. Las chicas admiraban unos vestidos negros parecidos al rosa que yo llevaba puesto. A Justin le gustaría porque era muy ajustado. Se percataría de que lucía un color que no era negro y diría: «Estás muy guapa». Solía recordarme que era importante que me integrara en este mundo moderno, al igual que me había dicho Suleen.

Rhode no me había visto aún con ropa moderna. Me pregunté si se fijaría en mi cuerpo, ahora que no llevaba un corsé ceñido a la cintura ni un polisón que exageraba la curva de mi trasero.

Una mujer alta admiraba su imagen reflejada en un espejo de tres lunas al fondo del pasillo. Su larga caballera rubia le caía en unas ondas perfectas por la espalda. Se sonrió a sí misma y pasó la mano sobre su abdomen para alisar el tejido del vestido.

¡No!

Tenía un cutis perfecto. Demasiado perfecto. Ese cabello rubio... Esas uñas rojas, afiladas en unas puntas terroríficas...

Odette.

Retrocedí de inmediato y me metí de nuevo en mi probador.

Me tapé la boca con la mano para reprimir un grito. Me eché a temblar, sin saber cómo lograr que mi cuerpo dejara de temblar con tal violencia. ¿Cómo era posible? ¿Cómo podía esa vampira soportar las brillantes luces del día? Bajé la vista y retrocedí sin darme cuenta hacia el espejo en la pared. Una larga pierna se introdujo debajo del tabique que separaba dos probadores. Odette se aplastó contra el suelo, como una gata, y entró en mi probador desde el que estaba contiguo al mío. Acto seguido se levantó rápidamente y se plantó ante mí. Apreté la espalda contra el espejo. Percibí mi acelerada y agitada respiración.

En su boca se pintó una sonrisa socarrona teñida de rojo.

—¡Sal, Lenah! —dijo Claudia desde el pasillo.

Mis amigas...

—Dentro de un minuto —respondí.

Odette avanzó dos pasos hacia mí. Observé la textura satinada como el mármol de su piel bajo las luces fluorescentes. Parecía una estatua que se movía. Ladeó la cabeza y me miró.

—¿Sorprendida de verme, Lenah? —me espetó—. ¿Pensaste que estarías a salvo en pleno día? ¿Pensaste que estarías segura rodeada de gente? La luz del día no me asusta en absoluto.

Apoyó una mano con violencia contra la pared junto al espejo.

—¿Qué ha sido ese ruido? —preguntó Tracy.

—¿Crees que esto da un aspecto raro a mi trasero? —preguntó Claudia.

—Ni mucho menos —respondió Tracy.

Seguí con la espalda apoyada contra la pared. La única forma de escapar era conseguir abrir la puerta del probador y salir corriendo. Pero entonces Odette podía matar a Tracy y a Claudia al instante.

—No te temo —mentí en voz baja.

La vampira sonrió, pero su sonrisa no tardó en dar paso a una mueca. Su blanca dentadura relucía bajo las luces, sus colmillos descendieron, puntiagudos y afilados. La sed vampírica que hacía que sus colmillos descendieran había hecho presa en ella. Hizo ademán de abalanzarse sobre mí y emitió una carcajada por lo bajo, retrocediendo. Su carcajada quedó sofocada por la música que sonaba en el probador y las exclamaciones de admiración de Tracy y Claudia.

—La gran Lenah Beaudonte. ¡Cuánto tiempo llevo esperando este momento! Deseaba ser yo quien te succionara la sangre. ¿Sabías que bailé con Heath? ¿El miembro de tu clan que hablaba latín? Sí…, en la década de 1920. —Se inclinó hacia delante, aproximando su boca a mi oído—. Mientras tú dormías dos metros bajo tierra —dijo con tono malévolo.

Me estremecí.

Odette se abalanzó de nuevo sobre mí como un animal, apoyando con fuerza las dos palmas a cada lado de mi cabeza. Inspiró profundamente, deslizando la nariz sobre la base de mi cuello.

—Hueles como si tu sangre me iluminara.

Contuve el aliento. ¿La iluminara?

—No te hagas la tonta. El ritual te concede el arma de la luz solar. Así fue como mataste a los miembros de tu clan.

—No es cierto —protesté—. Eso no fue lo que ocurrió.

—Silencio —me ordenó, mostrando de nuevo las afiladas puntas de sus colmillos—. Tus mentiras no son bien recibidas aquí. Pero en otro tiempo fuiste una vampira muy poderosa, ¿no? —murmuró. Alzó una afilada uña hacia el cielo—. ¿Adivinas quién lo es ahora?

Mantuvo su uña afilada como una cuchilla apuntando al techo mientras me miraba de refilón.

—Por supuesto, no me llamaba Odette cuando era humana. ¿Te acuerdas de mí? Mataste a mi madre, a mi padre y a mi amor.

Unas imágenes de la multitud de víctimas que aparecían detrás de las Aeris se agolparon en mi mente. Su madre, su padre y su amor se encontraban entre esa multitud. Quise decirle que estaban a salvo y que siempre lo estarían, que jamás volverían a ser víctimas, que jamás volverían a experimentar pánico ni terror. Ahora poseían un alma blanca.

Ella volvió a apoyar con fuerza las manos en la pared en el preciso momento en que Claudia soltó una sonora carcajada al otro lado de la puerta. Su risa me encantaba. Tenía que protegerla.

Era preciso que trazara un plan. Me centré en las afiladas uñas. Si gritaba pidiendo auxilio, me arriesgaba a que Odette agrediera a Claudia y a Tracy. Si derribaba la puerta del probador de una patada, podría echar a correr, pero ella era más veloz que yo.

—¡Lenah! —dijo Claudia—. ¡En serio, sal de una vez!

La vampira movió ligeramente la muñeca y oí el ruido que hace la piel al desgarrarse. Mi piel. Odette me había hecho un corte y cayeron unas gotas de sangre sobre mi hombro. No era un corte profundo, pero me había desgarrado la piel limpiamente. Me escocía y la sangre se deslizaba por mi brazo. Ella se inclinó hacia delante para susurrarme al oído, aproximándose tanto que sentí sus gélidos labios sobre mi piel.

—Esa estúpida rubia. Luego la profesora. Tú sabes lo que quiero —dijo con desdén.

Me aferró por el cuello y me alzó del suelo, sosteniéndome contra el espejo. Apenas podía respirar. Tosí y ella relajó un poco la mano con la que me sostenía.

—Quiero ese ritual —dijo entre dientes. La piel sobre mi clavícula me dolía y sangraba.

—No te convertiré en humana —dije con voz ronca.

Una expresión despectiva se pintó en su rostro, confiriéndole el aspecto de un extraño payaso de circo. Sus fosas nasales se dilataron y murmuró:

—¿Crees que es eso lo que deseo? ¿No me has oído? Soy tu sustituta. —Sus ojos se endurecieron. En ese momento vi la verdad en el fondo de ellos.

Era algo familiar que no podía describir, una vista que conocía bien: la vista de un océano o un campo que había contemplado antaño. Vi a una joven aterrorizada que había sido arrancada de su vida de forma prematura.

Pronuncié atropelladamente las palabras mientras me aventuré a mirar sus ojos verdes sobrenaturales.

—Es el tormento, ¿no? El tormento infinito.

Ella torció el gesto.

—¿Qué?

—Si viertes tus intenciones en ese ritual, provocarás un desastre. Desencadenarás sin pretenderlo la magia negra. Veo tu afán de poder. El poder alivia el dolor, ¿verdad?

La voz de Claudia sonó por encima de la puerta.

—Veamos si la tienen en tu talla, Lenah. ¿Qué talla gastas?

—Responde —me ordenó Odette, mientras me sostenía con una mano contra el espejo. Con la otra recogió un hilo de sangre que se deslizaba sobre mi hombro y lo chupó.

—Mediana —contesté, sintiendo una opresión en la boca del estómago al ver a la vampira ingerir mi sangre.

—Iré a buscarte una —dijo Claudia, y oí el sonido de pasos alejándose por el pasillo de los probadores. Odette me arrojó de nuevo contra el espejo. Me golpeé la cabeza contra el cristal y unas motas blancas de luz estallaron ante mis ojos.

—Dámelo enseguida, o cuando tus amigas entren en esta habitación, estarás muerta.

Traté de tragar saliva, pero me acometió un violento ataque de tos. Iba a morir. Ya había muerto en otra ocasión.

Cuando otra mota blanca de luz estalló ante mis ojos evoqué una imagen. Rhode y yo en el manzanar de mis padres. No como éramos entonces, sino como aparecíamos ahora, en el mundo moderno. Cogidos de la mano, encaminándonos hacia la casa. La chimenea humeaba. Él sostenía en su otra mano una manzana. ¿Era esto posible? ¿Era esto el futuro?

Mi respiración retumbaba en mis oídos y traté de respirar con normalidad, pero un angustioso silencio empezó a sofocar el resto del mundo.

—¡De acuerdo! —dije con voz ronca.

Odette me soltó de inmediato y caí al suelo. Mis manos golpearon la moqueta del probador y el impacto resonó en mis oídos. En ese momento, como si obedeciera a un plan, oí a Tracy y a Claudia que regresaban a la zona de los probadores.

—Escríbelo —me ordenó Odette. Encontré un trozo de papel en mi cartera y empecé a escribir. *Te voy a dar el ritual. Te lo voy a dar.* Me repetí esas palabras una y otra vez para que ella leyera mis intenciones. *Éste es el ritual. No quiero dártelo, pero lo haré.*

Traté de ocultar la mentira en el fondo de mi corazón mientras escribía. Los ingredientes. El método. Tenía que convencerla.

—Aquí tienes, Lenah —dijo Claudia, pasándome un *top* azul por encima de la puerta del probador. Odette lo tomó y lo sostuvo contra su pecho, admirándolo.

Terminé de escribir y le entregué el papel.

Esto es real, real. Real. No quería pensar en otra cosa.

Antes de regresar a su probador deslizándose por debajo del tabique, la vampira me dirigió una espeluznante sonrisa cargada de significado.

—Comprendo que se sienta atraído por ti —dijo ladeando la cabeza con un gesto bestial—. Eres muy frágil.

Tras esas palabras, regresó a su probador. Observé cómo se movían sus pies mientras recogía sus cosas. Escuché sus pasos ligeros cuando abrió la puerta y se alejó por el pasillo. Agotada, me deslicé hacia el suelo con la espalda apoyada contra el espejo y me senté en la moqueta.

—¿Te has muerto ahí dentro? —bromeó Claudia.

—No —respondí con un hilo de voz—. Me estoy vistiendo.

La imagen que ofrecía reflejada en el espejo era digna de lástima. Tenía el pelo pegado a la frente debido al sudor y el corte horizontal que me atravesaba la clavícula estaba hinchado y rojo. Había dejado de sangrar, pero había un poco de sangre reseca adherida a la herida. No obstante, mi camisa lo ocultaría.

Odette era una tía brillante, como diría Vicken. No pude evitar admirar su estilo. De haber seguido siendo yo una vampira, ella habría sido una digna rival. Tenía que levantarme del suelo. Tenía que vestirme, las chicas no podían verme con ese aspecto. Las manos me temblaban cuando me apoyé en la moqueta para incorporarme.

No sabía de cuánto tiempo dispondría antes de que Odette se diera cuenta de que le había dado un ritual falso. ¿Unas semanas? ¿Unos días?

Me vestí, me alisé el pelo como pude y salí, temblando, del probador. Evité el espejo de tres lunas. Pero no era necesario que mirara, pues Odette se había marchado.

—Tengo hambre —dijo Claudia.

—Podemos comer aquí —propuso Tracy—. No tengo ganas de volver aún.

Pagamos por nuestras compras y salí tras ellas en silencio de la tienda. Procuré no mover el brazo derecho porque el corte me dolía. Cuando salimos de nuevo a las intensas luces del centro comercial, mis temblores remitieron, pero sólo un poco.

Pedí algo de comer, pero no dejaba de reproducir en mi mente ese momento en el probador. Odette era capaz de soportar la luz del sol, lo cual significaba que era muy poderosa. *Pero ¿hasta qué punto?* ¿Cómo era posible que hubiera adquirido tanto poder en tan poco tiempo cuando a mí me había llevado ciento ochenta años ser capaz de soportar la luz del mediodía? ¿Cómo había adquirido esa extraordinaria fuerza tan rápidamente? Había dicho que yo había matado a su familia, pero yo había matado a muchas personas. Técnicamente, también la había matado a ella, rompiendo el contrato de su vida humana. Las Aeris me lo habían recordado.

Comimos lo que habíamos pedido, pero yo no dejaba de observar todos los rostros que pasaban. A todas las personas con el pelo rubio. Esta vampira no estaría sola. Era muy poderosa. Se consideraba mi sustituta.

—¿Qué le ocurrió a Rhode? —preguntó Claudia. Al oírla mencionar su nombre, regresé al presente, a mi asiento. Me centré en mi almuerzo y mordisqueé una hoja de lechuga—. ¿Quién fue el culpable del accidente de coche que tuvo? Tiene la cara destrozada.

—Es la persona más reservada que conozco —terció Tracy—. Traté de sacar el tema durante la clase de mates, pero me dio la callada por respuesta.

—A mí tampoco me lo ha contado —dije, detestando el hecho de que fuera verdad. Estaba habituada a saberlo todo sobre él, pero las cosas habían cambiado—. No tengo una amistad tan estrecha con Rhode como con Vicken.

—Pero a Vicken sí se lo contó —dijo Claudia—. Siempre cenan juntos.

—Me asombra que sobreviviera —comentó Tracy, refiriéndose todavía al accidente de Rhode. Se llevó con delicadeza una porción de su ensalada griega a la boca—. Todavía se le notan los hematomas.

—Tiene unos ojos increíbles —apuntó Claudia.

Observé durante unos momentos a una chica con el pelo rubio recogido en una coleta, pero luego me tranquilicé. Era tan sólo una chica que había salido de compras.

Tracy me dio un codazo.

—Lo siento —dije, comiendo otro bocado de mi sándwich—. Sí. Son muy azules. —Me sentí ridícula al decir eso.

—Estás muy callada… —dijo Tracy.

—Lo siento —repetí—. Estoy un poco cansada.

—Anda, dinos, ¿qué hay entre tú y Justin? —preguntó Tracy.

Abrí la boca para participar en la conversación cuando…

De pronto la vi.

Odette caminaba por el largo espacio del centro comercial que discurría en paralelo a la zona de restaurantes. La mano con que yo sostenía el sándwich quedó suspendida en el aire, a la altura de mi campo visual. No pude evitar mirarla fijamente. Aunque lucía una gorra de béisbol masculina que le ocultaba los ojos, su larga cabellera rubia le caía por la espalda. Era espectacular. Su belleza era capaz de atraer a la mayoría de seres humanos, pero yo sabía por qué ocultaba su rostro de las luces fluorescentes: para impedir que realzaran el tono sobrenatural de su piel y sus dilatadas pupilas.

Volvió el rostro hacia mí.

Paseó la mirada por las personas que había en el restaurante sin disimulo, de forma deliberada, hasta fijarla en mis ojos. Me miró boquiabierta, observando mi sándwich de pollo con lechuga y tomate. Luego, esbozando una mueca espeluznante, sonrió. Y…

Me guiñó un ojo.

12

—¡Vicken! —Golpeé la puerta de su habitación tres veces.
Cuando la aporreé por cuarta vez, el responsable del edificio
en el que se alojaba asomó la cabeza por la puerta de su habitación; era un hombre alto, un profesor adjunto que impartía
clases de fotografía.

—Algunos estamos tratando de preparar unas lecciones,
Lenah —dijo, y cerró de un portazo.

La puerta frente a mí se abrió con un chirrido y apareció
Vicken, rascándose la cabeza y bostezando.

—Son las seis de la tarde —dije—. ¿Aún dormías?

—Tengo que recuperar varios centenares de años de sueño, si no te importa.

Entré y él tomó una toalla de su mesa y tapó con ella la
rendija debajo de la puerta. Abrió una ventana, conectó un
ventilador y encendió un cigarrillo. Empecé a pasearme de
un lado a otro en su habitación enmoquetada.

—Odette me atacó.

Vicken levantó la cabeza bruscamente y el pelo se le cayó
sobre los ojos.

—¿Dónde?

—En el centro comercial. Fui con las chicas y ella estaba
probándose un vestido de cóctel. Vicken... —Me pasé la mano
por el pelo y empecé a mesármelo—. Le di un ritual falso.

—¿Qué?

—Tuve que hacerlo. Iba a matarme.

Dio una calada a su cigarrillo, me observó a través del

humo que expulsó y aplastó el cigarrillo, que acababa de encender, en la repisa de la ventana. Luego lo arrojó en una lata vacía de refresco.

—Vamos —dijo.

Caminamos juntos hasta el final del pasillo. Supuse que bajaríamos la escalera, quizá para dirigirnos a otra residencia junto a Quartz. No me había parado a pensar en qué habitación se alojaba Rhode en el campus. Al fondo del pasillo estaba la habitación 429, una habitación individual, como la de Vicken. Era la de Rhode. Me pareció entre chocante y cómico que se alojara en una residencia estudiantil después de haber servido como caballero a las órdenes de Eduardo III.

Vicken llamó a la puerta y esperamos mientras me observaba y me guiñaba el ojo para animarme. Oímos unos pasos al otro lado de la puerta y al cabo de unos instantes Rhode abrió. Nos miró a ambos repetidas veces. Debido al moratón que tenía en el ojo derecho, éste aparecía hinchado y más pequeño que el otro.

—¿Qué ha pasado? —preguntó.

—No es algo de lo que debamos hablar rodeados de gente, amigo mío —respondió Vicken, señalando las otras habitaciones de la residencia.

Rhode abrió la puerta y entramos. Supongo que yo esperaba opulencia. Esperaba que su vida en Wickham fuera una copia de nuestra vida en Hathersage. Pero era imposible. No había mesas de boticario, muebles de firma. Ahora nos ocultábamos. Con la excepción de un telescopio orientado al cielo a través de la ventana y de la ropa que colgaba en el armario, su habitación era tan sólo un lugar donde dormir. Cuando Vicken cerró la puerta a nuestras espaldas, vi con el rabillo del ojo unas ramitas de romero y espliego colgando en la parte interior de la misma.

Por supuesto. Es lógico que queden vestigios.

Rhode se sentó a su escritorio.

—Odette me atacó. Le di un ritual falso. Unos ingredientes muy difíciles de localizar. Tardará varios días en encontrarlos. Haba de San Ignacio. Cresta de gallo.

—Una excelente elección. Unos ingredientes inocuos. Incluso con la peor de las intenciones, apenas surtirán efecto.

El apoyo que Rhode me demostró en esos momentos hizo que aumentara mi amor por él. Me produjo un reconfortante calor en el pecho. Cuando me miró a los ojos, sentí en la punta de la lengua el sabor de manzanas crujientes y la fértil tierra de la propiedad de mi padre. Retrocedí unos pasos, tratando de romper la conexión. Si desviaba los ojos, quizá dejarían de asaltarme los recuerdos. Respiré hondo, pero había más manzanas, y una chimenea. La leña chisporroteaba, humeante, y percibí el olor de la lluvia. Retrocedí hasta pisar a Vicken.

—¡Eh, cuidado! —exclamó.

La boca de un vampiro. Los labios entreabiertos, dispuesto a matar. Donde descenderían los colmillos había dos boquetes negros. ¿Un vampiro sin colmillos? Quise echar a correr, pero sabía que no podía.

—¿Lenah? —Vicken me tomó del brazo—. ¿Estás bien?

—¡Odette me aferró por el cuello! —dije, sacudiendo la cabeza—. Y me hizo un corte. —Aparté un poco el cuello de mi camisa para mostrarles la herida.

—Tienes que limpiártela —sugirió Rhode. Agarró el respaldo de la silla con fuerza.

—En fin, imagino que cuando averigüe que los ingredientes son falsos no tardará en tomar represalias —comenté—. Pero dijo otra cosa… —Vacilé unos instantes al tiempo que el recuerdo de Odette me produjo un escalofrío que me recorrió todo el cuerpo—. Dijo que comprendía que *él* se sintiera atraído por mí.

Rhode se volvió hacia el escritorio y se llevó una mano vendada a la barbilla.

—¿Él? —preguntó.

—¿Un miembro de su clan? —sugirió Vicken, reclinado en la pared, con un pie calzado en una bota apoyado en ella.

—Has conseguido que ganemos tiempo, pero no una solución —declaró Rhode.

Procuré no sentirme dolida, pero sus palabras me hirieron.

—Por si no lo captaste la primera vez que te lo dije, esa vampira trató de matarme —contesté, mientras el recuerdo de la boca entreabierta de Rhode, desprovista de colmillos, irrumpía de nuevo en mi mente. Antes de que él pudiera responder, añadí—: Ambiciona poder. Es el único alivio para la locura. Es su único propósito.

Rhode apoyó el brazo en el respaldo de la silla; en su muñeca mostraba un hematoma circular. No parecía el mordisco de un vampiro, consistente en dos minúsculos orificios. Al darse cuenta de que había apartado los ojos de los suyos, bajó el brazo.

—No desea convertirse en humana. Quiere llevar a cabo el ritual confiando en que le confiera poder. Poder para reinar sobre los elementos. Con un poder elemental, puede atraer a las fieras, manipular a seres más débiles. Puede… —Recordé de nuevo mi sueño. Vi en mi mente el abandonado internado de Wickham, el estado ruinoso de los edificios de piedra, la playa desierta—. Puede hacer lo que quiera.

—No podemos hacer nada hasta que aparezca de nuevo —dijo Rhode—. Y aparecerá. Entretanto —añadió, volviéndose hacia Vicken—, tú y yo podríamos ser un blanco. Cualquier persona cercana a Lenah puede serlo. Yo que tú no me separaría de tu daga.

Vicken levantó la pierna, apoyando su bota sobre el escritorio, y Rhode miró en el interior del mueble. Supuse que buscaba la daga.

—Tú debes hacer lo mismo —me dijo Rhode.

—¿Qué te hace pensar que una simple daga funcionará? —pregunté alzando el mentón. Era evidente que él controlaba la situación, diciéndome lo que debía hacer, diciéndome que me amaba, pero manteniendo las distancias. Era indignante.

—No podemos cargar todo el día con una espada —contestó—. Y tú ya no puedes producir luz solar en las palmas de las manos.

Sentí que la ira bullía en mí. Luz solar. De modo que sabía algo sobre el año pasado.

—De acuerdo, llevaré también una daga —dije, apoyando la mano en la manija de la puerta. El corazón me latía con furia—. Voy a sacar esa maldita espada de su vaina para decapitar al próximo vampiro que se acerque a mí.

—¡Buena chica! —dijo Vicken, mirando a Rhode y luego a mí—. Dadas las circunstancias —murmuró.

Miré a Rhode.

—¿Por qué estás tan furiosa? —me preguntó.

—Porque te guardas todo lo que sabes para ti. Dime, ¿estuviste aquí el año pasado, sí o no? ¿Me observabas desde la sombras, viendo cómo luchaba para sobrevivir? ¿Viste cómo moría Tony, mi mejor amigo, a manos de un clan que yo había creado cuando tú te fuiste? Es lo que sueles hacer, largarte, ¿no?

Él entreabrió un poco los labios.

Me dirigí hacia la puerta. Era increíble lo bien que me había sentido al decirle eso. Él fingía normalidad, magullado, con todos sus secretos y sus moratones. Pero yo quería saber exactamente quién o qué le había propinado esa descomunal paliza.

—Lenah, espera —dijo.

Me volví hacia él, cruzando los brazos.

—Te comportas como si no tuviera importancia. Como si fuera un desafortunado incidente que tuviera que pelear para salvar el pellejo en un probador y no pudiera huir sin poner en peligro la vida de mis amigas. Pero no te preocupes, Rhode, estaré atenta —dije, mofándome de su tono autoritario—. Seré una buena chica y llevaré una daga.

Su expresión se endureció.

—No te entiendo —dijo meneando la cabeza.

Deseaba que me abrazara, como había hecho durante centenares de años. Durante unos instantes, me vi junto a él sentada en la ópera en la década de 1700. Sus labios me besuqueaban la nuca mientras sus manos ascendían lentamente por mi estómago. Pero no podía decir nada de eso en voz alta.

Pestañeé para apartar el recuerdo.

—Sé lo que debo hacer —dije, volviéndome y abandonando la habitación. La furia seguía hirviendo en mi interior cuando bajé apresuradamente la escalera de la residencia Quartz. No necesitaba una daga. No volvería a sentirme atemorizada en un probador. Nadie me diría cómo tenía que vivir o qué armas tenía que llevar, y menos Rhode.

Sois almas gemelas. Nadie puede cambiar eso.

No quería ser su alma gemela en estas circunstancias. Tenía que asumir el control de algo. Lo que fuera. Lo que fuera con tal de mantener a Odette alejada de mí. De modo que llevaría a cabo un conjuro con el fin de erigir una barrera y protegerme a mi manera.

—¡Espera! —oí decir a mi espalda—. ¡Espera!

Me detuve en la entrada de mi residencia y me volví.

Vicken se apresuró para alcanzarme.

—No realices... —dijo resollando— ningún ritual mágico. —Apoyó las manos en los muslos.

—Si dejaras de fumar —repliqué con tono socarrón—, quizá te sería más fácil recobrar el resuello.

Él se incorporó, como si viera algo reflejado a su espalda.

—¡Maldita sea! —exclamó, y se acercó al cristal de las ventanas de la fachada—. Se está desvaneciendo.

—¿Qué?

Se volvió hacia mí y dijo con cara de fastidio:

—¡Mi cardenal!

Acto seguido abrió la puerta y después de mostrar nuestros carnés de identidad, subimos la escalera a mi habitación.

—¿Desde cuándo eres el correveidile de Rhode? —pregunté meneando la cabeza—. ¿Por qué no debo realizar ningún conjuro mágico?

—Si llevas a cabo algún conjuro —dijo, volviéndose para evitar a un par de estudiantes que bajaban la escalera—, me refiero al hechizo. Si realizas algún conjuro —murmuró—, podrías liberar la suficiente magia para atraer energía, y podrían venir incluso más vampiros. Pueden presentirla, ¿recuerdas?

Recordé lo que había dicho Suleen sobre practicar rituales mágicos, pero si Rhode estaba en lo cierto y contábamos con cierta protección hasta el comienzo de la Nuit Rouge, quizás estuviéramos a salvo en el campus. Se lo dije a Vicken.

—En cualquier caso —dije—, esta noche haré algo especial. Un conjuro para erigir una barrera.

Cuando entramos en el apartamento lo primero que hice fue dirigirme a la cocina. Toqué las latas negras de hierbas y especias que Rhode me había dejado cuando me convertí en humana y vine a Wickham. Me parecía imposible que él fuera la misma persona. Hasta la fecha había guardado las distancias conmigo. Había hecho lo que le habían ordenado.

Cuando regresamos al cuarto de estar, me arrodillé delante de mi viejo baúl de viaje y, tras abrir las cerraduras con un clic, levanté la tapa. Dentro, bien ocultos, había unos objetos que necesitaba para mi conjuro. Mis dedos tocaron un pequeño paño de satén. Lo aparté junto con unas viejas esferas de cristal, unas dagas en unas vainas grabadas y otros cachivaches de mi vida como vampira. Del fondo del baúl saqué uno de los pocos libros que Rhode me había dejado. Había sido encuadernado en 1808 y ostentaba el simple título de *Incantato*.

Lo abrí y pasé las gruesas páginas hasta que di con la que buscaba.

—El conjuro de barrera —dije en voz alta, tras lo cual me dirigí a la cocina y deposité el libro en la encimera.

Tomé la salvia y una vieja concha de vieira lo bastante grande para meter en ella la mezcla de hierbas. Después de leer lo que decía el libro, preparé una mezcla de hierbas secas compuesta por diente de león, tomillo, salvia, espliego y una manzana. Sostuve el libro con una mano mientras espolvoreaba las hierbas secas alrededor del perímetro de la habitación.

Vicken me observaba desde la puerta de la cocina, con los brazos cruzado sobre su amplio pecho.

—¿Conoces... —le pregunté, mientras seguía diseminando las hierbas alrededor de la habitación— los orígenes del mito de invitación?

—¿Qué? ¿Desde cuándo hay que invitar a los vampiros a que entren en una casa? —preguntó, sentándose en el sofá—. Eso son chorradas.

Percibí el aroma de las hierbas en oleadas de dulce tomillo y delicado espliego. Unos restos de hierbas aterrizaron sobre las páginas abiertas del libro.

—Pásame tu daga —dije, y Vicken obedeció.

Partí la manzana por la mitad y la coloqué boca arriba. Cuando partes una manzana por la mitad, el corazón constituye un pentáculo, una estrella de cinco puntas, una forma que en el mundo sobrenatural se considera que confiere poder a quienes practican conjuros. También podía representar a los cuatro elementos: tierra, agua, fuego y aire; la quinta punta es una combinación de todos los elementos, denominada a veces espíritu. La idea del pentáculo me recordó a las Aeris, su poder. Lo giré de forma que estuviera de cara a la habitación.

—Los vampiros crearon el mito de invitación —proseguí—, para ahuyentar a las bestias más brutales. Las que cambian de forma, unos seres medio hombres, medio animales, las criaturas más abyectas. ¡Bebes un poco de sangre y de pronto te conviertes en un ser de la peor especie! —Miré a Vicken a los ojos con una sonrisa cargada de significado—. Pero nosotros sabíamos que existían criaturas peores que los vampiros. Unas criaturas que se cuelan en tu habitación por una ventana abierta y te roban el aliento. Unas criaturas que se dedican a partir huesos... por diversión.

Encontré una vela de color gris en el baúl y la encendí. El gris sólo se utiliza en ocasiones muy especiales, pues es un color entre el bien y el mal. Un color intermedio. *No juegues con velas grises.*

La llama de la vela parpadeó y, sosteniendo el libro abierto ante mí, leí el conjuro con tono solemne. Vertí todas mis intenciones en ese momento. Deseaba protegernos.

—En este espacio estoy a salvo y protegida. —Recité el conjuro y coloqué el libro boca abajo sobe la mesa. Tomé la vela entre las palmas de mis manos y di otra vuelta alrededor de la habitación—. Aquí estoy a salvo y protegida, con sangre que circula por mis venas, con estas hierbas. No permitas que ningún vampiro o bestia sobrenatural entre por esta puerta. Aquí estoy a salvo y protegida.

Caminé cinco veces alrededor del perímetro de la habitación. Cuando terminé, deposité la vela sobre la mesita de café. Traté de ignorar el dolor que sentía en la clavícula.

—Debemos dejar que la vela se consuma —dije—. No podemos marcharnos hasta que se extinga. No podemos alterar la energía.

—Ya no somos vampiros. ¿Cómo sabemos si podemos invocar ese tipo de magia?

Observé cómo la llama de la vela parpadeaba y humeaba.

—Supongo que tendremos que esperar para comprobarlo —respondí—. Si esto funciona..., bueno... —Vacilé, y Vicken esperó a que continuara—. Bueno, si funciona podemos probar otras cosas.

—¿Otras cosas?

Eché un vistazo al libro. ¿Cuántas veces lo había utilizado en Hathersage? ¿Miles? Sí, reconozco que solía utilizarlo para atraer energía hacia mí.

—Ya sabes a qué me refiero. Podemos probar unos conjuros más potentes —dije.

—¿Por qué vamos a probar unos conjuros más potentes? —preguntó Vicken.

Pensé en la advertencia que Suleen me había hecho en la playa. Cuanto más tiempo transcurriera siendo yo mortal, más débil sería mi conexión con el mundo sobrenatural.

—No sabremos si funciona a menos que unos vampiros traten de entrar aquí para asesinarte.

—Sólo hay un medio de averiguarlo —dije, y tomé el mando a distancia del televisor.

Lentamente. Piel contra piel. El tenue resplandor de una linterna. Dos cuerpos unidos. Un muslo está apoyado contra el mío; unos labios me susurran al oído.

Los vampiros aman con toda su alma. No sólo con su cuerpo. No pueden sentir cuando tocan. Su sentido del tacto se debilita, sólo conservan su caparazón humano. Dentro, el alma atormentada enloquece debido a su falta de sensibilidad. Cuando dos vampiros se unen, cuando dos vampiros se aman, pueden tocar sus almas.

Pero no en este sueño.

Rhode y yo yacemos en un lecho de paja. Las ventanas son antiguas, la llama de la vela se refleja en el grueso cristal. La madera es tan oscura que parece negra.

Rhode desliza la mano debajo de mi cabeza, sus labios rozan los míos.

En este sueño… le siento como le sentiría un ser mortal.

Nuestros cuerpos emanan calor en esta habitación antigua. En la chimenea arde un fuego que hace que mi piel sude.

—Rhode —murmuro, y él se aparta de mi oreja. Me mira a los ojos; el azul de los suyos me cautiva. Durante una fracción de segundo olvido lo juntos que estamos—. Ojalá pudiera sentirte —digo.

—¿No me sientes? —musita él, acercando sus rostro al mío—. Jamás —dice—, jamás volveré a separarme de ti.

Las palabras «de ti» resuenan en mis oídos. Dos pequeñas sílabas. De ti. De ti. De ti..., y la imagen se disipa en la oscuridad.

El lecho de paja se mueve y el calor del cuerpo de Rhode contra el mío se desvanece. De pronto, el espacio se abre y me veo flotando, quizá volando, suspendida en el aire sobre el lecho más abajo.

—No lo comprendes.

Es la voz de Rhode. Desciendo de nuevo hacia el suelo; el aire sostiene mi cuerpo como si fuera un ave. Sigo descendiendo hasta que me hallo debajo de un techo negro. Estoy de pie en una habitación. No es el dormitorio, es otro lugar. Rhode está arrodillado en el suelo, cabizbajo.

—No lo comprendes —dice a alguien en la habitación—. No puedo hacerlo. Es imposible. Me pides demasiado. Tus demandas son excesivas.

Me vuelvo para ver con quién está hablando, pero todo está en sombra.

—Es demasiado —insiste.

Soy consciente de mi cuerpo mortal tendido en un lecho. ¿El lecho de paja? No. Es más mullido. Estoy acostada en mi cama en el internado de Wickham.

Quiero despertarme. Despiértate, Lenah. Veo ante mis ojos la luz blanca de las Aeris que me persigue. Veo de nuevo esa boca vampírica, la que carece de colmillos. En lugar de colmillos, veo unos boquetes negros. ¡Despiértate, Lenah!

¡Despiértate!

Abrí los ojos.

Boqueé y sentí que el aire fresco penetraba en mi garganta. A través de la puerta abierta de mi dormitorio, veo en la pantalla del televisor las noticias de la mañana. Hacía rato que la vela gris se había extinguido. Vicken se había quedado dormido y lo único que veía de él eran sus botas de motero colgando sobre el brazo del sofá. Roncaba emitiendo un sonido rítmico.

Espiré aire y me incorporé. Un hilo de sudor me caía por la frente. Me lo enjugué y me pasé la mano por el pelo; tenía el pulso acelerado. El corte en mi clavícula me dolía, de modo que me encogí un poco y me toqué le herida. *Rhode,* dijo mi corazón. *Rhode.*

Pero Rhode estaba en el otro extremo del campus, sin mí.

Me levanté de la cama porque deseaba ir en su busca. Deseaba sentir sus ojos ardientes fijos en los míos. Pero lo que deseaba y lo que me convenía se habían convertido en dos cosas diametralmente opuestas. Me detuve, sosteniendo una blusa en la mano. Pese al calor y la proximidad entre Rhode y yo que había sentido en el sueño, él me rechazaría si le sorprendía en su habitación. Necesitaba a alguien que me reconfortara. Alguien que aceptara mis caricias cuando se las ofreciera.

Necesitaba a Justin.

13

Cuando salí por la puerta lateral, que había sido derribada recientemente (a principios de semana, gracias a Vicken), unas nubes de color azul oscuro y negro surcaban el cielo encapotado. Faltaba poco para que amaneciera, una hora a lo sumo. Sabía que no debía moverme por el campus sola. El corte en mi clavícula me dolió cuando eché a andar por el sendero, un recordatorio de que estaba rompiendo las reglas. Me lo toqué con los dedos y sentí la sangre reseca y la costra que se había formado sobre la herida.

Miré para comprobar si había alguien en el sendero que se extendía desde Seeker hasta la bahía, y luego me volví para mirar el aparcamiento a mi espalda. Aparte de la caseta de los guardias de seguridad, sólo había una furgoneta aparcada cerca de Hopper. Tras escudriñar de nuevo el campus frente a mí, avancé por el borde del sendero, procurando mantenerme pegada a los edificios y a la oscuridad que se cernía aún sobre el campus.

Sabía que Justin había sido trasladado en su último año a otra habitación individual, situada en la primera planta de Quartz, frente al bosque y al océano. El viento susurraba entre los árboles, agitando las hojas anaranjadas y doradas. Sentí un escalofrío y miré en dirección de la playa, confiando durante unos momentos en ver allí a Suleen, esperándome. Pero estaba desierta.

¿Cuándo consideraría Suleen que debía aparecer? ¿Antes o después de que una vampira sedienta de sangre hubiera estado a punto de asesinarme? Me había dicho que acudiría cuando le necesitara. ¿Qué tal si aparecía ahora?

Un coche pasó a gran velocidad frente a la escuela en la calle Mayor. Una ráfaga de aire sopló, levantándome el pelo sobre las orejas. No. Era imposible. Nadie podía estar acechándome ahora. Mi falso ritual sin duda mantenía ocupados a Odette y a su clan.

Corre, Lenah.

No quise volverme para escudriñar el callejón de Seeker. ¿Y si uno de los miembros del clan de Odette se ocultaba en esas sombras? Alguien que ella hubiera enviado para vigilarme. Me esforcé en apretar el paso. Si alguien me seguía, me agarraría por los hombros. *Más deprisa.* Respiraba trabajosamente; el centro estudiantil estaba cerca.

Más deprisa, Lenah. Pueden aparecer en cualquier momento.

Rodeé el invernadero y el edificio de ciencias y me volví para mirar el sendero. Si me pillaba un guardia de seguridad, perdería privilegios y, dada la situación con Odette, necesitaba disponer de la máxima libertad posible.

Eché a correr hacia la residencia Quartz, me oculté detrás del edificio y apoyó la espalda contra la piedra. En el bosque, una luz amarilla arrojaba unas largas líneas verticales sobre la corteza de los árboles.

Las ventanas del primer piso se extendían a lo largo del edificio. Eran unas ventanas alargadas, como las del gimnasio, que se abrían girando una manija de metal.

La habitación de Justin. ¿Cuál era la habitación de Justin? Sí. Ahí estaba. Aunque todas las ventanas eran iguales, las cortinas de las suyas estaban descorridas. A través de las ventanas vi unos palos de lacrosse, y un pie colgando sobre el borde de la cama.

Llamé con los nudillos dos veces en el cristal, colocándome a un lado de la ventana para no asustarlo. Percibí un movimiento en el interior y un breve gruñido. Volví a llamar.

—¡Joder! —Oí pasos. La ventana se abrió con un chirrido. Me coloqué delante de ella. Justin tenía el pelo revuelto porque acababa de levantarse de la cama. No llevaba puesta una camiseta, sólo unos calzoncillos. Incluso a esa hora de la mañana, tenía un aspecto increíble.

Absolutamente increíble.

—Mmm... —dije, retrocediendo un paso hacia el césped que separaba la parte posterior de la residencia del bosque. Él se apoyó en la repisa de la ventana.

—¿Lenah? ¿Qué haces aquí? —El tono de su voz era afable, alegre.

Aparté un poco el escote de mi delgada camiseta, mostrándole a la luz del amanecer el largo corte que se extendía sobre mi clavícula.

—¡Qué barbaridad! —exclamó—. Entra.

Apoyé las manos en la repisa de la ventana e introduje el torso. Cuando me enderecé, sentí un dolor en la herida y estuve a punto de caerme al suelo frente al edificio. Justin me agarró y me ayudó a entrar.

—Siéntate —dijo, conduciéndome hacia su cama. En mi mente vi unas imágenes fugaces de nuestros cuerpos unidos debajo de las mantas de su cama el año pasado. Él se arrodilló frente a mí un momento. Retiró el cuello de mi camiseta para examinar la herida.

—Caray —murmuró, mirándome a los ojos—. Deberías quitártela para que pueda limpiarte la herida —dijo.

—¿Quieres que me quite la camiseta?

Él se levantó y mis ojos se fijaron en su musculoso abdomen. Luego ascendieron por su pecho hasta sus ojos, deteniéndose sobre el collar que lucía. Entonces, a la luz matutina, vi el colgante. Consistía en un disco de plata que pendía sobre la base de su cuello. Conocía ese símbolo.

—La runa del saber —dije, incorporándome. Toqué el colgante con las yemas de los dedos.

—Sí, lo compré el otro día —respondió.

—¿Por qué? —pregunté.

—Lo compré en la ciudad —me explicó—. Dicen que contribuye a hacer que todo tenga sentido. Cuando ese tipo con el turbante erigió la barrera de agua, yo..., no sé. Quería tratar de comprender el sentido de todo esto. Quería comprenderte a ti.

—¿A mí?

—A ti, el ritual, Rhode. El motivo de que sigas viva. —Se levantó y se dirigió al fondo de la habitación—. Tengo un botiquín de primeros auxilios en mi bolsa de lacrosse.

Su gesto me conmovió y no insistí en el tema. Justin había buscado un objeto que le conectara con mi mundo tenebroso y sobrenatural. Estaba convencida de que había tomado la decisión acertada al acudir a él esa mañana. Estaba claro que se esforzaba en comprenderme.

Rebuscó en la esquina de la habitación mientras yo contemplaba el bosque a través de las ventanas. Me vi como una vampira entre la oscuridad de los árboles. Regresaba del interior del bosque hacia la residencia ataviada con un voluminoso vestido rojo, mi larga cabellera agitándose sobre mis hombros. Mis colmillos chorreando sangre.

—Lenah —dijo Justin, arrodillándose de nuevo ante mí. Cuando miré de nuevo hacia el bosque, el fantasma de mi pasado había desaparecido y el bosque estaba desierto—. Tu camiseta —dijo.

—Ah —respondí, y me la levanté, mostrando mi sujetador. Justin se inclino hacia delante y, arrodillado ante mí, me desinfectó la herida en mi clavícula con un paño blanco. Hice una mueca al sentir el escozor. Él sopló sobre la herida y siguió limpiándola. Alzó el rostro y me miró.

—¿Quieres que pare? —preguntó.

—No. Me escuece un poco, pero no tiene importancia —murmuré.

Permanecimos en esa posición unos momentos. Luego Justin se incorporó sobre las rodillas. Acercó los labios hasta rozar mi boca y ambos movimos nuestros respectivos labios siguiendo los movimientos del otro. Los latidos de mi corazón se aceleraron y deseé que siguiera besándome. Para convencerme de que yo no había sido nunca esa bestia que había visto en el bosque. Él se encaramó sobre la cama y me tumbé en ella. De pronto, justo cuando sentí el peso de su cuerpo sobre el mío, se apartó. Me llevé los dedos a los labios, sorprendida, y tragué saliva.

La pasión que vibraba entre nosotros se esfumó.

—Ese corte tiene mal aspecto —dijo él—. Deja que te aplique otra cosa.

Rebuscó en su bolsa. Me senté en el suelo y él hizo lo mismo. Justin abrió otro frasco y percibí un intenso olor que me resultaba familiar. Apoyé la mano en su muñeca y él la bajó para mostrarme el frasco.

—Lo elabora mi madre —dijo.

—Esto... —dije, tomando el frasco de sus manos y oliéndolo— es espliego y aloe. Una mezcla medieval.

—Bueno, creo que dará resultado —dijo, aplicándome el ungüento. Vi las partículas de color óxido de mi sangre sobre el pequeño paño. Justin lo arrojó a una papelera—. De niños nos hacíamos cortes continuamente. Mi madre se inventó este ungüento. Me lo traje a la escuela para curarme las heridas que me hiciera jugando a lacrosse.

A continuación alzó dos dedos untados con el pegajoso ungüento y los frotó sobre el corte.

—Es antibacteriano. Para evitar que se infecte.

Al cabo de unos minutos, cubrió toda la herida con una gasa, que sujetó con esparadrapo.

—No te preguntaré cómo te hiciste ese corte —dijo, ayudándome a sentarme de nuevo en la cama y sentándose a mi lado.

—Ya lo sabes —murmuré—. Me lo hizo la mujer que viste asesinar a Kate en la playa. No pude decírtelo en el centro estudiantil, pero mató también a la señora Tate, poco después de que ésta hablara conmigo frente al Curie.

Las lágrimas afloraron a mis ojos y pestañeé para reprimirlas. Dije con voz entrecortada:

—Es probable que te haya visto conmigo, lo cual te convierte en un blanco, y yo...

—No le tengo miedo —declaró Justin, mirándome a los ojos—. Te lo aseguro. He visto lo que es capaz de hacer un vampiro.

—Tenía que verte. Sabía que lo comprenderías —dije, pestañeando para impedir que los ojos se me llenaran de lágrimas. Él me atrajo hacia sí y apoyé la mejilla contra su pecho.

En esto estalló un violento trueno fuera, haciendo que ambos nos sobresaltáramos. Él se apresuró a cerrar la ventana.

—¿Qué quiere esa vampira? ¿Cuánto tiempo lleva acechándote? Debo permanecer cerca de ti por si vuelve a aparecer...

Justin siguió hablando, pero me tumbé en la cama y cerré los ojos. Quería contarle el extraño presentimiento que había tenido al hablar con la señora Tate, pero estaba tan cansada que me perdí en su calor cuando se acostó a mi lado. Me abrazó y cuando abrí un poco los ojos, al cabo de un rato, tenía la nariz apoyada en su pecho. Él respiraba de forma pausada, acompasada. Escuché su rítmica respiración hasta que al cabo de unos momentos volví a quedarme dormida. Entonces soñé...

Un campo de espliego, un olor maravilloso, fresco y tranquilizador. Sostengo el tejido negro de mi vestido con las manos. La imagen cambia. Ya no es el campo de espliego. Estoy en otro lugar. Una mano masculina con el pulgar amoratado aferra el borde de un lavabo de cerámica. Lo aferra con fuerza, y observo que le tiembla el antebrazo. ¿Qué ha sido del campo de espliego?

Las manos tiemblan y se alzan, y en el reflejo del espejo de un cuarto de baño que me resulta familiar veo que éstas se apoyan en las mejillas de un rostro, el de Rhode.

—¿La amas? —pregunta Rhode al lavabo.

Es el cuarto de baño de Wickham. Reconozco los azulejos azules del suelo.

—No la necesitas —dice Rhode, contemplando su imagen refleja-da, y acto seguido aparta los ojos. En esta conexión siento su aversión como si yo misma la experimentara. Siento la tristeza y el odio que hace que se le revuelven las tripas. No es odio hacia mí. Es odio ha-cia... sí mismo.

Levanta su mano derecha. Se ha quitado la venda y veo unas costras largas sobre sus nudillos.

—No la necesitas —repite, recalcando esta vez la palabra «necesi-tas»—. Puedes hacer lo que te piden. —Mira su imagen reflejada. Luego baja los ojos y dice bajito—: No, no puedes. Lo que te piden es demasiado.

De pronto, descarga un puñetazo sobre el espejo y lo rompe en un calidoscopio de líneas. Unas gotas de sangre salpican su imagen refle-jada. Sus ojos azules muestran unas manchitas escarlata. Rhode re-pite una y otra vez: «No puedo, no puedo».

Me incorporé bruscamente, respirando trabajosamente. El espacio junto a mí está vacío. Al otro lado de la habitación había un armario lleno de cascos de lacrosse, camisetas de hombre y un balón de fútbol americano. *Sí.* Estaba en la cama de Justin. Sobre su mesita de noche había una nota que decía: *«¡Practica, incluso bajo la lluvia!»*

Aparté las mantas, me enfundé la camiseta y me puse los zapatos. Cuando me agaché para atar los cordones, sentí en mi piel el tirón de los esparadrapos que me había colocado Justin. Toqué la herida por instinto. Dudé unos instantes ante la ventana y observé cómo la lluvia batía sobre la hierba y los árboles del bosque. Esos sueños sobre Rhode eran cada vez más realistas. ¡En este incluso había visto los azulejos del cuarto de baño de Wickham! Giré la manija de la ventana, y cuando mis dedos asieron la resbaladiza repisa, la realidad se impuso de golpe, como si me hubieran propinado un puñetazo en el vientre. Retrocedí un paso porque de pronto lo comprendí todo. Quizá fuera porque, como habían dicho las Aeris, éramos almas gemelas, pero el caso es que lo comprendí.

Mi sueño no era un sueño. Era la realidad. Era un cuarto de baño en una residencia de Wickham y Rhode estaba de pie frente al lavabo. Así pues, no accedía a simples recuerdos, sino a sus pensamientos presentes. Me pasé la mano por el pelo y observé las gotitas de lluvia que batían sobre la repisa de la ventana. ¿De modo que éramos unas almas gemelas que ya no podían estar juntas, pero yo conocía sus pensamientos? Me pareció una crueldad innecesaria. Pero no podía hacer nada al respecto. Era lo que las Aeris habían decretado. Por más que estuviéramos conectados, nuestras vidas debían permanecer separadas. La frase «una crueldad innecesaria» resonó de nuevo en mi mente. Me encaramé sobre la repisa de la ventana y salí a la tormenta.

A medida que transcurría el día, la lluvia arreció. Al cabo de unas horas, estaba sentada sola a una de las largas mesas del comedor en el centro estudiantil, redactando otra lista.

Recuerdos del pasado.
Los pensamientos presentes de Rhode.
¿Por qué los recibo, y con mayor frecuencia con cada día que pasa?

Fuera, la lluvia batía contra el tejado de cristal y los grandes ventanales. Frente a mí había una porción de tarta de limón helada en el plato, intacta. Taché otra teoría sobre Rhode y nuestra *conexión* cuando de pronto oí el roce de un objeto de cerámica sobre el linóleo, y alguien apoyó un empapado paraguas contra la mesa. Dejé el libro con suavidad y arqueé una ceja cuando Vicken comió un bocado de mi tarta y me pasó un recorte de prensa. Era del periódico inglés *The Times*.

HATHERSAGE, DERBYSHIRE
UN GIGANTESCO INCENDIO DESTRUYE
UNA MANSIÓN HISTÓRICA

Había una fotografía de mi espléndida casa. Sobre el césped había docenas de hombres y mujeres. Los empleados de una empresa de mudanzas sacaban de la casa un enorme escritorio que reconocí, que había tenido en mi alcoba. Las ventanas de la planta baja estaban ennegrecidas, reventadas. Los fragmentos de vidrio apuntaban hacia arriba desde los marcos de las ventanas. Un par de cortinas colgaban fuera de las ventanas como si trataran de huir.

Vicken tomó otro bocado de la tarta.

—¿Dónde conseguiste esto? —le pregunté apoyando las puntas de los dedos sobre el delgado recorte de prensa.

—Ya te dije que iba a hacer unas pesquisas. He estado comprando *The Times* desde hace varias semanas. Por cierto, pese a mis quejas y protestas sobre esta escuela, he visitado la biblioteca.

Giró el recorte de prensa hacia él.

—«El treinta y uno de agosto —leyó—, un gigantesco incendio destruyó la histórica mansión de Hathersage, la cual se remonta a principios del siglo diecisiete. Miles de objetos de extraordinaria rareza han sido rescatados de la casa. No han hallado ningún cadáver, y creen que la casa, que según los lugareños está encantada, estaba vacía cuando se inició el incendio. Toda la planta baja fue pasto de las llamas, que han destruido un tapiz que había pertenecido a Isabel primera».

—En realidad perteneció a su madre, Ana Bolena. Lo mandé restaurar y conservar varias veces —dije. La sensación de desánimo que sentía era otra cosa. El periódico decía que la casa estaba vacía. Esa casa no estaba vacía. Estaba llena de mi historia, mi pasado, y el fuego la había reducido casi a cenizas.

Vicken siguió leyendo.

—«Los historiadores locales han descubierto unas dagas de gran rareza, hierbas poco comunes y extraños amuletos. Algunos opinan que son objetos relacionados con el ocultismo. Muchos de los objetos hallados en las plantas superiores no se quemaron, como una cama de columnas de la década de 1800, así como unos retratos que datan también del siglo diecinueve.

»El experto David Gilford, del Grupo de Ocultismo en Londres —prosiguió Vicken—, quedó muy impresionado por la sala de armas, que contenía estrellas *ninja*, un sinfín de dagas y algunas de las espadas antiguas más raras que jamás había visto. Una de ellas tiene una empuñadura hecha de huesos humanos. Gilford se refirió también a algunas de las rarezas halladas en la casa. Le llamó poderosamente la atención los objetos de boticario y varios extraños artilugios que parecían ser instrumentos de tortura».

—Lo eran —dije.

Vicken continuó:

—«Al parecer la casa pertenecía a la misma familia desde la época isabelina. Las autoridades tratan de localizar a los dueños actuales, cuyas identidades no han sido reveladas. Los objetos que han podido recuperarse serán catalogados bajo la dirección del Museo Británico, que está coordinando la operación de rescate junto con el Patrimonio Histórico-Artístico».

Vicken, que se mostró muy animado al leer esto, sonrió.

—¿Has oído eso? ¡El Museo Británico!

El periódico estaba fechado el 31 de agosto.

Hoy era 5 de septiembre.

Un momento…, ¿el 31 de agosto? Rhode no había regresado a Wickham hasta el 3 de septiembre, lo que significaba que pudo haber estado en Hathersage cuando se produjo el incendio.

Metí mis libros en una bolsa, guardé el recorte de prensa en el bolsillo y me levanté.

—¿Dónde está Rhode? —pregunté.

Vicken no respondió.

—¿Dónde está? —grité golpeando la superficie de la mesa con la palma de mi mano. Otros estudiantes que habían ido a estudiar y a comer en el centro estudiantil me miraron sorprendidos.

—En su residencia —dijo Vicken con un suspiro.

Arrojé mi bolsa con los libros sobre sus rodillas y miré la lluvia que batía sobre las ventanas.

—¿De qué lado estás? —le pregunté esbozando una mueca de disgusto. Tras lo cual salí del centro sin importarme que estuviera lloviendo.

Rhode no estaba en su habitación. Después de aporrear su puerta, salí de nuevo de Quartz y al cabo de unos minutos tenía la camiseta empapada y los vaqueros se me pegaban a los muslos. Decidí regresar a pie a mi residencia cuando vi a Rhode, vestido de negro de pies a cabeza, atravesar el sendero a unos metros de donde me hallaba. Estaba cabizbajo y llevaba una voluminosa bolsa de viaje al hombro. Eso me chocó. Abandoné el sendero, procurando ocultarme detrás de una estatua del fundador de la escuela, Thomas Wickham, cuando Rhode desapareció detrás del invernadero. ¿Adónde iba? ¿No habíamos quedado en que no era prudente andar solo por el campus?

157

Eché a correr por el sendero y me detuve junto a un enorme roble cerca del invernadero. Cuando alcancé el extremo del edificio, Rhode se había adentrado en el bosque que rodeaba la escuela. Observé que llevaba un vendaje limpio que le cubría los dedos. La blancura de la gasa contrastaba con su camiseta y sus vaqueros negros. Tiempo atrás me había enseñado el método de seguir a alguien sin ser visto, depredador y presa.

Quizá tuviera un motivo justificado para marcharse de hurtadillas. A lo mejor se dirigía a un lugar que me daría una pista sobre dónde había estado el año pasado. Estaba claro que, por más veces que se lo preguntara, no iba a decírmelo. En cualquier caso, había decidido abandonar la escuela furtivamente, sin Vicken y sin mí, y yo quería averiguar el motivo.

Me enjugué las gotas de lluvia de los ojos y la machacona idea de que Rhode sabía muy bien que no debía salir solo de la escuela me hizo dudar. No obstante, él había decidido marcharse, a pesar de que, como confirmaba el corte que tenía en mi clavícula, Odette no temía la luz solar. Es cierto que las horas matutinas eran más peligrosas que las vespertinas, pero ella había demostrado que era capaz de soportar los rayos del sol.

Di un paso, observándole avanzar entre los árboles, y apoyé una mano sobre el cristal del cálido invernadero. Rhode se dirigía hacia el muro de piedra que rodeaba el perímetro de la escuela. Si lo saltaba, no sabría adónde se dirigía a menos que le siguiera.

¡Vamos, Lenah, síguele!

Eso hice. Procuré mantener una distancia prudencial mientras le seguía. En cierto momento, él se volvió para mirar el campus. Me apresuré a ocultarme detrás de tres arces, apoyando la espalda contra el duro tronco de uno de ellos. No tomaba las debidas precauciones, le seguía casi pisándole los talones. Unos pocos segundos. Podía esperar unos segundos. Me alcé de puntillas para no perderlo de vista. ¿Y si ya había saltado el muro? Asomé la cabeza detrás del árbol en el preciso momento en que Rhode saltó el muro que daba a la calle Mayor.

Hice lo propio, y cuando mis botas aterrizaron en la calle, avancé a la sombra del muro, como si ésta pudiera ocultarme de la mirada de Rhode. Él siguió adelante, sosteniendo su bolsa de viaje, pasando frente a la biblioteca pública de Lovers Bay, la herboristería y el último establecimiento en la calle Mayor antes de que ésta diera paso a una zona residencial.

Al llegar a la entrada del cementerio de Lovers Bay, se detuvo, indeciso. Retrocedí hacia las sombras, escuchando el batir de la lluvia sobre la acera. Esperé a que entrara en el cementerio. ¿Por qué se había dirigido allí? ¿Era un indicio? ¿Una pista de lo que había ocurrido el año pasado?

Le seguí, caminando a un paso lo bastante rápido para no perderlo entre las lápidas de granito y los árboles. Él avanzaba por los senderos con paso ligero, sin detenerse a consultar un plano. No necesitaba hacerlo. Sabía con exactitud adónde se dirigía.

Ante mí vi un lugar donde detenerme a descansar y poner en orden mis pensamientos. En el centro del cementerio se alzaba un inmenso mausoleo de piedra gris. Cerca estaba la lápida de Rhode, la que yo había mandado colocar el año pasado en su recuerdo, creyendo que había muerto. Pero él pasó de largo frente a ella. Oprimí la espalda contra la fría piedra del mausoleo para que no me viera.

Giró por el sendero de tumbas donde estaba enterrado Tony.

No había asistido al entierro de Tony. No hubiera podido soportar contemplar el dolor de sus padres, sabiendo que yo era en parte responsable de su muerte. Pero sabía dónde estaba situada su tumba. Lo sabía perfectamente.

Me picaba la curiosidad, por más que sentía una opresión en la boca del estómago. «Vete a casa, Lenah», me dije, pero era incapaz de dar media vuelta y marcharme. Mis botas chapoteaban en el embarrado suelo mientras avanzaba apresuradamente sobre la hierba. Retrocedí un poco para evitar que Rhode me oyera.

De pronto se detuvo, de espaldas a mí, para contemplar lo que deduje que era la lápida de Tony. Me arrodillé un par de hileras detrás de él y me arrastré a cuatro patas. La tierra estaba empapada y olía a hierba recién cortada. Me agaché lo más posible, pues era la única solución. Si me ponía de pie, él me vería con el rabillo del ojo.

Extendí los brazos y seguí avanzando a cuatro patas por el empapado sendero entre las lápidas. Alcé la cabeza y vi a Rhode abrir la cremallera de su bolsa de viaje, de la que sacó su espada antigua. Contuve el aliento. A continuación hizo algo muy estudiado. Trazó con la punta de la espada un círculo alrededor de la lápida de Tony, dejando un profundo surco en el suelo cubierto de barro.

Casi había terminado de trazar un círculo completo alrededor de la tumba de Tony. No se trataba de un conjuro, o en todo caso no era un conjuro que yo conociera. Acto seguido levantó la espada en el aire y la clavó en tierra. Empapada de magia, empapada de la intención de Rhode, por el motivo que fuera, la espada penetró con facilidad en la húmeda tierra. En los oscuros vericuetos de mi mente, imaginé la hoja de metal traspasando la tierra, partiendo los terrones que protegían a mi amigo y apuntando hacia su ataúd de madera.

Rhode se postró de rodillas, sostuvo la empuñadura de la espada con una mano y apoyó la palma de la otra sobre la lápida. Agachó la cabeza y cerró los ojos en silenciosa meditación. Silenciosa hasta que empezó a murmurar apresuradamente unas palabras.

—*Honi soit qui mal y pensé* —recitó una y otra vez con voz monocorde.

Sabía que esas palabras eran el lema oficial de la Orden de la Jarretera. Significaban «Mal haya quien mal piense». Comprendí que llevaba a cabo una antigua ceremonia que datada de cuando era un caballero. Era la primera vez que le veía hacer esto. Me quedé clavada en el suelo, incapaz de apartar la vista.

Al cabo de unos momentos, Rhode se sentó sobre sus talones y se cubrió la cara con las manos.

¿Por qué? ¿Por qué la tumba de Tony?

Esto no tenía ningún sentido para mí. Quería llamarlo, pero comprendí que no debía hacerlo. No debía interrumpirle durante un ritual sagrado.

Acto seguido se inclinó hacia delante, extendiendo un brazo y apoyando los dedos sobre la parte superior de la húmeda lápida. La gasa que envolvía sus lastimados dedos estaba empapada. Me fijé en una mancha de sangre que había traspasado la venda. El color rojo vivo destacaba en el ambiente plomizo del lluvioso día. Rhode había descargado un puñetazo sobre el espejo, tal como le había visto hacer en mi sueño.

Un momento… Empezó a hablar de nuevo. ¿Qué decía? Contuve el aliento a fin de poder descifrar las palabras. Sofoqué una pequeña exclamación de asombro, pues lo único que alcancé a oír, lo único que llegó a mis oídos a través del aire mientras permanecía tumbada con la mejilla apoyada en la mullida hierba, fue: «Perdóname».

No soportaba asistir a esta escena de forma clandestina. Era una traición. Me levanté entre las hileras de tumbas detrás de Rhode. Tenía que hacer ruido. Bastó el movimiento de mi cuerpo para que él se percatara de mi presencia.

Extrajo la espada del suelo, la hizo girar en el aire y la apuntó directamente hacia mí. La ferocidad de sus ojos me dejó helada. Al reconocerme, bajó la espada.

—Has asimilado bien lo que te enseñé —dijo.

—Un día maravilloso para visitar un cementerio —respondí—. ¿Qué haces aquí?

—He venido a presentar mis respetos —respondió envainando la espada en su funda de cuero y guardándola en la bolsa de viaje.

—¿A mi amigo?

Rhode echó a andar hacia la salida del cementerio. Le seguí.

Anduvo a paso ligero entre los senderos empapados de lluvia y penetró en la zona menos arbolada, más abierta, del cementerio. Pasamos frente al mausoleo.

—Dijiste que no debíamos salir solos del campus, pero tú has venido aquí solo —dije, tratando de inducirle a entablar conversación conmigo.

Él se detuvo y me miró.

—No voy desarmado —respondió lisa y llanamente.

—¿Quieres explicarme esto? —pregunté, sacando el recorte de prensa del bolsillo. Pestañeé para eliminar las gotas de lluvia de mis ojos—. Ha aparecido en un maldito periódico. La casa de Hathersage se ha quemado. ¡Ahora está invadida de historiadores! ¡Ha desaparecido! —El mero hecho de decirlo en voz alta me produjo un dolor intenso.

Él echó un vistazo al recorte de periódico, pero no respondió.

Arrojé el empapado papel al suelo.

—Basta de juegos. Explícate. El artículo está fechado el treinta y uno de agosto.

—¿Por qué haces esto? —me preguntó. La lluvia creaba un manto nebuloso; apenas podía verle.

—¿La viste arder?

Rhode depositó la bolsa de viaje en el suelo y dejó que la lluvia nos calara a ambos hasta los huesos.

—Sí —respondió por fin—. La vi arder.

Sentí un profundo dolor en el pecho.

—¿Cómo pudiste? ¿Cómo pudiste dejar que se quemara?

Mantuvo un silencio que me enfureció.

—Escucha —continué—. No estás mintiendo a los demás sobre un falso accidente de coche. Me estás mintiendo a mí. Te he preguntado si estuviste en Hathersage. No me has respondido.

—¿Acaso debo contar a todo el mundo que estuve a punto de morir de la paliza que me propinaron? ¿Que la única forma de salir de esa casa era prendiéndole fuego?

—¿Fuiste tú quien le prendió fuego? —pregunté horrorizada.

La lluvia caía con tal fuerza que las gélidas gotas me lastimaban la nariz y las mejillas.

Al cabo de unos momentos, Rhode contestó:

—Unos vampiros vinieron a por nosotros. Tuve que prender fuego a la casa para aniquilarlos y quemar toda prueba de que había sobrevivido. Y eso hice.

Me pasé la mano por el pelo, que estaba empapado; mis dedos se enredaron en la húmeda maraña de rizos.

—¿Quién te atacó? ¿Fue Odette?

Se inclinó, recogió la bolsa del suelo y echó a andar hacia la salida del cementerio.

—Cuando los vampiros me vieron y se dieron cuenta de que era mortal, me atacaron. Eché a correr para salvar el pellejo. —Rhode, mi intrépido Rhode, se estremeció bajo el espantoso y violento aguacero—. No creí que saldría con vida.

—Pudiste morir —dije.

—¿Y a ti qué más de da? Durante un año pensaste que había muerto —respondió.

—¿Crees que podría sobrevivir de nuevo a eso? ¿Que no me preocupo todos los días temiendo que pueda ocurrirte algo malo? ¿Cada minuto del día? —Al tercer intento logré hacerle la pregunta que deseaba hacerle—. Dime, ¿me estuviste observando el año pasado? ¿Sabías lo que hacía?

Agachó la cabeza. Tras reflexionar un momento, respondió:

—Sí. Te vi. Después de la muerte de tu amigo Tony, no pude acudir a ti. En esos momentos me pareció... inútil.

Una inmensa sensación de alivio me invadió. Por fin me había revelado algo.

—Pero ¿sabías que los miembros de mi clan me perseguían? ¿Y no hiciste nada al respecto?

Fijó los ojos en mi cuello, sin responder.

—¿Rhode? —insistí.

Avanzó un paso hacia mí y alzó la mano. ¿Iba realmente a tocarme? El corazón me dio un vuelco. Pero no. Tomó el cuello de mi empapada y fría camiseta entre el pulgar y el índice y lo bajó un poco. La venda se había caído bajo la lluvia, mostrando el corte. Después de examinarlo un momento, soltó el cuello de mi camiseta, procurando en todo momento no tocar mi piel.

—Ese día, cuando descubrimos que yo tenía una hermana, juraste que estaríamos siempre juntos —musité.

Di un paso hacia él, con la intención de tomarle la mano.

Pero él se apresuró a apartarse y vi en sus ojos temor, pánico. Aparté la mano, dolida y avergonzada de que me hubiera vuelto a rechazar.

—¡No puedo! —exclamó, y me quedé helada—. Jamás te abandonaré, Lenah. —Me miró a los ojos, pero vi en ellos sufrimiento, la pugna que sostenía consigo mismo—. Pero no puedo amarte. No de este modo.

Tras un momento de silencio, cuando el único sonido era la lluvia que caía con fuerza sobre la hierba, dijo:

—Nuestra vida pasada ya no existe.

Nuestra vida pasada....

—*Nuestra* casa. *Nuestros* retratos. *Nuestra* biblioteca —me aventuré a decir—. Es como si borraran nuestra historia. —Me llevé una mano al pecho. El agua empapaba mi camiseta y goteaba de mis dedos—. Y todos esos maravillosos libros —añadí.

—¿Te preocupan *los libros que dejamos allí*? —preguntó Rho-

164

de; sus ojos azules traspasaron el ambiente nublado y gris—. Deberías preocuparte por los esqueletos que dejamos enterrados en los muros y las copas de sangre que dejamos olvidadas sobre las mesas. Analizarán el contenido de las copas antiguas. Pero no tenemos que preocuparnos más. Se ha terminado, Lenah. ¿No te sientes aliviada? ¿No te alegras de haber dejado todo eso atrás?

Me aparté de él. Todas mis pertenencias. Todas las viejas fotografías y las joyas. Los grandes salones donde acabábamos alegremente con la vida de nuestras víctimas estaban ahora desiertos y en ruinas.

Reproduje en mi mente lo que Fuego nos había dicho a Rhode y a mí en el campo de tiro con arco.

Los vampiros han muerto. Unos seres sobrenaturales que vagan por las noches. No podemos pediros cuentas por los asesinatos que cometisteis en ese mundo.

Rhode tenía razón. Me alegraba de que esos años de destrucción y tristeza hubieran concluido.

De repente…, la lluvia arreció. Batía con violencia sobre la hierba y me enjugué las gotas de agua de los ojos con ambas manos.

—Todo quedó destruido. Ahora ya no importa —dijo Rhode con tono seco—. Somos humanos. —Recogió la bolsa de viaje y avanzó unos pasos hacia la salida del cementerio.

—¿No es lo que deseabas? —pregunté.

—Por ti —respondió bajito. Pero mi maravilloso Rhode me ocultaba algo más. Lo adiviné por la curvatura de su espalda y el hecho de que fijara la vista en el suelo.

—Si las Aeris no se hubieran entrometido, ¿te alegrarías de ser mortal? ¿Estuvieras donde estuvieras? —pregunté, confiando en inducirle a seguir ofreciéndome más indicios sobre dónde había estado el año pasado.

Rhode se volvió hacia mí, una figura vestida de negro bajo el violento chaparrón.

—En realidad, no soy mortal. Quizá sea de carne y hueso, pero soy otra cosa. Estoy atrapado.

—Entonces, ¿qué eres?

—Algo que ha caído en el olvido. Arcaico. Colócame en una vitrina y ciérrala con llave.

—Tú no crees eso, ¿o sí? —pregunté.

—Creo que conocí a una chica bajo la lluvia. Que había perdido los zarcillos de su madre. Y la maté. Ahora me encuentro aquí, en una época sobre la que no sé nada en absoluto. Asistí a la muerte de unos reyes más grandes que cualquier hombre que viva en estos tiempos. Y yo sigo aquí —dijo, con el rostro empapado y sus ojos azules taladrándome en el ambiente plomizo del lluvioso día.

Evoqué la imagen de unos zarcillos de oro antiguos.

Rhode sostuvo mi mirada a través de la cortina de agua. Le comprendía; ambos nos comprendíamos a la perfección.

—Los zarcillos de mi madre —dije— estaban en la casa.

Tras meditar su respuesta, dijo:

—Y también los fantasmas de todos nuestros pasados. —La lluvia caía con fuerza sobre la bolsa que contenía su espada antigua. Rhode me miró—. *Est-ce que tout ça valait la peine?* —preguntó en francés—. ¿Crees que valió la pena? ¿Todo lo que hicimos para adquirir el sentido del tacto?

A continuación dio media vuelta y abandonó el cementerio. No tuvo que pedirme que le siguiera, pues ambos sabíamos que ninguno de los dos debía andar solo.

Cuando regresamos al campus, me detuve en Seeker. Rhode desapareció entre los grupos de estudiantes. Cuando le vi alejarse, por fin comprendí por qué el caballero de Eduardo III había visitado la tumba de mi mejor amigo, Tony Sasaki.

Se consideraba responsable de su muerte.

14

Esa tarde salí de la residencia Seeker. El sol asomaba por entre los nubarrones y apenas tuve tiempo de enfocar mis ojos cuando Vicken gritó:

—¡Iba a subir a buscarte! —Me tomó de la mano y añadió—: Anda, vamos.

—¿Adónde? —pregunté mientras él me sujetaba con firmeza y me conducía por el sendero—. ¿Qué diantres te ocurre?

—Necesitamos estar rodeados de mucha gente. Iremos al centro estudiantil. Allí suele haber mucha gente.

—¿Te has vuelto loco?

—¡Mira! —Vicken señaló el campo de lacrosse situado detrás de Hopper—. Está abarrotado.

Conseguimos introducirnos entre un grupo de estudiantes muy jóvenes y otros de cursos superiores que asistían a un partido amistoso que disputaba el equipo de lacrosse de Wickham. La mitad del equipo lucía unos jerseys de color blanco, el resto azul oscuro. A Vicken le tenía sin cuidado; me condujo a un lado de las atestadas gradas, donde por fin me soltó la mano.

—¡Eh! ¡Tú! —gritó.

Señaló a una joven estudiante de unos catorce o quince años que sostenía una mochila contra su pecho. La chica se echó a temblar cuando Vicken la señaló con el índice.

—Mírame. Mírame a los ojos. —Tras un momento, exclamó—: ¡Maldita sea!

—¡Basta! —protesté, agarrándole por la parte posterior de su camiseta.

La chica se alejó. Sus pequeños pies parecían volar sobre el suelo y se dirigió a toda velocidad hacia Hopper. Vicken continuó. Cada pocos segundos paraba a alguien.

—¡Eh, tú! ¿En qué estás pensando? ¡Vuelve! ¡No huyas de mí!

—Pero ¿qué haces? ¿Te has vuelto loco? —le espeté.

—¿Tú crees? He perdido mi maldita percepción extrasensorial. He pasado más de cien años con ella y de pronto, ¡paf, desaparece de la noche a la mañana!

—¿Que ha desaparecido? —repetí como una tonta. Esto no nos beneficiaba.

—¡Mi percepción extrasensorial ha desaparecido! —gritó, golpeándose los muslos con las manos.

—¡Calla! —dije, indicando las atestadas gradas detrás de nosotros.

Claudia y Tracy estaban sentadas en la parte superior, contemplando el partido amistoso. Claudia me saludó con la mano y sonreí. Sentí los ojos de Tracy fijos en mí, aunque los tenía ocultos detrás de sus gafas de sol.

—Pero ¿tú crees que alguien sabe a qué me refiero? —Vicken extendió los brazos—. ¡Percepción extrasensorial ! ¡Percepción extrasensorial! —gritó al cielo.

Le obligué a bajar los brazos de un manotazo.

De golpe pareció darse cuenta de dónde estaba. Se volvió hacia el campo, de espaldas a las gradas.

—¿Qué diablos es esto? —preguntó irritado, alzando ambos brazos a los lados.

—Un evento deportivo.

—Ya me he dado cuenta. ¿Qué diablos hacen? —inquirió.

—Se llama lacrosse.

Tras una pausa, dijo:

—No pienso quedarme para contemplar esta mierda. Vámonos.

Cuando se volvió para abandonar el campo, a nuestro alrededor estallaron unas exclamaciones de júbilo y oí a Tracy y a Claudia gritar:

—¡Justin! ¡Justin!

En el campo, Justin, vestido con su uniforme de lacrosse, se quitó el casco, lo arrojó al suelo y se acercó a otro jugador. Le apuntó al rostro con el dedo y le gritó algo que no logré captar.

Apoyé la mano en el brazo de Vicken. Él se detuvo y nos quedamos al pie de las gradas, contemplando el partido. Vicken se acercó a mí y dijo en voz baja:

—¿Hace dos minutos que eres humana y ya te has convertido en una amante del deporte?

—No... —respondí. No podía apartar los ojos de Justin en el campo—. Espera.

Él suspiró.

—¡Déjalo estar, Enos! —gritó el árbitro, y Justin recogió su casco mientras los jugadores se reagrupaban.

Me senté en las gradas. Vicken emitió un gemido de protesta, se sentó a mi lado y cruzó una pierna que lucía una bota de motero sobre la otra. Apoyó los codos sobre la fila detrás de nosotros.

Uno de los jugadores golpeó con su palo a Justin y la pelota blanca voló por el aire. Cuando Justin se dio cuenta de quién se la había arrebatado, golpeó al otro jugador con su palo con tal fuerza que éste retrocedió tambaleándose. Luego golpeó el palo del jugador una y otra vez, hasta que el árbitro hizo sonar el silbato.

—¿Qué? —gritó Justin al árbitro. Alzó los hombros y los brazos a los costados—. ¿Qué problema tienes?

—No volveré a repetírtelo, Enos. Otra falta y te expulso del campo.

El árbitro volvió a hacer sonar el silbato, indicando que el partido amistoso comenzaba de nuevo. Los jugadores se agruparon y Justin golpeó de inmediato el palo de su oponente, enviando la pelota volando por el aire y atrapándola con su red.

Luego echó a correr tan velozmente que nadie pudo detenerlo. Chocó con otros jugadores con tal violencia que parecía como si quisiera derribarlos al suelo. Cuando un defensa del otro equipo le arrebató la pelota de su red golpeándole el palo, Justin arrojó de nuevo el casco al suelo y propinó al jugador un puñetazo en el estómago.

—Nunca le había visto jugar de esta forma —dije.

—¿De qué forma? —preguntó Vicken.

—Como si quisiera vengarse de algo.

El público emitió de nuevo unos vítores y exclamaciones de ánimo.

—¡Justin! ¡Justin!

Sonó el silbato.

El árbitro señaló el banquillo. Justin se inclinó ante la multitud y abandonó el campo. Cuando pasó frente al defensa que le había arrebatado la pelota de su red, se abalanzó sobre él, como si fuera a asestarle un puñetazo. Cuando el otro jugador le esquivó, Justin echó la cabeza hacia atrás y rompió a reír. A continuación se sentó en el banquillo y sacudió la cabeza para eliminar el sudor que tenía pegado al rostro. Mientras la multitud seguía coreando su nombre, él se volvió hacia las gradas y me miró.

Se pasó la lengua por los labios y la expresión risueña de sus ojos me recordó la primera vez que nos vimos. Fue justo después de que Rhode hubiera practicado el ritual y me hubiera transformado en humana por primera vez. Vi a Justin paseando por una playa con Tracy Sutton, cogidos de la mano, mucho antes de que él rompiera con ella y empezara a salir conmigo. Al cabo de unos instantes apartó los ojos de los míos y se concentró de nuevo en el partido.

—El que se ha vuelto loco es él —dijo Vicken cuando concluyó el partido amistoso. Descendimos con el resto de estudiantes de las gradas y nos dirigimos hacia el campo.

—Hola, Vicken —dijeron unas chicas, casi al unísono, cuando pasamos junto a ellas. Él les devolvió el saludo con la cabeza, con el ceño arrugado y las manos enfundadas en los bolsillos. Al parecer en estos momentos no tenía tiempo para ocuparse de las chicas.

—Incluso sin mi percepción extrasensorial, intuyo que a ese chiflado le pasa algo gordo.

Justin se quedó en el campo, rodeado de sus compañeros de equipo y algunas chicas, entre ellas Andrea, la estudiante de penúltimo curso que había ido la otra noche al observatorio. La mayoría de ellas lucían unas prendas otoñales demasiado gruesas para un día como hoy. Cuando me acerqué, miré los pantalones cortos que me había puesto. Mis pálidas piernas parecían demasiado larguiruchas y blancas comparadas con el bronceado artificial de las jóvenes que rodeaban a Justin. Me detuve sonrojándome de ira. Odiaba esto. Este bochorno mortal. Si pudiera… No, me dije. No debía desearlo. No podía considerar siquiera la posibilidad de recuperar mis poderes vampíricos.

—¿Qué ocurre? —preguntó Vicken—. ¿No quieres acercarte a hablar con Monsieur Agresividad?

No cuando se comportaba de esa forma. Anoche se había mostrado muy tierno conmigo. Abierto y espontáneo, como era habitual en él. Anoche, cuando yacía junto a él soñando con Rhode, podría haber sido el año pasado. Entonces habíamos yacido juntos de esa forma, muy juntos, mientras Rhode, como de costumbre, estaba lejos de mí.

Justin me miró y se abrió paso entre el grupo de gente para reunirse conmigo. Pero antes de llegar donde estábamos se detuvo, mirando a Vicken.

Roy se acercó a Justin y miró a Vicken achicando los ojos. Al cabo de unos momentos otros dos jugadores de lacrosse, protegidos con hombreras y coderas debajo de sus jerseys, se situaron a ambos lados de Justin. Vicken se colocó un cigarrillo entre los labios. Si Justin y sus chicos se habían acercado, deduje que no sería un encuentro cordial.

—¿He mencionado que me asestó un puñetazo en el ojo? —preguntó Vicken. Pestañeó de forma exagerada para poner de realce el leve hematoma amarillo que aún tenía en el ojo. Luego se volvió y se encaminó al campus con el resto de la multitud, dejando una pequeña estela de humo.

Justin se apartó del grupo y esperé a que se acercara a mí.

Sentí que se me ponía la piel de gallina en todo el cuerpo.

Contuve el aliento, tragué saliva y fijé la vista en el suelo. Alguien me observaba de nuevo. Estaba convencida de ello. Era una sensación que me fascinaba. ¿Dónde se habían metido? Me volví un poco hacia la derecha, siguiendo la sensación que experimentaba en todo el cuerpo, Odette. Sin duda se trataba de ella. Me giré hasta detenerme frente al patio situado delante de la residencia Quartz.

Vi a unos estudiantes que caminaban juntos hacia el centro estudiantil o la biblioteca. Pasaron frente a unos guardias de seguridad y unos operarios de mantenimiento que instalaban unos teléfonos de urgencia, amarillo chillón, en prácticamente cada cruce en los senderos del campus. Mis ojos se fijaron en una sombra junto al edificio Quartz y contuve el aliento.

Rhode me observaba desde la sombra. Yo amaría esos ojos azules eternamente. ¡Cómo me habían mirado cuando me desperté transformada en humana el año pasado! Quería acercarme a él, estar con él. Y sabía, como saben todos los vampiros, que cuando tú eres el observado, tú eres el deseado.

Él ya no podía amarme, según me había dicho. *No de esta forma.* Yo no comprendía lo que eso significaba. Podía interpretarse de varias maneras: que no podíamos amarnos debido al decreto de las Aeris, que no podíamos amarnos como humanos... Lo único que sabía era que no podía responder por boca de él. Estaba decidido. El amor sería para mí Justin Enos y una vida entera recordándome que era humana. No una joven del mundo medieval. De vidrieras de colores y luz de velas.

—Lenah —dijo Justin.

Me volví, sobresaltada. Estaba ante mí, solo, enjugándose el sudor de la frente. La definición de sus bíceps me tenía fascinada.

—Lo siento —dijo—. No pretendía asustarte.

—No me has asustado —mentí.

—Eres preciosa. —Me sonrió de nuevo—. ¿Te lo he dicho alguna vez?

—Ah, pues... —No sabía qué decir—. No —respondí, sonrojándome. El corazón me dio un vuelco de emoción. Me volví hacia Quartz y escudriñé las sombras que arrojaba el edificio. Rhode había desaparecido. Comprobé sorprendida que me alegraba de que Justin y yo estuviéramos solos.

—Fue un partido... interesante —comenté, mirándole a los ojos, sin saber muy bien qué decir.

—¿Te gustó?

Dudé, sin comprender a qué se refería.

—¿El qué? —pregunté.

Enderezó la espalda y se lamió el sudor de los labios. Me sonrió con gesto socarrón, arqueando una ceja.

—Vamos, Lenah. Yo te gusto.

Avanzó un paso, acercándose tanto que percibí el olor de su protector solar y el sudor de su piel. Sí, me gustaba. No era fingido. Sus peculiaridades eran típicas del siglo XXI. Incluso la forma en que sacudía la cabeza para eliminar el sudor que le corría por el rostro era un gesto totalmente ajeno a Rhode. Los caballeros de otras épocas se enjugaban la frente con un pañuelo. Los movimientos de Justin eran rápidos, concisos. Éste era un mundo de mensajes instantáneos, de comunicación e interacción instantáneas. Las personas se hablaban con una cadencia informal utilizando frases concisas y coloquiales. Aunque yo había nacido en la época medieval, había retornado a la vida en el siglo xxi. El mundo de Justin era ahora mi mundo.

—Sabes lo que siento por ti —susurró, sin darme tiempo a seguir pensando. La forma en que se expresó hizo que me estremeciera. Tenía el labio superior perlado de sudor. Justin siempre me producía la sensación de que relucía. Emanaba una fuerza vital que me había enamorado al transformarme en humana, e incluso ahora deseaba una parte de ella.

Alzó la mano, deslizando los dedos suavemente sobre el corte en mi clavícula. Ese gesto hizo que me pusiera a temblar.

—Se te ha caído la venda —dijo.

—Quizá tengas que volver a vendarme la herida —respondí, sonrojándome.

—Lo haré. —Se acercó un paso más, poniéndose serio de repente—. ¿Has vuelto a ver a esa rubia?

Negué con la cabeza.

—¡Enos! —gritó alguien detrás de nosotros.

Justin retrocedió al tiempo que retiraba la mano. El calor que sus dedos habían aportado a mi piel se evaporó. Él se alejó, caminando de espaldas, pero de pronto se detuvo y me señaló con su casco.

—¡Eh! Casi lo había olvidado —dijo—. ¡Feliz cumpleaños!

Me quedé pasmada. Era el 6 de septiembre.

—Es verdad —dije—. Es mi cumpleaños, ¿no?

—¿Habías olvidado tu cumpleaños? —preguntó Justin, sin dar crédito.

Verás, mi alma gemela de seiscientos años vive aquí en la escuela, pero no puedo estar con él porque una fuerza sobrenatural nos ha ordenado que permanezcamos separados. Tú eres maravilloso en todos los aspectos, pero probablemente he destruido toda posibilidad de estar contigo. Mi mejor amigo, Tony, fue asesinado y mi amigo Vicken lo mató.

—Tengo muchas cosas en la cabeza —respondí.

—Esta noche doy una fiesta —dijo Justin—. He invitado a toda la panda. La organizaremos en el campin. Traté de localizarte antes para decírtelo.

Recordé el momento en la sala de audiciones. Sus brazos deslizándose por mi espalda y mis hombros mientras bailábamos.

—¿Esa sonrisa significa que vendrás? —inquirió Justin.

¿Estaba yo sonriendo? Me parecía imposible después de todo lo que había ocurrido durante los dos últimos días.

—Nos veremos a las siete. En la zona cuatrocientos cuatro del campin de Lovers Bay. Puedes traer a Vicken, ya que debemos movernos siempre en parejas. El campin está a un poco más de tres kilómetros subiendo por la calle Mayor —dijo—. Seremos un montón de gente —añadió antes de que yo pudiera negarme a asistir—. No podíamos contratarlo a menos que reuniéramos como mínimo a diez personas.

Cuando dijo eso, una parte de mí, la parte estúpida, no quiso rechazar la invitación, por más que sabía que era una mala idea. Justin recogió su bolsa de deportes y al colgársela del hombro, el sol se reflejó en el colgante que llevaba alrededor del cuello.

Se volvió para reunirse con el resto de su equipo y echó a andar hacia el gimnasio. Cuando me disponía a alejarme, él se volvió y me dirigió una alegre sonrisa.

Siempre conseguía convencerme con su sonrisa. Cuando entraba en una habitación, todos los ojos se fijaban en él. Todo el mundo deseaba ver aparecer esas arruguitas alrededor de su boca cuando sonreía. Su pelo rubio cayéndole de forma descuidada sobre la frente. No pude evitar querer asistir a la fiesta. No pude evitar querer ser feliz, siquiera una noche.

15

Por lo que se refería a la señora Williams, mientras el campus estuviera seguro, no le importaba lo que sucediera fuera del mismo. Esta actitud indignaba a Vicken, quien opinaba que era una imprudencia abandonar el campus.

En cualquier caso, pensé que debíamos asistir a la fiesta, pues deseaba hacerlo. Mientras todos firmáramos al salir juntos, podíamos ir. Odette no había dado señal de regresar. Supuse que seguía muy ocupada tratando de descifrar el falso ritual, y dudaba de que se atreviera a presentarse ante tanta gente.

Imaginé que si Rhode supiera que yo había decidido salir del campus sin su supervisión se pondría furioso.

Esa noche, me miré en el espejo que había junto a mi escritorio. Mis ojos parecían mostrar un color azul más oscuro de lo habitual, como si no pudiera ocultar la ansiedad que se agitaba en mi interior. Me alisé unos mechones rebeldes y miré la foto en la que estaba con Rhode que había sobre el escritorio. Había vuelto al lugar que le correspondía después de que Tony la sustrajera el año pasado, tratando de descubrir la historia de mi vida de vampira.

En el espejo vi la funda que había alojado la espada de Rhode durante los últimos doscientos años.

La espada había desaparecido, la funda estaba vacía, tal como había sospechado.

Me agaché y observé las hierbas del conjuro de barrera que había esparcido por el suelo, como solía hacer todos los días desde que había practicado el ritual. Si el conjuro de barrera da resultado, las hierbas arden y del intruso sólo quedan sus cenizas carbonizadas. Únicamente en el caso de que la persona que entra en la habitación sea aceptada, las hierbas no son peligrosas.

Miré de nuevo mi imagen reflejada en el espejo y empecé a ponerme unos pendientes de oro que había adquirido a principios de 1900. Los había guardado en mi joyero, casi olvidándome de ellos, pero puesto que había perdido los zarcillos de mi madre en el fuego de Hathersage, decidí lucir éstos. Me coloqué uno en el lóbulo de la oreja.

En la habitación *estalló* un agobiante hedor a manzanas.

Apoyé con fuerza las manos contra la pared y me incliné hacia delante, invadida por el tufo a manzanas. Me llevé la mano al vientre porque sentía náuseas. Manzanas falsas. ¿Cómo era posible que alguien fabricara un olor tan maravilloso y lo convirtiera en algo tan repugnante? ¿Tan repugnantemente dulzón? Su potencia hizo que me cayera al suelo. Caí de rodillas, los pendientes de oro se deslizaron sobre el parqué, y cuando las palmas de mis manos impactaron contra el suelo…

—*Tiene que permanecer aislada para que nadie pueda dar con ella.*

Lo primero que oigo es la voz de Suleen. Estoy de nuevo en la mente de Rhode.

Suleen y Rhode están de pie junto a una lápida en el cementerio contiguo a mi mansión en Hathersage. Hay cuatro o cinco lápidas agrupadas en una pequeña parcela rodeada por una verja de hierro.

Mi lápida está allí. No ostenta un epitafio, ni un nombre. Sólo una ele esculpida en la piedra.

Rhode me enterró en 1910 y me desenterró cien años más tarde para llevar a cabo el ritual mediante el cual me transformaría en humana. A tenor del aspecto que presenta, es el Rhode moderno, no el que vi cuando me desperté por primera vez en el internado de Wickham. Me desenterró en secreto, sin que los miembros de mi clan lo supieran, sin que lo supiera Vicken. Observo que Suleen lleva también un atuendo moderno. Viste de blanco y luce su turbante tradicional.

—¿Estás seguro de esto? —pregunta. Rhode asiente con la cabeza pero Suleen muestra un gesto preocupado. Rhode se vuelve, contemplando su reflejo en una ventana de la casa. En este recuerdo, sus ojos cual mármol son más fríos que su personalidad humana. Cuesta creer que me haya acostumbrado a su rostro mortal.

—Así será más fácil. No me fío de su clan. ¿Te has fijado en lo fuertes que son? Vicken, Heath, Song y Gavin. Todos fueron elegidos en función de su fuerza y su astucia. Debemos hacerlo cuando ellos no estén aquí.

—No me refiero a eso. ¿Este ritual? ¿Sacrificarte tú mismo? —pregunta Suleen. El sol está a punto de ocultarse en el horizonte, y una luna llena ilumina el firmamento nocturno—. Tu muerte no me ofrece consuelo alguno, Rhode.

—Este ritual es la única forma de que Lenah pueda vivir. Los Seres Huecos la protegerán. Se asegurarán de que no le ocurra nada malo cuando yo haya desaparecido.

—Los Seres Huecos cumplirán su parte del pacto sólo si tú mueres. Es imposible predecir lo que ocurrirá si sobrevives. No son de fiar.

Rhode contempla las colinas bañadas por la luz dorada del crepúsculo.

—¿Y su alma? —pregunta a Suleen.

—¿A qué te refieres?

—¿Cómo lo sabremos? —Los ojos de Rhode se fijan en los de Suleen y luego dirige de nuevo la vista hacia el campo—. ¿Cómo sabremos que el alma de Lenah no está dañada? ¿Cómo podemos estar seguros de que como ser humano no caerá de nuevo en su afán de poder? Incluso yo... —Se detiene y medita en lo que va a decir—. Mató a una niña, no lo olvides.

—¿Dudas de tu capacidad de perdonarla? Es la clave del sacrificio —le recuerda Suleen.

—*Dudo de su personalidad humana. ¿Será capaz de amar después de tanta maldad?*

—*No puedo responder a esa pregunta —dice Suleen. Levanta la vista al cielo—. Si quieres desenterrarla, debes hacerlo ahora.*

—*Dime, ¿es posible que alguien que ha cometido semejantes atrocidades pueda regresar? Su maldad supera la de todos los vampiros que he conocido.*

—*¡Apresúrate, Rhode! Debes comenzar antes de que el sol se oculte en el horizonte.*

—*¿Y si no puedo perdonarla?*

Por fin aparece la verdad. Rhode no me ha perdonado por haber matado a una niña. Por caer en la locura cuando era una vampira.

—*¡Apresúrate! —grita Suleen.*

Rhode toma una pala y la hunde en la tierra.

—¡Detenlo! ¡Detenlo! —grité. Alguien me zarandeaba por los hombros tratando de despertarme. Sentí la textura fresca de la madera noble del suelo contra mi espalda y pestañeé.

—¡Lenah! ¡Eh, Lenah! —Era Vicken quien me llamaba. Alcé la vista hacia el techo. Se inclinó sobre mí y su cabello largo y revuelto le cayó sobre los ojos. Arqueó una ceja.

—Te has quedado dormida en el suelo. Tienes un sofá, un sillón extensible y una cama. Pero no seré yo quien te critique si prefieres dormir en el suelo.

Me incorporé, tragué saliva y me alisé el pelo. Me quedé sentada en el suelo unos instantes, contemplando el pie del escritorio, observando sus patas talladas y el exquisito trabajo de la madera.

Vicken se sentó a mi lado.

—¿Necesitas ayuda? ¿Quieres que llame a alguien?

—Yo… —Me concentré en el suelo, siguiendo la hebra de la madera—. No lo sé.

No es que Rhode ya no pudiera amarme, como me había dicho en el bosque después de visitar la tumba de Tony. Lo cierto era que, de repente, no deseaba amarme. Porque yo no lo merecía. Quizá fuera el motivo por el que el año pasado no había regresado. No quería regresar junto a alguien con un corazón como el mío.

—¿Quiénes son los Seres Huecos? —pregunté.

Vicken frunció el ceño.

—¿Los Seres Huecos? —Meneó la cabeza—. Jamás había oído hablar de ellos.

—Ayúdame a levantarme —dije, alargando una mano. Él la tomó con sus cálidos dedos y me ayudó a incorporarme. Me acerqué a la pared y apoyé la espalda contra ella. Vicken me observó, cruzando los brazos. El recuerdo de Rhode no cesaba de darme vueltas en la cabeza.

—Veo los pensamientos de Rhode —dije de sopetón. Vicken me miró con los ojos entrecerrados—. Veo sus pensamientos, y a veces sus recuerdos.

Vicken sacó una cajetilla de tabaco del bolsillo. Después de encender un cigarrillo, preguntó:

—¿A qué te refieres? Sus pensamientos…

Me senté en el suelo y rodeé mis rodillas con los brazos.

—Lo veo en mi imaginación, pero es como si estuviera dentro de su mente. Lo he verificado. Soñé que le veía descargar un puñetazo sobre un espejo. Y cuando le vi en persona llevaba vendados los dedos que se había lastimado.

—¿Por qué descargó un puñetazo sobre un espejo?

—No soportaba mirarse en él. Por eso lo hizo.

Sacudió la cabeza.

—Qué raro.

Suspiré, contemplando a través de la puerta del balcón el oscuro vacío. La luna iluminaba las losetas y mis restos vampíricos, que aún relucían. Me sentí aliviada por haberle contado a alguien la verdad.

—¿Por qué veo sus pensamientos ahora? Soy completamente mortal. Ya no conservo mi percepción extrasensorial ni mi visión vampírica. Y no había ocurrido en ningún momento de

180

nuestra historia. Cuando se marchó la otra vez..., antes de que yo... —Dudé unos instantes, midiendo mis palabras—. Cuando te conocí.

Vicken reflexionó unos momentos y luego dijo:

—¿Recuerdas la historia que solía contar Rhode? ¿La historia sobre el vampiro que amaba a una joven humana? La que sucedió en tiempo de la peste. La...

—¿Anam Cara? —dije, recordando que Rhode solía relatarla al amor de la lumbre. Había olvidado ese nombre hasta ahora.

—Sí. El vampiro tenía una conexión más profunda con ella que con ningún otro ser. Hasta el punto de que podía intuir los pensamientos de la joven, no sólo sus intenciones. Le había ocultado su vampirismo, y cuando ella contrajo la peste...

—Él dejó que muriera —dije.

—¡Exacto! —respondió Vicken.

Se acercó al baúl que había junto a la pared, debajo del candelabro de hierro forjado, y rebuscó en su interior.

—No es frecuente en el caso de los vampiros, que son egoístas por definición —dijo; el humo de su cigarrillo flotaba en el aire, suspendido sobre su cabeza. Sacó uno de los pocos libros encuadernados en cuero que me había dejado Rhode cuando me transformó en humana: *El libro de la magia celta*—. Habría sido muy fácil sanarla y convertirla en una vampira para siempre. Pero dejó que muriera, tal como era su destino. No fue una muerte agradable, pero enfermó y murió como hacen los humanos.

Esa historia me gustaba, y la recordaba bien. Me recordaba lo que sentía por Rhode. Pero él no dejó que yo descansara en mi tumba...

Vicken abrió el libro.

—Aquí está. «Anam Cara. Un alma gemela. Cuando uno encuentra a su Anam Cara, la conexión es innegable. Inexorable. Es un filamento de luz blanca que conecta a dos almas a través del tiempo y el espacio. Algunos sostienen que las Anam Cara comparten una mente. Una mente de un pasado tan profundo, interconectado, que pueden compartir sus pensamientos.»

Alzó la vista y me miró, dando una última calada a su cigarrillo, que era poco más que una colilla.

—¿De modo que las almas gemelas pueden compartir pensamientos? —pregunté. De pronto me acordé. Lo había olvidado hasta ahora, pero ahí estaba. La voz de Rhode preguntándose si podría perdonarme por haber matado a esa niña y por haber creado al clan. Sentí de nuevo una profunda decepción. Recogí mis pendientes de oro del suelo y me levanté, frente a mi imagen reflejada. Me pasé la mano por el pelo, alisándomelo tras haberme caído al suelo. ¿De qué me servía que compartiéramos nuestros pensamientos si Rhode no podía amarme? ¿Si yo tenía el alma dañada?

—¿De modo que es eso? —rezongó Vicken—. ¿Ignoras mi momento de genialidad y sigues arreglándote para la fiesta?

Devolvió el libro al baúl, cerró la tapa y se sentó sobre él.

¿Y si no puedo perdonarla nunca?

Me puse los pendientes y me miré de nuevo en el espejo. El cabello me caía por la espalda, sobre la sutil gasa de la blusa de color naranja que había adquirido en el centro comercial. Hubiera preferido lucir los pendientes de mi madre, los zarcillos que se habían perdido en el fuego. Por desgracia, era imposible. Observé que mis fosas nasales se dilataban y crispé la mandíbula.

—Anam Cara —dije en voz alta, articulando pausadamente esas palabras.

—Bueno —empezó Vicken, apoyando las manos en sus muslos y levantándose—, supongo que estás decidida a ir a esa fiesta pese a la noticia de la fusión de mentes.

—Por supuesto que voy a ir.

—De acuerdo —dijo, y metió una daga en cada una de sus botas. Luego guardó otra en una funda de cuero oculta debajo de su manga.

—Veo que te estás preparando, ¿eh? —comenté.

—¿Han estado a punto de matarte dos veces y estás dispuesta a arriesgar tu vida para divertirte un rato junto a una hoguera? Se me ocurre una idea. Encenderé un fuego en este balcón y te cantaré «Cumpleaños feliz».

—Comprendo que te parezca chocante —dije.

—Más que chocante, me parece ridículo —contestó Vicken—. Pero no consentiré que vayas sola. Si no fuera contra las normas de la escuela, te encadenaría a la pared.

Abrí la puerta. Vicken me siguió pegado a mis talones.

—No estás obligado a venir a la fiesta —dije, sabiendo que estaba decidido a acompañarme.

—Tienes razón. ¿Con esa pandilla de chiflados? Conociéndolos como los conozco, sé que se extraviarán y tendremos que explorar el bosque en su busca; se organizará un follón tremendo.

—¿Dónde estarás tú? —pregunté.

—Vigilando el perímetro del bosque. Asegurándome de que ninguna criatura con colmillos entra en el parque.

—Estaré rodeada de un montón de gente. ¿No te parece poco probable que ataquen estando en inferioridad numérica? Yo no lo haría en esas circunstancias.

—Quizá… —dijo él mientras bajábamos la escalera.

—¡Además, es mi cumpleaños! ¿Te das cuenta de que significa que estoy envejeciendo?

—¿De veras? ¿Cuántos años tienes? —preguntó mientras bajábamos por la pequeña escalera, sonriendo con gesto burlón.

—Diecisiete —respondí.

—¿*En serio*? Pareces mucho mayor. —Le habría abofeteado de no ser tan… tan propio de Vicken hacer semejante comentario.

Al cabo de unos momentos, nos dirigíamos por la calle Mayor hacia la zona del campin. Escuché las conversaciones de las personas a nuestro alrededor. Nos separamos para dejar pasar a una mujer que paseaba a su perro.

—Puede que Rhode también esté conectado a tu mente —apuntó Vicken.

—Es imposible saberlo. Se niega a tocarme y apenas me dirige la palabra —respondí aspirando el aroma a café que procedía del Café de Lovers Bay—. Aparte de sus recuerdos, veo otras cosas aún más extrañas. Veo también sus pensamientos.

Cuando pasamos frente al concurrido café, me volví. Para ser sincera, no me habría importado pasar la velada paladeando una taza de café y charlando con Vicken. Una velada durante la que pudiera olvidarme de Odette y de Rhode y de todo lo que se me venía encima. Seguimos caminando por la calle Mayor y le expliqué el extraño comportamiento de Rhode cuando pegó un puñetazo al espejo. Pero cuando me disponía a hablarle de Tony, miré a Vicken, que caminaba a mi lado, y dije:

—Te aseguro que le vi descargar un puñetazo sobre el espejo mientras repetía una y otra vez «No puedo».

—¿Rhode? ¿Crees que se ha vuelto loco? No tiene sentido —dijo Vicken. Sus ojos no dejaban de escudriñar la calle a diestro y siniestro.

—Creo que es algo muy arraigado. Piensa que no merece ser humano o algo parecido. Como te he dicho, no dejaba de repetir «No puedo».

Vicken dejó que la frase permaneciera suspendida entre nosotros, y luego preguntó:

—¿A qué se refería?

—Lo ignoro. Sólo deseo aliviar su dolor —respondí.

Conocía el medio de aliviar el dolor de Rhode. Hacía días que deseaba hacerlo: llamar a Suleen. O quizás a las Aeris. Llamar a alguien, a quien fuera, que pudiera ayudarle. Tal vez Rhode sufría porque no podíamos estar juntos. O, por más que me negara a reconocerlo, a lo mejor creía que no merecía haber sobrevivido al ritual y haberse convertido en humano. Pensó que moriría, los dos lo habíamos pensado. Era nuestra conexión como almas gemelas lo que nos ligaba a este mundo.

Me dolía la cabeza.

—No te preocupes por él —dijo Vicken mientras caminábamos bajo el fresco aire nocturno de fines de verano. Entramos en el campin—. Procura divertirte con esos... majaretas, ¿vale? —Se colocó un cigarrillo entre los labios.

—Vale —respondí.

Lo primero que oí fue la música. Algo con guitarras eléctricas y una melodía ligera. Recordé los centenares de veces durante centenares de años que había caminado por un bosque, sorteando las ramas en el suelo y avanzado entre las hojas. Jamás había oído sonar instrumentos electrónicos entre los árboles y los matorrales.

De pronto vi el resplandor naranja de la hoguera. Cuando llegué junto a dos o tres coches aparcados junto al campin, comprendí que éste era el lugar donde iba a celebrarse la fiesta. La música procedía del todoterreno plateado de Justin. Claudia y Tracy estaban sentadas junto al fuego con otras personas, bebiendo de unos grandes vasos de cartón rojos. Tracy hablaba en tono confidencial con un chico del equipo de lacrosse al que yo no conocía. Justin, que estaba sacando del coche unos bollos para hamburguesas y una pequeña parrilla, alzó la vista y me miró.

Al verme Claudia se levantó de un salto.

—¡Feliz cumpleaños! —exclamó, abrazándome. Tuvo que alzarse de puntillas para hacerlo, pero cuando se bajó sacó del bolsillo de su chaqueta ligera una pequeña tarjeta en un sobre de color púrpura.

—Para ti —dijo.

—Claudia... —respondí—. No tenías que...

—Pues claro que sí —dijo asintiendo con la cabeza.

—Gracias —dije, sinceramente conmovida. Sostuve la tarjeta en la mano.

—La fiesta fue idea mía. No te dejes engañar por Justin. La propuse yo. —Se volvió para mirarlo esbozando una sonrisa socarrona.

Abrí mi regalo. No recordaba la última vez que había recibido un regalo. En todo caso, un regalo que no comportara un asesinato inmediato. Abrí el sobre y vi que contenía una pequeña tarjeta de plástico, como la de crédito, en la que había escrito «Centro Comercial de Cape Cod».

—Una tarjeta regalo —aclaró Claudia—. Tuve la impresión de que lo habías pasado bien en el centro comercial. ¡Y te has puesto la camisa!

¿Un regalo? ¿Para mí? Miré la tarjeta por delante y por detrás una y otra vez, maravillada del pequeño obsequio que relucía a la luz parpadeante de la hoguera.

—Gracias —dije a Claudia, que me observaba con afecto.

Tracy alzó la vista y esbozó una media sonrisa, la cual no parecía muy sincera. Estaba asando un dulce de merengue ensartado en un largo palo, que tenía un aspecto deliciosamente empalagoso. Su cabello relucía a la luz del fuego y sus rasgos angulosos parecían más pronunciados que hacía unos días. Quizá no me había fijado hasta ahora, pero parecía como si hubiera perdido peso en poco tiempo.

Me guardé la tarjeta regalo en el bolsillo posterior del pantalón. Mientras observaba cómo el dulce de merengue se fundía bajo el calor del fuego, otro grupo de estudiantes de Wickham apareció en el campin. Eran unos jóvenes de aspecto normal, estudiosos, atletas, universitarios que habían acudido a la fiesta para divertirse. Pero cuando les observé más detenidamente, retrocedí y pestañeé varias veces para cerciorarme. ¿Había perdido el juicio? ¿Es que...? ¿Era posible que hubiera confundido a uno de esos estudiantes de instituto con... Rhode?

Pero no. Allí estaba, siguiendo al resto del grupo.

—¡Eh! ¡Hola! —gritó alguien que iba al frente del grupo, sosteniendo unas bolsas de papel en alto.

—¡Por fin ha llegado mi licor de melocotón! —exclamó Claudia.

Rhode vestía de negro de pies a cabeza y no pude apartar la vista de él. ¿Cómo sabía dónde me encontraba? Durante un momento, me sentí como una niña desobediente. Luego alcé el mentón con gesto desafiante.

Claudia se volvió apresuradamente y sofocó una pequeña exclamación de sorpresa.

—Ahí está Rhode —murmuró dirigiéndose a mí—. Que te diviertas... —Y fue a reunirse con Tracy.

Me levanté. Rhode caminaba a grandes zancadas y se detuvo frente a mí. Soltó un resoplido y metió la mano en su bolsillo. Con la imagen de Rhode el vampiro grabada aún en mi mente, observé los pequeños detalles humanos: el mohín de la boca, la necesidad de inspirar aire y el sudor que perlaba su frente. Tras rebuscar en el bolsillo sacó una bolsita de color negro.

—¿Podemos hablar a solas unos momentos? —preguntó indicando el bosque con la cabeza.

—Desde luego —respondí, adoptando un tono despreocupado.

Rhode no había venido porque hubiera cambiado de parecer. De eso estaba segura. Me había dicho con toda claridad que *ya no podía amarme*. Le seguí hasta el bosque por un camino trillado, hasta que la hoguera y las voces en el campin quedaron lo bastante atrás para que nada pudiera oírnos. Él alzó la vista y miró por un hueco entre las ramas. La luna estaba cubierta por unas nubes sutiles y alargadas.

—La luna está cubierta de encaje —observó antes de que

lo hiciera yo. Y cuando el viento hizo que las nubes se dispersaran, añadió—: ¿Recuerdas la primera vez que vimos esto?

Asentí sonriendo.

—Por supuesto. Me lo mostraste en 1604, durante el carnaval de Venecia.

Ambos sabíamos que la luna cubierta de encaje presagiaba un cambio, que iba a ocurrir algo.

Rhode dio un paso hacia mí, pero esta vez retrocedí yo, dudando de sus intenciones.

—¿Me tienes miedo? —preguntó.

—Jamás podría tenerte miedo —murmuré.

¿Y si no puedo perdonarla nunca?, había dicho.

El dolor que me producían esas palabras hizo que se me encogiera de nuevo el corazón, Quise preguntarle si había logrado perdonarme. Si había hallado la forma de prescindir de mis espantosas acciones y manipulaciones como vampira.

—Si no me temes —dijo, haciendo que le mirara a los ojos—, abre la mano. —La extendí, con la palma hacia arriba, como para que me entregara su corazón.

Él vertió el contenido de una bolsita negra de terciopelo en mi mano.

Anam Cara.

No alcé la vista para mirarle. El corazón me latía con furia. Mis dedos tocaron dos pequeños objetos. De oro. Sentí su fresca textura. Bajé la vista. Los zarcillos de mi madre. Rhode los había rescatado del fuego.

—¿Lenah? —La voz de Justin nos interrumpió, resonando hacia nosotros—. ¡Vuelve! ¡La comida está lista!

Miré a Rhode.

—Feliz cumpleaños —murmuró. Su expresión serena, melancólica, me conmovió, pero no pudo sostener mi mirada más de unos segundos.

—Rhode... —dije, extendiendo la mano hacia él. Pero él retrocedió unos pasos.

Suspiré al tiempo que las lágrimas afloraban a mis ojos. Ansiaba tanto tocarlo que hasta me dolían dientes. El dolor del deseo que sentía por él me recorrió los brazos, los dedos..., hasta clavarse en mi alma.

—Fue lo único que pude rescatar. Disponía sólo de unos momentos. Salté por la ventana de tu alcoba. Rompí el cristal con el puño.

Recordé mi sueño, la primera vez que le vi partir el espejo de un puñetazo, rompiéndolo en un millar de fragmentos de luz.

—Primero utilicé una silla —aclaró.

Sus ojos escudriñaron mi rostro. Arrugó el ceño haciendo que se formara una arruguita entre sus ojos. Azules como el océano. Como el cielo. El amor de mi vida.

—Feliz decimoséptimo cumpleaños —dijo, tras lo cual se dio media vuelta y se alejó.

Echó a andar apresuradamente a través del bosque hacia la calle Mayor.

—Espera —dije en voz baja.

Él se volvió, iluminado sólo por el tenue resplandor de la luna que se filtraba por entre las nubes, antes de adentrarse en el bosque. Un dolor se me clavó en el pecho, un dolor más profundo de lo que había imaginado.

—Te perderás, Rhode —dije con voz entrecortada—. Es peligroso.

Él alzó la vista y contempló el cielo, las estrellas y el encaje que cubría la luna.

—¿Quién te enseñó a utilizar el movimiento de las constelaciones para orientarte? —preguntó, pero ahora era tan sólo una silueta negra. Deseaba caminar junto a él, regresar a casa con él, hablarle y tocarle..., piel contra piel.

Deseaba que alguien me abrazara y me asegurara que todo se resolvería. Que me asegurara que el sol, la luna y las estrellas no se regían por unas fuerzas invisibles. Deseaba creer que era libre y podía obrar según mi voluntad. Pero en el fondo de estos pensamientos conocía la verdad: que Rhode y yo no éramos libres y nunca lo seríamos.

Y que él ya no podía amarme.

Le observé avanzar en zigzag por el oscuro bosque hasta que no pude distinguirlo de los árboles. Sabía que Vicken patrullaría la zona durante toda la noche. Puede que Rhode también lo hiciera. Quizá fuera egoísta por mi parte, pero me quedé en ese bosque con los fantasmas de mi pasado posados sobre dos zarcillos que sostenía en la palma de mi mano.

Tras emitir un profundo suspiro, regresé a la fiesta, escuchando cómo las hojas crujían debajo de mis pies. Comprobé que buena parte de los estudiantes de último curso había acudido al campin. Había muchos más vasos de cartón rojos y más personas congregadas allí.

Me detuve en la entrada al sendero por el que Rhode me había conducido hacia el bosque. Miré hacia atrás, segura de que había desaparecido, pero sabiendo que el lugar en el que había depositado los zarcillos en mis manos nos pertenecería siempre.

—«Cumpleaños feliz...» —cantó al unísono un grupo de asistentes a la fiesta.

Una pequeña vela avanzó hacia mí en la oscuridad. Justin se la entregó a Claudia, que se acercó a mí junto con Tracy. Portaban un *cupcake* exquisitamente decorado. Estaba recubierto por un decadente remolino de escarcha de chocolate, y en el centro ardía una velita.

Justin cantaba más alto que los demás, y deseé con toda mi alma que Tony pudiera estar presente.

La llama de la velita osciló y mis ojos se encontraron con los de Justin por encima de ella.

—Bueno —dijo, susurrándome al oído—, tienes que formular un deseo.

—¿Un deseo? —pregunté, mirándole a los ojos—. ¿Qué puedo desear?

—Lo que quieras —contestó, besuqueándome en el cuello. Mi cuerpo reaccionó haciendo que se me pusiera la piel de gallina—. Puedes pedir lo que desees en tu cumpleaños.

Cerré los ojos, apagué la vela de un soplo y formulé un deseo.

Deseo que estemos a salvo. Todos: Vicken, Rhode, Justin y yo. Y Wickham. Pero mi corazón desea que el dolor desaparezca. Deseo que alguien me diga que me he regenerado. Que soy lo que soy y que lo que hice ha quedado perdonado.

Cuando abrí los ojos, con el deseo que había formulado girando aún en mi mente, Justin me miró con gesto de felicidad desde detrás de la parpadeante velita. Era cierto que había organizado esta fiesta en mi honor.

—Feliz cumpleaños —dijo. Me tomó la mano, acariciándome la piel.

Alguien depositó un vaso de cartón en mi otra mano. Bebí un sorbo y el empalagoso licor de melocotón se deslizó por mi garganta. Sin soltarme la mano, Justin me condujo hacia donde estaba su coche. Había montado una pequeña tienda de campaña junto a él. Tomó mi bebida y la depositó en el suelo, luego me tomó la cara entre sus manos. Pensando en Rhode y con los zarcillos pulsando aún en mi mente, no sabía qué hacer. Si Vicken estaba patrullando por el perímetro del campin, nos vería.

—Sé que estás enamorada de Rhode. Hace seiscientos años que le amas —dijo Justin. El calor de su cuerpo me reconfortó—. No puedo competir con eso.

—¿Qué? —murmuré. Sus palabras eran tan reales que me dejaron sin aliento.

En la oscuridad, la expresión de Justin era feroz. Se inclinó hacia delante y me susurró al oído con tono grave y áspero:

—Pero él no sabe quién eres como humana. Yo sí.

—Justin... —dije. La sorpresa me asaltó por la espalda, descendiendo por ella hasta alcanzar las puntas de mis pies.

—No —dijo él, apoyando una mano en la parte posterior de mi cabeza—. Quiero ser yo quien te enseñe lo que significa sobrevivir a un ritual, Lenah. Lo que significa vivir. Él no te conoce como yo. —Su sinceridad me conmovió hasta lo más profundo. Hablaba en serio, lo sentí en sus ojos, que estaban fijos en los míos—. Déjame entrar, Lenah —rogó con una intensidad tangible en la vehemencia de sus palabras y la crispación de su mandíbula—. Déjame entrar —repitió con voz ronca.

Acercó su rostro al mío y se inclinó hacia delante para besarme. Gimió como si estuviera hambriento. Mis hombros se relajaron, al igual que la tensión en mi pecho. Porque yo deseaba tocar y que me tocaran, deseaba calor, deseaba lo que no había podido tener cuando era una vampira. Él se retiró un poco y ambos respiramos profundamente. *¡Me encantaba que me besara!* Cuando se apartó, vi la runa de plata en la base de su cuello.

Tenía que tratar de encontrar un sentido a todo esto. Quería comprenderte.

Reviví el momento en el dormitorio de Justin cuando él me había limpiado con delicadeza la herida de la clavícula. Toqué ligeramente el colgante con las yemas de mis dedos.

Él me rodeó los hombros, estrechándome contra sí. Sentí la pasión que emanaba.

—Te necesito —dijo. Sus ojos traslucían una expresión feroz y no se movió—. Te aseguro que no me importa lo que hicieras con ese ritual. Deseo...

En ese momento apareció Claudia junto a la tienda de campaña. Vi que no estaba sola. Tracy estaba detrás de ella, observándonos con aire divertido. Parecía como si se hubiera visto obligada a venir.

—Vamos, Justin, no puedes monopolizar a Lenah toda la noche.

Claudia me tomó de la mano y me arrastró hacia donde estaban todos congregados, alrededor de la hoguera. El resto de la noche lo pasé bailando, bebiendo licor de melocotón y fundiéndome en el calor de los brazos de Justin.

Él no me soltó del brazo, y nos exhibimos ante los demás como si fuéramos miembros de la realeza. Yo no temía el bosque. No temía a los vampiros. La presencia de muchos otros estudiantes de Wickham contribuía a garantizar mi seguridad. Lloraban la pérdida de Tony, de Kate y de la señora Tate y trataban de olvidar la violencia. Yo, por mi parte, me deleitaba en la humanidad de todo ello. Me centré en el hecho de que Justin me llevara del brazo. Cuando nos tocábamos, piel contra piel, sabía qué versión de Lenah Beaudonte estaba destinada a ser. Podía sonreír. Podía ser humana.

No percibí un extraño olor a manzanas. No era una enloquecida vampira que no mereciera ser perdonada. Ya había sido perdonada. Era tan sólo una chica de diecisiete años que celebraba su cumpleaños. Justin y yo apoyamos la espalda contra un enorme roble y observamos mientras se formaba un círculo. Claudia bailaba en el centro, agitando su cuerpo y riendo junto con algunas chicas mayores. Tracy permanecía fuera del círculo, observando. No sonreía, al menos no como los demás. Su sonrisa consistía en un perezoso movimiento ascendente de la comisura izquierda de su boca.

A medida que transcurría la noche, me resultó más fácil olvidar el gesto de Rhode de darme los zarcillos. Los había guardado en mi bolsillo, donde no tenía que tocarlos. En lugar de ello, podía tocar la piel de Justin.

Una hora tras otra.

Un sorbo tras otro.

No importaba en absoluto…, ¿o sí? Era muy fácil olvidar en una agradable velada rodeada de amigos. Con Justin y sus tiernas caricias. Me susurraba palabras al oído.

Te he echado tanto de menos.

No vuelvas al campus...
Unas palabras que condujeron a que...
Justin me abrazara.
A un saco de dormir...
Dentro de una tienda de campaña.

En la oscuridad de mis ojos cerrados vi unas hortensias azules, cuyos pétalos eran símbolos de amor y esperanza. Amor y esperanza. Amor y esperanza.

—Te quiero —dijo la voz grave. Al igual que en la sala de audiciones, la voz no tenía un acento británico. Justin musitó mi nombre una y otra vez... hasta que nos quedamos dormidos.

16

Tenía la cabeza llena de arena. *Qué sensación tan extraña.* Era consciente de que estaba sobre una almohada. Abrí un ojo, ¡qué resplandor! ¡Eso me dolió! ¿Era una luz demoníaca la que me causaba tanto dolor? Había oído decir que el infierno demoníaco estaba tan intensamente iluminado que una persona normal quedaba ciega.

Las aves no cantan en los infiernos demoníacos.

Seguiría durmiendo; estaba cómoda y calentita. ¿Me hallaba en mi cama? Inspiré profundamente: las cenizas con olor a madera de una hoguera. Ah, claro. Estaba en el campin de Lovers Bay. Me aventuré a asomar la cabeza.

El sol se filtraba por el techo de vinilo azul, caldeando el saco de dormir en el que estaba acostada.

Me hallaba en la tienda de campaña de Justin.

Él yacía a mi lado, boca arriba, con el rostro vuelto hacia mí. Contemplé sus hermosos labios carnosos y su nariz estrecha. Tenía una incipiente barbita. Cambió de postura sin despertarse, moviendo los brazos sobre su cabeza.

—Lenah... —gimió.

De golpe recordé lo ocurrido esa noche.

Eres una insensata, Lenah. Más que insensata, eres una idiota. Una insensata y una idiota. Tenía que salir de la tienda de campaña sin despertarlo. ¡Dios! ¿Y si Rhode me había visto con Justin? ¿Y si no había salido del bosque? Seguro que me había estado observando, con esos vampiros merodeando por los alrededores.

Cálmate, Lenah. Levántate despacio. ¿Dónde está tu blusa?

Cuando traté de levantarme, el peso de mi sangre hizo que me doliera la cabeza. *Despacio,* pensé mientras deslizaba el trasero sobre el tejido del saco de dormir. Tomé mis ropas, que estaban junto al saco. Me acometieron las náuseas. No porque me arrepintiera de haber pasado la noche en la tienda de campaña de Justin.

Sino porque una parte de mí no se arrepentía de ello.

Le observé unos momentos mientras dormía. Lucía el colgante con la runa de plata alrededor del cuello, que relucía bajo las primeras luces de la mañana.

No sé, había dicho sobre el colgante. *Tenía que tratar de encontrar un sentido a todo esto. Quería comprenderte.*

Había adquirido esa runa del saber para tratar de comprenderme a mí y los poderes sobrenaturales. Pero lo que había ocurrido anoche no era sobrenatural. Necesitaba que me tocara, que me recordara lo que se sentía al ser mortal. Sentir que incluso podía se perdonada. Perdonada por Justin, que había estado furioso conmigo. Que había hallado el medio de dejarme entrar.

Salí de la tienda de campaña con el máximo sigilo. Miré a mi alrededor, pero un voluminoso arbusto me ocultaba del resto del campin. Me vestí apresuradamente.

Nos hallábamos dentro del bosque, pero vi el todoterreno de Justin cerca de los restos de la hoguera. Las pequeñas y silenciosas tiendas de campaña formaban un círculo, y el suelo estaba sembrado de restos de bolsas de dulces de merengue y vasos de cartón.

Tenía que regresar al campus de Wickham, y al parecer tendría que hacerlo sola. De alguna forma tendría que explicar a los guardias de seguridad por qué no había regresado al campus acompañada por una amiga o un amigo. Sabía que no debía andar sola, pero tenía que arriesgarme.

Una vez vestida, eché a andar hacia el bosque percibiendo

el crujir de la hierba debajo de mis pies, vacilando al oír movimiento dentro de la tienda de campaña. Supuse que Justin se había despertado.

Me encaminé hacia el sendero que conducía fuera del campin, analizando mis opciones. No me atrevía a atravesar el campin, donde dormían Claudia y Tracy. Avancé unos pasos hacia la salida, pero me detuve.

Una figura vestida de negro salió de entre los árboles y se detuvo ante mí en el sendero. El corazón me dio un vuelco y respiré de forma entrecortada. Dos veces. La figura tenía el cabello oscuro y una elevada estatura, pero se hallaba a la sombra de un árbol muy alto y no pude distinguir más detalles. La luz matutina apenas rozaba las copas de los árboles. La figura avanzó otro paso y el temor me atenazó la garganta. ¿Un vampiro? Podía echar a correr hacia el bosque, quizá lograra escapar de él. Podía ponerme a gritar y despertar a los que dormían en el campin.

Un momento…

Este vampiro fumaba un cigarrillo.

Vicken.

Me metí las manos en los bolsillos cuando abandoné por fin los terrenos del campin y salí a la calle Mayor.

—Eres una redomada estúpida, ¿lo sabías? —dijo Vicken—. No necesito mi percepción extrasensorial. Esa chica, Claudia, me pidió que no te despertara. He tenido que dormir con la espalda apoyada contra un maldito árbol para huir de ella.

—Vicken… —dije en tono de disculpa. Ambos echamos a andar de regreso a la escuela al mismo paso.

En la tibieza del bolsillo de mis vaqueros, los zarcillos de mi madre, en su bolsita negra, me mordían las yemas de los dedos. Mientras caminaba, la jaqueca provocada por el licor de melocotón empezó a remitir. El amanecer besaba los edificios de la calle Mayor.

—Se suponía que tenía que protegerte —dijo Vicken en voz baja.

—Por favor, ahórrame el sermón —repliqué mientras un sentimiento de culpa se extendía desde la boca del estómago hasta mi rostro. Seguimos caminando, más deprisa, bajo las primeras luces matutinas. Subimos por la calle Mayor, pasando frente a las tiendas y el mercado, hasta que llegamos a la puerta del campus.

—¿Vuestros nombres? —preguntó el guardia de seguridad.

Le mostramos nuestros carnés de identidad y la puerta para peatones se abrió.

—Vicken —dije cuando entramos en el campus—, prométeme que no le dirás nada a Rhode.

—¿Que te lo prometa? ¡Él también patrullaba el perímetro del campin!

No entendí a qué se refería, de modo que me mordí el carrillo. El gesto arisco de Vicken se suavizó.

—¿Por qué lo hiciste? —preguntó.

No respondí.

—Da lo mismo. Subamos, me muero de ganas de tomarme un café —dijo.

Pasamos sin apresurarnos frente al guardia de seguridad de mi edificio y subimos la escalera. Casi habíamos llegado a la planta de mi apartamento cuando...

De nuevo el olor a manzanas, un olor nauseabundo que ascendía por la escalera. A manzanas podridas. A manzanas que fermentaban dentro de un barril de madera roto. Las vi en mi imaginación. Una imagen de mi pasado: unas manzanas que han permanecido demasiado tiempo expuestas al sol, de color pardo y correosas.

—¡No! —grité, golpeando con la palma de la mano el papel con motivos náuticos que cubría la pared del pasillo.

Rhode está en el centro de su habitación. Levanta la espada del suelo. Veo su pecho, respira aceleradamente. Acto seguido asesta un golpe al telescopio con la espada, haciendo que unos fragmentos negros de metal vuelen por el aire. Asesta un golpe a su lámpara, y las esquirlas de vidrio vuelan en todas las direcciones. Su furia...

—¡No! —grité, cayendo de rodillas. En el piso de abajo se abrieron unas puertas con un clic metálico.

—¿Qué ocurre ahí arriba? —preguntó alguien.

—Nada, todo está en orden. ¡Todo está en orden! —contestó Vicken, y abrí los ojos, tratando de enfocar la vista sobre él. Pero su pelo revuelto aparecía y desaparecía de la visión que yo tenía de Rhode destrozando su habitación.

Contuve un grito de horror. La ira de Rhode pulsaba dentro de mí como los latidos de mi corazón. Traté de evocar las imágenes de Rhode, cerrando los ojos y viéndole. Su ira me invadió mientras unas diminutas chispas estallaban dentro de mi cuerpo.

Él sabía que yo había estado con Justin en esa tienda de campaña.

—¿Qué ves? —preguntó Vicken, y entonces me di cuenta de que sostenía mi mano—. ¿Otra visión de Rhode?

—Está furioso —dije—. Está claro que anoche me vio.

Vicken me ayudó a incorporarme. Percibí el olor a pino en su ropa y a tabaco en su piel y en su aliento. Por fortuna, no era olor a manzanas.

De alguna forma, el último tramo de escalera me costó un esfuerzo tremendo. Pero conseguí subirlo. Una vez en mi apartamento, cerraría la puerta, entraría en mi dormitorio y me metería en la cama.

¿Me perdonas?, había preguntado a Justin. Él había respondido que sí. Pero ahora comprendí que no era a él a quien debía preguntárselo.

Cuando Justin me enjugó mis lágrimas saladas, confié en que no que no se percatara de que lloraba porque deseaba que en su lugar estuviera Rhode. ¿No debía alegrarme de tocar a alguien que me quería tanto? ¿Por qué no estaba eufórica como el año pasado, cuando habíamos estado juntos y me había sentido feliz y entusiasmada de sentirme amada?

—Si no dejas de resollar sin decirme lo que ocurre, te encerraré hasta que me lo cuentes —dijo Vicken.

—Se trata de anoche —respondí, extendiendo la mano hacia la manija de la puerta. Mis dedos asieron el metal.

Un dolor lacerante me recorrió el cuerpo. Tenía el estómago crispado en un nudo tan fuerte que me doblé hacia delante. Caí de rodillas sobre la moqueta barata y el áspero tejido me arañó la piel a través de mis vaqueros. Apoyé la palma de una mano en el suelo, con la boca llena de saliva.

¡El conjuro de barrera había funcionado!

—Tú eras capaz de beber litros de sangre. Eras la poderosa reina de los vampiros. Esto es ridículo —comentó Vicken.

Alargó una mano para abrir la puerta.

—¡No! ¡No! —grité, levantando la mano. Era como un peso muerto y volví a apoyarla en el suelo—. El conjuro de barrera ha prendido fuego —dije. Estas náuseas eran la reacción mortal a la potente magia.

Significaba que un vampiro había tratado de entrar en mi habitación. Si había sido Odette, sin duda habría quedado reducida a un montón de cenizas en el suelo. El conjuro habría aniquilado al instante a cualquier intruso sobrenatural.

Vicken se sentó sobre sus talones, observando la puerta con ojos como platos.

—Supongo que descubrió que el ritual que le diste era falso —dijo.

La magia del conjuro de barrera significaba que todas las hierbas que había diseminado por el suelo habían ardido, emitiendo energía por toda la habitación. La energía hacía que nosotros, transformados ahora en simples mortales, nos sintiéramos indispuestos. Extendí la mano, con la palma hacia arriba, y dudé frente a la puerta. Tenía que comprobar si estaba caliente o fría. Si estaba caliente, la magia del conjuro había tenido lugar recientemente; si estaba fría, significaba que había ocurrido hacía unas horas.

Casi de forma simultánea, Vicken y yo apoyamos las palmas de nuestras manos sobre la puerta. Sus nudillos se pusieron blancos y apartó enseguida la mano, golpeándose en el muslo.

—Está caliente —dijo con tono grave—. Deben de haberlo intentado hace poco.

Las yemas de los dedos me quemaban y retiré también apresuradamente la mano de la puerta. La energía generada por el conjuro me provocó unas descargas de electricidad en los brazos. Vicken crispó y relajó los puños varias veces. Me apoyé en él para incorporarme. Él se levantó también. Yo dudé, sosteniendo la llave ante la puerta. Luego la inserté en la cerradura, la giré y la puerta se abrió.

—*Hunc locum bonis ominibus prosequi* —dije, que significa «Bendito sea este espacio» en latín. Aún sentía un hormigueo en las manos, como si se me hubieran dormido. Las crispé en unos puños.

—Entremos —dijo Vicken. La puerta se abrió lentamente. Nos detuvimos unos instantes, esperando. Se oía un extraño ruido blanco, como si centenares de personas gritaran desde el fondo de un largo túnel. Era el eco de los gritos del vampiro.

Unos minúsculos restos de cenizas grises aparecían esparcidas por el perímetro del cuarto de estar, donde había arrojado las hierbas.

En el centro de la habitación había un montoncito de cenizas de color pardusco.

Me dirigí hacia él, pero de repente algo llamó poderosamente mi atención. La puerta del balcón estaba abierta. Alguien se movía allí fuera. Tardé un instante en reconocerla.

Odette, que yacía en el suelo, se colocó de costado, de forma que sus rizos rubios le caían sobre el rostro. Parecía esforzarse en ponerse de pie.

Salté sobre el montón de cenizas y me apresuré hacia la puerta del balcón, pero Odette ya se había incorporado. Vicken pasó junto a mí y la derribó al suelo de un empujón. La vampira se sentó bruscamente, y vi que se había lastimado. Tenía el brazo cubierto de sangre. Perfecto, estaba herida. Quizá pudiera golpearla mientras mantenía la guardia baja. Vicken sacó la daga de su bota, pero Odette se tumbó de espaldas y le propinó un puntapié, haciéndole retroceder tambaleándose.

¿Por qué se le había ocurrido a Rhode llevarse la espada precisamente ahora? Odette echó a correr hacia el borde de mi balcón.

—¡Síguela! —grité, empujando a Vicken hacia ella.

Pero la vampira era muy veloz. Al igual que su fuerza, la velocidad de Odette era superior a la de cualquier vampiro normal. Conseguí alcanzar el antepecho de piedra del balcón, extendí las manos y traté de sujetarla por una de sus perneras. El tejido me rozó los dedos cuando ella saltó en el aire.

Aterrizó sobre el tejado del edificio contiguo al mío. Supuse que caería como una gata, de pie, como la había visto hacer en otras ocasiones. Pero tropezó, agitando los brazos para conservar el equilibrio, hasta que cayó de rodillas.

Vicken levantó una pierna para encaramarse sobre el antepecho del balcón. ¡Iba a saltar!

Como humano, era imposible que saltara sin sufrir graves lesiones. Le agarré del brazo, tirando de él hacia el interior del balcón. Ambos caímos sobre las losetas.

—No —dije angustiada—. No quiero volver a perderte.

Él sostuvo mi mirada un instante, y la pugna que traslucían sus ojos se suavizó. Suspiró y me ayudó a levantarme. Permanecimos unos momentos junto al antepecho del balcón.

—Bajemos —dije, tirando de la manga de su camisa. Quería enfrentarme a Odette en el suelo. Dos contra una; quizá lográramos vencerla. Suponiendo que ella no saliera corriendo.

—Espera... —dijo Vicken con tono sombrío.

Odette se levantó del tejado, pero sus brazos cedieron y cayó apoyándose en los codos.

—Pero ¿qué...? —exclamó Vicken—. ¡Mira!

La vampira trató de incorporarse de nuevo, y esta vez lo consiguió. Se acercó al borde del edificio y alzó los brazos sobre la cabeza. Sujeté a Vicken del antebrazo cuando Odette saltó del tejado y echó a correr en la oscuridad.

—¡Caray! ¿Cómo diablos lo ha conseguido? —preguntó Vicken.

—Y sus brazos... —murmuré—. Sus heridas sanaron al instante. ¿Te fijaste cuando levantó los brazos sobre la cabeza? Ya no estaban ensangrentados.

—Lo que más me preocupa es que haya podido penetrar en el campus —respondió Vicken—. Y antes de octubre. La protección del ritual ha perdido eficacia.

Las cenizas del vampiro que no había conseguido salir de mi apartamento formaban un montoncito, justamente en el centro de la habitación.

Pero por lo que se refería a Odette, sus heridas profundas y sangrantes habían sanado en pocos minutos. No había conocido jamás a un vampiro que fuera capaz de sanar con tanta rapidez. Ella hacía que me cuestionara todo lo que sabía sobre los vampiros.

Entramos de nuevo en mi apartamento y Vicken se inclinó sobre las cenizas del vampiro que había muerto. Se colocó en cuclillas y extrajo un recio reloj de plata del centro del montón, sosteniéndolo con un dedo.

—Es un reloj de hombre —dijo—. Odette es despiadada —continuó—. No ha vacilado en sacrificar a un miembro de su clan. Sabía que tú erigirías una barrera.

Mientras observaba las hierbas carbonizadas que había diseminado por el perímetro de la habitación, sentí que la energía en esa habitación había mudado. Cualquier ser sobrenatural que entrara se habría dado cuenta de que el conjuro de barrera me había protegido. Por eso Odette se había lastimado. Probablemente el primer vampiro había ardido al entrar en este espacio. Odette sólo se había quemado los dedos y los antebrazos al entrar en mi apartamento antes de percatarse de lo que ocurría.

En cualquier caso, ahora era mi espacio, santo y sagrado. Tal como Rhode había dicho siempre…, la energía deja una marca indeleble. Con el pelo impregnado del olor de la hoguera del campamento y las imágenes pulsantes de Rhode destrozando su habitación, comprendí lo que debía hacer. Necesitábamos ayuda. Necesitábamos protección. No podía dejar que Odette y sus secuaces siguieran dominándonos.

Me volví de espaldas a la puerta.

—Voy a practicar un conjuro de invocación —dije a Vicken—. No pienso quedarme cruzada de brazos y dejar que Odette me controle.

—¿Ah, no? —contestó Vicken con tono sarcástico.

—Al margen de lo que pienses, Rhode está perdiendo el juicio y necesito tu ayuda. Y más ahora, que hemos comprobado que Odette es capaz de entrar en el campus.

—¿Quieres que haga una reverencia, o basta con que diga «de acuerdo»? —arqueó una ceja y apoyó un hombro contra la pared.

—Llamaremos a Suleen, y lo haremos al amanecer.

Vicken no respondió, se limitó a observarme con gesto socarrón, arqueando una ceja y con un cigarrillo sin encender entre los labios.

—¿No vas a llevarme la contraria en esto? —pregunté sin dar crédito.

—De todos modos no serviría de nada. Realizaste el conjuro de barrera. Pensé que no funcionaría, pero funcionó.

—Lo intentaremos al amanecer. Cuando la luna y el sol comparten el mismo firmamento. Es la hora más espiritual del día.

—¿Debo llamarte *señora?*

—Déjate de tonterías —respondí.

—¿Qué te parece *ama? ¿Y diosa?*

—Odette ha perdido a un miembro de su clan, de modo que sólo quedan cuatro —dije—. Y sabemos que puede sanar rápidamente. Al menos sabemos esas cosas.

—Eso no es lo único que sabemos, cariño —contestó Vicken, encendiendo el cigarrillo. Dio una profunda calada, expelió el humo y dijo—: Esta mañana hemos descubierto algo de gran importancia.

—¿Qué? —pregunté.

—Odette se cayó al aterrizar en el tejado. Cuando sangra, se debilita.

Si Odette se debilitaba cuando sangraba, teníamos que conseguir que sangrara cuando peleáramos con ella, apuñalándola en el corazón. Sería la única forma de matarla. Entretanto, necesitábamos ayuda.

Nos pusimos en marcha sin pérdida de tiempo.

A la mañana siguiente, antes del alba, iba sentada en el asiento del copiloto de mi pequeño coche azul, con la cabeza apoyada en el respaldo, los ojos cerrados y el cabello ondeando al viento. De no ser por el sonido del motor, se diría que viajábamos en un carruaje que circulaba a gran velocidad, pero no era así. Vicken conducía, y con cada curva que tomaba bruscamente, con cada acelerón, yo salía disparada contra la puerta del vehículo. Me agarré al reposabrazos y abrí los ojos. Cuando llegamos a la playa de Lovers Bay, la luna aparecía suspendida sobre el puerto, creando unas onduladas líneas de luz azul grisáceo. No tardaría en amanecer. Lo sentía en mi corazón, en mis huesos. Quizá, como un sexto sentido, siempre podría percibir el sol y su poder. Su peligro.

Permanecimos sentados en silencio, contemplando el agua.

—Odette obtiene su fuerza de alguna parte —dije, mirando el océano—. Un conjuro o algo semejante. Es la única forma de que su piel pueda regenerarse tan deprisa.

—No pensemos en eso —contestó Vicken—. Centrémonos en el conjuro.

—Necesitamos que estén representados los cuatro elementos. —Al decirlo, pensé en las Aeris. En particular en Fuego y su crepitante cabellera.

Me volví para tomar del asiento trasero los ingredientes y el libro de conjuros, que guardaba en mi bolsa especial de conjuros. Nos bajamos del coche, y cuando llegamos a la pequeña playa, mis botas se hundieron en la mullida arena. Las estrellas brillaban en lo alto envueltas en la brumosa luz. Este momento de la mañana se denomina «la Línea». Los vampiros lo consideran sagrado. Es el momento de los hechizos, cuando el mundo no está seguro de sí; ya no es de noche, pero aún no ha amanecido.

Escudriñé la zona situada inmediatamente frente al aparcamiento.

—Bajemos allí, donde no puedan vernos —dije, deseosa de alejarme de la mirada indiscreta de cualquier humano—. Necesitamos esa madera de deriva. Podemos apilarla en la orilla. —Señalé un grupo de tres árboles a cuyos pies había un montón de madera vieja, erosionada por los rigores del tiempo.

—Eres muy mandona para ser alguien que probablemente acabará aniquilándonos a los dos con este conjuro —masculló Vicken.

Mientras yo me dirigía hacia la orilla para obtener el resto de ingredientes que necesitábamos, Vicken fue en busca de la madera. Me detuve en la orilla del agua, observando las pequeñas ondas que lamían la pedregosa arena. El conjuro actuaría a modo de faro, una llamada. Si un vampiro tan poderoso como Suleen no quería que contactaran con él, podía evitarlo. Pero si esto era una crisis, no podía negarse a acudir. Metí la mano en la tibia bolsa de conjuros y saqué una pequeña jarra vacía. Recogí con ella un poco de agua de la bahía y me reuní con Vicken, que estaba de pie junto al montón de madera de deriva.

El jazmín era imprescindible para el éxito del conjuro destinado a invocar a Suleen. Saqué de la bolsa una cajita de resina de ámbar, unas flores de jazmín y unas cerillas, tras lo cual entregué a Vicken la jarra que contenía agua de la bahía. Cuando sus dedos tocaron los míos, sonreí brevemente, mirando a mi viejo amigo. Nuestro amor, el sentimiento que había surgido entre ambos hacía ciento sesenta años, ya no existía, había sido sustituido por el afecto de la amistad.

—Hagámoslo antes de que Odette decida aparecer —dijo Vicken suspirando—. Siento un hormigueo en todo el cuerpo; detesto la espera, la impaciencia. Es propio de humanos.

—Debes iniciar el conjuro. Fuiste el último que estuvo conectado con el mundo sobrenatural —le dije. Me refería a que él había sido el último que había sido transformado en humano mediante el ritual.

Saqué de la bolsa el pesado tomo de conjuros encuadernado en cuero. Mis botas se hundieron más en la arena cuando avancé un paso para entregárselo a Vicken. Las letras doradas del título, *Incantato,* relucían bajo el sol que asomaba por el horizonte, sobre el mar. Él abrió el libro por la página señalada con una pequeña cinta roja, miró el conjuro y luego a mí.

—¿Estás preparada? —preguntó.

Dibuja una puerta en la arena…, dijo una voz de mi memoria. *Casi lo había olvidado.* En cierta ocasión, hace mucho tiempo, Rhode me dijo que había practicado un conjuro para invocar a alguien. Observé el montón de madera de deriva y la zona que la rodeaba. Me aparté un poco, apoyé un dedo sobre la fresca arena y tracé la nítida silueta de una puerta alrededor de la madera. Miré a Vicken a los ojos para que me tranquilizara y pronuncié las palabras que Rhode me había enseñado hacía muchos años.

—Desde que hay puertas, existen conjuros destinados a invocar una presencia…, entradas, pasadizos —dije, retrocediendo frente a la puerta.

—¿De modo que vamos a invocar a Suleen para que nos ayude a derrotar a estos vampiros? —preguntó Vicken.

Y para que ayude a Rhode.

—Ése es el plan —contesté, encendiendo una cerilla que sostenía entre los dedos.

La lancé de un papirotazo y la cerilla describió un amplio arco en el aire antes de caer sobre el montón de madera. La llama prendió fuego a la madera, que, ayudada por los ingredientes sobrenaturales, comenzó a chisporrotear mientras una columna de humo se elevaba hacia el cielo. Abrí la caja de resina y tomé una pizca de ámbar entre el pulgar y el índice, que espolvoreé sobre el fuego. Unas pequeñas llamas de color naranja se elevaron en el aire al tiempo que emitían un sonido sibilante.

—Ya puedes empezar —ordené bajito.

Vicken miró el libro.

Empleando el latín, recitó: *Yo te invoco, Suleen. Te llamo para que aparezcas ante mí en este lugar sagrado.*

Me agaché, tomé la jarra y la destapé. Rocié un poco el fuego, que crepitó y emitió un sonido sibilante. El agua se deslizó sobre mis manos, cayendo en unas perlitas sobre las llamas. De pronto se produjo un extraño chisporroteo y las llamas se elevaron de forma inusitada. Retrocedí, sorprendida.

—Caray —exclamé—. Eso ha sido muy potente.

¿Era normal que las llamas se elevaran en el aire de ese modo?

Me arrodillé, extendí los brazos y tomé un puñado de arena, que arrojé sobre la madera que ardía.

No era necesario que Vicken me pasara el libro. Recordaba bien el conjuro.

—Te doy la tierra y el agua. Yo te invoco, Suleen.

—Lenah… —dijo Vicken con tono de advertencia. A él también le había chocado que las llamas alcanzaran una altura tan inusitada. Pero no le hice caso, pues trataba de mantener mi energía y mis intenciones constantes.

—Yo te invoco, Suleen, para que acudas a nosotros en este momento de necesidad. —Arrojé las flores de jazmín sobre las llamas anaranjadas. El dibujo de la puerta que había trazado en la arena emitía un intenso resplandor, azul como el cielo matutino. ¿Daría resultado? Tenía que ayudar a Rhode. Tenía que conseguir que dejara de destrozar espejos y llevara a cabo rituales ceremoniales de la Orden de la Jarretera ante la tumba de mi mejor amigo. Quería que dejara de sufrir por verme con Justin. Sentí un intenso anhelo; era preciso que alguien viniera a ayudarnos.

—¡Yo te invoco! —grité—. ¡Yo te invoco, Suleen!

¡Se produjo un estallido de llamas anaranjadas!

La madera de deriva explotó en una llamarada de energía semejante a un infierno. Salté en el aire y caí hacia atrás, aterrizando sobre la arena. Entonces…

Mi brazo.

Las llamas incandescentes reptaron por mi brazo hasta el codo.

—¡Maldita sea! —exclamó Vicken, arrojando unos puñados de arena sobre las llamas.

Me volví, colocándome boca arriba, y por fin pude incorporarme cuando las llamas se extinguieron. Me puse de pie, oscilando un poco debido al impacto que había sufrido, y entonces me percaté de que tenía graves quemaduras en la muñeca y que estaba gritando. No había oído mi terror. Respiré hondo. Esas llamas habían surgido de la nada. No era normal que alcanzaran esa altura. Vicken recogió el libro de conjuros y tiró de mí cuesta arriba hasta el coche, aunque mis pies no cesaban de resbalar sobre la arena. Me volví para mirar la puerta que había dibujado en ella y la madera de deriva, que apenas humeaba.

¡La puerta había desaparecido!

—¿Qué ha ocurrido? —Torcí el gesto al sentir unas punzadas en mi brazo herido—. ¿Ha fallado? —gemí de dolor. Vicken me abrió la puerta del copiloto y me senté en el asiento.

Partimos de allí apresuradamente y enfilamos la carretera, pero las sacudidas de los baches me producían náuseas.

—¿Dónde está el hospital? —gritó Vicken, con un tono que denotaba pánico.

—Es mejor la enfermería. Dirígete a la enfermería de Wickham. Tengo que estar cerca de mi habitación. El conjuro de barrera —grité, sin atreverme a tocar mi antebrazo—. Si hemos invocado a alguien mediante el conjuro, tenemos que estar en un lugar seguro.

La piel del brazo me ardía, deseaba sumergirlo en hielo. Apoyé la frente en el cristal, para refrescarme y aliviar el dolor. Tomábamos las curvas a gran velocidad; Vicken no levantaba el pie del acelerador y cada vez que doblábamos un recodo el brazo me dolía.

—Más vale que no lo mires, cariño —dijo—. No está en su mejor momento.

Cuando tomamos una curva a toda pastilla, me golpeé el hombro contra el cristal y sentí una punzada que me recorrió el brazo.

—¡Ha sido una idea brillante! —gritó Vicken—. Me refiero a invocar a Suleen. A utilizar la magia elemental para invocarlo. ¿No te dijeron que no te entrometieras? Las Aeris, precisamente el elemento Fuego, te advirtió que no te entrometieras. ¡Pero no, Lenah Beaudonte no hizo caso de las Aeris!

—¿Quieres hacer el favor de guardarte tus reproches? —le espeté, enlazando las manos con firmeza para sostener mi abrasada muñeca. No debí mirar, pero lo hice y las náuseas me acometieron de nuevo. Sobre la piel se había formado una ampolla, roja y sanguinolenta. Justo cuando creí que no podía seguir soportando los vaivenes del coche, atravesamos la verja de Wickham y pasamos sin detenernos frente al guardia de seguridad, que nos reconoció. Pese a ser un domingo por la mañana el campus hervía en actividad. Los estudiantes externos se habían marchado, pero el recinto estaba lleno de personas, estudiando y relajándose. El coche se detuvo con un chirrido de frenos. Vicken corrió a abrir la puerta del copiloto y la presión de su brazo alrededor de mis hombros me reconfortó mientras me ayudaba a incorporarme. Voces. El dolor en mi brazo… Muchas voces.

¡Lenah!

¿Estás bien?

¡Que alguien vaya en busca de Justin!

En medio del caos que se formó, Vicken y yo logramos alcanzar la puerta de la enfermería. Estaba segura de que mis piernas no me sostendrían. Quería gritar. Quería llorar. Odiaba el dolor. Este dolor era tan intenso que estaba convencida de que me quedarían unas cicatrices en el brazo de por vida.

Vicken abrió bruscamente la puerta de la enfermería. Entramos apresuradamente, aunque apenas podía sostenerme. Una enfermera salió de detrás del mostrador y pidió que acudiera un médico a voz en cuello. Me apoyé en Vicken, sujetándome el brazo. No pude evitar que las lágrimas afloraran a mis ojos. El escozor de las quemaduras y las oleadas de dolor me superaban. Por fin comprendí el alivio que sienten los humanos al ver a un médico cuando una mujer con una bata blanca entró a la carrera en el vestíbulo y se dirigió hacia mí.

Caí en brazos de la doctora y vomité en el suelo.

17

—¿Cómo te hiciste esto? —preguntó la enfermera Warner aproximadamente una hora más tarde. Me había vendado el brazo con una gruesa gasa casi desde la muñeca hasta el codo.

—Estaba cocinando sobre una hoguera —respondí. Una mentira flagrante, pero necesaria.

¿Por qué había fallado el conjuro?, me pregunté de nuevo.

—Has tenido suerte, señorita —dijo la enfermera—. Una llama expuesta al viento puede causar quemaduras de tercer grado. Estas quemaduras son de segundo grado. A partir de ahora, come en el centro estudiantil.

—Míralo desde este ángulo... —dijo Vicken apoyándose contra la pared frente a mi cama. No se había separado de mí en ningún momento—. Ahora formas parte del club. —Señaló su ojo, que casi había sanado; la piel tenía sólo un leve color amarillento. Vi en mi mente el rostro destrozado de Rhode.

—¿Lenah? —Oí la voz de Justin procedente del pasillo. Entró apresuradamente en la habitación y se acercó a la cama—. ¿Qué diablos te ha ocurrido? —preguntó—. Te fuiste esta mañana antes de que pudiera...

—Sólo unos minutos, Justin... —dijo la enfermera Warner arqueando las cejas—. No permitiré que esto se convierta en un circo.

—Sí, señora —respondió él. Tomó mi mano sana en la suya y me besó los dedos.

—Esto me pone malo —dijo Vicken, poniendo los ojos en blanco.

Justin le fulminó con la mirada justo antes de que la enfermera saliera de la habitación.

—Enseguida vuelvo con unos analgésicos para el dolor, Lenah —dijo.

Cuando salió, Justin preguntó:

—¿Fue cosa de Odette?

Vicken arrugó el ceño, pero no dijo nada.

—No fue ella. Vicken y yo tratamos de llevar a cabo un conjuro de invocación —le expliqué.

—¿De invocación?

—Para llamar a Suleen —le aclaré.

—Supongo que no funcionó, ¿verdad? —preguntó.

—Supones bien, colega —dijo Vicken, alejándose de la pared.

Me levanté de la cama, y cuando apoyé los pies en el suelo, Vicken me tomó los dedos del brazo que me había quemado y Justin la mano de mi otro brazo. Suspiré; sólo deseaba tumbarme. Al cabo de unos momentos regresó la enfermera Warner, examinando la etiqueta del pequeño frasco marrón que sostenía en la mano.

—Vicken, deberías acompañar a Lenah de regreso a su habitación —dijo, alzando la vista. Miró a Justin y luego a Vicken—. O Justin. Decididlo entre vosotros.

—Justin tiene que regresar a su partido de entrenamiento de lacrosse —saltó Vicken con una sonrisa socarrona.

—Basta —le espeté.

La enfermera Warner entregó el frasco de píldoras a Vicken.

—Las instrucciones están en el frasco, Lenah. Te recomiendo que las sigas.

—¿Quieres que te traiga esta noche algo de cenar? —preguntó Justin, soltándome el brazo mientras Vicken me conducía hacia la puerta.

—Genial —dije—. Me parece perfecto.

Cuando los tres salimos de la sala de curas, miré la puerta de la enfermería, esperando ver aparecer a Rhode.

No, Lenah. Así es como debe ser. Justin está aquí para apoyarte.

No Rhode.

—Mantén la herida tapada. Vuelve el viernes y le echaremos un vistazo para ver cómo está —dijo la enfermera Warner, siguiéndonos hasta la puerta.

—Yo la traeré —dijo Justin, mirando a Vicken con cara de pocos amigos.

Me obligaron a tomarme una píldora para el dolor antes de salir de la enfermería. Dijeron que me produciría sueño. Justin me besó de nuevo antes de que Vicken me condujera por el sendero hacia Seeker.

Me hará bien dormir, pensé mientras Vicken seguía con su cháchara sobre lo mal que le caía Justin.

Dormir, pensé de nuevo.

Si dormía, no seguiría dándole vueltas a por qué no había acudido Suleen a salvarnos. Quizá tendría unos sueños que explicarían por qué había fallado el conjuro. Por qué, después de todo lo ocurrido, Suleen no había acudido a salvar a Rhode.

—Ahora, recuerda que cuando te duches tienes que cubrir la gasa con una bolsa de plástico para impedir que se moje. ¿Me escuchas? —preguntó Vicken.

Me recosté en el sofá, contemplando el ventilador del techo. Las hojas no cesaban de girar. ¿Qué les había ocurrido? El movimiento giratorio hacía que se confundieran en una mancha sobre el techo.

—¿Quién pintó el techo? —pregunté, aturdida

Vicken alzó la vista al techo y me miró, arqueando una ceja.

—¿Por qué no acudió? ¿Por qué no vino Suleen a ayudarme? —pregunté—. ¿Es porque Rhode no me ha perdonado?

¿Te lo he contado? Rhode piensa que después de todas las atrocidades que he cometido tengo el alma negra.

—¿Eso te dijo? —preguntó Vicken.

—No exactamente. —Mis párpados se cerraban una y otra vez. *¡Cómo pesaban!*

—Mira, procura dormir un rato. Creo que esos analgésicos empiezan a hacer efecto.

—Me encanta dormir —respondí con voz somnolienta—. ¿Crees que moriremos? ¿Que Odette nos matará?

—¡Ay, Señor! —dijo Vicken suspirando. Me tapó con una manta, arropándome con ella, un gesto que me resultaba familiar—. Podemos hablar de ello ahora, o quizá debamos esperar a que hayas recuperado el juicio.

—¿A que haya recuperado el juicio?

—Tengo que irme —contestó—. Pero volveré más tarde para ver cómo estás. No hagas más conjuros.

Conjuros, pensé mientras volvía a mirar el ventilador del techo. *Conjuros que no funcionan. Conjuros para aliviar mi dolor.* Poco a poco... me quedé dormida.

Estoy en el centro del gimnasio, sola. Está decorado con rutilantes estrellas blancas y copos de nieve cubiertos de purpurina. Esto me resulta familiar. La habitación está decorada como durante el baile de invierno del año pasado. Bajo la vista y toco la seda de un vestido largo. ¡Llevo el vestido que me puse para el baile! Sobre mi cabeza, las luces del techo emiten unos destellos azules y rojos, una y otra vez, que se reflejan en el suelo. El pinchadiscos pone una canción lenta, pero no hay nadie en la cabina. La música suena muy fuerte, vibrando sobre el suelo de madera desierto.

¿Dónde está todo el mundo? Avanzo un pie, pero lo retiro apresuradamente... ¿Qué es esto? He estado a punto de pisar algo. ¿Un collar? Bajo la vista y recojo una tira de cuero del suelo. De ella cuelga la runa de Justin. Miro a mi alrededor. Me choca que haya perdido el

*colgante con tanta facilidad después de todo lo que me contó. Tiene
que recuperarlo.*

—*¿Justin?* —*Pronuncio su nombre en la habitación desierta, a
voz en cuello para hacerme oír sobre la música—. ¿Justin?* —*grito de
nuevo.*

—*Siempre me encantó ese vestido* —*dice una voz familiar.*

Me vuelvo rápidamente hacia la puerta del gimnasio.

*Tony se acerca a mí vestido de esmoquin, con el mismo aspecto que
tenía en el baile de gala de invierno. Vivito y coleando.*

—*Lo eligieron las chicas* —*digo, refiriéndome a mi vestido. Tony
se coloca ante mí, con las manos en los bolsillos. Los pendientes que se
pone para ensanchar los orificios de sus orejas y su alegre sonrisa son
iguales que la última vez que le vi.*

—*He perdido a Justin. No lo encuentro* —*digo, mirando alrededor del gimnasio desierto.*

—*Ya aparecerá* —*responde Tony con calma—. ¿Quieres bailar
conmigo?*

Giramos alrededor del gimnasio, mi mejor amigo y yo.

—*Daría lo que fuera con tal de volver a verte* —*digo, contemplando sus hermosas facciones.*

—*Me verás.*

—*¿Cuándo?*

*Tony me hace girar de nuevo, de forma que la falda de mi vestido se
ahueca a mi alrededor. Pero cuando me vuelvo hacia él, veo a Odette
frente a mí; llevamos un vestido idéntico. Reprimo una exclamación de
horror y retrocedo. Su larga cabellera le cae sobre los hombros.*

Se limpia la sangre de los labios y dice:

—*La sangre de ese chico era la que sabía mejor.*

A la mañana siguiente, al vestirme noté que el ambiente olía a
tabaco. Supuse que Vicken había venido por la noche para ver
cómo estaba. Al pensar en él, guardé una daga dentro de mi
bota.

La sangre de ese chico era la que sabía mejor.

Las palabras de Odette no dejaban de resonar en mis oídos cuando salí de Seeker y atravesé el campus. Sí, Odette podía exponerse a la luz del sol. Pero yo también. En este campus había personas que me querían, y personas que, si las necesitaba, no dudarían en ayudarme. Y después del sueño que había tenido sentía la necesidad de contemplar el retrato de Tony. No había querido hacerlo hasta ahora. No había ido a la torre de arte desde su muerte, pero ahora había llegado el momento.

Atravesé el campus, aspirando el cálido aire matutino para despejarme la mente. Unos estudiantes me saludaron.

Hola, Lenah, ¿cómo está tu brazo?

¿Qué te ha pasado, Lenah?

Traté de desterrar el angustioso recuerdo del sueño mientras caminaba bajo la brillante luz del sol, entre los grupos de estudiantes que se movían por el campus. Un hormigueo me recorría los brazos y las piernas, hasta los dedos de los pies. Odiaba esas pequeñas píldoras que hacían que me sintiera como si hubiera ingerido una combinación de opiáceos y absenta, la cual me recordaba mis días de vampira. Seguí caminando, aunque tenía que hacer un esfuerzo para no tocarme el brazo que me había quemado; mi corazón bombeaba sangre hacia ese brazo, provocándome unas punzadas de dolor que se extendían hasta mis dedos. Me escudé los ojos con la mano que tenía lesionada. Pasé delante del centro estudiantil y el concurrido prado frente a la residencia Quartz. Anoche, durante unos momentos, mi mejor amigo había estado vivo. Qué crueldad tenerlo de nuevo junto a mí y que por la mañana me lo arrebataran, pero incluso muerto me proporcionaba consuelo. Me dirigía a un lugar donde estaría próxima a él y sentiría su presencia a mi alrededor.

Por fin habían vuelto a abrir Hopper y los estudiantes salían del edificio cargados con sus caballetes de pintura y gruesas carpetas negras. Miré sus manos, la pintura que manchaba sus dedos y sus ropas, y el carboncillo que tenían debajo de las uñas. Me recordaban a Tony, con su rostro manchado de pintura y su alegre sonrisa. Estaba tan absorta en mis pensamientos que casi choqué con Justin.

—¡Eh, cuidado! —dijo, esbozando su perezosa y arrogante sonrisa—. Me dirigía a tu habitación para ver cómo estabas. Anoche llamé dos veces a tu puerta, pero no respondiste.

—Ya —contesté, tratando de ganar tiempo—. Esas píldoras me dejan frita. No te oí.

Él dio un paso hacia mí.

—Estaba preocupado por ti. Primero Odette te ataca y te hace un corte, luego la muerte de la señora Tate y ahora ese conjuro de invocación que falla y te quemas el brazo.

La intensidad de su mirada me chocó. Entre ambos se impuso un silencio incómodo. Me recordó la noche de mi cumpleaños.

—He procurado tomármelo con calma —continuó—. Quiero ayudarte. El día de tu cumpleaños, creí que estábamos…, creí que estabas *conmigo*.

—Y lo estamos —dije—. Quiero decir, lo estoy.

—De acuerdo —me acarició el hombro con una mano.

—Oye, mira, ¿podemos hablar más tarde? Iba a subir a la torre de arte. Si no voy ahora, no iré nunca. Ya sabes a qué me refiero.

Justin se tensó.

—¿Vas a ver el retrato?

Asentí con la cabeza.

Él me miró sorprendido. Alzó la mano que tenía libre y frotó nervioso el colgante que llevaba alrededor del cuello.

—No puedo subir allí —dijo, retirando la mano de mi hombro. Observé un tic en su boca mientras trataba de formular las palabras. Sacudió la cabeza y arrugó el ceño, luego me miró a los ojos. Sin pestañear, añadió—: No estoy preparado. No creía que Tony y yo fuéramos amigos, pero cuando murió, y vi lo que vi… —No terminó la frase. Era evidente que aún se sentía afectado por el horror de la muerte de Tony. Justin y yo habíamos llegado allí demasiado tarde.

—Lo entiendo, pero yo necesito subir ahora —respondí, mientras los estudiantes seguían saliendo del edificio y pasando junto a nosotros. Él dio unos pasos hacia el patio, pero sin apartar los ojos de los míos.

—Ven luego a mi habitación —dijo. Mientras se alejaba se colgó la mochila del hombro.

—De acuerdo —contesté con una pequeña sonrisa—. Iré.

Eché otro vistazo alrededor del campus, observando cómo los estudiantes gozaban del espléndido día. Pero quería subir a la torre de arte, aunque hubiera gente trabajando allí. No tenían por qué saber lo que hacía yo. Oí el leve chasquido de la puerta de cristal al cerrarse a mi espalda. Mientras subía la escalera de caracol, pasito a paso, respiré hondo, aliviada. Lo cierto era que me sentía mejor. Esto era realmente lo que necesitaba.

Mientras subía, me crucé con unos estudiantes que bajaban la escalera hacia la planta baja. Tuvieron que volverse de lado para no golpearme con sus enormes carpetas. Seguí subiendo y me detuve ante la ventana a través de la cual había admirado la vista al poco de llegar a Wickham. Pasé los dedos sobre las piedras que me eran familiares y vacilé al ver a Justin entrar en Quartz.

Salvé el último peldaño y entré…, y allí estaba. Allí estaba *yo*. Tony había querido pintar ese retrato desde el día en que nos habíamos conocido. Se había inspirado en una fotografía que me había tomado durante una excursión que habíamos hecho para practicar submarinismo. Me contemplé en la pintura: una vista desde atrás, de la cintura para arriba, con la cabeza vuelta de perfil. Llevaba el pelo recogido a un lado, mostrando el tatuaje que lucía en la parte posterior del hombro, el lema de mi clan: «Mal haya quien mal piense».

Al principio no me fijé en Claudia, que estaba delante del cuadro. Se había agachado para cerrar la cremallera de su carpeta, y al enderezarse miró el retrato y luego a mí.

—Nadie ha sido capaz de retirarlo. Colocamos nuestras pinturas alrededor de él.

—No sabía que fueras una artista —dije.

Ella se recogió su pelo rubio en una coleta.

—No lo soy —dijo—. El dibujo es mi asignatura optativa.

Contemplamos juntas mi retrato, mi perfil y la curva de mi sonrisa, durante unos minutos.

—Es como si me viera en otra época. En otra vida.

—Tienes diecisiete años, Lenah. No te pongas tan melodramática —dijo Claudia.

—Tienes razón —respondí. En ese preciso momento oímos cerrarse una puerta de un portazo.

—¿Se ha cerrado...? —preguntó Claudia, pero no era necesario que terminara la frase. Me di cuenta enseguida.

La puerta de la torre del arte era antigua y de madera. Siempre estaba abierta. Alguien la había cerrado adrede. Ambas nos volvimos.

Odette.

Una oleada de horror hizo presa en mí, pero enseguida dio paso a otra sensación. Sentí que las mejillas me ardían. La furia bullía en mi interior, junto con la determinación que me había caracterizado como reina de los vampiros.

La cabellera de Odette, perfectamente peinada, le caía en delicados bucles. Sus ojos verde oscuro se clavaron en los míos mientras sonreía de oreja a oreja. ¿Cómo se atrevía a aparecer ante mí en este lugar? Casi sentí a la reina de los vampiros que llevaba dentro enseñar los colmillos.

—Colócate a mi espalda, Claudia —le ordené, y ella obedeció. Sentí su trabajosa respiración en mi nuca.

—Verás, ya no temo a los humanos —dijo Odette—. Puedo correr a más velocidad que cualquiera de ellos.

—Debes temerme a mí —repliqué.

Alzó los ojos y los fijó en mi retrato.

—Es precioso —dijo sonriendo—. Lo del chico fue una pena.

Claudia emitió un pequeño grito.

—¿Creíste que no me daría cuenta? —preguntó Odette con tono seco. Se refería al ritual.

—Así es —respondí—. No te tengo por muy inteligente.

Parecía una estatua. Permanecía inmóvil, con las piernas ligeramente separadas. Estaba espectacular con sus vaqueros y su *top* rojo.

—Lenah… —murmuró Claudia—. ¿Quién es ésa?

—Calla —dije, sin apartar los ojos de los de Odette.

—No creerás que probé ese ridículo conjuro —dijo.

—Estoy segura de que lo probaste —contesté—. Creo que supusiste que yo sería tan estúpida como para darte el auténtico.

Mantente fuerte, Lenah.

Odette se paseó alrededor de la circunferencia de la habitación y se detuvo delante de mi retrato. Sujeté a Claudia por la muñeca, manteniéndola a mi espalda mientras me volvía para observar a la vampira. Sus delgados dedos apretaron los míos.

Si conseguía que Odette sangrara, tendríamos tiempo para tratar de abrir la puerta. Tenía que debilitarla para ganar tiempo.

Sigue hablando.

—Probaste ese conjuro al cabo de unos días de recibirlo, ¿no es así? —pregunté sonriendo con desdén—. Enviaste a tus secuaces a por los supuestos ingredientes raros que incluí en la lista. ¡Cristal negro de la costa africana!

Odette se subió en un pequeño taburete que había cerca de la pared. Levantó una mano y la crispó en una garra. Se alzó de puntillas y extendió la mano frente a mi imagen.

Se oyó el angustioso sonido de la tela al rasgarse cuando pasó sus garras sobre el centro de mi retrato. Sentí como si me desgarraran a mí por la mitad al ver cómo los fragmentos del cuadro que había pintado Tony caían al suelo como plumas.

—¿Qué ocurre? —gritó Claudia.

Apreté los dientes.

Odette se bajó del taburete y empezó a caminar de nuevo por la habitación. Me moví, sin soltar la muñeca de Claudia, para alejarme de la vampira. Durante unos momentos Odette y yo giramos una alrededor de la otra.

No teníamos más remedio que guardar las distancias. Las yemas de mis dedos rozaron la madera de la puerta cuando pasamos frente a ella. Claudia temblaba y su cuerpo vibraba contra el mío cada vez que se estremecía. Debajo del cuadro había unas taquillas y vi una caja que contenía unos cúteres. ¡Perfecto! Si la apuñalaba en el corazón con una hoja tan pequeña quizá no la mataría, pero ganaría tiempo. Y si conseguía abrir la puerta lograríamos escapar de la torre de arte.

—Claudia —murmuré—, trata de abrir la puerta.

Odette dejó de perseguirme lentamente y atravesó la habitación. En un abrir y cerrar de ojos, me aferró por el cuello y me alzó del suelo. Me golpeé la cabeza contra la pared, en la que había unas taquillas de madera. Sus uñas se clavaron en mi cuello y sentí un dolor lacerante en el lugar donde me había herido.

Tanteé desesperadamente las taquillas que había a mi espalda, tratando de asir uno de los cúteres que había visto. Pero fue inútil. Quise abrir la boca, decirle a Claudia que me los diera, pero ésta había retrocedido hacia la puerta, conmocionada. Odette me sujetaba por el cuello con más fuerza que en el probador del centro comercial. Alcé las rodillas hacia mi pecho y le propiné una patada en el estómago. Ella cayó hacia atrás, extendiendo los brazos. Al cabo de unos instantes recobró el equilibrio, pero el gesto de sorpresa en su rostro constituía una pequeña victoria.

Caí hacia delante, aterrizando de rodillas en el suelo. No era estúpida, había aprendido a defenderme. Había pedido a Song, un miembro de mi clan, que me enseñara tácticas defensivas. Odette no tardaría en contraatacar. Cuando traté de apoyar el peso de mi cuerpo en el brazo para incorporarme, el dolor de la quemadura hizo que me desplomara de nuevo en el suelo.

—¿Sabes qué ocurrirá cuando consiga el ritual? Tendré el clan más poderoso del mundo —dijo Odette, atravesando lentamente la habitación. Pero no se dirigió hacia mí.

¡No!

Claudia tiraba de la manija de la puerta y gritaba al tiempo que se esforzaba en abrirla. Su coleta rubia se agitaba en el aire mientras tiraba de la puerta, pero era inútil.

—Quería encontrarte sola, sin Vicken o Rhode. Y lo he conseguido, pero no puedo matarte. ¿No te indigna la ironía? —gritó Odette, golpeándose los costados con las manos—. Rhode se mueve solo y desarmado. ¡Estúpido mortal! Siempre va acompañado de otras personas o habla con profesores. Pero tú, arrogante Lenah, has decidido venir sola con una joven humana.

Agarró a Claudia tirando de su coleta, como había hecho con Kate. Luego la aferró por el cuello con el brazo derecho. Me recordó lo que había tratado de hacer con Vicken en la herboristería. No podía raptar a mi amiga a la luz del día, pero podía matarla.

—Lenah… —Observé que a Claudia le temblaba el mentón. Su rostro manchado de lágrimas y sus ojos desconcertados me atormentarían siempre. Odette tiró de su coleta hacia atrás, exponiendo su cuello—. Por favor, no —balbució Claudia.

Por favor, no. Tengo una familia. Amo la vida. No quiero morir. Podía decir esas frases en docenas de idiomas. Me las habían dicho en múltiples ocasiones.

Cuando Odette mordió a Claudia en el cuello, mi boca se

llenó de saliva y me invadieron las náuseas. En lo más profundo de mi ser, anhelaba sentir ese sabor metálico de la sangre.

Las rodillas de Claudia cedieron.

Me agarré a los estantes en la pared y al fin logré asir un manojo de cúteres. Me abalancé sobre Odette y se los clavé en el muslo.

Se produjo un sonido como de sorber. La vampira levantó la cabeza. Claudia, casi inconsciente, yacía inerte en sus brazos. Odette soltó una feroz carcajada mientras un hilo de sangre se deslizaba por el cuello de su víctima y caía sobre su blusa.

—¿Crees que estos pequeños cuchillos pueden herirme?

Movió las manos sobre las orejas de Claudia, me miró a los ojos con gesto de satisfacción y le partió el cuello. La chica se desplomó al instante. Su cuerpo cayó al suelo con un angustioso golpe seco.

Yacía inmóvil. Muerta.

Los cúteres que sostenía en mi otra mano cayeron al suelo. Las náuseas me acometieron de nuevo.

No. No estaba muerta. No permitiría que ocurriera eso. Me acerqué a rastras hasta Claudia y tomé su mano menuda. Estaba inerte, inmóvil, todavía tibia. Su cabellera estaba desparramada sobre el suelo, suave y ligera como una pluma.

—Levántate —dijo Odette, tirándome del pelo, lastimando mi cuero cabelludo. Los cúteres seguían clavados en su pierna. Me levanté, soltando los dedos de Claudia. La vampira agarró un puñado de mi cabello y me espetó al oído—: Cada día que pase, seré más fuerte. —Acercó su rostro al mío y percibí el olor a sangre corrompida—. Estoy impaciente por que comience la Nuit Rouge. —Me soltó la cabeza, y la tensión en mi cuero cabelludo se relajó. Se acercó a una estantería situada frente a Claudia—. Y como no podré ir a por ti si me encierran en la cárcel... —Esbozando una terrorífica mueca de desdén, arrancó la estantería de la pared con ambas manos y la arrojó al suelo, aplastando el cuerpo exánime de Claudia.

Me levanté de un salto, volé a través de la habitación, sorteando el cuerpo de Claudia, y me dirigí hacia la pared opuesta.

—Más vale que huyas —dijo Odette.

Sonriendo con expresión taimada, abrió la puerta como si no pesara más que una hoja. Me miró soltando una carcajada, se arrancó los cúteres de la pierna y los arrojó al suelo.

—La reina de los vampiros —dijo con tono despectivo, y bajó la escalera.

La arena de la playa de Wickham hacía que sintiera frío en las rodillas. Me estremecí, abrí la mano y los cúteres, limpios, cayeron en un montoncito. Tuve que cogerlos. Claudia había muerto, y no podía dejar pruebas de lo ocurrido.

Observé los pequeños montículos de arena, sabiendo que tiempo atrás, no hacía mucho, podía ver sus detalles microscópicos. Pero en estos momentos no veía con claridad. Mi espalda se estremecía cada vez que respiraba. Creí que rompería a llorar; habría sido una reacción humana normal. Pero allí, sentada en la playa, comprobé que no tenía esa facultad. Seguí contemplando la arena, temblando de pies a cabeza.

Oí el sonido de llaves a mi espalda y unos pasos en la arena que se dirigían hacia mí.

Ojalá fuera Odette.

Ojalá fuera ella y me llevara consigo. Así acabaríamos con esta pesadilla.

Vi con el rabillo del ojo unas botas negras de combate, que se detuvieron junto a mí. A mi izquierda vi otro par de botas, gastadas, con la punta separada de la suela de cuero. Alcé la vista y vi a Rhode.

Esas botas eran otra pequeña pista que demostraba que el año pasado había estado vivo. Que había sido un mortal que se había paseado por el mundo. Cayó de rodillas junto a mí, pero no me tocó.

—Claudia Hawthorne ha muerto —dijo.

—Bajé corriendo la escalera pocos minutos... No —dije con voz entrecortada. No podía evitar respirar trabajosamente. Miré las olas que rompían frente a mi—. Huí segundos antes de que los guardias de seguridad subieran.

—Mejor —terció Vicken—. Se habría organizado un follón tremendo, te habrían interrogado y se habría puesto en marcha el aparato legal. —Se arrodilló al otro lado de mí—. La policía dice que fue un accidente.

Sacudí la cabeza, presa de la incredulidad. Un temblor me recorrió todo el cuerpo, hasta alcanzar las puntas de mis pies. Vicken sostenía los cúteres en la mano, examinándolos.

—Odette tiene una fuerza increíble. No sé cómo la ha adquirido. No es como nosotros —dije, mirando a Rhode a los ojos. Tenía el ceño arrugado y sus ojos se movían entre la gasa que me cubría el brazo y la arena—. Nuestra fuerza no aumentó porque fuéramos vampiros. Y ella, además, puede pasearse a la luz del día confundida entre la multitud. No teme las aglomeraciones.

—Vamos —dijo Vicken, tomándome del codo para ayudarme a ponerme en pie—. Tenemos que hablar de esto. Pero aquí no, no en un lugar público.

—Estoy de acuerdo —dijo Rhode, volviéndose para mirar los árboles que bordeaban la playa. Cualquiera podía estar acechando en la sombra.

18

Esa noche toda la escuela comentaba la noticia de la muerte de Claudia. Yo no sabía qué rumor era más ridículo: que la había matado una panda de maleantes que había venido a robar material tecnológico; que la torre de arte estaba embrujada y que un ente sobrenatural la había asesinado; que alguien había aflojado los tornillos que sujetaban la estantería a la pared para que cayera sobre ella... Nada de ello tenía sentido, aunque supongo que para un humano normal no podía tenerlo. Habían contratado a más operarios de mantenimiento y habían suspendido las clases durante dos días.

Después de otra reunión urgente en la escuela, Rhode, Vicken, Justin y yo nos hallábamos en mi apartamento. Rhode y Vicken estaban junto a la puerta del balcón, con los brazos cruzados. Justin se hallaba a mi lado, sentado en el sofá.

—Espero que alguien me explique lo que sucedió en realidad —dijo, mirándome en busca de una respuesta. Apoyó los codos en las rodillas y se inclinó hacia delante, enlazando las manos—. Porque yo vi a Lenah justo antes de que Claudia... —bajó la cabeza unos segundos—. Justo antes de que me enterara de la noticia.

—Nos matará uno tras otro. En cuanto bajemos la guardia —dije, mirando a Rhode y a Vicken con un profundo sentimiento de culpa—. No entiendo de dónde saca Odette su poder. Si no logramos hacer que sangre, no tenemos defensa. Y menos si es capaz de succionar sangre con tanta rapidez. ¿Cómo puede chupar la sangre de sus víctimas tan rápidamente?

Sentía la piel tirante. Quería escupir. Había sido muy egoísta por mi parte ir a la torre de arte. Egoísta y estúpido. Ella era mucho más poderosa que yo, incluso cuando yo había alcanzado la cima de mi poder como vampira. Odette había venido al centro comercial, sí, pero pudo haber entrado a través del sótano, o haber permanecido oculta en un coche. Había muchas formas de evitar la luz directa del sol, pero ella no necesitaba hacerlo. Y había ido a buscarme cuando me encontraba sola. Esta vez había entrado en un campus atestado de gente. Con centenares de personas. Era muy poderosa y cada vez tenía más poder.

—Necesitamos una estrategia —dijo Vicken.

—Nos tenemos uno a otro —respondí.

—Tenemos una mierda —replicó él secamente—. Cuéntale lo que hicimos, Lenah.

—Gracias, Vicken —dije, confiando en que hubiera captado el sarcasmo en el tono de mi voz.

—¿Qué es lo que debe contarme? —inquirió Rhode.

Me levanté del sofá y crucé los brazos.

—Traté de llamar a Suleen. Para que nos ayudara. Pero no lo conseguí —confesé.

—¿Que trataste de llamar a Suleen? —preguntó Rhode bajito, inclinándose hacia delante.

Vicken se aclaró la garganta.

—Realizamos un conjuro para invocarlo.

—¿Qué? —exclamó Rhode, apartándose de la pared y alzando las manos en un gesto de exasperación—. Y tú, Vicken, ¿no creíste oportuno contármelo?

—¿Acaso es tu espía? —pregunté.

—¡Creímos que podía dar resultado! —replicó Vicken, dirigiéndose a Rhode.

—¿Os habéis vuelto locos? Se diría que ninguno de los dos fuisteis nunca inmortales. Me asombra que Odette no os localizara mientras llevabais a cabo el maldito conjuro y os apuñalara a ambos en el corazón.

—A veces merece la pena probar algunas cosas —respondí. Mantuve los brazos cruzados, pero apoyé la cabeza contra la puerta cerrada de mi dormitorio.

—¿Como quemarte el brazo? Fue entonces cuando ocurrió, ¿verdad? —preguntó Rhode. No respondí—. ¿Y tú dejaste que lo hiciera? —le espetó a Vicken.

—¿Crees que hubiera podido impedírselo, colega?

—Suleen puede ofrecernos protección —protesté.

—¡No hablemos de estas cosas delante de él! —dijo Rhode, indicando a Justin—. Él no lo comprende.

—Lo comprendo muy bien —replicó Justin con desdén.

Rhode prosiguió sin hacerle caso:

—¿Creéis que no lo he intentado? Llamé a Suleen cuando me dijiste que habíais visto a Odette en la herboristería. Pero no respondió a mi llamada. Tú tomaste esa decisión en el campo de tiro con arco... —se detuvo para medir sus próximas palabras. Respiraba de forma entrecortada—. Nadie vendrá a ayudarnos.

Siempre había creído que, de todos nosotros, Rhode era el más capacitado para localizar a Suleen. Después de los recuerdos que había visto, estaba segura de que acudiría.

—¿Qué es lo que quiere Odette? —preguntó Justin.

—Ser Lenah —respondió Vicken.

—El ritual —dijo Rhode.

—¿No podéis dárselo para evitar más muertes? —preguntó Justin.

Vicken soltó una carcajada cruel cuyo sonido reverberó en la habitación.

—¿Qué tiene de gracioso? —preguntó Justin, mirando a Vicken y luego a mí.

—¿Qué tiene de gracioso? —repitió Vicken en tono de mofa. Rhode suspiró.

—Si unas criaturas sobrenaturales vierten sus intenciones en un conjuro tan poderoso, las consecuencias pueden ser nefastas. El ritual podría conferir a Odette unos poderes inimaginables. Podría desencadenar la maldad más abyecta y atraer a unas entidades a Lovers Bay que no se apoderarían de tu sangre, sino de tu alma —explicó.

El sueño que había tenido ese mes sobre un Wickham abandonado y un Lovers Bay en ruinas resurgió en mi mente.

Después de un silencio tangible, Vicken dijo:

—No podemos practicar el conjuro de barrera para proteger a todo el campus.

Rhode suspiró.

—¿Qué vamos a hacer? ¿Colgarnos unas cruces del cuello?

—Necesitamos a Suleen —insistí—. O podríamos llamar a las Aeris. Son más poderosas que cualquier vampiro.

—No podemos llamarlas —contestó Rhode con tono hosco—. ¿No habéis conseguido invocar a Suleen y pretendéis invocar a unas entidades aún más poderosas?

—¿Por qué no? Tenemos tiempo. La Nuit Rouge comienza dentro de unas semanas. La barrera entre nuestro mundo y el mundo sobrenatural empieza a debilitarse.

—Lenah, a duras penas lograste salir de la torre de arte viva —replicó Rhode.

—Entonces, ¿qué hacemos? —pregunté—. ¿Quedarnos encerrados para siempre en nuestras habitaciones?

—Debemos prepararnos —sugirió él—. Sabemos que Odette se debilita cuando sangra. Tenemos que buscar el momento oportuno para atacar de la única forma que podemos.

La única forma. Por supuesto…

Tras una pausa, dije lo que sabía que pensaban Vicken y Rhode.

—Armas. —Miré a Justin a los ojos.

Rhode asintió con la cabeza.

Era nuestra última y única esperanza. Nuestros cuerpos humanos no podían competir con Odette y sus poderes sobrenaturales.

—Esto es lo que haremos —dijo Rhode—. No debemos quedarnos nunca solos. —Me miró—. No demos estar nunca desarmados. Es muy sencillo. Debemos estar preparados en todo momento. Ir siempre armados con una daga, permanecer siempre a la vista de otras personas. —Nos miró a todos hasta detenerse en Justin—. Esto es lo que significa sentirse perseguido.

El funeral por Claudia Hawthorne se celebró la noche de luna llena, al comienzo del mes de la Nuit Rouge, el primero de octubre. La marea era más alta que nunca en los anales de la historia, con olas de cuatro metros que rompían en la costa de Lovers Bay. Fue una ceremonia breve, durante la cual mantuve la vista fija en el suelo. Cuando los estudiantes se montaron en los autocares para regresar al campus, Rhode depositó una flor de jazmín sobre el ataúd de Claudia. ¡Si los demás supieran el motivo! ¡Si supieran por qué nos sentíamos responsables de su muerte!

Cuando regresamos a la escuela, Tracy se alejó apresuradamente. Echó a andar con paso rápido; sus tacones resonaban sobre la acera cuando atravesó el patio hacia su residencia.

La observé alejarse. Después de las muertes de Claudia y de Kate, la única que quedaba del Terceto era Tracy Sutton. Supuse que se marcharía de este maldito lugar, que regresaría a casa para refugiarse en el consuelo que le ofrecieran sus padres. Aproximadamente una docena de estudiantes de primer y segundo año habían abandonado la escuela para siempre.

Conforme transcurrían los días, algunos chicos y chicas seguían llevando luto, pero poco a poco el color retornó al campus, así como las ilusionadas expectativas sobre el baile de Halloween que se celebraría dentro de poco. Parecía como si fuera la única cosa que nos ilusionara en el campus. Entre discusiones sobre las diversas casetas de carnaval y los disfraces que la gente iba a lucir para el baile, la dirección de la escuela anunció que plantarían un pino cerca de Hopper en memoria de Claudia. ¿No sabían estos mortales que los pinos que se plantan de forma artificial aportan tristeza a quienquiera que esté enterrado debajo de ellos? ¿No sabían que los árboles que aportan paz son los robles? Pero estaban empeñados en plantar un pino, y yo no podía expresarles mis reparos.

Me pregunté si Claudia se habría unido a la luz blanca de las Aeris. La idea de que yaciera muerta por mi culpa, víctima de una vampira creada por mí, que la había asesinado porque era mi amiga, hacía que cada mañana, después de lavarme los dientes, ocultara la daga dentro de mi bota. Cada vez que pensaba en dejarla en casa, recordaba la hermosa caballera rubia de Claudia desparramada en torno a su cuerpo sin vida.

Unos días después del funeral por Claudia, Vicken y yo fuimos a desayunar al centro estudiantil. Vimos a unos estudiantes de último curso portando serpentinas y esqueletos de cartón para decorar el gimnasio, donde íbamos a celebrar nuestro baile de Halloween a fines de mes, el 31 de octubre, la última y más poderosa noche de la Nuit Rouge.

Al otro lado del prado, detrás de Quartz, Tracy salió de la pequeña residencia para las chicas de último curso. Tuve que mirar dos veces para asegurarme de que era ella. Se había teñido el pelo de castaño oscuro, y sus pómulos eran tan pronunciados que no parecía la misma persona. Estaba pálida y demacrada, muy distinta de la chica vibrante y rebosante de salud del año anterior. La chica que vestía siempre de forma muy conjuntada y se pavoneaba alrededor del campus. La chica que se maquillaba incluso para hacer ejercicio, y tenía unos pijamas idénticos a los de sus amigas. Sus dos amigas que habían muerto. De ella emanaba ahora una fuerza, la dureza de acero de alguien que ha tocado la mano de la muerte. Yo jamás habría deseado que experimentara eso tan joven. Llevaba una mochila colgada del hombro e iba vestida como durante las últimas semanas, de negro de pies a cabeza. Se dirigía a la zona del bosque que no estaba protegida.

—¿Adónde vas? —me preguntó Vicken.

Tracy se volvió hacia el campus para ver si alguien la seguía y se ajustó la mochila sobre el hombro.

—Voy a seguirla —respondí.

—No, Lenah. —Vicken trató de sujetarme del brazo, pero me solté bruscamente.

—Ya sabes lo que ocurrirá en cuanto se quede sola —dije.

Él reflexionó sobre mis palabras y dijo:

—En cualquier caso, no permitiré que vayas sola.

—Deja que me adelante —dije, y eché a correr por el césped hacia Tracy, que acababa de pasar frente a la parte posterior de la biblioteca.

—Tracy —la llamé, alcanzándola—. ¡Eh, espera!

Ella se volvió. Supuse que me sonreiría, pero me apartó bruscamente.

—No, Lenah. Aléjate de mí.

La miré como una estúpida. El azul de sus ojos contrastaba con su cabello oscuro.

—¿Yo? —pregunté—. ¿Quieres que me mantenga alejada de ti?

Se ajustó de nuevo la mochila y oí un sonido metálico en su interior.

—¿Adónde vas? —pregunté.

—A ningún sitio —contestó con tono desabrido, cruzando los brazos. Oí otro sonido metálico.

—Esto es ridículo —dije.

Detrás de Tracy vi aparecer a Vicken junto a la biblioteca y dirigirse lentamente hacia nosotras. Encendió un cigarrillo y apoyó una pierna en la fachada del edificio, fingiendo que había salido para fumar un pitillo.

—Tengo que irme —insistió Tracy. Dio media vuelta y se alejó unos pasos.

—No, no es prudente —le advertí, y casi en el momento en que lo dije comprendí que me había ido de la lengua.

Pero ella no me hizo caso y echó a correr.

Al cabo de unos momentos, Vicken se acercó a mí.

—Lleva algún arma —le informé.

—¿Qué tipo de arma? —preguntó él, y ambos echamos a correr detrás de Tracy, que ya había llegado a la calle Mayor.

—No lo sé

—¿Te dijo adónde se dirigía? —inquirió Vicken.

—No, pero me lo imagino.

Vicken y yo procuramos, como de costumbre, caminar por la sombra. El sol vespertino lucía a través de las desnudas ramas, y las hojas de colores cual gemas que tapizaban el suelo crujían debajo de mis botas negras.

—Sólo llevo una daga —murmuré cuando entramos en el cementerio.

—Yo llevo dos —respondió Vicken.

—¿Cuánto crees que tardará en aparecer Odette? —pregunté.

—Unos minutos —contestó él con tono grave.

Tuve que recordarme en varias ocasiones que era a Tracy a quien seguíamos. El cabello le caía ahora en largas ondas de color marrón chocolate. Sujetó los tirantes de su mochila y tomó, como yo había supuesto, por el sendero donde estaba la tumba de Tony.

—¿Qué diablos hace? —preguntó Vicken.

—Vamos —murmuré, y avanzamos lentamente por el sendero para reunirnos con ella.

Me detuve, resollando un poco cuando llegamos a la hilera de tumbas donde se hallaba la de Tony. Tracy había dejado caer la mochila al suelo y se disponía a arrodillarse en la hierba. Pasó los dedos sobre el extraño círculo de tierra removida que había dibujado Rhode con su espada alrededor de la sepultura.

Tomé a Vicken del brazo. Retrocedimos hacia la sombra de un roble cercano e hice lo que había estado acostumbrada a hacer durante centenares de años. Observar. Tracy se arrodilló, se inclinó hacia delante, apoyándose en una mano, y extendió la otra para tocar la tumba. Apoyó el peso de su cuerpo sobre ese brazo y contempló la tierra lisa.

Hundió los dedos en ella, agachó la cabeza y empezó a rezar. El brazo en el que se apoyaba cedió y cayó sobre la tumba, ocultando el rostro en el pliegue del codo. Observé los movimientos convulsos de su espalda. Sollozaba de forma espasmódica, como hace una persona cuando cree que está sola.

La luz diurna se aferraba al firmamento, pero ésta era la Nuit Rouge, de modo que la luz no ofrecía protección alguna. El ataque podía producirse en cualquier momento. Me incliné hacia delante, escudriñando el bosque más allá del cementerio. Los pájaros piaban al tiempo que se aposentaban en las ramas para pasar la noche. Soplaba una leve brisa que transportaba el intenso olor a tierra. Como antigua cazadora, me detuve unos minutos y agucé el oído. Un cazador está atento a percibir cualquier movimiento extraño. Hasta el aire se mueve. Puede producir un eco. De momento, todo indicaba que estábamos solos.

Eché a andar por el sendero del cementerio entre las hileras de tumbas, seguida por Vicken. Tracy alzó la cabeza y vi que tenía los ojos llenos de lágrimas. Metió la mano en su mochila y sacó un crucifijo.

—¡No os acerquéis a mí! —gritó.

Vicken retrocedió de un salto y sacó una daga. Pero bajó el brazo al darse cuenta de que Tracy no sostenía ningún objeto peligroso.

—¿Estás de broma? —preguntó—. En primer lugar, eso no te dará resultado, y segundo, no somos vampiros.

—¡Tú sabes quién lo hizo! —me gritó Tracy.

—¿Quién hizo el qué? —inquirió Vicken.

—¡Sabes quién mató a Claudia! —gritó Tracy, sin apartar los ojos de mí—. Justin me dijo que estabas en la torre de arte con ella.

—No le puse una mano encima —respondí.

—¿Fuiste tú? —le espetó a Vicken—. Todos sabemos de lo que eres capaz. La torre de arte es tu lugar favorito.

Acto seguido se subió sobre la tumba de Tony. Lo único que alcancé a ver fue la palabra «Artista» esculpida en la lápida de granito. El cuerpo de Tracy me impedía ver el resto del epitafio.

—Tranquilízate, Tracy. No fuimos nosotros —dije.

—Entré en tu habitación con Tony el año pasado. Vi la fotografía en la que estás con Rhode sobre tu escritorio, una foto que parecía que os la hubieran tomado hacía cien años. Al poco de que llegaras a la escuela murió Tony. Luego han muerto mis dos mejores amigas, Kate y Claudia. ¿Seré yo la siguiente, Lenah?

Tracy se derrumbó, con el rostro contraído en una mueca de dolor y llorando con desconsuelo. Dejó caer el crucifijo al suelo.

Vicken y yo nos miramos. Me acerqué a Tracy y la abracé. Ella siguió sollozando con la cabeza apoyada en mi hombro.

De repente oímos unos aplausos.

Alguien aplaudía.

¿Alguien aplaudía?

—¿De modo que la mortal conoce a unos ex vampiros? —dijo Odette, apareciendo entre los árboles en el borde del cementerio—. ¡Si supiera que solías asesinar a niños para divertirte!

Esta vez estaba preparada.

—Colócate detrás de mí, Tracy —le ordené, al tiempo que recordaba lo ocurrido en la torre de arte.

Me agaché y saqué la daga de mi bota. La sostuve con el brazo extendido frente a mí.

El corazón. El corazón. Apúntale al corazón.

Odette soltó una risotada, enseñando los colmillos. Tracy me clavó los dedos en los hombros. La vampira se dirigió hacia nosotras y Vicken, mi maravilloso Vicken, se precipitó hacia ella, esgrimiendo la daga. Pero Odette fue más rápida. Le sujetó por la muñeca y le arrojó a un lado como si no pesara nada. El cuerpo de Vicken voló unos tres metros por el aire y aterrizó a los pies de un árbol.

Yacía desmadejado, sin moverse. Sentí una crispación en la boca del estómago, pero no podía dejar que nada me distrajera. Tenía que luchar.

No fallaría a Tracy como le había fallado a Claudia. Esta vez, no.

Permanecí inmóvil, empuñando la daga frente a mí.

—¿Es que no has aprendido nada? ¿Por qué has abandonado el campus sin tu adorado Rhode? —preguntó Odette, precipitándose hacia mí para atacarme con sus garras. Tracy y yo retrocedimos de un salto; la vampira no me hirió en el pecho de milagro.

—Corre, Tracy —le ordené.

Odette se movía con tal rapidez que constituía una mancha de color negro y miel. Pero yo sabía que haría eso. Agarré a Tracy por los hombros y la arrojé al suelo. La vampira extendió sus garras para clavármelas en el pecho; sus uñas desgarraron mi camiseta y me arañaron la piel. Grité al sentir un lacerante dolor en el pecho.

Odette soltó una carcajada y miró a Tracy, que yacía en el suelo, con expresión malévola. Comprendí lo que debía hacer para protegerla y me lancé sobre la vampira. Mientras se mofaba de mi dolor, le clavé la daga en el antebrazo. La hoja se hundió en su endurecida piel. Esta vez no se trataba de un pequeño cúter. El cuchillo la detuvo. Observó la herida como si le pareciera increíble que hubiera logrado atacarla.

—Eso que brota de mi brazo es la sangre de un excelente pescador —me espetó.

Tracy, que yacía a los pies de Odette, sacó una larga hoja plateada de su mochila. Relucía bajo los rayos del sol vespertino, pero la vampira no pareció percatarse. Emitió una risotada despectiva y avanzó un paso hacia mí, dispuesta a contraatacar. Alcé mi daga, decidida a clavársela de nuevo.

Odette no tuvo en cuenta el ser humano que yacía a sus pies. ¿Por qué iba a hacerlo? Sentí renovadas esperanzas cuando Tracy le clavó el cuchillo a través del cuero de su zapato. La vampira lanzó un grito y cayó de espaldas sobre la hierba.

—¡Vete! —grité a Tracy, mirándola a sus ojos azules anegados en llanto.

Esta vez me obedeció.

Huyó por el laberinto de lápidas y árboles. De pronto sentí que volaba por el aire. Odette me había hecho tropezar con el pie que tenía ileso, derribándome al suelo.

Aterricé con un fuerte impacto y me golpeé la espalda contra el suelo, lo cual intensificó el dolor que me producían los cortes que tenía en el pecho. Traté de recobrar el resuello, pero no pude. *Respira, Lenah.* Odette me propinó un puntapié en mi costado derecho, seguido de otro en el izquierdo. Su ondulada melena color diente de león se agitaba ante mis ojos. Su diabólica sonrisa se esfumó al tiempo que las lágrimas afloraban a mis ojos y me nublaban la vista.

—¿Creyó tu amiguita que apuñalándome en el pie iba a detenerme? ¿No has visto lo poderosa que soy? —Traté de recuperar el aliento—. Mi poder no hará sino aumentar de día en día. Pobrecita, ¿te cuesta respirar, querida?

Se agachó sobre mí y alzó el dedo índice, mostrándome de

nuevo sus uñas como cuchillas. Poco a poco empecé a respirar de nuevo de forma entrecortada, como si mis congelados pulmones comenzaran a deshelarse. Ella señaló mi brazo vendado.

No..., no me claves las uñas.

—*Por supuesto* que te clavaré las uñas —contestó, captando mi emotiva súplica con su percepción extrasensorial—. Creí haberte prevenido, pero no me has hecho caso. Como en el pasado has sido una reina, crees que aún llevas la voz cantante. Pero eso ha terminado. —Sus largas uñas rojas estaban suspendidas sobre el antebrazo que me había quemado—. Dame el ritual.

—Jamás —respondí, boqueando.

Ella soltó una carcajada y me hirió en mi brazo lesionado. Sus uñas rasgaron la gasa y se clavaron en mi herida. Oí el sonido de mi piel al desgarrarse, y sentí un dolor indecible en la carne quemada de mi brazo. Grité tan fuerte que la garganta me escoció. Era un dolor tan intenso que percibí el amargo regusto a bilis en la boca. ¿Dónde se había metido Vicken?

—¿Por qué, reina de todos los vampiros? ¿Por qué insistes en complicarte la vida de esta forma?

Reina de todos los vampiros.

Mientras ella me observaba, con su piel de porcelana y su boca ensangrentada, el tiempo pareció ralentizarse. Nuestros ojos conectaron. Los míos, azules; los suyos, verdes. Conectaron. Sí. Dentro de sus ojos me vi como una vampira, con la cabeza inclinada hacia atrás, la boca abierta, riendo a carcajadas en la noche.

Qué familiar me resultaba el deseo abrumador de volver a *sentir*. Lo único que deseábamos era sentir. *No sentía nada. Ni en los dedos ni en las manos. Libérate del dolor. Necesito sentir que la sangre se desliza por mi garganta y que el poder resurge a través de mi cuerpo.* Sentía la dualidad en mí.

Volvía a ser la reina de los vampiros.

Los pillaré por sorpresa. Un espectáculo público. En Halloween.

Eran los pensamientos de Odette. Conocía su plan porque en ese momento, cuando sus ojos de un extraño verde jade se clavaron en los míos, vi su plan. Era como si yo misma lo hubiera formulado.

Trataría de matarme durante el baile de Halloween, cuando yo estuviera demasiado atareada tratando de proteger a los humanos que había a mi alrededor. Vi las decoraciones, y los cuerpos de Vicken y de Rhode, ensangrentados, tendidos sin vida en el suelo del gimnasio.

Y con ese recordatorio de mi maldad vampírica evoqué algunos recuerdos que había olvidado en mi estado humano.

El asesinato de Odette, cuando la convertí en una vampira.

—Recuerdo el día en que te transformaste —murmuré con voz trémula—. Ocurrió pocas horas antes de mi hibernación. Dije a Vicken que te convirtiera en una vampira. Pero no lo hizo. Y yo deseaba sentir la excitación, la emoción de traer al mundo a otra criatura nocturna.

Ella retrocedió y sus dedos se crisparon durante una fracción de segundo. Una punzada de dolor me atravesó de nuevo el brazo, haciendo que los ojos me lagrimearan. Era más fácil decir esto cuando no podía verla con nitidez.

—Lo siento —dije—. Lamento lo que hice.

Ella me aferró por los hombros. Me alzó un poco y volvió a arrojarme de un empujón al suelo.

—¡No me distraigas! —gritó.

El dolor me martilleaba en la parte frontal de la cabeza.

—Ataqué a Rhode en Hathersage para conseguir el ritual, pero a él no se le ocurrió otra cosa que prender fuego a esa maldita casa. Los dos sois unos cobardes. Esta noche te llevaré conmigo. Te llevaré conmigo y luego… —Odette sonrió satisfecha—, cuando Rhode venga a buscarte y te vea muerta, exánime, encadenada a la pared, me revelará todos los pormenores del ritual.

—No podrás utilizarlo —le espeté—. No eres lo bastante poderosa para provocar la oscuridad que persigues. —Traté de mirarla de nuevo a los ojos, para retomar nuestra conexión, pero no dio resultado.

—No sabes nada sobre mi poder —replicó ella, alzando las manos para volver a atacarme.

Me estremecí, temiéndome lo peor.

De pronto Odette cayó hacia delante. Se oyó un tremendo impacto y el sonido de piel al desgarrarse. La daga de Vicken estaba hundida en el cuello de Odette, quien rodó por el suelo, colocándose de costado y tratando de agarrar el mango de la daga.

Vicken apareció junto a mí, con su cabello revuelto y un arañazo sanguinolento en la mejilla. Levantó una bota y la apoyó ligeramente sobre el vientre de la vampira. Ella le enseñó los colmillos y emitió un sonido sibilante.

—Vamos, vamos, juega limpio —dijo él.

—Tiene mucha fuerza —le advertí.

—Por eso la he apuñalado, cariño —murmuró Vicken—. Ahora, dinos, ¿de dónde sacas esa fuerza tan extraordinaria? —preguntó, sin levantar la bota del vientre de Odette.

—He realizado conjuros que no podéis siquiera imaginar —contestó ella con desdén—. Cada vez soy más veloz, más fuerte, más astuta.

Pero ahora vi temor en sus ojos. La sangre que manaba de su cuello chorreaba sobre su hombro y caía al suelo. Trató de incorporarse, pero se desplomó con un golpe seco en el suelo, bajo la bota de Vicken.

—Lenah, necesito otra daga —me dijo, indicando el cuchillo de Tracy, que había ido a parar junto a la tumba de Tony.

Odette se revolvió bajo la bota de Vicken, enseñando sus colmillos como un animal.

Sí. Yo la había convertido en una vampira, aunque no lo había hecho en el desván como me había propuesto en un principio. La había trasladado abajo. Ella se había ocultado detrás de mis muebles de época. En aquel entonces sus ojos verdes eran muy hermosos y traslucían su desesperación por salvarse. La primera noche que traté de matarla ella logró zafarse, huyó del desván y fue a reunirse con su familia junto a los establos en el jardín trasero.

—¡Lenah! ¡El cuchillo! —gritó Vicken.

El padre de Odette me había suplicado. Como es natural, yo le había matado antes que a los otros.

Fijé la vista en el suelo. Su nombre de pila era Ella.

—*Tengo una vida* —*me había dicho con tono implorante.*

—*¿De veras?* —*había respondido yo con una cruel carcajada.*

Oí la voz de Vicken en mi ensoñación.

—¡Dame la daga! ¡Ahora! ¡Su herida está sanando!

—*No, patética jovencita* —*había continuado yo—. Tengo toda una vida por delante y no puedo hibernar a menos que esté saciada. Tú eres joven y saludable.*

Odiaba el sonido de mi voz de vampira.

—*Te lo suplico…*

El eco de la voz humana de Odette resonó en mi cabeza.

Seguida por una risotada muerta. Me había reído mientras ella imploraba misericordia y me suplicaba que le perdonara la vida.

—¡Lenah! —gritó de nuevo Vicken.

Me centré de nuevo en Odette, que trataba de arrancarse el cuchillo que tenía clavado en el cuello.

Estaba paralizada. Una angustiosa sensación hizo presa en mí. Inconfundible e innegable.

Por fin la vampira logró arrancarse el cuchillo ensangrentado del cuello. Se levantó de un salto y asestó una patada a Vicken, que cayó al suelo. Tardó unos instantes en volver a incorporarse, y luego huyó al bosque.

—¿Qué diablos te pasa? —me gritó Vicken.

Tracy apareció inopinadamente, recogió su cuchillo de la tumba de Tony y también echó a correr hacia el bosque.

—¡Eh! —le gritó Vicken—. ¡Estás loca, vuelve enseguida!

Tracy se detuvo en las lindes del bosque, sosteniendo el cuchillo con la mano que colgaba junto a su costado.

Odette se había esfumado.

Vicken echó a andar por el largo sendero entre lápidas y se detuvo junto a Tracy.

Le ofreció la mano. Ella hizo ademán de entregarle el cuchillo, pero él meneó la cabeza. Ella le miró a los ojos y luego de nuevo su mano. Me sentí profundamente conmovida. Por fin Tracy dejó caer el cuchillo sobre la hierba y enlazó sus dedos con los de él.

19

—¿De dónde sales? —preguntó Vicken a Tracy—. Creí que habías salido corriendo del cementerio.

—Me oculté junto al mausoleo. Cuando la vi huir, no sé…, por un momento me envalentoné —respondió la chica.

Sostenía la camiseta de Tracy sobre mi brazo herido mientras regresábamos a través de las torres del campus y pasábamos frente al guardia de seguridad. La camiseta estaba empapada de la sangre que chorreaba del corte en mi brazo, pero aparte de unas leves punzadas, el dolor era soportable.

—Siento no haber… —dije.

—No tiene importancia —respondió Vicken.

—Claro que la tiene… No podía moverme.

Tracy estaba pensativa.

—Me llevó todo el verano aceptar la muerte de Tony.

Vicken agachó un poco la cabeza.

Ella le miró.

—¿Le mataste porque eras un vampiro?

—Hicimos muchas cosas como vampiros que jamás haríamos siendo humanos —murmuró él.

—Fue ella quien mató a Kate y a Claudia, ¿verdad?

Los ojos de Tracy relucían bajo el espectral azul de la luz vespertina. Asentí con la cabeza.

—He dedicado todo el verano a informarme sobre cómo matar a vampiros. Sé por qué tienes una espada colgada en la pared de tu apartamento. Por qué tienes unas hierbas colgadas en la puerta. Dicen que el espliego protege tu hogar. Y el romero. —Tracy se pasó una mano por el pelo—. El romero es para recordar. —Sacó una cadena de debajo de su camisa. Era un relicario de plata. Cuando lo abrió, vi que contenía una ramita seca de romero.

La miré atónita, respirando de forma entrecortada.

—Tony también se había documentado sobre ti —dijo Tracy—. Por eso llevabas esas cenizas relucientes alrededor del cuello el año pasado. Como las que vi en tu balcón. Justin me lo confirmó más tarde... me dijo que tú eras... —Se detuvo y me miró a los ojos—. Que eras una vampira.

Jamás había imaginado que Tracy fuera tan sagaz. Por lo visto la había subestimado.

—Yo quería a Tony —dije. Sentía un dolor en el centro del pecho que eclipsaba el que me producía la herida en el brazo—. Era mi mejor amigo.

—No diré nada sobre ninguno de vosotros —nos aseguró Tracy—. Tardé todo el verano en aceptar que los rumores podían ser ciertos. Y luego Justin me lo confirmó. —Se pasó de nuevo los dedos por el pelo—. Bueno, más que confirmarlo le obligué a decírmelo.

—¿Cómo? —pregunté. El doloroso sentimiento de traición se disipó cuando Tracy respondió a mi pregunta.

—Le amenacé con partirle los faros del coche. Cuando eso no funcionó, le enseñé toda la documentación que había recabado. Todo lo que había descubierto. Le hablé sobre las fotografías, y al final conseguí que me dijera la verdad.

—Tú y Tony os parecéis más de lo que había supuesto —dije. La tenacidad de Tracy me recordó el empeño que había puesto él en descubrir mi secreto.

—Quiero saberlo. Algún día. Hoy, no, pero quiero saber qué le ocurrió a Tony exactamente. —Miró a Vicken y añadió—. Sólo eso. ¿Me lo prometes?

—Sí —contestó él—. Te lo prometo.

Echamos a andar a través del campus hacia los numerosos

grupos de estudiantes, los cuales caminaban de dos en dos y de tres en tres hacia el centro estudiantil, la biblioteca o sus residencias.

—¿Qué vamos a hacer para evitar que la vampira actúe en el baile de Halloween? —preguntó Tracy.

—Tú mantente al margen, cariño —respondió Vicken, encendiendo un cigarrillo.

—Si me necesitáis, os ayudaré —dijo la joven, ajustándose la mochila sobre el hombro—. Haré lo que pueda para ayudaros.

Esa noche, me detuve junto a la puerta de mi balcón contemplando las losetas. De vez en cuando, cuando me movía, veía el destello de mis restos vampíricos. Metí la mano en el bolsillo y toqué la tarjeta regalo que Claudia me había dado por mi cumpleaños.

—¿De modo que crees que has recobrado tu percepción extrasensorial? —preguntó Rhode.

—Sí —respondí—. Vi con toda claridad lo que quería Odette. Sentí sus deseos más recónditos. Vi unas imágenes de lo que había planeado para la noche de Halloween.

—¿Cómo fue que la recobraste? —inquirió Justin.

La única explicación que se me ocurría era que la conexión que se había producido entre Odette y yo ese aciago día, hacía cien años, me vinculaba con su mente para toda la eternidad.

—Yo la creé —murmuré—. Es la única explicación. Entendí sus motivaciones, por más que no deseara entenderlas.

—¿Por qué no la mataste cuando pudiste hacerlo? —preguntó Rhode.

Le miré a los ojos y crispé la mandíbula. El corazón me retumbaba en el pecho. Detestaba recordar cómo me había comportado en ese momento, con la daga junto a mí, mientras Vicken esperaba que se la entregara, pues necesitaba mi ayuda. No sabía cómo responder. Yo conocía a esta mujer. Había estado sola, aterrorizada, y yo le había arrebatado el último hálito de vida. La había matado. Peor aún, había creado el monstruo en que se había convertido. Su muerte no dejaba de darme vueltas en la cabeza, el recuerdo de la tibieza de su piel, de cómo temblaba de miedo, y mi gozo al arrebatarle su calor y su vida.

Miré a Rhode a los ojos.

—Porque ya la había matado. Lo siento, pero es la verdad; me quedé paralizada.

Silencio. Luego Vicken dijo:

—Tras esa confesión, creo que ha llegado el momento de que vayamos cenar.

Cuando se levantó, se oyó un sonido metálico producido por sus botas y el ruido de bolsas de papel. Me volví de espaldas al cuarto de estar y miré de nuevo mi balcón. Sabía lo que ocurriría dentro de unos días y disponía sólo de una vieja espada y un par de dagas para matar a Odette. No sabía si sería capaz de hacerlo.

—¿Estás bien? —preguntó Justin, apoyando una mano en mi hombro. Su voz sonaba junto a mi oído.

La puerta se cerró y me di cuenta de que Vicken y Rhode se habían marchado sin despedirse. Lo cual significaba que nos habíamos quedado solos por primera vez desde la noche de mi cumpleaños.

Apoyé la espalda contra el cristal de la puerta del balcón y miré la runa del saber que Justin llevaba colgada del cuello. Me centré en ella. Se la había puesto al revés, y el colgante mostraba el dorso.

Lo miré a los ojos. Él me besó en la frente y al apartarse, me sonrió. Sus ojos sostuvieron mi mirada. Pensé en él ese día, el día en que convertí a Vicken de nuevo en humano mediante el ritual. Recordé que Justin se había postrado de rodillas cuando yo había salido al balcón. Yo había estado más que dispuesta a dejarlo todo atrás.

—Ésa es la parte más complicada —dije—. Los ingredientes y las palabras son importantes en un ritual, desde luego, pero el sacrificio y la intención lo son aún más.

La intención...

Vi en mi mente unas imágenes del conjuro de invocación: las gigantescas llamas y la puerta que relucía en la arena. ¿Había canalizado mis intenciones en el conjuro para que me concediera lo que deseaba? ¿Eran mis intenciones puras?

—Por supuesto —dije en voz alta—. Por supuesto.

El conjuro había fallado porque mis intenciones no habían sido puras. Para que el conjuro diera resultado, tenía que canalizar mis intenciones en una sola dirección, pero las mías eran ambivalentes. Quería protegerme contra Odette, pero en realidad había invocado a Suleen para que ayudara a Rhode.

¡De golpe comprendí lo que tenía que hacer!

Me sentí mucho más animada.

—Necesito tu ayuda —dije a Justin.

—De acuerdo... —respondió.

Al mirarme vi el destello de sus ojos, que me recordó por qué había dormido en su tienda de campaña la noche de mi cumpleaños y por qué sus caricias me habían hecho creer el año pasado que ser humana era muy sencillo, que podía ser una chica de diecisiete años enamorada, sin que mi pasado importara.

Pero siempre hay que pagar por las atrocidades cometidas. Por eso es tan importante la intención que hay detrás de cualquier conjuro.

—¿Lenah? —dijo Justin.

—Lo haré de nuevo —dije.

—¿El qué? ¿El conjuro de invocación?

248

—Sí. —Volvía a sentir un fuego en mi vientre. *Sí. Sí.* Volvería a invocar a Suleen, y esta vez mis intenciones serían puras. ¡Esta vez él acudiría!

—Vamos.

Después de tomar el libo de conjuros de Rhode, *Incantato*, una jarra para el agua y todos los ingredientes que necesitaría, bajé apresuradamente la escalera de Seeker, ignorando las punzadas de dolor que me producía la quemadura en el brazo. Pasé sin detenerme frente a unos estudiantes que estaban sentados en el vestíbulo, confeccionando sus disfraces de Halloween.

—¡Espera! ¡Eh! —gritó Justin.

—¡Apresúrate! —dije, y salí de la residencia. Encontré a Vicken sentado en un banco frente a Seeker, con un cigarrillo entre los dedos.

—Espera un momento —me pidió al ver que no me detenía—. ¿Adónde vas?

—A realizar el conjuro de invocación —respondí.

—Vale —dijo, siguiéndome—. Está claro que te has vuelto loca.

Seguí adelante, sin importarme lo que él pensara.

Justin se reunió con nosotros en el aparcamiento.

—¿Qué hace él aquí? ¿Adónde vamos? —preguntó.

—Regresaremos a la playa de Lovers Bay —contesté, dirigiendo una mirada a Vicken mientras abría del coche.

—Estás como una cabra. Estoy tan furioso que ni siquiera me apetece fumar —dijo.

Abrí la puerta y arrojé la bolsa que contenía los ingredientes del conjuro y el libro dentro del coche.

—En tal caso considero que esta excursión ya es un éxito —repliqué.

Cuando iba a instalarme en el asiento del conductor, Vicken me detuvo agarrándome del hombro y haciendo que me volviera hacia él.

—Lenah, podrías morir. Tus heridas apenas han cicatrizado —dijo mirando mi brazo vendado—. ¿Es que no hemos escarmentado después de la última vez que abandonamos el campus?

—Si Lenah está decidida a hacerlo, lo hará sin ti —terció Justin, que estaba junto a la puerta del copiloto.

—Mira, niño bonito, no tienes ni idea de lo que dices. De modo que apártate del coche y cierra la puerta.

Justin rodeó el vehículo con tal rapidez que me apresuré a interponerme entre los dos.

—Tú también podrías morir —le espetó Vicken.

—Estoy decidida a hacerlo —dije, apoyando las manos en el pecho de Vicken, que resollaba de indignación—, y quedamos en que no saldríamos solos del campus. No estoy sola —apostillé señalando a Justin.

—Entonces yo iré también. Es mejor que seamos tres que dos —dijo Vicken con desdén. Me miró a los ojos y retrocedió un paso—. Los triángulos son símbolos de infinidad. Puede que esta vez dé mejor resultado.

—De acuerdo —dije, y Justin también dio un paso atrás—. Si me prometéis que no os pelearéis. Tengo que estar concentrada en lo que hago.

—Te lo prometo —respondió Justin— si él promete no acercarse a mí. No soy amigo de asesinos.

Me volví hacia él, sintiendo que la ira hacía presa en mí.

—Entonces no eres amigo mío.

Se quedó estupefacto. Me miró boquiabierto.

—No me refería a… Quiero decir…

—Meteos en el coche —les ordené.

Mientras dibujaba la silueta de una puerta, noté el frescor de la arena en el dedo. La luna aparecía suspendida sobre el horizonte. Esta vez llevaríamos a cabo el conjuro al anochecer.

—¿Estás preparada? ¿Estás segura? —me preguntó Vicken.

Justin observó la puerta dibujada en la arena con ojos como platos. Curiosamente, casi sonreía. Cuando su mirada se cruzó con la mía, mudó rápidamente de expresión y apretó los labios.

—Lo siento, es que... no he asistido nunca a un ritual —dijo.

Destapé la jarra que contenía agua de la bahía y vertí unas gotas sobre las llamas.

—Yo te invoco, Suleen, en este lugar sagrado. —Alcé los ojos y miré la luna que brillaba sobre el horizonte—. Te invoco aquí para que nos protejas de un peligro inminente. —Era sincera. Deseaba proteger nuestras almas, nuestras vidas.

A continuación tomé el ámbar, y cuando la aceitosa resina cayó sobre las llamas, el quicio de la puerta, al igual que la última vez, asumió un intenso color dorado. Los tres contemplamos el contorno de la puerta cubierta de llamas.

—Yo te invoco —repetí. El fuego chisporroteaba, pero las llamas eran menos altas que la vez anterior. ¡Perfecto! ¡Sí! ¡En esta ocasión el conjuro parecía funcionar!

Se levantó una ráfaga que me agitó el cabello y se oyó un estallido procedente del fuego.

Me aparté de un salto, suponiendo que se alzaría una llama de tres metros hacia el cielo. Pero no. El fuego se había extinguido por completo, dejando unos fragmentos de madera calcinada.

En el centro de la madera, donde habían estado las llamas, apareció una pequeña bola de luz azul. La esfera azul permaneció suspendida sobre los rescoldos del fuego, reluciendo y expandiéndose conforme transcurrían los segundos, hasta asumir una forma rectangular y vertical.

—Pero ¿qué...? —exclamó Justin.

—Silencio... —respondí.

La esfera azul fue agrandándose hasta asumir el tamaño de la puerta que yo había dibujado en la arena. Siguió reluciendo durante unos momentos mientras esperaba que Suleen, el hombre por el que sentía gran afecto, apareciera a través de la puerta. Esperaba ver su atuendo blanco y su habitual turbante.

La puerta no se abrió. De pronto, como en una película antigua, apareció la trémula imagen de un salón de baile en una mansión que me resultaba familiar. La luz azul que emanaba la esfera se hizo más intensa.

—¡No! —exclamó Vicken.

Un latido…, una pulsación.

La esfera azul cubría casi todo el cielo. Era inmensa… ¿Quizás el portal de acceso a otro mundo? No…

Un estallido de luz azul y…

Hathersage, 1740

Vicken, Justin y yo formábamos parte de la escena que se desarrollaba ante nosotros, de pie en el borde del salón de baile.

—Estamos en Hathersage —dijo Vicken, impresionado.

—Silencio —respondí, agitando una mano frente a mí como para eliminar su voz.

Justin no dijo nada. Observaba la escena que se desarrollaba ante él estupefacto, sin dar crédito o quizá temeroso, o tal vez ambas cosas.

Los asistentes entrechocaban sus copas llenas de sangre. Una pequeña orquesta de vampiros tocaba en un rincón de la sala. El parloteo de docenas de vampiros resonaba en mi sala de banquetes.

—¿Qué es esto, Lenah? —preguntó Vicken—. No reconozco a esta gente.

—Ocurrió antes de tu época.

Yo sabía lo que era. Era la siniestra noche en que mi infamia se había consolidado en todo el mundo. La noche en que había matado a una niña.

Los tres mortales éramos invisibles para los vampiros que participaban en la fiesta.

Contuve el aliento al ver a mi ser vampírico girar alrededor de la habitación, sosteniendo una copa en la mano. Lucía un vestido negro y encorsetado. La década de 1740 era muy colorista, pero yo vestía de negro... aposta. Mi vestido de seda estaba bordado con rosas de azabache y perlas negras.

—¿Sabíais —preguntó mi ser vampírico— que la Nuit Rouge es el mes en que podemos acceder a la magia negra? —El corsé le oprimió las costillas cuando emitió una carcajada, saltando sobre el cadáver de un hombre vestido con una camisa blanca y un calzón negro. Un granjero del lugar al que habían succionado toda su sangre—. ¡Esta noche es víspera de Todos los Santos!

Los vampiros que la rodeaban alzaron sus copas y bebieron.

La intensa luz de las antorchas arrojaba un resplandor anaranjado y sobrenatural sobre el salón.

En la puerta de la sala de banquetes apareció un Rhode vampírico, ataviado con sus mejores galas. Lucía también su atuendo negro tradicional, con el pelo peinado hacia atrás, de forma que sus ojos color turquesa refulgían en la oscuridad del pasillo a su espalda. Se pasó la palma de la mano sobre la boca y corrió hacia el cadáver de una niña que habían enterrado hacía pocas horas. La pequeña yacía postrada en una esquina de la habitación, donde yo había ordenado que la colocaran. Sólo durante esta velada.

—¡Yo la he desenterrado! ¡Con mis propias manos! —le informó mi ser vampírico, riendo y bebiendo un largo trago de la sangre de la niña que contenía su copa.

El baile se intensificó en el centro de la habitación, mientras los vampiros brincaban al ritmo de un animado tambor.

—¿No es una preciosidad? —preguntó la vampira Lenah a Rhode, que se había arrodillado junto al cadáver de la niña—. Se parece un poco a mí, ¿no crees? Podría ser mi hermana pequeña.

Las flores se agitaban debido a la vibración producida por docenas de pies brincando sin cesar sobre el suelo. Había abundancia de fragantes rosas, espliego, margaritas y orquídeas. La vampira Lenah tomó un manojo de margaritas y rosas y se lo entregó a Rhode, que seguía de rodillas, contemplando a la niña.

Mi ser vampírico cubrió los ojos de la pequeña con unas margaritas. Los pétalos le rozaban las cejas.

—Voy a ofrecerle un entierro como es debido —dijo mi ser vampírico alegremente—. He invitado a todos nuestros amigos en Derbyshire —continuó, bailando en un círculo alrededor de Rhode, mientras sostenía el bajo de su vestido para moverse con facilidad alrededor de él y de la niña muerta. Arrojó unas rosas y unas margaritas sobre el cadáver—. ¡Esta margarita es para ti, jovencita! Quisiera ofrecerte unas violetas, pero se marchitaron cuando murió mi padre: dicen que tuvo una buena muerte.

Rhode se levantó. Le observé, sabiendo lo que iba a pasar a continuación.

—¿Qué ocurre? ¿No te gusta el maestro Shakespeare? —preguntó la vampira Lenah.

Rhode miró los otros cadáveres que estaban diseminados por el suelo. Luego miró a la vampira Lenah a los ojos. Ella sostuvo su mirada durante unos momentos.

—¿Por qué...? —preguntó él.

—¿Por qué? ¡Su sangre era la más pura! —Mi ser vampírico se acercó a los pies del cadáver de la niña, que aún llevaba su vestido blanco, y arrojó alegremente más flores sobre ella.

—¡Basta! —gritó Rhode. Me agarró por los hombros y me arrojó contra la pared con un ruido seco—. ¿En qué te has convertido, Lenah?

Ella se rió de su gesto serio.

—No pongas esa cara, ordenaré que vuelvan a enterrarla cuando termine la fiesta.

Él emitió un gruñido que sonó casi como un grito. Arrugó el ceño. Era el dolor de un vampiro que deseaba llorar. Agarró de nuevo a la vampira Lenah y la zarandeó con tal violencia, que sus hombros vibraban y los dientes le castañeteaban. Odié verme de esa forma.

—¿Por qué no dejas que te ame? —preguntó Rhode entre dientes.

—Porque me estoy volviendo loca —respondió mi ser vampírico—. Y sólo el poder es capaz de aliviar el dolor. No el amor.

Él la soltó y se alejó de ella, desapareciendo por el oscuro pasillo. Observé a mi ser vampírico correr tras él. Les seguí, con Justin y Vicken pisándome los talones.

—¿Qué haces? —gritó ella—. ¡Rhode!

Pero él no respondió. Siguió caminando hasta que alcanzó el vestíbulo de la mansión. Junto a la puerta había un pequeño maletín de cuero negro; lo tomó por el asa y abrió la puerta. El crepúsculo, de un color naranja encendido, me deslumbró. La vampira Lenah se tapó instintivamente el rostro con las manos, pero estábamos en 1740, y al cabo de trescientos veintidós años ya no temía el sol.

—¡Rhode! —gritó.

—Eres una insensata —le espetó él, volviéndose—. El poder no te salvará. Sólo acrecentará el deterioro de tu mente. —Salió y se alejó de la casa, dirigiéndose hacia las imponentes e infinitas colinas. La vampira Lenah avanzó unos pasos hacia él.

—Sé lo que hago —dijo, juntando los pies y alzando el mentón con gesto desafiante.

Vicken, Justin y yo observamos desde la puerta. Rhode se detuvo y se volvió de nuevo hacia la vampira Lenah.

—¿De veras? —Rhode se acercó a ella y se detuvo a pocos centímetros de su rostro. Murmuró enseñando los colmillos—: ¿De veras lo sabes? Has asesinado a una niña. Una niña, Lenah.

—Siempre dijiste que la sangre de los niños era la más dulce. La más pura.

Él la miró horrorizado. Retrocedió unos pasos.

—Lo dije para exponer un dato, no para invitarte a probarla. Has cambiado. Ya no res la muchacha que llevaba un camisón blanco y de la que me enamoré en el manzanar de tu padre.

Tenía los ojos un poco empañados e, incluso como un recuerdo, comprendí que estaba formulando sus pensamientos.

—Te dije que esta noche te concentraras en mí. Que si eras capaz de concentrarte en el amor que sientes por mí... podrías liberarte. Pero ahora veo que eres incapaz de hacerlo —dijo. Me observé a mí misma tratando de decir algo, pero Rhode prosiguió antes de que Lenah hallara las palabras adecuadas—. Tú misma lo has visto. Los vampiros de tu edad empiezan a perder el juicio. La mayoría eligen el fuego o una estaca clavada en el corazón para causarles la muerte, para evitar una lenta caída en la locura. La perspectiva de «para siempre» les resulta insoportable. Vivir en la tierra durante toda la eternidad ha conducido tu mente a un lugar donde no puedo acceder a ti.

—No estoy loca, Rhode. Soy una vampira.

—Me arrepiento de lo que hice en ese manzanar —dijo él con tristeza, volviéndose hacia el sendero que conducía a las colinas.

—¿Te arrepientes de haberme conocido?

—Procura encontrarte a ti misma, Lenah. Cuando lo consigas, volveré.

Mi yo humano recordaba este momento con toda claridad. En aquel entonces, yo era capaz de verlo marchar sin inmutarme. Podía seguir su figura con la vista hasta que desapareciera, pero esta vez el dolor era insoportable. Quería salir de esa luz azul, de ese recuerdo. Pero en lugar de ello, observé a mi ser vampírico dar media vuelta y entrar de nuevo en la mansión intensamente iluminada. La música sonaba en el salón de baile, pero era otro mundo para mí. Mi ser vampírico apoyó una mano en el muro de piedra. Recordé que esas piedras no tenían ninguna temperatura, ni mis dedos podían sentir sus gruesos bordes.

Nada…, nada…, nada.

—¡Quiero salir! —grité, cayendo de rodillas. La casa ya no existía. Mi vida estaba ahora en Wickham—. ¡Quiero salir! —repetí.

Se produjo un fogonazo de luz azul y sentí bajo mis rodillas la fría arena de Lovers Bay. Sepulté la cara entre las manos. Un sonido semejante a un grito brotó de lo más profundo de mi ser. Una indecible tristeza. Percibí el olor a sal marina y a resina de ámbar que impregnaba mis manos. Rompí a llorar, una desgarradora mezcla de gemidos y sollozos. Las lágrimas se deslizaban por mis manos e inspiré con dificultad el aire salado mientras dejaba que el horror de ese recuerdo me invadiera en unas oleadas de bochorno y vergüenza.

Justin y Vicken guardaban silencio.

No había logrado que Suleen acudiera a mí. Había invocado la verdad, un recordatorio de mi naturaleza. Era una asesina.

Y no merecía que nadie me ayudara.

20

Eché a correr a toda velocidad por la larga calle, alejándome de la playa. *Ven a por mí, Odette.* El pecho me dolía debido al esfuerzo que hacían mis pulmones para respirar mientras corría, pero no me detuve. Oí a mi espalda unos pasos apresurados que resonaban sobre la acera.

—¡Lenah! —*La voz de Justin*—. ¡Es una imprudencia, Lenah!

No respondí. El áspero viento me azotaba las mejillas. Oí el acelerón del motor de un vehículo seguido del chirrido de frenos cuando se detuvo ante mí. Los faros de mi coche azul me deslumbraron y el vehículo me cortó el paso, impidiéndome seguir avanzando. Retrocedí y me tapé los ojos con las palmas de las manos.

Oí cerrarse una puerta de un portazo. Oí las botas de Vicken encaminándose hacia mí sobre el pavimento. El sonido de los pasos de Justin sobre la acera me siguió un trecho, hasta que se detuvo al alcanzarme.

—¡No me toques! —grité.

Las palabras me abrasaron la garganta mientras miraba las palmas de mis manos.

—¿Cuánta sangre derramamos, Vicken? —pregunté. Un escalofrío me recorrió la espalda mientras las lágrimas rodaban por mis mejillas—. Contéstame.

Le aparté de un empujón en el pecho y él retrocedió con paso vacilante.

Vicken se acercó y me abrazó en silencio. Sollocé con el rostro apoyado en su pecho, empapándole la camisa.

Él clavó la vista en Justin y ambos cambiaron una mirada que decía: *Sí, estamos juntos en esto.*

De alguna forma regresé al coche por mi propio pie; de alguna forma me monté en él; y comprendí que de alguna forma tendría que hallar de nuevo a la asesina que llevaba dentro y acabar con Odette.

Yo iba sentada en el asiento del copiloto, con la mano apoyada en al ventanilla mientras regresábamos a Wickham. El cielo presentaba aún un tono azulado, como el azul de la esfera que nos había mostrado mi pasado. *Mi espantoso pasado.* Mientras Vicken conducía, imaginé lo que estaría pensando. Yo se lo había explicado en multitud de ocasiones, pero ahora, por fin, había atisbado un retazo de mi vida antes de 1850, antes de que él se uniera a mi locura.

Justin iba sentado atrás, asediando a Vicken a preguntas.

—¿Qué diablos era eso?

Vicken evitaba responder.

—No lo sé.

—Pero ¿por qué lo vimos?

—No lo sé —repitió Vicken.

—Pero nosotros...

—Oye, mira, colega, cierra la boca, ¿vale?

Cuando llegamos al campus de Wickham, todo el mundo se mostraba muy animado con los preparativos del carnaval y el baile de Halloween. Me bajé del coche y aspiré un olor a sidra y canela que provenía del centro estudiantil. Eché a andar por el sendero principal. *Qué extraño,* pensé mientras salía del aparcamiento y caminaba por la hierba. A mi espalda oía los pasos de Vicken y de Justin, que se me antojaban el sonido de un tambor. *Qué extraño,* pensé, mientras las calabazas de color naranja y las serpentinas negras se confundían con los colores de octubre. *Como un cuadro de Matis-*

se. Era una mezcolanza de colores que no alcanzaba a comprender.

Unos estudiantes enrollaban largas cintas de colores alrededor de las farolas. Un grupo de gente montaba tiendas de campaña y casetas en el campo de lacrosse. No parecían estudiantes. O quizás era yo la que no parecía una estudiante. Tal vez ya no sabía qué era.

—Espera —dijo Justin bajito. Pero no me detuve.

—Deja que se vaya —oí decir a Vicken.

Pasé frente a Seeker, al edificio Curie, donde en cierta ocasión había sido incapaz de diseccionar una rana porque no tenía valor para destruir a otra criatura.

Seguí adelante y pasé frente al edificio Hopper. Un lugar sagrado, donde no podía alzar la vista y contemplar la inmensa torre de piedra porque dos amigos míos habían muerto entre esos muros.

—¡Lenah! —me llamó Tracy cuando pasé frente a la residencia Quartz.

Estaba sentada sobre una manta, sola. Leyendo un libro. Yo no podía explicarle lo que había ocurrido, de modo que no hice caso. Me dirigí al invernadero y abrí la puerta. El aire húmedo y brumoso me envolvió, y avancé apresuradamente por el pasillo, tomando unas rosas, salvia y espliego de varias macetas. Los sostuve con fuerza en las manos. Los pétalos se desprendieron bajo la presión de mis dedos. Me senté en el suelo.

Esa niña...

Oí el chirrido de la puerta a mi espalda. Unas zapatillas deportivas crujieron sobre el húmedo hormigón. La repentina ráfaga de aire fresco transportaba el olor húmedo del invernadero junto con el humo de un conjuro de invocación que había fallado. Justin se arrodilló junto a mí. Su mano tibia se deslizó sobre la palma de la mía, oprimiendo los pétalos que sostenía en mis manos y entre mis dedos.

—Lamento que tuvieras que ver eso —murmuré. Era lo único que podía decir.

—Es evidente que eras... —empezó a decir—. Eras muy poderosa.

Alcé los ojos lentamente y le miré. Él se inclinó hacia mí y sostuvo mi mirada.

—¿Es eso lo que viste? —pregunté—. ¿Poder?

Él abrió la boca para decir algo. Pero lo único que atinó a decir fue «no», tras lo cual retiró de inmediato su mano de la mía.

—No me refería a eso. Sólo que..., en aquella época no tenías miedo de nada. Eras...

—Estaba loca. Nada más. Y nada menos.

—Es cierto. Pero...

Cuando le miré a los ojos, incluso el color verde parecía distinto. No me recordó los árboles que se mecían al viento en la calle donde vivían sus padres. No vi las hojas perennes del bosque que rodeaba el internado de Wickham. Por más que se esforzara, jamás me comprendería. No podía saber lo que significaba estar viva después de haber estado muerta durante tanto tiempo. Haber besado a la muerte y haber sobrevivido a ella.

Justin me tomó la mano. Su calor hizo que me centrara en el invernadero. Pestañeé para desterrar la imagen de la niña. Me concentré en los sonidos de los rociadores de plantas y las serpentinas de color naranja y negro que veía fuera. En este espacio, entre flores y hierbas, me tranquilicé; mi mente consiguió mitigar la atrocidad que había cometido. Justin restregó su mano sobre la mía. El año pasado, con toda su belleza y felicidad y sus horrores, me había convertido en otra persona. No creí que sobreviviría al ritual, pero lo había hecho. Y Rhode también. Las cosas entre Justin y yo nunca volverían a ser como antes. Habían cambiado demasiadas cosas. Yo había cambiado.

Nunca podría amarlo.

Podía fingir, lucir la ropa que debía ponerme, utilizar el perfume adecuado y decir lo que debía decir, pero no estaba destinada a vivir en este mundo moderno. No estaba destinada a estar aquí.

Viviría mi vida para Rhode, aunque significara vivir sin él. Él era la única persona. Mi alma gemela. Mi amor.

Aunque no pudiera perdonarme.

Aunque todo hubiera terminado.

21

En cierta ocasión, hace mucho, yo corría por un manzanar cubierto de nieve. El aire frío hacía que me escociera la punta de la nariz. Corría por el manzanar con los brazos extendidos mientras el viento soplaba por entre mis dedos y agitaba mi cabello.

—¡Lenah! ¡Lenah! —me llamó mi madre desde la puerta de nuestra casa. Me miró sonriendo cuando me volví y eché a correr hacia el interior del manzanar. Corría el siglo xv, lo cual significa que encendíamos fuego a todas horas. De no haberlo hecho, nos habríamos muerto de frío.

Me detuve al final de un largo sendero formado por dos hileras de manzanos. El frío me lamía la nariz y lo sentía en el aire, no como lo sentiría una vampira, sino como una niña en el mundo medieval. La primavera estaba en puertas; la nieve que caía era húmeda, casi lluvia. Me detuve en el borde de la parcela de mi padre y contemplé el ancho mundo que se extendía más allá. El bosque era mi lugar favorito en esa época del año; los hermosos árboles estaban adornados con plata y diamantes de hielo. Aspiré el aire frío. Miré ese bosque, sin que el mundo que se extendía más allá del mismo me infundiera el menor temor.

—¿De modo que tú te encargarás de los disfraces? —preguntó Justin a Rhode, que asintió con la cabeza—. Así podremos ocultar las armas.

La noche antes de Halloween yo me hallaba en el atrio de estudio, de espaldas a la ventana. Justin, Rhode y Vicken estaban sentados a una mesa examinando un dibujo que Rhode había hecho del gimnasio.

—¿Conocéis vuestras posiciones? —preguntó, alzando la vista de su dibujo—. ¿Lenah?

Había mirado ese dibujo diez veces. Sabía exactamente lo que tenía que hacer; confiaba en ser capaz de hacerlo.

—Repasémoslo una vez más —propuso Rhode.

Suspiré y recité el plan por enésima vez.

—Aislaremos a los miembros del clan de Odette para que yo pueda atacarla sin problemas. Una puñalada —dije, mirándole por fin a los ojos mientras trataba de convencerme a mí misma—. Una puñalada en el corazón.

Esa noche, soñé con unos vampiros que carecían de colmillos. Eran unos demonios sin rostro: sin ojos, sin nariz, sólo una boca con unos boquetes en las encías. La sangre chorreaba de sus labios contraídos en una mueca de gozo y les caía por la barbilla.

Cuando me desperté la mañana de Halloween, me costó mucho borrar esa imagen. Me animé al comprobar que el campus había experimentado una profunda metamorfosis. Unas pancartas decían «Feliz Halloween»; unas calabazas flanqueaban los senderos y decoraban las entradas de muchos edificios. Las clases habían sido suspendidas. Cuando Rhode regresó de haber ido a comprar los disfraces, decidimos que era mejor que permaneciéramos junto a otros estudiantes todo el día. Había llamado a la puerta de Justin dos veces, pero no me había abierto. Supuse que había salido para reunirse con amigos. Me pregunté por qué no me lo había comunicado, después de lo que había sucedido la víspera.

Me detuve para contemplar una caseta de carnaval que exhibía docenas de peceras con peces de colores.

—Venga, juega —dijo Vicken—. Echa una partida en honor de la Nuit Rouge. Al menos no comporta que asesines a alguien por deporte —añadió poniendo los ojos en blanco—. No abandonarás la escuela porque hayas ganado un pez.

Si lanzaba una bolita y conseguía meterla dentro de un recipiente, me llevaría la pecera a casa y tendría un pez de mascota. La idea me pareció absurda. ¿Mantener yo un ser... vivo?

Cuando Vicken apoyó la espalda contra la caseta de los Peces de Colores, se oyó el grave sonido de unos bombos.

—Vaya, ya vuelven a estar aquí —se quejó. Por cuarta vez esa tarde, la banda de la escuela había marchado a campo traviesa hacia el carnaval golpeando los bombos. Lucían divertidos sombreros con la copa adornada con una reluciente pluma dorada; uno de los colores de la escuela de Wickham. Muchos de los estudiantes que había a nuestro alrededor abandonaron las casetas del carnaval sin terminar las partidas para dirigirse apresuradamente hacia el campo de fútbol. Vicken señaló con el brazo y cara de disgusto.

—¡Míralos! Abandonan las partidas. Si yo me dispusiera a lanzar el aro, ¡no lo dejaría a medias!

—Te lo tomarías muy en serio —respondí, observando las docenas de peceras, cada una con un vistoso pez agitando la cola dentro de ella.

Vicken sacó un cigarrillo del bolsillo de su chaqueta, tras lo cual palpó los bolsillos de su pantalón en busca de un encendedor. Se oyó un clic mecánico seguido de una voluta de humo cuando Vicken dio una profunda calada al cigarrillo y exhaló el humo.

—Lo único que digo es que si vas a hacer algo, al menos hazlo bien.

—¡Vicken Clough! ¡Apaga eso enseguida!

La señora Warner, la enfermera de la escuela, se dirigió apresuradamente hacia él, apuntándole al pecho con el dedo. Él dejó caer el cigarrillo y lo aplastó con su bota.

—¡Estimada señora Warner! ¡Está usted muy guapa hoy!

—¿Cuántas veces tengo que repetírtelo, Vicken? Está prohibido fumar en el campus. Y aún no has cumplido los dieciochos año. Es ilegal. Dámela.

—¿El qué?

—La cajetilla.

Él soltó un bufido.

—No me repliques, Vicken. Entrégame la cajetilla.

Abandoné el pez que pude haber arrebatado a un jugador más hábil que yo y dejé la bolita.

—¿No vas a lanzarla? —preguntó el encargado de la caseta.

—Hoy no —respondí.

Cuando me alejé de Vicken y de la señora Warner, pensé en esos peces de colores. Vivirían toda su vida en esa pequeña burbuja. Nadando, agitando la cola y moviéndose alrededor de su diminuto mundo.

Frente a mí, vi que el equipo de remo había transformado la cabaña de botes en una casa encantada. Sobre las ventanas colgaban finos hilos de falsas telarañas formando sencillos diseños. Alguien había colgado una cortina negra para que la gente no viera el interior de la casa. La puerta se abrió de golpe y un estudiante cubierto con una sábana blanca sacó a empujones a dos estudiantes de Wickham de un curso inferior. La pareja se miró sonriendo y echó a correr hacia el campo de fútbol.

—¡Qué miedo he pasado! —exclamó la chica riendo nerviosa.

El fantasma me miró a través de dos orificios practicados en la sábana a la altura de los ojos.

—¡Entra si te atreves…!

Me volví para comprobar si Vicken me seguía pero el gentío me impidió localizarlo. Los estudiantes corrían de caseta en caseta; la banda se había congregado en un extremo del campo de fútbol y tocaba una marcha sincronizada. De pronto apareció Rhode y me quedé helada. Me sonrió un poco, alzando una comisura de su boca.

Compartimos ese momento fugaz, que concluyó demasiado pronto.

—¡Entrad! ¡Entrad! —dijo la señora Williams, indicando la casa encantada.

—Dentro de un minuto —respondí a la directora de la escuela, que iba disfrazada de gata, con unas orejas y una cola negras y peludas. Rhode se detuvo junto a mí y esperé a poder hablar con él un momento. Vicken salió de entre la muchedumbre cargado con todos los caramelos y golosinas que había podido arramblar.

—¿Qué? —preguntó, con una manzana caramelizada en la boca.

—Ya veo que tienes un miedo cerval de lo que pueda suceder esta noche —ironizó Rhode.

—Si no te importa, quiero comer algo dulce antes de tener que pelear para salvar el pellejo.

—¡Lenah! ¡Vicken! —nos llamó Tracy. El tono de su voz denotaba ansiedad y tenía el ceño arrugado. Su piel de porcelana contrastaba vivamente con el color oscuro de su cabello.

—¿Estás bien? —preguntó Vicken, mientras unos estudiantes pasaban corriendo junto a nosotros para visitar la casa encantada.

—Se trata de Justin. Anoche no informó a su asesor residente de que había regresado al campus. Hoy tampoco le han visto. Han avisado a la policía.

Rhode, Vicken y yo cambiamos unas miradas. Sentí que el corazón me daba un vuelco. Pero no perdería los nervios. Aún no. No era infrecuente que Justin se marchara con amigos o con su hermano y no apareciera hasta al cabo de unos días.

—¿Cuándo lo viste por última vez? —me preguntó Tracy.

—Ayer por la tarde —respondí.

—¿Pasó algo? ¿Algo que pudo causarle algún daño? —quiso saber, y por el tono de su voz comprendí que se refería a Odette.

—No, estuvimos en el invernadero. A salvo en el campus.

—¿A qué hora? —Los ojos de Tracy se animaron, como si yo le hubiera dado una información nueva.

—Al atardecer. Sobre las seis o las siete —contesté, sin estar muy segura.

—De acuerdo, gracias —dijo, retrocediendo al tiempo que en su cara se pintaba una sonrisa—. Ya es algo. Es estupendo. —Dio media vuelta y echó a correr por el sendero entre las casetas de regreso al campus.

—¿Justin ha desaparecido? —pregunté. No le había visto en todo el día. Su ausencia explicaba también por qué no había respondido cuando había llamado a su puerta después del desayuno.

—Si hubiera desaparecido realmente, ¿no habrían convocado una asamblea? ¿No habrían cancelado el carnaval? —preguntó Vicken. Ambos eludimos lo obvio. Los dos sabíamos que la culpable podía ser Odette—. Iré a echar un vistazo —dijo—. Ya os lo comunicaré si averiguo algo. —Arrojó su manzana caramelizada a medio comer en una papelera y desapareció entre la multitud.

—Nosotros también deberíamos tratar de localizarlo —dijo Rhode.

No lo entendía. ¿Por qué iba Justin a largarse sin decir nada después de lo que había pasado? ¿Había cambiado de parecer debido a lo que había visto durante el conjuro de invocación?

Rhode y yo pasamos frente a una caseta de tiro al blanco y otra en que había que lanzar un aro alrededor de un objeto para obtener un premio. Entre las tiendas de campaña que los estudiantes habían montado para el carnaval, había otras profesionales que pertenecían a una empresa que había sido contratada por la escuela. Una espaciosa tienda de campaña alquilada decía «La Casa de los Espejos» con unas luces blancas.

—¿Quieres que miremos allí? —preguntó Rhode.

Entré sin responder.

Sabía que Justin no estaría allí, pero de todas formas quería entrar en esa tienda de campaña. Quería tratar de desterrar la idea de que podía haber sufrido un serio percance. O, peor aún, de que estuviera muerto.

No, Lenah. Basta.

Doblé el primer recodo. De unas mamparas colgaban unos espejos mágicos. Algunos hacían que pareciera larguirucha y escuálida. Otro me aplastaba la cara.

Rhode me siguió, avanzando al mismo paso que yo.

—Supuse que irías con Vicken en busca de Justin —dije.

Él meneó la cabeza.

—Quiero que esta batalla termine de una vez por todas.

Nos detuvimos delante del mismo espejo, que hacía que nuestras imágenes reflejadas se confundieran. Mi brazo era el de Rhode. Su torso, el mío.

—Mientes con una facilidad apabullante —comenté, volviéndome hacia él—. Odette me dijo que fue ella quien atacó la casa de Hathersage.

Él guardó silencio, reflexionando durante unos momentos.

—Sí, ella llegó a la casa antes que yo —confesó por fin—. Para empezar, yo no sabía qué andaba buscando. Estuvo bastante cordial, pero las cosas no tardaron en ponerse feas. Traté de derrotarla, pero, como has podido comprobar, es muy hábil. Aunque en esos momentos no demostró poseer una velocidad extraordinaria, de modo que conseguí huir. Ese don es reciente.

—¿Por qué no me lo dijiste? —pregunté—. No tienes que ocultármelo todo.

Él se inclinó hacia mí.

—Porque pensé que podía protegerte, que podía llamar a Suleen o encargarme yo mismo de Odette.

—¿Y lo conseguiste? —pregunté.

—No pude hacerlo solo —respondió al cabo de unos instantes—. Como de costumbre, soy más eficaz cuando estoy contigo. Más fuerte.

Estábamos de nuevo muy juntos, separados por unos pocos centímetros. Su piel, que se había recuperado de los hematomas y las contusiones, presentaba de nuevo un aspecto lozano, como la de un joven con toda la vida por delante.

—¿Por qué tienes miedo de tocarme? —murmuré.

—No tengo miedo de tocarte —respondió emitiendo un profundo suspiro—. Ése no ha sido nunca el problema.

Yo no sabía muy bien cómo responder, y dije:

—Hace meses que no dejas que me acerque a ti.

—Lenah —susurró—, sólo temo lo que soy capaz de hacer y sentir con un corazón que palpita. Lo que nos advirtieron las Aeris. No puedo prometer mantenerme alejado de ti…

—¿Si me tocas?

Por favor, rogué en silencio, *que nadie nos moleste ahora.* Él alzó la mano para mostrarme su palma. Me miró con ojos risueños, pero tenía los labios apretados, con gesto serio. Extendió la mano, con la palma hacia arriba, y la apoyó en el centro de mi pecho, debajo de mi cuello, justo donde Odette se había montado encima de mí en la herboristería.

La tersura de su piel era increíble; jamás había anhelado nada con tanta intensidad como que él me tocara en esos momentos. Nuestro mundo había estado mancillado por nuestra sed de sangre. Habíamos inflingido dolor, y en estos momentos nos hallábamos aquí, tocándonos por primera vez como humanos. Le acaricié la mejilla y mi corazón se puso a latir con furia al sentir el tacto de su piel. Deseaba absorberlo, aspirar su olor, ver cada poro de su piel, sentir los latidos de su corazón.

Me estremecí. Rhode seguía con la vista fija en la mano que tenía oprimida contra mi piel.

—Tú… —musité— vales cada momento que permanezca en la tierra. Aunque tenga que amarte de lejos el resto de mis días.

El labio inferior le temblaba y el mío también. Tragué saliva. Las lágrimas rodaban por sus mejillas mientras observaba su mano moverse al ritmo de mi respiración. No pude mirarle a los ojos mientras lloraba por mí.

¡Manzanas! ¡No! Ahora, no. Manzanas. Por todas partes. Era un olor agobiante. Una luz blanca me deslumbró.

Rhode está en el centro de una espaciosa biblioteca. Jamás había visto una estancia como ésta. Las gigantescas estanterías llegan al techo, decorado con un fresco de estilo italiano. Pero no puedo concentrarme en los querubines o las abultadas nubes blancas de la pintura.

Rhode lleva el pelo corto. Está de pie, con las manos a la espalda, vestido con un terno. Calculo que debe de ser 1910.

—Está hibernando —está explicando a unas personas que no alcanzo a ver—. Está enterrada en Hathersage.

—¿Deseas traerla aquí? —le pregunta una voz grave desde el otro lado de la habitación.

—Deseo llegar a un acuerdo.

—¿Lenah Beaudonte en Lovers Bay? —pregunta la voz emitiendo una ronca carcajada—. La reina de los vampiros.

—Vivirá como una mortal, señor —dijo Rhode.

—¡Fascinante! Hablemos de los términos del acuerdo —dice de nuevo la voz grave.

Una mota de luz blanca me nubla los ojos y la biblioteca desaparece. ¿Dónde está Rhode? ¿Rhode? Me encuentro de nuevo en el vestíbulo que veo desde hace meses. Aunque está oscuro, él aparece ante mí… lentamente. Un Rhode moderno, un Rhode humano, que cae postrado de rodillas.

—¡No puedo hacerlo! —grita—. Conozco las consecuencias. Conozco los riesgos.

Veo unas imágenes en rápida sucesión.

La carretera de una playa bordeada de elevadas colinas.

El océano, que se extiende hasta el horizonte.

Una casa de grandes dimensiones, una mansión gótica, alejada del océano.

Comprendí de inmediato que esa casa era un lugar terrible. Un lugar de un poder siniestro. Tenía que localizarla.

De regreso en la Casa de los Espejos, Rhode me tocó. Empecé a respirar trabajosamente y retrocedí, chocando con el espejo a mi espalda, que giró sobre sus bisagras. Pestañeé varias veces, tratando de evocar las imágenes.

—¿Qué era esa casa? —pregunté.

Rhode se apresuró a enjugarse los ojos y fijó la vista en el suelo. Mi piel seguía pulsando donde él había apoyado su mano.

—¿Qué hiciste en ella? —le espeté.

—¿Has tenido una visión? —me preguntó, avanzando un paso con el brazo extendido.

Había hecho un pacto con alguien en esa mansión. Alguien poderoso que me conocía y sabía lo que yo había hecho en mi pasado. Estaba decidida a dar con ellos.

Abandoné apresuradamente la Casa de los Espejos y salí al soleado exterior.

—Lenah —me llamó Rhode, siguiéndome.

Los estudiantes a nuestro alrededor hablaban sobre los disfraces que lucirían en el baile esa noche.

—Debo irme —dije por decir.

—¡Lenah!

Rhode echó a correr detrás de mí, pero me apresuré por el sendero, pasando frente a las numerosas casetas, hasta que me detuve en seco. Roy Enos y unos jugadores de lacrosse formaban un corrillo íntimo y apretado. El chico mostraba una expresión sombría y una postura de derrota, con la espalda encorvada.

No ha sucedido nada malo, me dije. *No le ha pasado nada malo a Justin. Yo resolveré esta situación.* Algo en mi interior me decía que la casa de mi visión tenía una importancia determinante. Era preciso que fuera allí. Me ayudaría a derrotar a Odette.

—¡Lenah! —gritó Rhode—. ¡Lenah! —Me pisaba los talones.

Me volví bruscamente.

—No, Rhode. Sea lo que sea, conozco esa carretera. Esa casa. Y voy a ir.

—No lo hagas —me rogó. Nos hallábamos en el borde del campo de lacrosse—. Por una vez, no sigas tus impulsos.

—No puedes detenerme —contesté. Él alzó un pie para dar un paso hacia mí cuando...

Con un estrépito de platillos, la banda irrumpió alegremente en el campo por quinta vez esa tarde. Sus trajes de lana blanca y sus cómicos sombreros nos separaron. Vi a Rhode tratar de colarse a través de un hueco, pero la banda siguió avanzando de forma inexorable. Aproveché la oportunidad para dar media vuelta y salir corriendo.

22

La clave estaba en esa casa. Estaba convencida de ello. Alguien me ayudaría. Nos ayudaría. Podíamos luchar contra Odette y ganar. Encontré a Vicken junto a la cabaña de botes observando a Roy y a sus amigos que habían formado un corrillo y estaban deliberando.

—Necesito que me acompañes a un sitio —le dije—. Mientras aún sea de día.

—No.

—He tenido otra visión. Vi un lugar en la mente de Rhode.

—¿Qué lugar? ¿Por qué te fías tanto de sus visiones?

—No puedo explicártelo ahora. Necesito que me acompañes a una casa.

—Creo recordar que te he dicho que no. Basta de conjuros, basta de invocaciones.

Arrojó el cigarrillo sobre la hierba, suspiró y me miró de nuevo a los ojos.

—¿Qué te costará ir a esa casa? ¿Más quemaduras? ¿Tu piel? ¿Tu alma? —preguntó Vicken.

—De acuerdo —dije, y crucé el césped hacia el sendero, dejando atrás el desfile de Halloween. Cogería el coche e iría yo sola. Conocía la carretera. Discurría frente a la plaza de la población hacia Nickerson Summit, donde el año pasado había hecho *puenting*.

Tenía que apresurarme, antes de que Rhode diera conmigo y me detuviera.

—¡Maldita sea, Lenah! —suspiró Vicken—. Sabes que te ayudaré. Pero esa casa, esa visión, podría ser cualquier casa.

—No. Era una casa de piedra y conozco la carretera que conduce a ella, la reconocí —le aseguré cuando nos acercamos al coche.

—No es prudente que vayamos solos —dijo él.

Abrí la puerta del vehículo y me monté en él.

—No estaremos solos en el lugar al que vamos. Vamos allí en busca de ayuda.

Sabía que estábamos cerca. La carretera se hizo más empinada, ascendiendo por una elevada colina. Al igual que en el recuerdo de Rhode, al este había unas dunas de arena y unos acantilados cortados a pico que se alzaban varios centenares de metros sobre el agua.

—Tenemos que volver a tiempo para el baile, Lenah —dijo Vicken—. De lo contrario, Odette hará estragos.

—Descuida. Vamos en busca de ayuda.

—Eso dices.

—¡Ahí está! —exclamé. Pisé el freno, haciendo que los neumáticos chirriaran. En una pequeña placa de piedra sobre un árbol junto a un largo camino de acceso que conducía al bosque, alejado del océano, estaba escrito el número cuarenta y dos.

Abandonamos la carretera y seguimos las curvas y recodos del camino de acceso. Debimos avanzar por él casi dos kilómetros, quizá más. Cuando por fin llegamos a la casa, tuvimos que detenernos porque una verja controlada mecánicamente protegía la entrada al recinto de un enorme edificio de piedra gris. A la izquierda y en la parte posterior de la casa se alzaban unas imponentes torres. Sólo había dos ventanas en la fachada; estaban completamente oscuras.

Vicken emitió un largo suspiro y dijo:

—No sé a ti, pero a mí esta casa me dice: «Entra si quieres morir».

Bajé la ventanilla de mi lado. En el interfono sobre la puerta de la verja había un letrero que decía: «Pulse el botón para entrar».

Mientras mi dedo vacilaba sobre el botón, una voz grave con un acento indescifrable dijo por el interfono:

—Bienvenida, Lenah Beaudonte.

—Bueno, esto me tranquiliza —comentó Vicken.

Tragué saliva para disipar mi temor. Teníamos que seguir adelante.

Hice marcha atrás y aparqué en un espacio junto a la puerta de entrada. La parte delantera del coche estaba orientada hacia el bosque, pero contemplé esa monstruosidad de piedra en mi retrovisor. Al igual que mi casa en Hathersage, esta mansión apenas tenía ventanas.

Vicken permaneció sentado junto a mí. Me encantaba su espesa melena y sus ojos pensativos. Me miró desde el asiento del copiloto, esperando que le explicara lo que íbamos a hacer y por qué habíamos ido allí.

—Me alegro de que estés aquí —dije.

—No me lo habría perdido por nada en el mundo —contestó mientras se soltaba el cinturón de seguridad. Cuando me disponía a bajarme del coche, me detuvo—: Podemos morir ahí dentro —dijo; sus ojos castaños mostraban una expresión seria.

Le miré de nuevo, fijándome en su pelo revuelto y su pronunciada barbilla. Era el soldado de mi vida.

—No te lo reprocharé si decides quedarte en el coche. Esto tengo que hacerlo yo —dije.

Vicken salió del vehículo sin decir una palabra.

Nuestros pies resonaron sobre la grava del camino. Cuando me bajé del coche, reparé en lo cuidado que estaba el jardín. Entre las flores se ocultaban algunas estatuas de piedra.

En un extremo de la larga fachada, se veían las cristaleras de un invernadero. Esto no era tan sólo una casa. Era un complejo de edificios.

Nos encaminamos hacia la puerta principal y nos detuvimos juntos frente a la recia puerta negra de roble. Mientras vacilaba unos instantes con la mano sobre la aldaba, imaginé que Vicken y yo asistíamos a una cena en casa de un amigo. Éramos dos personas normales, no unos ex vampiros. Simplemente éramos unas personas. Unos adolescentes que querían vivir su vida. Cuando me disponía a llamar, la puerta se abrió.

El corazón me dio un pequeño vuelco cuando reconocí al hombre que estaba en el umbral. Era el hombre de mi visión, pero no llevaba una toga como en mis sueños. Lucía un jersey de algodón y un pantalón marrón de corte clásico. Podría ser un profesor, a tenor de las gafas y el atuendo que llevaba. Sus ojos se posaron en Vicken y luego en mí repetidas veces.

—Menos mal —dijo emitiendo un suspiro de alivio—. Ambos sois apreciados aquí. Con un movimiento de ambas manos, su atuendo se metamorfoseó en una bruma de color, como si estuviera confeccionado sólo de un polvo de colores. El hombre apareció de pronto vestido con un pantalón negro de vestir y una toga académica también de color negro. La indumentaria que había visto en mis sueños.

—¿Apreciados? —preguntó Vicken.

—Sois los malditos. Unos ex vampiros. Bienvenidos a esta casa —dijo, abriendo la puerta para que pasáramos. Cuando atravesamos el umbral hacia el vestíbulo, me volví disimuladamente para echar un último vistazo fuera. La puerta se cerró con un golpe seco, sumiéndonos durante unos momentos en la más completa oscuridad.

Vicken contuvo el aliento, dispuesto a defenderme.

—No es necesario que pienses en tácticas de velocidad y fuerza, Vicken Clough. Aquí no te servirán de nada —dijo el hombre.

Tras chasquear los dedos, se encendieron unas velas que iluminaron la estancia. Había unos apliques de cristal tallado en las cuatro esquinas de la habitación. Sobre nuestras cabezas pendía una pequeña araña. Cinco candelabros, cinco velas: un pentáculo, una estrella de cinco puntas. Era una habitación que rezumaba poder.

—Me llamo Rayken, Lenah Beaudonte —dijo el hombre, tendiéndome la mano. Cuando la tomé, mis sospechas de que era un vampiro se vieron confirmadas, pues tenía las manos heladas y las pupilas de sus ojos castaños dilatadas y negras. Rayken sostuvo mi mirada mientras una pequeña sonrisa se pintaba en las comisuras de sus labios, que tenía apretados—. Tienes la piel tibia —observó, soltándome la mano—. Fascinante. —Retrocedió un paso—. Esperad aquí mientras informo a mis hermanos de vuestra llegada.

Echó a andar por el largo pasillo y giró a la derecha. Vicken y yo nos quedamos solos en el vestíbulo. Él se volvió y apoyó una mano en la puerta. No había manija.

—Estamos encerrados... —murmuró mirando a su alrededor y hacia arriba—. ¡Vaya! ¡El techo es de ónice! —exclamó maravillado.

La negrura del ónice muestra el alma original. Y allí, reluciendo sobre mí, estaba el verdadero reflejo de la mía. En mi reflejo, suspendida sobre mi corazón, había una esfera grisácea. Cuando me movía por el vestíbulo, la esfera me seguía. Bajé la vista, extendiendo la mano ante mi pecho para tratar de tocarla, pero no podía verla, salvo en el techo de ónice, donde colgaba justo delante del lugar donde mi corazón latía dentro de mi pecho. Vicken también tenía una.

—¿Qué es eso? —preguntó, señalando.

—Pues... —balbucí— creo que son nuestras almas. Nunca me había visto reflejada en ónice, así que no estoy segura. —Me impresionaba esa extraña esfera; una nube gris plateada suspendida sobre mi corazón.

—Cuando éramos vampiros no podíamos vernos —apuntó Vicken.

Ahora ambos éramos mortales y podíamos vernos en el techo de ónice; los vampiros no pueden verse porque no tienen un alma que se refleje. El ónice, en tanto que piedra, contiene un enorme poder. Un poder oscuro. Cuanto más oscura es el alma, más oscuro aparece el ónice; absorbe la energía negativa.

—Por aquí, por favor —dijo una voz desde la oscuridad del pasillo.

Vicken y yo nos miramos por última vez en el techo de ónice y seguimos a Rayken por el pasillo. Giramos una y otra vez por un laberinto de pasadizos hasta que llegamos a un arco de madera. Había dos puertas decoradas con esculturas de centenares de cuerpos que se retorcían de dolor, con largas lenguas que se agitaban y ojos desorbitados. Aparté la vista. Su grotesco aspecto hacía que me sintiera incómoda.

El vampiro asió la manija de una puerta en forma de daga. Yo tenía unas parecidas en mi casa de Hathersage. Hechas a manos por los vampiros Linaldi en Italia. Unos maestros artesanos; recuerdo que en el año 1500 liquidé a muchos de ellos.

—Suerte —dijo el vampiro, abriendo la puerta.

Me volví para mirar a Vicken, que tomó mi mano. Entramos en una inmensa biblioteca. ¡La que había contemplado en la visión de Rhode! Mientras examinaba la circunferencia de la habitación observé que todas las paredes estaban cubiertas, desde el suelo hasta el techo, de libros. Sobre mí, el fresco que había visto en mi imaginación reproducía el soleado cielo de un espléndido día estival.

El crepitar del fuego hizo que apartara la vista del techo. Al fondo de la habitación había una enorme chimenea, que ocupaba casi toda una pared. Las llamas arrojaban un resplandor anaranjado sobre la habitación. Ante el hogar había tres vampiros sentados en unas poltronas, cada uno sosteniendo un libro en las manos.

En el centro estaba Rayken, quien hacía unos segundos se hallaba en el pasillo.

Tragué saliva, procurando conservar la calma.

—Bienvenidos, Lenah Beaudonte y Vicken Clough. Observo complacido que el ritual de Rhode ha dado resultado, por dos veces —dijo Rayken.

—Tu poder, tu velocidad, son impresionantes —observé.

—No pretendo impresionarte, señorita Beaudonte. Mi poder reside en mis conocimientos. Los vampiros no pueden moverse a más velocidad que un ser humano natural.

No conoces a Odette, pensé. Era obvio que Rayken había alcanzado su asiento mucho antes de que Vicken y yo hubiéramos atravesado siquiera el umbral. En cualquier caso, no le creí. Había visto lo que Suleen y Odette eran capaces de hacer.

—Conocéis nuestros nombres. Creo que es justo que nosotros conozcamos los vuestros —dije.

Rayken miró al vampiro de su izquierda, quien dijo, saludándonos con un gesto de la cabeza:

—Laertes.

—Como en *Hamlet* —comentó Vicken, que estaba situado a mi espalda. Por un momento daba la impresión de sentirse muy satisfecho de sí. Carraspeó para aclararse la garganta—. Suponiendo que os gusten ese tipo de obras.

El vampiro Laertes sonrió, una sonrisa tan cálida que hacía que pareciera humano.

—Fascinante —dijo el tercer vampiro. Sonrió también, abriendo la boca, y entonces vi que no tenía colmillos. Tan sólo dos boquetes en lugar de colmillos. ¡Como en mi pesadilla!

—Lenah ha observado que somos diferentes —dijo Laertes, apoyando una mano en la rodilla de Rayken.

En efecto, había observado que eran diferentes, pero también había observado el poder que detentaban. Deseaba que me ayudaran a derrotar a Odette, pero primero quería unas respuestas.

—Ya conoces a Rayken, Lenah Beaudonte —dijo Laertes—. Y a nuestra derecha está Levi. Somos...

—Los Seres Huecos —dije. Los hombres de la visión de Rhode.

Los tres inclinaron la cabeza al unísono.

—¿Los Seres Huecos? —preguntó Vicken.

—Sé muy poco sobre vosotros —confesé tímidamente—, pero he oído hablar de vosotros.

—¿Tu amigo Rhode no te ha contado nada acerca de nuestra pericia? —inquirió Levi. Tenía los ojos enmarcados por grandes bolsas y profundas arrugas, lo cual indicaba que probablemente había sido transformado en un vampiro siendo ya mayor.

—Sé que ha estado aquí. Lo vi en mi mente —dije. Me aventuré a avanzar un paso hacia ellos—. Tuve una visión en la que os vi reunidos con Rhode. Os imploró que le perdonarais la vida. Os lo suplicó.

—¿Que le perdonáramos la vida? —repitió Rayken—. Rhode Lewin jamás nos imploró que le perdonáramos la vida.

¿Ah, no?

—Mmm... —Los Seres Huecos cambiaron unas miradas y el tono de sus voces denotaba preocupación.

—¿Dices que lo viste en tu mente? —preguntó Laertes.

Asentí con la cabeza.

—Qué interesante. ¿Cómo es que pudiste penetrar en sus pensamientos? —preguntó Rayken, enlazando las manos y apoyándolas en su regazo.

—Somos almas gemelas. Desde que las Aeris decretaron que no podíamos estar juntos, se niega a tocarme. Pero al parecer estoy conectada a sus pensamientos. A veces, a sus recuerdos.

Laertes, Rayken y Levi cambiaron una mirada y hablaron en voz baja en una lengua extraña. Oí que decían «Anam Cara». Luego el nombre de Suleen.

—Las verdaderas almas gemelas, aquellas cuyas esencias vitales están entrelazadas, hallan la forma de conectarse incluso cuando no pueden estar juntas físicamente —explicó Laertes.

Estos vampiros me conocían, conocían las atrocidades que yo había cometido. Esta vez no necesitaba un conjuro de invocación. Necesitaba su fuerza para que me ayudaran a enfrentarme a Odette. No era preciso que resolviera en esos momentos el misterio de Rhode. Tenía que centrarme en la tarea que me ocupaba.

—He venido a pediros un favor distinto del que os pidió Rhode —dije.

—No nos dedicamos a hacer favores —contestó Rayken.

—Cierto —apostilló Laertes emitiendo un suspiro—. Sólo nos interesa el saber. Rhode vino en busca de nuestra protección, que sólo podía obtener mediante un pacto.

Sabía que ese pacto, al margen de en qué consistía, sería peligroso. Quizá me mataría.

—¿Qué os ofreció Rhode? —pregunté.

—El amor —respondió Laertes.

—¿Qué? —murmuré. Esto no tenía sentido.

—Por eso vino. Si nos cedía su capacidad de amar, para que la estudiáramos, nosotros te protegeríamos el resto de tu vida mortal.

—¿Cómo podéis hacer eso? —preguntó Vicken.

—Podemos hacer muchas cosas —respondió Rayken.

—No podemos amar, señorita Beaudonte —dijo Laertes.

—Los vampiros pueden amar —repliqué.

—Hace mucho que nos despojamos de esa facultad, porque mermaba nuestro poder de aprender —dijo Laertes.

—¿De modo que estabais dispuestos a arrebatarle su amor por mí? —balbucí, horrorizada—. ¿Y él accedió? —pregunté con voz entrecortada. Pensé en todas las visiones. Hoy, en la casa de los Espejos, Rhode me había tocado. Había llorado.

Traté de respirar con normalidad mientras este pensamiento acudía a mi mente. ¡Qué estúpida había sido! Había supuesto que Rhode se sentía incómodo con su mortalidad. Pero era mucho más que eso. ¿Había estado dispuesto a renunciar a su amor por mí a cambio de que yo estuviera a salvo? ¿Era eso lo que le atormentaba?

—No —contestó Rayken—. No fue capaz.

—¿Qué es lo que deseas, señorita Beaudonte?

—¿Rhode no fue capaz de renunciar a su amor por mí? —pregunté. Quería que me lo confirmaran antes de pedirles que me protegieran de Odette.

—No —dijo de nuevo Rayken—. No quiso desprenderse de su capacidad de amarte, pese a vuestras circunstancias con las Aeris.

Sin duda era verdad. ¿Cómo podían saber si no lo de las Aeris?

Rhode no había sido capaz de renunciar a su amor. Lo había dicho en su visión: *Me pedís demasiado.* Y en la Casa de los Espejos había cedido por fin a su suplicio. Pasara lo que pasara, jamás podríamos permanecer separados. Regresaríamos una y otra vez a este momento. Podía llamarlo de muchas formas: Anam Cara, almas gemelas, el amor de mi vida; era mi Rhode.

Para siempre.

Pero no se trataba sólo de él.

Unas imágenes acudieron a mi mente y me sentí abrumada por otras formas de amor. No era sólo mi amor por Rhode…, era otra cosa.

Tracy diciéndome que nos ayudaría…, pasara lo que pasara.

El retrato pintado por Tony hecho jirones.

Los ojos cerrados de la señora Tate, casi como si durmiera. Con una nota sobre su pecho.

El rostro manchado de lágrimas de Claudia momentos antes de morir.

¿En esto consistía la vida? ¿Era esto por lo que había suplicado durante los días que había pasado sumida en la locura en Hathersage? Sentí que se me encogía el corazón cuando me recordé diseminando margaritas como una enajenada sobre el suelo de la mansión.

Alcé la vista y miré a los Seres Huecos. Sabía lo que quería y ya no era protección. Hacía meses que debí hacer lo que tenía que hacer. Era la única forma de librarme por fin de Odette y de la vida que había llevado en Hathersage. Si era cierto que había dejado de ser el monstruo que había sido, capaz de matar sin motivo alguno, tenía que desprenderme de mi vida humana en Wickham. Sabía lo que tenía que hacer y por qué todos los acontecimientos de este año me habían conducido a este momento ante los Seres Huecos.

—Estoy dispuesta a negociar con vosotros —dije—. No sé lo que podéis querer de mí. Pero estoy dispuesta a dároslo.

—¡Lenah! —protestó Vicken, estupefacto.

Agaché la cabeza. Tenía que decirlo:

—Vine para pediros que me ayudarais a derrotar a una vampira que está decidida a matarme. Pero lo que quiero ya no es eso. Quiero algo mucho más importante.

El deseo en mi interior mudó al tiempo que hablaba:

—Quiero que llaméis a las Aeris en mi nombre —dije. Quería regresar al mundo medieval, tal como Fuego me había propuesto hacía unos meses.

Laertes me observó unos momentos.

—Eres una criatura muy curiosa, Lenah Beaudonte…

—Y tal vez estúpida —dije—. Sé que no puedo renunciar a mi capacidad de amar. Rhode y yo somos iguales en ese sentido.

Laertes hizo una pausa y dijo:

—Nos conformamos con que nos des tu sangre.

—¿Mi sangre? —pregunté alzando la barbilla.

Vicken se colocó junto a mí.

—No —dijo con tono seco.

—Nosotros te ayudaremos. Tu ritual es muy interesante, al igual que la historia de tu capacidad de utilizar la luz del sol como arma. Jamás hemos visto la sangre de alguien que posea esa facultad. Ni siquiera Rhode la tiene.

Los otros dos Seres Huecos manifestaron que estaban de acuerdo.

—No —repitió Vicken—. Es un burdo ardid para asesinarte.

—Tu guardaespaldas debe guardar silencio y esperar fuera —dijo Laertes mientras rebuscaba en una cajita. Se oyó el sonido de metal y vidrio.

—No, Lenah —dijo Vicken, apoyando las manos sobre mis hombros—. Te ruego que recapacites.

Cuando le miré a los ojos y vi su sinceridad, comprendí que mi decisión era la correcta. Miré a mi viejo amigo, sabiendo que jamás debí sacarlo de la casa de su padre. Al igual que Rhode jamás renunciaría a su amor por mí, yo sabía que no podría vivir una vida en la que todas las personas que amaba podían morir a manos de vampiros. O sufrir algún percance. Y todo para que yo fuera humana. Ahora lo comprendía con claridad. Y también la situación entre Rhode y yo. Seguiríamos haciéndonos daño, tratando de hallar el medio de estar juntos sin violar el cruel decreto.

Esto no era vida.

Tenía que regresar al mundo medieval, tal como Fuego me había sugerido hacía unas semanas.

Laertes se acercó a mí con grandes zancadas, su toga agitándose tras él, produciendo unas oleadas de aire cálido que avivaron las llamas en la chimenea. Los otros dos Seres Huecos permanecieron sentados. Vicken retrocedió cuando el vampiro se acercó a mí.

—Voy a extraerte casi toda la sangre, Lenah Beaudonte. Cuando te despiertes, estarás en una pequeña habitación.

Allí. —Laertes señaló una puerta que se materializó junto a la chimenea. Una recia puerta de madera marrón oscuro decorada con unas filigranas plateadas semejantes a extrañas flores—. Estarás en una habitación desnuda. No regreses aquí hasta que tu reunión con las Aeris haya concluido.

—Podrías matarme y yo no llegaría a celebrar nunca mi reunión con ellas —dije, sintiendo que el corazón me retumbaba en la garganta.

Laertes sostenía un pequeño cuchillo en la mano, una pequeña daga. Al aproximarse, observé los boquetes en su boca donde se había desprendido también de sus colmillos.

—Debe ir sola —dijo el vampiro, mirando a Vicken. Me volví hacia él y nos miramos a los ojos. Sus manos colgaban a ambos lados del cuerpo. Tragó saliva, pero no dijo nada. No sabía si debía dejarlo así. Pero tenía que arriesgarme.

—No deja de ser interesante, señorita Beaudonte, que a las diez en punto de esta noche tengas una pelea contra un clan de vampiros. Contra la nueva reina de los vampiros y su clan. Y que, sin embargo, en lugar de pedir nuestra protección, hayas solicitado mantener una reunión con las Aeris. ¿Por qué? —Laertes ladeó la cabeza esbozando una pequeña sonrisa.

—Precisamente porque puedo ganar esa pelea.

—En tal caso, si mueres debido a que yo te extraiga tu sangre, no importará.

—Por supuesto que sí —repliqué, ofreciéndole mi muñeca—. Tengo que liquidar a esa vampira.

Laertes se limitó a responder con una sonrisa, mostrando sus encías desprovistas de colmillos.

23

A Vicken tuvieron que sujetarlo dos hombres vestidos de negro, sin despegar los labios, que entraron por la puerta que daba al pasillo. Aparté la vista mientras mi sangre caía dentro de un voluminoso recipiente de cristal tallado. Traté de ignorar las pulsiones de mi corazón, que percibía por el corte en mi muñeca. Cuando empecé a marearme, cuando mis piernas cedieron, todo se sumió en la oscuridad.

Traté de pestañear un par de veces, pero tenía los párpados pegados. Quise alzar los brazos. *Hazlo. Levanta los brazos, Lenah.* Lo intenté, pero no pude. Volví a intentarlo, gimiendo, pero las manos me pesaban demasiado. Traté de enfocar la vista, pero estaba envuelta en una negrura que flotaba a mi alrededor. El rostro de Laertes apareció ante mí. Sus ojos escudriñaron mi semblante.

Dios mío. Iba a matarme. Lo había conseguido. Me había engañado.

—No puedo —murmuré, pero fue lo único que pude decir.

El Ser Hueco sacó un pequeño vial de entre los pliegues de su toga. Un pequeño tubo de vidrio que contenía un líquido azul. Levantó mi brazo del suelo, que parecía como si flotara en el aire sostenido por su mano. Un oscuro hilo de sangre se deslizaba desde mi muñeca por mi antebrazo. Laertes vertió dos gotitas del líquido azul sobre ella. El líquido emitió un breve chisporroteo, como si ardiera, pero no me dolió. Mi piel se tensó como si la hubieran reparado con unas puntadas.

Al cabo de unos segundos, la sangre en mi brazo pareció fundirse, absorbida por mi piel, asumiendo el color de la carne de mi brazo. Poco después, empecé a sentir un hormigueo en las manos y los pies.

—Tu sangre se regenerará enseguida. No te levantes hasta que puedas mover los dedos de los pies. Suerte —dijo, y desapareció con el sonido de unos pocos pasos.

Permanecí postrada en el suelo, paralizada. Sentía una temperatura fría contra la parte posterior de mi cabeza. El peso de mi cuerpo parecía hundirse en el gélido suelo sobre el que yacía.

Un momento...

Sentía temperatura. Oprimí las palmas de las manos contra el suelo. Podía hacerlo. Las yemas de mis dedos se apoyaron con fuerza en el suelo y traté de incorporarme. Caí de nuevo hacia atrás, golpeándome la cabeza contra el suelo. Gemí y volví a intentarlo. *¡Levántate!* Los músculos de mi estómago temblaban debido al esfuerzo. *¡Inténtalo, Lenah!* Me incorporé, expeliendo aire, y miré a mi alrededor. Tan sólo había un muro de piedra. No había ventanas. Levanté la vista; mis pies estaban todavía adormecidos. El techo en esta habitación también era de ónice negro y no había ventanas ni velas, pero de alguna forma podía ver. Con las piernas estiradas ante mí, hice un esfuerzo por volver la cabeza y contemplar la parte posterior de la habitación. A mi espalda había una puerta negra con una manija en forma de una daga negra. Debajo de la puerta se filtraba una luz dorada. Era la única salida. Pero Laertes me había dicho que no podía marcharme hasta que hubiera concluido mi entrevista con las Aeris.

La puerta empezó a refulgir como si estuviera iluminada por un foco. Utilicé las manos, que con cada segundo que pasaba adquirían más fuerza, para apoyarme en el suelo y volverme hacia la luz. Sentí un hormigueo en las piernas, que empezaban a agitarse como la cola de un pez.

Al igual que en el campo de tiro con arco, apareció una mancha de luz blanca en el centro de la habitación. La mancha empezó a crecer hasta que inundó toda la habitación de una luz deslumbrante. Dentro de esa luz se veían las siluetas de centenares de cuerpos, incluyendo la de una niña de corta edad.

Las cuatro figuras de las Aeris aparecieron frente al mar de cuerpos, avanzando al unísono tal como habían hecho en la meseta. Fuego se adelantó a los otros tres elementos.

Bajó la vista y la fijó en mis piernas. El hormigueo me subía por los muslos. No tardaría en poder ponerme de pie.

—Disculpa que no me levante —dije—, pero no puedo.

Fuego se inclinó de forma que el vestido le colgaba sobre las rodillas y se desparramó sobre el suelo. Las otras tres Aeris se situaron junto a ella a mis pies. Colocaron sus manos una sobre otra y las apoyaron sobre mis tobillos. La presión de sus manos era semejante a la de unos suaves pétalos; eran extraordinariamente ligeras, pese a que apoyaban el peso de su cuerpo sobre mí.

Me transmitieron algo que me recorrió el cuerpo, una oleada de luz, amor, vida…, no lo sé. Aspiré una gran bocanada de aire. La retuve en mis pulmones y crispé las manos. Me pasé las palmas sobre los muslos y sentí la suavidad de mi piel debajo de la ropa.

Me puse de pie mientras los otros tres elementos se retiraban detrás de Fuego.

—Gracias —dije. Miré a las cuatro Aeris y repetí—: Gracias.

Todas inclinaron la cabeza.

—Eres muy valiente —dijo Fuego.

Tras dudar unos segundos, dije:

—Lamento no haberme dado cuenta antes.

—¿Por qué nos has llamado? —preguntó Fuego.

—Reconozco que en parte deseo haceros un ruego. Rogaros que anuléis el decreto que nos mantiene a Rhode y a mí separados. No hay nada que desee más que estar con él.

—¿Pero...? —preguntó la Aeris, animándome a seguir. Llevaba su vestido rojo y su cabello chisporroteaba, un bucle de llamas rojas que emitían unas chispas de luz anaranjada y dorada.

—He sufrido quemaduras, he arriesgado la vida en numerosas ocasiones para repeler el ataque de unos vampiros.

Levanté la muñeca para mostrar a Fuego la gasa que aún protegía mi quemadura, pero ésta había desaparecido cuando me habían regenerado la piel. Dejé caer el brazo.

—Los Seres Huecos deseaban estudiar mi sangre. Pidieron a Rhode que renunciara al amor —dije, contemplando los insólitos ojos rojos de Fuego.

Ella me sonrió con gesto comprensivo, casi orgulloso.

—Y después de todo eso, ¿sabes lo que deseo? —pregunté.

—Dímelo —respondió Fuego; su piel parecía relucir, como iluminada por unos diminutos rayos debajo de la superficie. Formulé las palabras, que brotaron de lo más profundo de mi cerebro, de lo más profundo de mi alma humana. Murmuré mi confesión más íntima, la que sólo había revelado una vez, a Tony poco antes de que muriera.

—Me gustaría no haber salido nunca al manzanar esa noche, y haber muerto en el siglo quince tal como estaba destinada a hacer. —Al hablar, mi voz se quebró y las lágrimas afloraron a mis ojos.

Fuego sostuvo mi mirada y asintió lentamente. Luego se apartó a un lado y me invitó a contemplar la luz blanca a su espalda. Una mancha de luz salió de entre la confusa masa y avanzó hacia nosotras. La forma de un joven se situó junto a Fuego y fue adquiriendo consistencia y nitidez, hasta que acabé reconociéndolo. Tenía unos orificios en los lóbulos de las orejas, una sonrisa cálida, y las manos enfundadas en los bolsillos.

Tony. Tony en color, inconfundible en color y en la vida. Sentí un calor que me estallaba en el centro del pecho y se extendía hasta mis manos.

Me miró a los ojos, pero no dijo nada.

—Te echo de menos —murmuré atropelladamente. Él retrocedió con una sonrisa en los labios y desapreció de nuevo en la luz. El último rasgo nítido que distinguí fueron sus mejillas cuando sonrió.

Fuego inclinó la cabeza.

—A veces, tomar una decisión difícil nos libera —dijo.

Traté de localizar de nuevo a Tony, pero la forma de sus hombros y sus manos de artista eran ahora una mancha borrosa de luz.

Respiré hondo.

—Quiero... —dije, mirando a Fuego a los ojos. Cada palabra que pronuncié era sincera—. Quiero lo que me ofreciste en el campo de tiro con arco. Regresar al siglo quince. Pero sola. —Hice una pausa—. Sé que Rhode es un vampiro de ese siglo y que la única forma que hay de que estemos juntos es reuniéndome allí con él. Es demasiado tentador. De modo que te pido que él permanezca en la época presente.

—¿Que permanezca aquí? —preguntó Fuego.

—Murió por mí, o al menos trató de hacerlo. Quiero que viva. Si recuerda su pasado, se volverá loco. De modo que te pido también que no retenga sus recuerdos. Que viva con una familia, libre.

—¿Y Vicken? Si tú te vas, si regresas, él volverá al siglo diecinueve —me explicó Fuego—. No se convertirá en un vampiro.

Durante unos instantes me sentí abrumada por un recuerdo. *Vicken vestido con un uniforme azul de soldado. Bailando sobre una mesa, moviendo las piernas con brío, sonriendo. Está sudando. Es humano..., y se siente feliz.*

—Vicken no encaja en esta época.

Fuego se acercó a mí, alejándose de la luz y adentrándose en la oscuridad de la habitación. Se detuvo sobre la línea que nos separaba. La línea que separaba su mundo compuesto por una luz blanca de la oscuridad y el color, el mundo mortal. Me miró, ladeando la cabeza, y sonrió de nuevo con los labios apretados.

—Todos los ciclos deben completarse. El sol que hace que empiece el día debe ponerse. La chispa que ilumina el mundo debe extinguirse. Termina lo que has iniciado. Rompe el ciclo del ritual y concluirá.

—¿Si derroto a Odette, me enviarás de regreso al siglo quince, tal como deseo?

Asintió con la cabeza.

—¿Y mis víctimas serán libres? ¿Y las víctimas asesinadas por los vampiros que yo creé también serán libres?

La masa blanca de almas detrás de las Aeris osciló y se agitó un poco, como si una leve brisa se hubiera levantado en la habitación.

—Todas quedarán libres —dijo Fuego.

—Pero ¿no serán unas almas blancas? —pregunté.

—Ellos mismos deben elegir su camino, como debe ser.

Al igual que había sucedido en el campo de tiro con arco, Fuego empezó a desvanecerse; comencé a distinguir el muro detrás de ella.

—¿Y la batalla? —pregunté, sabiendo que ella lo comprendería—. ¿Y si muero?

Agua, Tierra y Aire se esfumaron junto con la luz, pero la figura de Fuego seguía tan nítida como hacía un rato. Se acercó a mí y me tomó la mano. Su piel tenía un tacto sedoso.

—Confío en que salgas airosa de esto, Lenah.

—No confío en mí —respondí.

—Tu clave reside en el saber —murmuró Fuego con tono grave.

—¿El saber? ¿Qué tiene que ver...? —Me detuve cuando la Aeris se volvió para observar la masa de gente que se desvanecía a su espalda.

Luego dijo con firmeza:

—Los muertos no se muestran a los vivos. A menos que lo merezcan, a menos que tengan un alma blanca.

—Mi alma no era blanca. Lo vi en el techo de ónice. Era gris.

Fuego retrocedió hacia los sutiles retazos de luz blanca y comenzó a desaparecer también.

—Ahora la tuya es blanca. —Alzó la vista e hice lo propio, dirigiendo los ojos hacia donde miraba ella. En mi imagen reflejada vi una esfera como la que había visto antes, pero esta vez era blanca, limpia, pura.

Entreabrí la boca y por primera vez en lo que me pareció una eternidad, sonreí.

—¡Espera! —exclamé, avanzando un paso hacia ella. Fuego osciló ante mí como una vela a punto de extinguirse—. ¿Y Rhode...?, ¿será feliz?

Fuego sonrió y desapareció en la nada.

Me volví hacia la puerta y giré el pomo. Supuse que entraría de nuevo en la biblioteca. Pero me encontré en los escalones de la puerta de entrada, bajo el sol vespertino, frente al camino de grava. Me escudé los ojos para protegerlos de la luz. Vicken se levantó apresuradamente; me esperaba sentado en el peldaño inferior frente al largo camino de acceso, fumando un cigarrillo.

Se volvió y me abrazó con fuerza. Me aferré al delgado cuerpo. Olía a tabaco. Permanecí unos momentos abrazada a su cuello, asimilándolo.

—Siento náuseas —dijo, y sentí su voz grave vibrar dentro de su pecho—. Ahora comprendo por qué algunos estúpidos mortales dicen que sienten náuseas cuando están angustiados.

—Estoy bien —dije, retirándome.

—Dentro de seis horas serán las diez, Lenah. Debemos irnos —dijo. Saqué las llaves del coche del bolsillo y se las di. Pero en lugar de echar a correr hacia el vehículo, me preguntó—: ¿Y bien? ¿Vamos a pelear o no?

—Fuego dijo que debemos derrotar a Odette a toda costa. Así romperemos el ciclo del ritual.

—¿Romper el ciclo?

—El ritual desaparecerá del mundo si conseguimos vencerla —le expliqué.

—Genial. ¿Dijeron el señor sin colmillos y la dama de fuego qué ocurrirá si vencemos?

No podía decirle lo que ocurría si vencíamos. Sabía que trataría de convencerme de que me quedara en este mundo, para estar juntos, porque eso era lo único que él había conocido durante los últimos ciento sesenta años. Pero tenía que enviarle de regreso al lugar y a la época que le correspondía.

Negué con la cabeza y sonreí al tiempo que una extraña sensación de calma me invadía. Nos montamos en mi coche. Mientras Vicken conducía, apoyé la cabeza contra el asiento, escuchando el sonido del motor. Escuché el motor, la radio y los cambios de marchas. Observé las farolas desfilar ante la ventanilla. Tomé nota de todo. De todo lo que no existía y no existiría en 1418.

La puerta crujió cuando entré en mi apartamento. Supuse que estaría sola, pero había alguien sentado en mi sofá: una figura alta, inclinada hacia delante, con el pelo negro peinado con una cresta. Rhode estaba sentado con la cabeza entre las manos. Cuando me transformó de nuevo en humana y él salió al porche para morir, estaba seguro, convencido de que moriría. Al oír el clic de la cerradura alzó la vista.

—¿Qué has hecho? —preguntó. Me senté a su lado. Él me miró como si no diera crédito.

—Durante meses, pensé que tratabas de lastimarte a ti mismo. Que pensabas que no merecías ser humano —le confesé.

—¿Qué te indujo a pensar eso? —me preguntó.

—Desde que volviste de Hathersage, he estado conectada a ti. Podía ver tus pensamientos. A veces tus recuerdos. E interpreté de forma errónea tu dolor. Eso fue lo que ocurrió en la Casa de los Espejos.

—¿Estabas conectada a mí? —preguntó, sin comprender.

—Pensé que estabas perdiendo el juicio cuando en realidad sufrías debido a tu pugna con los Seres Huecos. Tu negativa a renunciar a tu amor por mí.

Frunció el ceño y se levantó del sofá.

—Entiendo. De modo que has descubierto mi relación con los Seres Huecos —dijo, acercándose al escritorio. Apoyó las manos en él y agachó la cabeza. Cuando habló de nuevo, observé a través de su delgada camiseta cómo se contraían los fuertes músculos de su espalda—. Cuando me desperté después del ritual, tú yacías en el sofá, dormida. Te estuve observando. Por fin te habías transformado de nuevo en humana, después de lo mucho que lo habías deseado.

Se volvió hacia mí y se apoyó contra el escritorio. No me atrevía a hablar. Temía que si interrumpía sus pensamientos le impediría revelarme lo que hacía tanto tiempo que yo deseaba oír.

—No pude evitar experimentar un sentimiento reverencial. Me sentía orgulloso de lo que habíamos conseguido con el ritual —dijo meneando la cabeza—. Era algo inédito. Una simple combinación de conjuros y hierbas. Pero lo más difícil de encontrar era la intención, el ingrediente crucial y más variable, pues ambos debíamos hallarlo en nosotros mismos.

Rhode empezó a pasearse frente a mí.

—De modo que tenía dos opciones. O despertarte para que iniciáramos nuestra vida humana juntos, o dejar que vivieras tu vida sin mí. Tenía numerosas deudas que saldar. Una, muy importante, que había contraído con Suleen... Le debía un favor. —Me miró a los ojos, y aunque no entendí todo lo que me decía, intuí que estaba a punto de descubrir la verdad—. Y también estaba en deuda contigo —continuó—. Te debía la oportunidad de vivir como humana sin que yo me inmiscuyera. Así que decidí saldar mis deudas, creyendo que conseguirías aclimatarte a tu vida humana y, si tú y yo volvíamos a estar juntos, al cabo de un tiempo te lo explicaría. De modo que fui a ver a los Seres Huecos. Ellos me prometieron protegerte durante toda tu vida mortal si yo... —Rhode dudó unos instantes y le escuché pendiente de cada palabra—. Me encomendaron una misión imposible, Lenah. Querían que les entregara el amor. ¡El amor! Si conseguía capturarlo, si daba con unos encantamientos o conjuros capaces de robar el amor para que poder dárselo a los Seres Huecos, ellos te protegerían. Estarías libre de la oscuridad que te había envuelto durante siglos.

Tomó una foto mía del escritorio y por un momento pensé que iba a estrellarla contra la pared de enfrente.

—Fracasé —dijo con una voz apenas audible—. Y entonces me encontré en deuda con los Seres Huecos. Retiraron la protección que te habían dado. Fue en esos momentos cuando llegó Vicken, y ya no pude sacarte de Lovers Bay.

Guardé silencio, mirando mis manos. No me imaginaba a Rhode fracasando en nada que se propusiera.

—¿Adónde fuiste? —pregunté con voz ronca.

—Emprendí una búsqueda. Viajé a los rincones más remotos de la tierra. Pero fracasé de nuevo. —Se postró de rodillas frente a mí y apoyó las manos sobre mis muslos—. Cuando arrebatas a alguien el amor por medio de conjuros mágicos, esas personas ya no pueden volver a amar. No son malvadas, no están furiosas; están huecas y vacías, lo cual casi es peor. No podía arrebatar la vida a ningún otro ser. Lo había hecho durante centenares de años succionándoles la sangre.

La idea de que Rhode hubiera hecho eso hizo que se me pusiera la carne de gallina.

—No comprendía y sigo sin comprender esa clase de maldad. Cuando regresé... —Tragó saliva y se detuvo un momento antes de concluir—. Cuando regresé a Lovers Bay para explicárselo a los Seres Huecos, me enteré de que habías vuelto a convertirte en una vampira.

Me aferró las rodillas y deseé abrazarlo. Quería asegurarle que todo iba bien.

—Vi tu vida como una esfera dorada suspendida ante mí. Atrayéndome como el sol más espléndido. No temía tu luz.

—No pudiste renunciar a tu amor por mí —dije.

—No —susurró—. Me negué a hacerlo.

Había llegado el momento de que yo le revelara la verdad.

—He hecho un pacto con los Seres Huecos. Les pedí que invocaran a las Aeris.

Rhode alzó la vista y me miró a los ojos. Apartó las manos de mis piernas y el ambiente en la habitación mudó de forma palpable.

—Nunca hacen nada sin pedir algo a cambio... ¿Qué les...?

—Les di mi sangre, la sangre de una vampira que podía utilizar la luz solar como arma, que había sobrevivido al ritual en dos ocasiones, y ellos invocaron a las Aeris. —Tragué saliva, procurando controlar mis emociones.

Rhode se levantó y asestó una patada a la mesita de centro; unos libros y bolígrafos cayeron al suelo. Me estremecí y desvié la vista del montón de objetos desparramados.

—¿Cómo pudiste hacerlo? Esos seres no son de fiar, Lenah. No sabes lo que esa transacción puede significar para ti dentro de unos años. Tendrán esa sangre. Tendrán la magia. —Se pasó la mano por el pelo—. Podrías haber muerto.

—Pero no he muerto, Rhode. —Mi voz denotaba un profundo cansancio

Observé la curva de su cuello, la franja de piel entre su cabello y su camiseta negra. Deseaba tocarlo mientras pudiera hacerlo.

—¿Y qué les pediste a las Aeris? ¿Que te protegieran de Odette? Lenah, siempre habrá otros vampiros. ¿Les pediste que suspendieran el decreto?

—¡No! —grité, y él suspiró. Su respuesta fue su silencio—. Sé que esperas muy poco de mí, porque soy una egoísta. ¿Recuerdas lo que dijeron las Aeris? ¿Que somos almas gemelas y que no podían hacer nada al respecto?

Rhode asintió con la cabeza.

—Durante este tiempo he pensado en mí. En ti, en mí, en lo que no podemos tener. No me preocupé por las personas que realmente merecen justicia.

—Lenah…

—No —dije, interrumpiéndole—. Basta de formalismos. Tenemos que derrotar a Odette. Fuego me lo dijo con toda claridad. Cuando lo consigamos, cuando la matemos, a la mañana siguiente, al amanecer, regresaré al siglo quince y Fuego reparará todas las atrocidades que hemos cometido. Borrará nuestros asesinatos, y los asesinatos cometidos por los vampiros que nosotros creamos.

—¿Qué?

—¿Por qué no nos preocupamos por las personas que estaban envueltas en la luz blanca detrás de las Aeris? ¿Por Tony, por Kate o por Chloe? ¿Incluso por Justin? Quién sabe dónde estará ahora, suponiendo que esté vivo.

—El mundo medieval… —dijo Rhode meneando la cabeza.

—Mi vida será breve. Me casaré joven y moriré joven. Pero viviré, Rhode. Y todas las personas que matamos recobrarán la vida.

ÉL reflexionó unos instantes antes de responder.

—Pero no puedo vivir sin poder amarte —dijo, y sus palabras se me clavaron en el corazón—. Seré un vampiro en el siglo quince, observándote. Esperándote.

Tragué saliva para armarme de valor. No pude mirarle cuando dije:

—También he pensado en eso. Cuando regrese al siglo quince, tú te quedarás aquí sin retener ningún recuerdo de tu pasado. Serás un Rhode de diecisiete años, con una familia. Un joven con toda la vida por delante.

—No, Lenah. Es injusto. Lo has decidido sin dejarme opinar al respecto.

Me abalancé hacia él, apuntándole en el pecho con el índice. Él retrocedió trastabillando y chocó con el escritorio.

—¡No! —grité—. No. Yo no pude opinar cuando apareciste en el manzanar y me convertiste en una vampira. Todo lo que ha ocurrido desde entonces quedará subsanado por la decisión que he tomado.

Contuve el aliento durante el momento de silencio que cayó entre nosotros.

—¿Has conseguido perdonarme? —me preguntó con tono quedo.

—¿Y tú a mí? —pregunté—. Te vi. Dijiste a Suleen que no estabas seguro de poder perdonarme alguna vez. Que quizá no podías amarme después de… —Vacilé unos instantes—, después de lo que hice. —Mi voz se quebró. No pude evitarlo.

Estábamos a medio metro de distancia uno de otro. Su expresión indicaba que Rhode era consciente de ello.

—Fue un pensamiento que tuve hace unos meses. En realidad eso no ocurrió, y me arrepentí de haber pensado algo así.

—¿De modo que tu recuerdo era…?

—Un pensamiento que tuve. Tú estabas conectada a mis pensamientos.

Hice una pausa mientras asimilaba esto.

—¿Me has perdonado? —pregunté en voz baja.

Me incliné hacia él, acercando mis labios a los suyos. Él me miró, y estuvimos a punto de besarnos. Sentí su suave aliento sobre mi boca.

—¿No te lo he repetido una y otra vez, Lenah? Tú eres mi única esperanza.

Se inclinó hacia delante, apenas unos centímetros, y nuestros labios se rozaron. Iba a besar a Rhode por primera vez como mortal.

—Te amo, Lenah —musitó.

Estaba extasiada ante la posibilidad de que sus labios acariciaran los míos. Sentía una felicidad indescriptible y cada poro en mi cuerpo anhelaba que me tocara. Deseaba que mi alma se fundiera con la suya.

¡Pon pon!

Alguien aporreó la puerta de mi habitación.

Rhode y yo nos separamos apresuradamente.

—Yo abriré —dijo él, y cuando se apartó, el aire entre nosotros se me antojó extraño y viciado.

Vicken estaba en el umbral, vestido de negro de pies a cabeza, con el cabello peinado hacia atrás de forma que sus rasgos eran más acusados. Sonrió con los labios apretados como si ocultara algo. Luego su sonrisa se ensanchó, mostrando dos colmillos muy finos, afilados y relucientes.

—¡Caray! —dijo Rhode, retrocediendo, y cuando le oír reír, me sentí más animada.

—¿Te has disfrazado de vampiro? —pregunté.

Rhode meneó la cabeza como si no diera crédito y volvió a soltar una carcajada.

—¿Qué? —contestó Vicken encogiéndose de hombros, como si fuera la cosa más normal del mundo—. Ez una *ironía* —dijo ceceando. Los falsos colmillos le impedían cerrar la boca con normalidad. Entró y cerró la puerta tras él.

—Maravilloso… —dijo Rhode. Abrió la cremallera de su bolsa de viaje y sacó su espada antigua. La luz se reflejó en la hoja plateada, proyectando pequeños rayos de luz sobre el suelo.

Vicken entró en la habitación.

—¡Qué pareja! Zois patéticos —dijo—. ¿Dónde eztá tu diz-fraz? No puedez aparecer en el baile con una ezpada a la ezpalda.

Rhode señaló la bolsa abierta en el suelo.

—Ya he pensado en ello. —Volcó el contenido de la bolsa, que consistía en cinco dagas—. Venga, ayudadme.

24

Tejidos baratos adornados con volantes blancos..., rostros pintados como demonios o ángeles... Eran los retazos de disfraces que vislumbré a mi alrededor en el campus de Wickham la noche del baile de Halloween, la última noche de Nuit Rouge.

Las decoraciones iban unidas a unas luces parpadeantes de color naranja. Los vehículos de seguridad iluminaban los senderos.

Éste era un nuevo Wickham.

Un Wickham atemorizado.

Un Wickham contaminado por la sed de sangre de los vampiros.

Escudriñé la multitud tratando de localizar la alta figura de Justin, pero no le vi.

Rhode, Vicken y yo nos hallábamos en el callejón junto a Seeker y observé a nuestros compañeros de clase atravesar el césped hacia Hopper y entrar en el gimnasio. Ajusté el arnés que llevaba a la espalda, una correa de cuero que sujetaba la espada junto a mi cuerpo. Cada vez que me movía sentía su peso en mi espalda.

—Dime qué te dijo Fuego —insistió Vicken por enésima vez.

—Dijo que la clave estaba en el saber.

—No podemos preocuparnos por los mensajes crípticos de las Aeris. Tenemos que estar centrados —terció Rhode, sin dejar de escrutar el oscuro campus.

—Laertes dijo que ocurriría a las diez —le recordé.

—Vale, en tal caso es muy sencillo —dijo Vicken—. No tenemos más que esperar aquí hasta que sean las diez y luego atacar.

—No podemos dejar a esa gente allí —observó Rhode—. Asistiremos al baile. Al primer indicio de algo anormal, pelearemos. Recordad que tenemos que conseguir alejar a Odette de su clan para que Lenah pueda apuñalarla en el corazón. Es preciso que lo consiga.

—Ya —dijo Vicken, tratando de colocarse bien los colmillos dentro de la boca—. Pero olvidáis un detalle importante sobre la pelea.

—¿Qué? —preguntó Rhode.

—Habrá centenares de personas en la sala. Tendremos que mostrarnos delante de ellas.

Rhode me dirigió una mirada cargada de significado. Ambos sabíamos los cambios que se producirían al amanecer. Teníamos que salir airosos de la empresa. De lo contrario ambos nos quedaríamos atrapados aquí, con el decreto de las Aeris y los vampiros tratando de apoderarse del ritual.

—Vamos —dijo Rhode, y salimos del callejón para dirigirnos al sendero. No había informado a Vicken de que regresaría al mundo medieval. Merecía saberlo, desde luego, pero no sabía cómo explicarle la decisión que había tomado.

—¿Os he dicho que estáis impresionantes con esos disfraces? —preguntó Vicken mirándonos a Rhode y a mí de arriba abajo.

—Eran los únicos disfraces que concordaban con la espada de Lenah y mis flechas —contestó Rhode.

Íbamos vestidos de vikingos. En otras circunstancias me habría reído o sugerido que nos hiciéramos unas fotos, pero la situación no tenía nada de divertida. Las únicas fiestas de disfraces a las que habíamos asistido en otras épocas eran los bailes de máscaras en los siglos XVII y XVIII. Pero esto era distinto. Mi disfraz consistía en una camiseta sin mangas, unos pantalones cortos y unas botas ribeteadas de piel artificial, muy útiles para ocultar una daga en ellas. Rhode se había puesto una falda escocesa y una camiseta negra sin mangas. Traté de no prestar atención al contorno de sus bíceps o a los tensos músculos de su espalda.

Rhode llevaba sujeta a la espalda una aljaba, semejante a mi arnés, que contenía unas flechas. Lo único que veían los demás eran las plumas que asomaban por arriba. En la mano sostenía reluciente un arco negro, un arma de aspecto moderno y funcional.

—Llévala tú —me había dicho Rhode hacía un rato en el apartamento, al colocarme la espada a la espalda.

—Pero es tu espada —protesté, sintiendo el peso del metal cuando las correas se tensaron sobre mi pecho.

—Sólo la tomé prestada —respondió, refiriéndose a la tarde en que visitó la tumba de Tony—. Te la dejé a ti por un motivo.

Nos miramos a los ojos y él alzó una comisura de su boca, dirigiéndome una sonrisa torcida y llena de tristeza. Nunca le había preguntado sobre la ceremonia ante la tumba de Tony.

Mientras caminábamos, era difícil no apreciar los esfuerzos que había hecho la dirección del internado de Wickham para decorarlo para Halloween. Por fin podíamos contemplar todas las decoraciones. Unas serpentinas negras envolvían los árboles que flanqueaban los senderos, unas luces naranjas parpadeaban como luciérnagas desde diversos andamios. Wickham trataba de unir a sus estudiantes… A Tony le habría complacido.

Todo el mundo lucía sus abrigos otoñales, por lo que sólo atisbé unos detalles de los disfraces de los estudiantes mientras se dirigían hacia el gimnasio. Yo tenía calor, pero quizá fuera debido a la adrenalina que circulaba por mi cuerpo.

Vicken, Rhode y yo caminábamos juntos, como un equipo, como soldados portando sus armas. Tomamos el sendero que conducía al edificio Hopper, junto al cual se alzaba la colina que conducía al campo de tiro con arco. Me acordé de Suleen, que hacía meses que no se dejaba ver. No había aparecido ni siquiera cuando más lo había necesitado. Lo único que quedaba del carnaval eran las casetas de los estudiantes. Al parecer la empresa profesional se había llevado la Casa de los Espejos.

Los tres juntos seguimos a los otros estudiantes. Aspiré varias veces el aire fresco; los olores del campus de Wickham contribuían a aclararme la mente. La hierba húmeda, el aire límpido y el olor del cercano océano. Traté de no despedirme de todo esto al expeler el aire, pero sabía que de alguna forma ya había empezado a hacerlo. Frente a nosotros se abría una magnífica vista del campus, incluyendo una parte del bosque más allá de Hopper.

Se oyeron exclamaciones y gritos de gozo cuando la puerta de Hopper se abrió ante nosotros. La estruendosa música del gimnasio vibraba en la noche. Traté de almacenar en mi memoria la forma en que la electricidad iluminaba la oscuridad. Que era posible preparar al instante una taza de café. Que la música, el tipo de música que sonaba en el gimnasio, tendría que permanecer oculta en el fondo de mi corazón, donde la oiría siempre.

—¡Lenah! —gritó Tracy desde el sendero.

Me volví y la vi vestida con un abrigo y unos vaqueros negros. Se dirigió apresuradamente hacia nosotros. Cuando se aproximó, vi que tenía los ojos enrojecidos. Cruzó los brazos y dijo:

—Traté de localizarte.

—¿Qué ocurre? —pregunté.

—Se trata de Justin —respondió.

—¿Se sabe algo de él? —El tono de mi voz denotaba con pánico.

—No, ha desaparecido. Ahora es oficial —respondió Tracy—, pero no lo dicen porque no quieren que la gente se alarme.

—¿Estás bien? —pregunté a Tracy.

—No lo sé —contestó con voz entrecortada—. Confío en que no le haya pasado nada a Justim. —Sus ojos decían que confiaba en que no se hubiera convertido en la siguiente víctima de Odette—. Han enviado a Roy a casa —añadió.

Casi temblaba cuando prosiguió.

—La policía no sabe nada. No han hallado ninguna nota. Ningún signo de violencia —dijo—. ¿Y vosotros, estáis bien? —preguntó, tomando nota al fin de nuestros disfraces. No pude evitar observar que se fijó en mi espada y luego en el arco y las flechas de Rhode. Por último miró a Vicken.

—¿Vas disfrazado…? ¿Vas disfrazado de *vampiro*? —le preguntó, pasmada.

Tragué saliva, nerviosa. *Ay, Vicken qué burro eres.*

En el rostro de Tracy se pintó lentamente una sonrisa.

—Estás como una chota —comentó.

Él abrió la boca para responder, pero la señora Williams interrumpió nuestra conversación.

—¡Eh! Venid, chicos —dijo desde la puerta del gimnasio. Lucía de nuevo su disfraz de ratón y se había dibujado unos bigotes en la cara. La música reverberaba por todo el campus. Cuando entramos, la señora Williams se detuvo y apoyó una mano suavemente sobre mi hombro, diciendo—: Os están mirando, querida.

Debí de estar más preocupada, pero algo en lo más profundo de mi ser me dijo lo que iba a suceder. Quizá fuera un sexto sentido, proveniente de la vampira que llevaba dentro que antaño había sido tan poderosa que había gobernado no a centenares, sino a millares de no muertos. Esa parte poderosa de mí presentía que Odette se había apoderado de Justin y que lo utilizaría en su juego de poder. No podía expresarlo en voz alta porque significaba que Justin no había desaparecido con el simple propósito de cometer una de sus barrabasadas. Que no había vuelto a ser el chico al que le encantaban las regatas y que acabaría apareciendo en el baile, seguido de su hermano Roy, alegre y risueño. De alguna forma, cualquiera de estas opciones haría que todo resultara demasiado real y angustioso.

Decírselo a Tracy sería una crueldad.

—Lenah —dijo la joven, deteniéndose en la puerta del gimnasio—. Le quiero. No como antes, pero es mi amigo.

Apoyé una mano en su hombro.

—Lo sé —contesté—. Haré cuanto pueda.

Odette iba a utilizarlo como cebo. Un cebo para atraernos a ella y obligarnos a pelear. Estaba preparada para eso. Aunque ya no estuviera enamorada de Justin, le salvaría.

Mientras caminábamos, nuestras botas se unieron a los tacones altos y a los zapatos de fantasía. Cuando atravesamos el gimnasio, Tracy me miró y percibí la intensidad de su desazón. Sólo un ser humano muy especial era capaz de correr en un cementerio dispuesta a pelear con un vampiro.

Rhode y yo guardamos silencio cuando nos unimos a los otros estudiantes.

Tracy se volvió para saludar a algunos alumnos de último curso que estaban sentados en la grada al fondo de la habitación.

Me había recogido el pelo en una larga trenza que me colgaba por la espalda. Quería llevarlo recogido para que no me estorbara cuando clavara la espada en el corazón de Odette.

—De acuerdo —dijo Rhode—. Tenemos veinte minutos.

—¿Quieres que demos una vuelta por el perímetro de la habitación? —preguntó Vicken.

Rhode negó con la cabeza.

—Es mejor que cada uno de nosotros se sitúe en una esquina de la habitación y permanezca atento por si observa algo o a alguien fuera de lo normal.

Yo estaba de acuerdo. Si nos situábamos en distintos rincones de la habitación, detectaríamos a esos vampiros si irrumpían en el gimnasio por alguna entrada. Cerca de donde me hallaba había tres mesas dispuestas con comida, lo cual hizo que mis tripas protestaran.

Si estaba en lo cierto y Odette se había apoderado de Justin para utilizarlo como cebo, era imposible adivinar cómo pensaba utilizarlo en este escenario. ¿Me conduciría sola hacia el pasillo? ¿Montaría un espectáculo? Me ajusté el arnés en la espalda, sintiendo la espada de Rhode pegada a mi cuerpo.

Vicken y yo nos colocamos al fondo de la habitación, en esquinas opuestas, separados por las gradas. Llevaba su daga principal oculta en su bota, aunque yo sabía que llevaba otras dos ocultas en otros lugares de su cuerpo. Fingimos que lo pasábamos bien. Cuando llegué a Wickham por primera vez, confié en llegar a ser una chica normal, una chica capaz de olvidar los años que había pasado manipulando a personas y viviendo del placer que me producía su dolor. Al principio me sentía como una extraña, y Justin me había hecho comprender que podía integrarme.

Ya nunca volvería a integrarme.

Traté de prestar la máxima atención. Los demás lucían unos disfraces divertidos y en otras circunstancias me habría entretenido observándolos: conejitos, superhéroes, gatos y caballeros de la Mesa Redonda. Muchos mostraban buena parte de su cuerpo, por lo que no me sentí fuera de lugar con mi breve atuendo de vikinga.

El gimnasio estaba abarrotado de parejas que bailaban agarradas, de forma que sus caderas se rozaban. Pequeñas gotas de sudor perlaban sus frentes y se deslizaban por sus mejillas. Vicken y yo estábamos situados a ambos lados de las gradas, vigilando. Rhode se hallaba frente a nosotros, vigilando la entrada. De vez en cuando le veía hablar con un profesor o una profesora. Pero siempre se apresuraba a disculparse para situarse de nuevo en la sombra y seguir montando guardia.

Miré el enorme reloj que colgaba en la pared. Si Laertes estaba en lo cierto, Odette se había retrasado dos minutos. Rhode estaba apoyado en la pared, con los brazos cruzados. Me miró a los ojos y sostuvo mi mirada. Siempre me perdía en ese azul. Semejante a los miles de cielos nocturnos que había visto cuando era una vampira.

Vicken se acercó a mí, exhalando olor a tabaco. Fijó los ojos en el otro lado de la habitación y dijo con tono grave y neutro:

—Vaya, qué giro tan novedoso.

Seguí su mirada hacia la parte delantera de la habitación. Lo que vi me impresionaría el resto de mis días mortales. Me quedé helada. Sabía que tenía el deber de proteger a toda la gente que había en esta habitación, pero mis pies y mis manos no parecían formar parte del resto de mi cuerpo. Contuve el aliento y pestañeé varias veces, tratando de enfocar los ojos.

Entonces empezaron los gritos.

Justin había aparecido, pero su disfraz no era un disfraz. La lozanía de su piel había desaparecido, al igual que los poros. Los ojos que me habían mirado con ternura, que me habían dicho lo mucho que me amaban, se habían tornado vidriosos. Endurecidos. La locura que emanaban era inconfundible.

Justin Enos era un vampiro.

25

Dos guardias de seguridad yacían sin vida en el suelo, con el cuello partido. Muertos. De forma instantánea. ¿Habían tenido tiempo de gritar pidiendo auxilio? ¿Habían utilizado sus modernos aparatos tecnológicos para tratar de salvarse? En tal caso, la tecnología les había fallado.

Justin se detuvo en la puerta, extendió una mano hacia el pasillo e hizo entrar a Odette en el gimnasio. La enlazó por la cintura, la inclinó hacia atrás y la besó apasionadamente. Les observé estupefacta. Entraron juntos en la habitación, flanqueados por otros tres vampiros. Justin lucía la camiseta de polo de un azul vivo que le había visto puesta centenares de veces.

Acto seguido dobló ligeramente las rodillas, saltó sobre una de las mesas dispuestas con comida y asestó un puntapié a las patatas fritas y demás aperitivos; todo quedó desparramado por el suelo.

—Bienvenidos —gritó, señalando al pinchadiscos, quien se apresuró a bajar el volumen de la música— al baile de Halloween. Estaba impaciente por que llegara esta noche. —Se colocó en cuclillas sobre la mesa y tendió la mano a Odette para que se subiera junto a él.

Justin era un vampiro. El horror se apoderó de mí. *Había ganado ella.* Había ganado Odette. Se había apoderado de él, arrebatándole su humanidad, arrebatándole su maravilloso calor y su vida, y le había convertido en un vampiro frío y desalmado.

Odette y Justin permanecieron encaramados a la mesa, regodeándose con el terror que habían provocado. La mayoría de los presentes se congregaron en pequeños grupos, mientras que otros estaban apoyados contra las paredes, aterrorizados. Un estudiante de penúltimo año al que reconocí por haber asistido a mi clase de ciencias el año pasado alargó lentamente una mano hacia un cuchillo que había en la mesa donde estaba dispuesto el pastel. Antes de que pudiera alcanzarlo, Odette se encaminó sobre la mesa hacia él, arrancó el cuchillo del pastel, se agachó y lo hundió en el cuello del chico. Estallaron más gritos, que reverberaban a través del gimnasio, y muchos de los presentes echaron a correr hacia la salida.

La sangre manaba del cuello del joven formando un amplio arco, mientras él tiraba del mango tratando, sin éxito, de arrancarse el cuchillo. Odette le observó como si hubiera ahuyentado simplemente a una mosca. Tuve que desviar los ojos. No quería seguir viendo cómo el chico se desangraba y moría; sus gritos me revolvían las tripas. El estudiante cayó, sin vida, al suelo.

—Al próximo al que se le ocurra siquiera pelear contra mí morirá. —Odette se volvió hacia mí con una sonrisa diabólica—. Excepto tú, querida.

Yo no podía apartar los ojos de Justin. Qué aspecto tan extraño tenía como vampiro. Qué terriblemente majestuoso y *fuerte*. Qué duro y escultural. La mañana en que me había acercado a su ventana, me pareció tan dulce, tan tierno. Muy Justin. Pero ahora no era nada. Tan sólo un caparazón en cuyo interior ocultaba furia y muerte.

Tragué saliva. Tenía que moverme; la ira que se acumulaba en mi interior pulsaba en mi alma. Tenía que matar a Odette. Luego podría reparar los daños causados. Justin no sería un vampiro. Mis amigos vivirían y estarían a salvo. Por la mañana todo sería distinto.

—Esta noche hemos venido aquí para satisfacer una petición muy especial —anunció Odette.

En el suelo, frente a Justin, había dos vampiros montando guardia. Otro se había apostado en la entrada. Sentí que se me encogía el corazón al recordar al vampiro que yo había matado con el conjuro de barrera. Justin era el quinto, el vampiro que completaba el clan de Odette.

De pronto la reina vampira se apartó de Justin, saltó al suelo y se dirigió con paso ágil hacia la entrada del gimnasio. El mar de estudiantes se separó para dejarla pasar, pero Tracy permaneció sin moverse contra las gradas adosadas a la pared y la miró con desdén. Planeaba alguna cosa. Avanzó un paso, sosteniendo algo en la mano que no llegué a ver.

Odette la agarró de la coleta. Vi un destello plateado, y comprendí que Tracy sostenía un cuchillo, el cual cayó al suelo. No permitiría que sufriera. Tenía que llegar a ella cuanto antes.

Cuando di un paso hacia ella, Justin saltó de la mesa y se colocó frente a mí, obligándome a apartar la vista de Tracy y fijarla en él.

—Yo me encargaré de los dos que estaban en el suelo frente a Justin —gritó Vicken al pasar corriendo frente a mí. No lo miré porque tenía la vista clavada en los extraños ojos de Justin, fríos como el mármol. Busqué en ellos algún signo del chico al que había querido.

De pronto se oyó un estrépito junto a la puerta. Miré hacia las sombras, donde se había apostado Rhode, pero no le vi. Odette había arrojado a un chico vestido con el uniforme del equipo de fútbol contra las gradas, mientras seguía sujetando a Tracy del pelo. El muchacho yacía en el suelo, desmadejado.

—El famoso Rhode Lewin —oí decir a Odette, y sentí que se me partía el alma. Quise echar a correr hacia el otro lado de la habitación, pero Justin se dirigió hacia mí con grandes y pausadas zancadas.

El instinto me hizo retroceder, pese a que no hacía ni veinticuatro horas que Justin me había tomado de la mano. Recobré la compostura y la calma al sostener el arnés junto a mi cuerpo. La señora Williams y los otros profesores abrieron las ventanas al fondo de la habitación.

Vamos, Fuego, pensé para mis adentros. *¿Cuál es mi saber? ¿Cuál es la clave?*

Justin me miró con gesto despectivo y aproveché el momento para pasar a la acción.

Saqué la espada del arnés y la sostuve ante mí.

—¡Lenah! —gritó Rhode desde algún lugar.

—¡Estoy bien! —respondí.

—Siempre he admirado esa espada —comentó Justin, deteniéndose a pocos pasos de mí.

Mi cuerpo reaccionó, pero mi mente seguía sin dar crédito. Un vampiro detrás de Justin acorraló a un grupo de estudiantes en un rincón. Los jóvenes se apretujaron unos contra otros, sus rostros manchados del maquillaje negro que les corría por las mejillas.

—Vas a darme el ritual —dijo Justin mientras unos estudiantes corrían hacia las ventanas abiertas. Alargó la mano y agarró a una chica del grupo por la falda de su disfraz. La sostuvo ante él, sonriéndome con sus ojos muertos. Sus colmillos descendieron.

Quizá fuera la conexión entre nosotros, pero el caso es que sentí la presencia de Rhode. Sentí su poder, su concentración. No necesitaba mirarle. Todas las ocasiones que había tenido el insólito privilegio de acceder a sus pensamientos me mostraron ahora que en estos momentos había alzado el codo, dispuesto a disparar una flecha dirigida al corazón de Justin. Vi la afilada punta de la flecha apuntándole.

Vi el semblante de Rhode, salpicado por unas gotas de sangre y sudor. *No*, dije en mi mente. *Rhode, no puedes matar a Justin*. Me apresuré a colocarme frente a él para impedir que lo matara. Si lanzaba la flecha, me daría a mí.

Rhode bajó el arco.

—Dame el ritual, Lenah —dijo Justin, sujetando a la estudiante con fuerza—, o la mataré. No, mejor aún, la convertiré en una vampira.

Sostuve mi espada frente a mí. Entonces me di cuenta de que la estudiante que Justin había atrapado era Andrea, la chica con la que él había salido a principios de año. Las lágrimas rodaban por la cara de la joven.

—Suéltala —dije sin perder la calma.

Me esforcé en olvidar al chico que me había hecho sentir reconfortada y humana. Me centré en la dureza de sus ojos.

—Suél…ta…la —repetí.

No sabía muy bien qué hacer. A nuestro alrededor se oyó el ruido de vidrio al romperse, y una alarma que sonaba dentro de Hopper. ¿Qué había sido de Tracy? Justin empujó a Andrea hacia delante y ella cayó de rodillas. Se incorporó apresuradamente y se ocultó detrás de mí.

—Justin, sé que éste no eres tú. A veces el humano que llevamos dentro de nosotros puede recordar.

—Recuerdo tu poder, Lenah. Desde ese día en la playa. Recuerdo tu poder como vampira. Siempre he ansiado tenerlo.

Iba a abalanzarse sobre mí. Lo sabía. Sus ojos verdes, ahora tan distintos, tan extraños, se clavaron en los míos.

Yo era más menuda que Justin, pero sólo tenía que elegir una parte de su anatomía, una pequeña parte, para desarmarlo. Podía hacer varias cosas para romper su concentración, y luego tendría que asestarle una puñalada mortal en el corazón o decapitarlo.

La idea de hacer eso me resultaba imposible. De pronto vi que empuñaba una daga, dispuesto a apuñalarme, pero me aparté de un salto.

—¡Corre! ¡Corre! —gritó Vicken, y el sonido de su voz me reconfortó. Estaba vivo. Pero ¿dónde estaba Odette? ¿Dónde estaba Rhode?

Justin y yo nos miramos de hito en hito. Yo estaba preparada, y cuando alcé la espada, me abalancé hacia delante, apoyando todo el peso de mi cuerpo sobre mi pierna izquierda. Traté de clavarle la espada, pero no lo conseguí. La hoja dibujó un arco en el aire y la punta se clavó en el suelo. Una potente vibración recorrió la espada hasta alcanzar mi mano. Sentí deseos de gritar debido a la presión sobre mis dedos.

—Podía haber traído una pistola —dijo Justin al esquivar con habilidad mi ataque. Mantuve los pies plantados con firmeza en el suelo, en mi postura de combate, y desclavé la espada.

—No habrías desaprovechado esta oportunidad —repliqué—. Te gusta demasiado ser el centro de atención.

—¿No me dijiste una vez que yo sería un gran vampiro?

Le miré pasmada. En efecto, se lo había dicho. Lo que era peor..., había estado en lo cierto.

—Por más que ahora seas de carne y hueso, sigues siendo una asesina —me espetó Justin—. Eres la responsable de la muerte de Tony.

—Tú querías a Tony —dije, y, aunque me dio rabia, no pude evitar que se me quebrara la voz. Miré el suelo del gimnasio y vi las serpentinas que habíamos pisoteado. El cuerpo de Justin estaba vuelto hacia mí. Alcé de nuevo la espada, y cuando él se precipitó hacia delante para clavarme su daga, me aparté de un salto, esquivándole.

Él se volvió al instante hacia mí.

—Todo el mundo vampírico conoce la existencia de tu ritual —dijo, mirándome fijamente—. Dámelo. Puedo ofrecerte protección.

—Antes prefiero morir.

—Debí dejar que Odette te atrapara mucho antes que ese día en la torre de arte. Supuse que ya te habrías dado cuenta.

—¿A qué te refieres? —pregunté.

Justin y yo giramos uno alrededor del otro, una y otra vez, yo sosteniendo mi espada en alto, él empuñando su daga.

Para alguien que no tenía experiencia en pelear con un cuchillo, era muy ágil. Pero de pronto... sus palabras calaron en mi mente.

«Tú, el ritual. Rhode. El motivo de que sigas viva..., de modo que lo que hicieras con ese ritual me tiene sin cuidado. Quiero...»

Justin se había referido en todo momento al ritual. Desde esa noche.

Crispé la mandíbula, tragándome las palabras, pero no pude evitarlo. No había sospechado que él estuviera confabulado con estos vampiros desde hacía varias semanas.

—¿Desde cuándo? —pregunté—. ¿Desde cuándo estás bajo el control de Odette?

—Me di cuenta de cómo eras realmente, Lenah, la noche de tu cumpleaños. ¿No me crees capaz de haber maquinado esto? Lo planeé hasta el último detalle. Lo planeé de forma que te fiaras de mí.

¿De modo que esa noche había estado conmigo por el *ritual*?

Uno de los otros vampiros, situado detrás de Justin, se abalanzó sobre Vicken. Éste arqueó la espalda cuando el vampiro le golpeó y derribó al suelo. Rodó unos metros y se volvió rápidamente, empuñando aún la daga. Tenía que conservar mi concentración.

Justin se detuvo y avanzó un paso hacia mí. Yo estaba cerca de él, más de lo que era preciso para clavarle la espada. Me concentré en el lugar entre su brazo y su pecho. Se la clavaría... para desarmarlo. *Sí..., justo allí, entre el brazo y el pecho.* Mi mano derecha asió la empuñadura con fuerza.

Salté sobre Justin, pero él logró zafarse y me asestó un puntapié en el estómago, derribándome al suelo. Mi espada cayó estrepitosamente sobre el suelo del gimnasio. Sentí una opresión en la boca del estómago. Me lo agarré y vi a Justin dispuesto a abalanzarse sobre mí para apuñalarme. Rodé por el suelo y agarré de nuevo la espada. Al mismo tiempo, le asesté una patada en la mano, obligándole a soltar la daga. Él emitió un gruñido, alzó el pie y me pateó en el estómago antes de que yo pudiera esquivarlo. Solté la espada y me quedé sin aliento. Emití una tos seca. La garganta me escocía.

Respira, Lenah. Pero no podía. Sentía una opresión en el pecho. Yacía en el suelo del gimnasio, pero de pronto recordé las palabras de Odette..., lo que había dicho en el probador hacía unas semanas.

Comprendo que se sienta atraído por ti. ¡Se refería a Justin! La runa que lucía alrededor del cuello oscilaba de un lado a otro ante mis ojos mientras permanecía sobre mí. *El saber,* había dicho Fuego. *La clave reside en el saber.*

Tenía que averiguar a qué se refería.

Y tenía que recuperar la espada. Me esforcé de nuevo en inspirar aire. *¡Respira, Lenah!,* grité en mi mente.

—Estúpida mortal —soltó Justin, y volvió a alzar el pie—. ¡Dame el ritual!

Un tremendo estruendo hizo quelos dos desviáramos la mirada hacia un punto de la habitación. Uno de los vampiros del clan de Odette tenía una flecha clavada en el pecho. Cayó contra unas sillas y la mesa de las bebidas, derribándolas al suelo.

El tiempo pareció ralentizarse aún más. Vi a Odette al pie de las gradas. Estaba inclinada sobre Tracy mientras le succionaba la sangre. La chica tenía los ojos cerrados y la boca abierta y fláccida, al igual que Claudia. De pronto Rhode apareció en medio del caos y le propinó una patada a Odette que obligó a esa bestia rubia a soltar a Tracy. Miró a Rhode esbozando una mueca, y antes de que pudiera recobrarse para atacarlo, antes de que pudiera empuñar el cuchillo que yo estaba segura que tenía oculto, miró a Justin, que estaba al otro lado de la habitación. Su furia dio paso a una expresión entre asombrada, despectiva y amenazadora.

Unas pequeñas oleadas de dolor se extendían desde mi columna vertebral a mis brazos. Justin estaba de pie junto a mí, obligándome a apartar la vista de Odette y de Rhode para mirarlo a él. Acercó su hermoso rostro al mío, un rostro aún más bello ahora que los poros se habían cerrado. En su mano derecha sostenía mi espada; alzó el brazo lo suficiente para apoyar la hoja en mi pecho. En el preciso momento en que levantó la mano para clavármela, me aparté rodando un par de veces por el suelo, levanté el pie y le asesté una patada en el pecho con todas mis fuerzas. El pie me dolió debido a la violencia del impacto. Justin se tambaleó pero se recobró enseguida, y al tiempo que me incorporaba de un salto le asesté otra patada en el pecho. Él agitó los brazos para no perder el equilibrio, pero aterrizó en el suelo, soltando la espada. Me apresuré a recogerla y la sostuve apuntándola hacia el suelo, mis dedos apoyados en la empuñadura.

Dejé que el arma se interpusiera entre nosotros. Me vi siglos atrás, chasqueando los dedos y ordenando a centenares de vampiros que asesinaran a una mujer holandesa que estaba indefensa. Me vi bebiendo copas que contenían sangre. Fiestas dedicadas a la muerte, la Nuit Rouge.

—¡Hazlo, Lenah! —gritó Vicken a mi espalda mientras salía a la carrera del gimnasio en pos de uno de los vampiros que había huido del edificio.

En la boca de Justin se pintó una sonrisa de desdén y emitió una risotada.

—Conseguiré que me des el ritual de una forma u otra, Lenah —dijo.

Arrojé la espada al suelo para despistarlo, y, tal como yo confiaba, él observó cómo se deslizaba por el suelo.

La runa descansaba sobre la piel desnuda de su pecho. *La runa del saber.*

Por supuesto.

Ignoraba cuánto tiempo hacía que esa runa le había estado controlando. Las runas dotadas de poder, unos objetos mágicos, podían controlar la mente de una persona débil, una persona abatida, con el corazón partido.

—¡Justin, tu collar! —exclamó Odette, moviéndose con rapidez—. ¡Protege la runa!

La malvada vampira rubia se plantó ante mí, utilizando su cuerpo a modo de escudo entre Justin y yo, impidiéndome que me apoderara de la runa que él llevaba colgada alrededor del cuello.

Odette no sólo se debilitaba cuando sangraba, sino si alguien se apoderaba de la runa.

Ese colgante era la conexión entre ella y Justin. Por más que hiciera acopio de su increíble fuerza por medio de conjuros y encantamientos, ¡la clave residía en la runa! ¡Qué ciega había estado! La runa del saber canalizaba esa fuerza, la ligaba a ella, junto con su velocidad sobrenatural. Había potenciado sus dotes alimentándose de la mente de Justin.

Lo que importa es la intención. La intención en el alma, en la mente. La mente sobre la materia, llámalo como quieras. La mente siempre es más poderosa que el cuerpo.

Si uno lucía el colgante del revés, el símbolo tallado en la runa, el símbolo del saber, podía utilizarse en conjuros y maleficios para manipular a los demás.

La clave reside en el saber, había dicho Fuego.

Una flecha surcó el aire y se clavó en el hombro de Justin, que soltó un grito y cayó al suelo, pataleando y tratando de arrancarse la flecha.

Odette me agarró por la camiseta y trató de inmovilizarme sosteniéndome junto a ella. Cada vez que me movía, me sujetaba con más fuerza. Empecé a toser, a boquear, intentando recuperar el resuello. Sentí como si mi pecho fuera a estallar.

Tenía que apoderarme de la runa. Era la única forma de debilitar a Odette. Pero ella me sujetó con renovada fuerza, provocándome una opresión en el pecho. Justin permaneció inmóvil en el suelo un instante, tratando de arrancarse la flecha. Ésta era mi única oportunidad.

Incliné el cuerpo hacia delante. Un poco más. Luego alargué la mano... hasta casi tocarla. Mis dedos asieron la tira de cuero que colgaba alrededor del cuello de Justin y tiré de ella. Odette me soltó de inmediato. Me aparté tambaleándome, sosteniendo la runa entre mis dedos. Me volví al instante. No podía perder de vista a la vampira.

—¡Te destruiré! —la amenacé, sosteniendo la runa en alto.

Odette alzó un pie, amenazando con saltar, pero se detuvo. Miró la runa y luego a mí. Mientras analizaba sus opciones, pasó entre nosotras una fracción de segundo. En esa fracción de segundo, saqué la daga de mi bota.

Odette se abalanzó sobre mí de un salto, extendiendo sus uñas afiladas como cuchillas hacia mi rostro. La esquivé, pero vi sus garras rojas con el rabillo del ojo. *Ahora o nunca, Lenah.* Ella se volvió de nuevo hacia mí. *Ahora.* Alcé la mano derecha e hice lo que Vicken me había enseñado a hacer ciento cincuenta años atrás.

Le clavé la daga en su corazón muerto de vampira.

—¡No! —gritó, pero era un grito hueco, como el de un animal. Se desplomó en el suelo, apoyando todo su peso sobre una mano.

Bajó la vista y se miró el pecho como si no diera crédito a lo que le había hecho. Como si le pareciera increíble que yo hubiera sido más lista que ella. Se desplomó sobre sí misma, sobre sus rodillas. Me miró con los labios entreabiertos. Sus colmillos descendieron, pero ahora más que inspirarme terror me inspiraron lástima. Parecía una versión destruida de la joven que había sido antaño.

Cayó al suelo, sin vida. Una mujer hermosa, convertida en vampira que había muerto demasiado joven. Al amanecer, quedaría reducida a un montón de polvo. Estaba convencida de que se incorporaría a la luz blanca de las Aeris, y al cabo de un tiempo retornaría al curso natural de su vida.

En cuanto a mí, conseguiría lo que deseaba. Al amanecer, todo habría terminado y regresaríamos a una época anterior a la muerte repentina y violenta y a la sensación de vacío y tristeza. Regresaría al mundo medieval. De pronto experimenté una inmensa sensación de alivio al observar que Justin se llevaba las manos al cuello. Sacudió la cabeza como tratando de aclararse la vista y osciló un poco ante mí. Se había arrancado la flecha del hombro. Deposité la runa en el suelo y me arrodillé ante ella.

Rhode se acercó a mí y oímos el inconfundible sonido de sirenas a lo lejos.

—Tienes que romperla —dijo Rhode—. La mente de Justin está conectada a ella incluso después de haber muerto Odette.

Me entregó su daga y alzamos la vista para mirar de nuevo a Justin, que seguía frotándose el cuello desnudo. Utilicé toda la fuerza de mis brazos para clavar la daga en la runa, que acabó partiéndose con un estallido. Una nube de humo blanco brotó de ella. Miré la runa y luego a Justin, que se había llevado una mano a la cabeza. Pero su pecho estaba desnudo frente a mí.

Podía apuñalarle en el corazón y liquidarlo. Poner fin a su vida humana, a su vida de vampiro. La runa estaba hecha añicos en el suelo.

—¡Clávale la daga, Lenah! —gritó Vicken.

El sonido de las sirenas a lo lejos se intensificó, aproximándose. El gimnasio estaba casi vacío y teníamos que irnos.

Justin sacudió la cabeza como para enfocar su vista. En este mundo, ya no necesitaría volver a enfocar la vista. Ahora era un no muerto.

Vicken me instó de nuevo a que le apuñalara. Pero me negué. No quería clavar la daga en el pecho sobre el que había apoyado la cabeza en tantas ocasiones, ni aun sabiendo que todo cambiaría por la mañana.

Porque recordaba al Justin del día en que llovía y le había conocido. Al Justin en el pasillo de la casa de sus padres la noche que yo había dormido allí. Porque recordaba su amor por la vida, y porque una vez, hacía poco, me había mostrado la forma de ser humana y le había amado.

Él me miró pestañeando, sorprendido, unas cuantas veces; esos ojos verdes de mármol tenían una mirada muy potente. Sus hermosas pestañas se agitaron al mirarme; sacudió la cabeza de nuevo, como si no pudiera ver con claridad.

Rhode se levantó y ambos observamos a Justin, que sostenía su daga en la mano. Bajó la vista y la miró como si no supiera por qué la empuñaba.

—Bienvenido de nuevo a este mundo —le dijo Rhode. En el gimnasio no quedaba nadie, salvo nosotros y Vicken, que tenía un hilo de sangre que le corría desde la sien a la mandíbula.

—¿Qué me has hecho? —preguntó Justin.

—Te he librado del control que Odette ejercía sobre tu mente por medio de la runa —le expliqué.

—¿La runa?

—Esto —respondió Rhode, recogiendo los fragmentos. Se los mostró, sosteniéndolos en la palma de la mano.

—Eres un vampiro, Justin —dije, y él se volvió y fijó los ojos en los míos.

Se llevó la mano a la boca, tocándose los colmillos, que descendieron en el acto. Se apresuró a apartar la mano cuando un colmillo se le clavó en el índice, haciendo que apareciera una pequeña gota de sangre.

—No la desperdicies —dijo Rhode—. Vas a necesitar toda la sangre que puedas conseguir, vampiro.

—¡Sé lo que soy! —gritó Justin, retrocediendo hacia a puerta del gimnasio—. Lo sé. No es preciso que me lo digas.

Una reacción muy común en un vampiro. Un orgullo desmesurado. La flagrante incapacidad de reconocer que puede estar equivocado. El joven vampiro no añora de inmediato su humanidad. Siente el deseo de saber. El ansia de poder. Con frecuencia, su flamante inmortalidad le excita.

Pero lo cierto es que Justin no lo sabía. No sabía lo que le había ocurrido. La suya era quizá peor que todas nuestras historias. La runa le había impedido darse cuenta de lo que había sucedido. No sólo había otorgado a Odette un extraordinario poder, sino que había empañado la mente de Justin. Le había transformado. Le había convertido en otra persona.

Salió caminando de espalda por la puerta del gimnasio. Se tocó el hombro donde Rhode le había clavado la flecha. Se lo miró, para comprobar si sangraba, pero, tal como yo sospechaba, se había regenerado en el acto. Mantuvo los ojos fijos en mí y luego los bajó, y se quedó mirando a Odette postrada en el suelo. Al ver su cuerpo desmadejado, se volvió y echó a correr.

Pero no dejé que huyera y le seguí.

—¡Lenah! —gritó Rhode.

Eché a correr tras él tan rápidamente como pude. Pero Justin era un atleta mucho más veloz que yo. Se confundió entre la multitud de gente y siguió corriendo. Hice lo propio, pero el gentío me impedía avanzar.

¡Lenah!

¿Estás bien?

Desde donde me hallaba, junto al imponente roble en el centro del campus de Wickham, me volví y alcé la vista para contemplar el campo de tiro con arco donde hacía mucho tiempo Suleen había separado a Justin de mí erigiendo la barrera de agua. Él se detuvo ahora al pie de la colina y se volvió hacia mí. Nos miramos a los ojos. Al comienzo de la vida de un vampiro, uno recuerda la felicidad y el infortunio. Lo que vi al mirarle a los ojos fue pesar. Pero fue un instante fugaz. Acto seguido echó a correr hacia el bosque junto a la colina y se perdió en la oscuridad.

Al cabo de unos momentos, me vi rodeada de manos y rostros preocupados, manchados aún con pintura de Halloween. Un grupo de personas me rodeó y me llevó en volandas.

26

La noticia sobre Justin se extendió como centenares de plumas flotando en el aire.

¿Qué le ha pasado?

¿Se ha unido a una banda?

¿Con quién estaba?

Todo tipo de preguntas corrían por el silencioso campus, concentrándose como un millar de murmullos. ¿Cómo? ¿Qué? ¿Por qué? ¿Quién? Preguntas sobre las víctimas. Preguntas que jamás obtendrían respuesta.

Vicken, Rhode y yo nos sentamos a los pies de un árbol, esperando..., ¿qué? No estaba segura. Rhode me tomó la mano. Durante un momento me sorprendió; no estaba acostumbrada a que me tocara. Vicken oprimía una camiseta ensangrentada contra su cabeza. Apenas habíamos despegado los labios.

—Todo irá bien —dijo una bombera con tono afable—. Todo irá bien.

Consolaba a un grupo de chicas sentadas juntas cerca del edificio Hopper. Otros bomberos y policías pasaban apresuradamente frente a nosotros, entrando y saliendo del gimnasio. Portaban hachas y una manguera, pistolas, camillas y bolsas para restos humanos. No quería pensar en ello, no quería saber nada. El enorme reloj sobre el edificio Hopper indicaba que eran las cuatro y media de la mañana. Faltaban sólo dos horas para que amaneciera.

Oí un retazo de conversación entre la señora Williams y un policía.

—¿Está usted segura de que ha entrado a formar parte de una banda? —preguntó el policía, tomando notas en un pequeño bloc.

—Sí. No cabe la menor duda. Una banda violenta —respondió la señora Williams.

—Es preciso que esos jóvenes estén a buen recaudo dentro de los edificios. Empiece a llamar a los padres —dijo otro policía, que pasó frente a mí.

Vicken, Rhode y yo nos miramos a los ojos sin decir nada. Un técnico sanitario que portaba un maletín médico se acercó a nosotros. Se agachó y examinó la herida que tenía Vicken en la cabeza.

—Acompáñame —dijo—. Hay que darte unos puntos.

—Cuando el sanitario le retiró la camiseta, vi un chorro de sangre que se deslizaba desde la cabeza de Vicken hasta su labio superior. Cuando le cayó en la boca, por primera vez en nuestra larga historia se abstuvo de lamerla.

—¿Le importaría explicarme qué forma tiene la herida en mi cabeza, señor? —preguntó Vicken mientras se alejaba con el técnico sanitario.

Rhode y yo seguimos sentados contra el árbol, tras haber ocultado las dagas, el arco, las flechas y la espada junto al edificio Hopper. Apoyé la cabeza en el tronco y lo miré. Se había quitado el disfraz, a excepción de la camiseta negra. Llevaba unos vaqueros. Iba muy moderno. De pronto caí en la cuenta de que… él también estaba envejeciendo. Aunque yo no lo vería nunca.

Me apretó la mano, y sentí que el corazón empezaba a latirme aceleradamente. *Qué oportuno*, pensé mientras persistía el caos a nuestro alrededor, *que ahora, después de todo lo que ha pasado, sea capaz de hacer que el corazón me lata con fuerza.*

Hacía tanto tiempo que lo deseaba…

—Lo que hiciste fue muy valiente —dijo. Suspiré, perdiéndome en la dulzura de sus ojos azules.

—No pensé que me comportaba con valentía. Pensé...
—busqué las palabras adecuadas— que había llegado el
fin.

—¿Cuántos había allí? —La voz del policía desvió mi atención. Seguía entrevistando a la señora Williams.

—Creo que cuatro o cinco —respondió la mujer.

—¿Crees que al amanecer —murmuré— Justin seguirá
siendo un vampiro? Me refiero a cuando yo regrese al siglo
quince.

—Creo que Fuego cumplirá su promesa —contestó Rhode. Volvió la cabeza despacio para mirarme—. Supongo que
seguirá siendo Justin.

—¿Adónde crees que ha ido? —pregunté.

—A reunirse con otros vampiros. No tardará mucho en
dar con ellos. —Suspiró y dijo—: Quizá tu plan sea lo más
conveniente para todos.

No me miró a los ojos cuando lo dijo. Luego me soltó la
mano para sacar un objeto del bolsillo. Me mostró la runa
partida. No la toqué. No quería ponerme a hacer conjeturas
sobre cuándo había logrado Odette apoderarse de la voluntad de Justin.

—Oye... —dijo Rhode, arrugando el ceño—. ¿Dónde está
tu anillo?

Extendí las manos frente a mí y separé los dedos.

Mi anillo de ónice había desaparecido.

—Debió de caerse de mi dedo durante la pelea —respondí
asombrada. Miré el edificio Hopper—. Iré a ver si lo encuentro. —Hice ademán de levantarme.

—Déjalo. Es una piedra maldita. Hace que las personas
pervivan en este mundo. Las almas, también. Conecta a las
personas con sus pasados en un mundo que las rechaza.

Asentí con la cabeza y volví a sentarme, sabiendo que en
alguna parte, en el suelo del gimnasio, mi anillo, que había
hecho que permaneciera conectada entre una vida y otra, en-

tre la vida humana y la vida vampírica, se había perdido debajo de las decoraciones y el ponche del baile de Halloween.

Rhode me ofreció de nuevo la runa partida. Esta vez la cogí y sostuve los fragmentos en la palma de mi mano, sintiendo su fría textura. Entonces caí en la cuenta. La facilidad con que había creído lo que Justin me había contado sobre ella. La facilidad con que le había escuchado cuando me había dicho que lucía la runa porque estaba preocupado por mí, porque quería comprenderme. Cada vez que estábamos solos, me preguntaba por el ritual. Se había mostrado deseoso de observar mientras yo llevaba a cabo el conjuro de invocación. Parecía muy interesado en el poder.

—No pudiste adivinarlo —dijo Rhode.

—Cuando... Cuando él y yo... —me detuve, midiendo bien mis palabras—. Esa noche. La de mi cumpleaños. Me dijo en el gimnasio... que había perdido el juicio.

—Es probable que Odette lo hubiera capturado hace tiempo. No creo que hiciera nada de lo que hizo por voluntad propia. —Suspiró—. En cualquier caso, todo ha terminado —añadió en tono quedo.

Se inclinó hacia mí y me recogió un mechón de pelo detrás de la oreja. Justin también solía hacerlo, pero cuando lo hizo Rhode, y sus dedos rozaron mi piel, el pulso se me aceleró.

—¿Recuerdas la historia que solías relatar sobre Anam Cara?

Asintió y me acarició con ternura la mejilla.

—¿Crees que nosotros somos así? —pregunté—. ¿O ese amor está reservado sólo a vampiros muy poderosos como Suleen?

—Creo que él diría que el amor entre nosotros es aún más fuerte que el amor que él sintió por esa mujer.

Rhode no retiró la mano de mi rostro, y su calor me recordó todos los momentos fríos de mi vida. Durante esos largos años sus caricias me habían reconfortado. Sí, ahora era humana y el sentido del tacto era distinto; tenía terminaciones nerviosas y experimentaba sensaciones.

Pero el amor era el mismo.

—¿Lenah? —oí que alguien me llamaba débilmente.

Me volví para ver quién era. Todo el mundo iba aún disfrazado, los ojos perfilados con purpurina, los labios y las narices pintados o peludos. Más allá de los grupos de estudiantes que se dirigían hacia la residencia Quartz, dos técnicos sanitarios transportaban a alguien en una camilla. Cuando la camilla pasó frente a nosotros, Tracy volvió la cabeza lentamente hacia mí.

—¡Lenah! —repitió.

Me levanté apresuradamente de la hierba, pero me detuve y gemí al sentir una punzada en el brazo. Me llevé la mano al hombro derecho; la última vez que había manejado una espada no había tenido que emplear tanta fuerza.

Pasé frente a unos estudiantes que hablaban sobre Justin y el cambio que se había operado en su aspecto. Había docenas de excusas: drogas, era un *friki* que necesitaba un subidón de adrenalina, quizá se había unido a una banda. Palabras y frases que yo había aprendido durante este año humano. Simples excusas que las personas esgrimían para explicar lo que no podían comprender.

—¿Pueden parar un momento? —pregunté cuando me acerqué a Tracy, y los sanitarios se detuvieron.

Una lágrima rodó por su mejilla. Se la enjugó y luego me miró.

—Lo intenté —dijo—. Llevaba un pequeño cuchillo, pero ella me lo arrebató.

—No pude llegar a ti —contesté, agachándome para mirarla a los ojos.

—¿Todo el mundo que quiero va a morir? —peguntó con voz trémula—. No quiero volver a casa, Lenah, pero van a cerrar la escuela.

—No para siempre —respondí.

—¿Crees que él volverá para matarnos a todos?

—Es un vampiro —dije bajando la voz, para que sólo pudiera oírme ella—. Pero no creo que debas preocuparte.

Tracy se enjugó los ojos.

—Lo que hiciste esta noche fue increíble —dijo.

—Tengo la culpa de que tuvieras que ser testigo de lo que ha pasado esta noche.

A la luz de la luna vi su dolor con toda claridad.

Tomé su mano. Estaba tan acostumbrada a abrazar a Justin o a Vicken, hombres jóvenes de anchos hombros y musculosas espaldas. Pero Tracy era tan sólo una chica, como debí haber sido yo. Parecía muy frágil, como si sostuviera la mano de una niña.

—Me parece increíble que vayan a cerrar la escuela —dijo, soltándome la mano para volver a enjugarse unas lágrimas en las mejillas.

Los camilleros echaron a andar de nuevo hacia un grupo de ambulancias aparcadas en el centro del césped. Delante de ellas había seis cadáveres. Cuatro vampiros, entre los que se encontraba Odette, y dos estudiantes. Cuando me volví, oí decir a alguien a mi espalda:

—Han llegado los equipos de radio y televisión.

—Hasta pronto, Lenah —dijo Tracy, y los camilleros la transportaron hacia la multitud de técnicos sanitarios de urgencias y luces parpadeantes que se habían concentrado en el campus.

—Hasta pronto —respondí, aunque sabía que no volvería a verla.

Cuando me volví hacia el caos que había estallado en el campus, la policía estaba agrupando a los estudiantes de acuerdo con la clase a la que debían asistir. Todos hablaban por sus móviles. La señora Williams indicó a algunos chicos y chicas que se dirigieran a sus residencias.

Cuando Rhode se reunió con Vicken junto al enorme roble, mi mirada se cruzó con la suya. Vicken llevaba un vendaje blanco alrededor de la cabeza y ambos conversaron en voz baja y tono confidencial. Habían transcurrido varias horas desde que Justin había huido al bosque, y ahora, pasada la medianoche, los policías y los bomberos condujeron a los estudiantes de regreso a sus respectivas residencias. Los testigos habían declarado, los policías había tomado nota de sus testimonios y había llegado el momento de retirarse y tratar de descansar las pocas horas que quedaban antes de que amaneciera.

Suspiré mientras un viento frío soplaba en el campus, agitando las hojas de los árboles. Sabía que un escalofrío era un signo. Una sensación familiar, un presentimiento, hizo presa en mí.

Miré más allá de los estudiantes, hacia la colina donde se hallaba el campo de tiro con arco, donde por fin vi a Suleen en la cima.

Me encaminé hacia Vicken y Rhode. Pero la señora Williams apareció de pronto ante mí. Su nariz de ratón se le había borrado. Lo único que quedaba de su disfraz eran unos pocos bigotes pintados en sus mejillas.

—Quería hablar contigo a solas —dijo.

Sus ojos, de color azul gris, taladraron los míos a la pálida luz de esos momentos antes del amanecer.

—¿Qué hiciste? —preguntó—. ¿Cómo sabíais tú, Vicken y Rhode que iba a pasar lo que pasó?

—Debo irme, señora Williams.

—Esos hombres. Y Justin... —dijo.

La toqué en el hombro, como ella habría hecho para reconfortarme, como una madre a su hija. Porque en realidad yo era mucho más vieja de lo que ella jamás llegaría a ser.

—Todo ha terminado —dije, repitiendo las palabras que Rhode me había dicho, y eché a andar hacia el roble.

Ella me llamó varias veces, pero seguí adelante sin hacer caso.

—Espera, Lenah. No lo entiendo. No...

Cuando llegué junto al árbol, vi que el vendaje de Vicken le cubría desde las cejas hasta el nacimiento del cabello.

—¿Estás bien? —pregunté.

—No es más que un arañazo, cariño —respondió, y compartimos una sonrisa de cansancio.

En lo alto de la colina, detrás de Vicken, divisé la túnica blanca de Suleen. Me recordó la esfera gris que pendía sobre mi corazón en el techo de ónice de la mansión de los Seres Huecos.

Me volví para observar la multitud de gente a nuestras espaldas. Nadie se fijó en nosotros, nadie nos pidió que entráramos. Yo sabía que esto era obra de Suleen. Nos había hecho invisibles, para que pudiéramos marcharnos sin que nadie nos lo impidiera.

Aproveché para echar un último vistazo. Contemplé el campus, deteniéndome, como es natural, en la residencia Seeker que se alzaba a lo lejos. Su estructura de ladrillo estaba enmarcada por los árboles cuajados de hojas de color naranja y amarillo. Sentí una punzada en el corazón.

—Ha llegado el momento de marcharnos —dije a Vicken, y eché a andar colina arriba.

—¿Marcharnos? —preguntó él—. ¿Adónde?

—Ven —dije bajito, tomándole de la mano. Él bajó la vista y luego la alzó para mirarme.

—¿A qué viene esto? —preguntó. Subimos la colina. Mientras ascendíamos, Rhode me apretó la otra mano con fuerza. Yo iba flanqueada por los dos. Tres generaciones de asesinos que se encaminaban hacia su rectificación. Esta vez, yo misma había llegado a esta conclusión. Cuando alcanzamos la cima de la colina, vimos a Suleen, etéreo y silencioso.

Deseaba enfurecerme con él. Saber por qué no había acudido cuando lo había invocado mediante el conjuro.

Lo cierto es que ya conocía la respuesta. No había acudido porque yo no lo merecía. Porque no habría resuelto nada apareciendo para salvar a Rhode. Yo habría hallado otra forma de tratar de romper el decreto, de realizar un conjuro mágico que me habían ordenado que no realizara.

Cuando nos dirigimos hacia Suleen, contuve el aliento. El otoño había llegado por fin al campus de Wickham. Una vez que alcanzamos la cima de la colina, jadeando y resoplando, vimos nuestro aliento flotando en el aire.

—Suleen —dijo Vicken, entre asombrado y admirado. Era la primera vez que veía al vampiro en carne y hueso—. Has venido —añadió—. Esta vez no hemos tenido que abrasarnos ninguna extremidad.

El vampiro sonrió con benevolencia y se volvió hacia mí.

—Me siento orgulloso de ti —dijo. Rhode estaba junto a mí. Luego le miró a él—. Y aún más orgulloso de que te negaras a lo que te pedían.

Él asintió con la cabeza.

—Ahora procedamos con las presentaciones de rigor —dijo Suleen, volviéndose de espaldas a Rhode y a mí—. Vicken Clough, del Regimiento Veinticinco —dijo, y mi viejo amigo hinchó el pecho. Suleen extendió la mano y asió su antebrazo, al tiempo que el ex vampiro cogía el suyo, una forma frecuente de que los vampiros se saludaran; un saludo que protegía la muñeca. Los ojos de Vicken brillaban de gozo, más de lo que yo había observado en él como mortal. Éste debía de ser un momento muy importante para él.

—No lo sabe —dije a Suleen.

Éste retrocedió, y entonces me percaté de que el cielo ya no era negro sino gris; pronto asumiría un color lavanda seguido del naranja intenso del día. El sol, que anunciaba un cambio. El recordatorio, aunque esta vez era mi carroza.

—¿Qué es lo que no me habéis dicho? ¿Qué ocurre? —inquirió Vicken.

Miré a Suleen.

—¿De cuánto tiempo dispongo?

—Unos minutos —respondió él con dulzura.

Me volví hacia Vicken y apoyé las manos en sus mejillas. Le miré a los ojos. Parecía costarle sostener mi mirada; tenía las fosas nasales un poco dilatadas. Supuse que rompería a llorar, aunque no estaba segura de si él ya lo sabía. O si se esforzaba en reprimir las lágrimas. Vi en sus ojos castaños que empezaba a recordar la reacción humana cuando el cuerpo llora y le pregunté:

—¿Sabes por qué te salvé el verano pasado en el gimnasio?

Él negó con la cabeza.

—Porque cuando te conocí, bailabas y cantabas sobre las mesas. Amabas el mundo, y yo te había convertido en un espectador en él.

—Lenah... —susurró.

—Ya no serás un espectador.

—No te entiendo, cariño —dijo.

—Voy a volver al siglo quince —respondí.

—¡No! —gritó, y retiré las manos de su rostro.

—Y tú a la casa de tu padre. Cuando amanezca, regresarás a la noche en que te robé el alma y te convertí en un demonio. Serás el navegante que conocí, con unos mapas clavados en las paredes de tu casa y unos calcetines colgando sobre una tina.

El cielo estaba ahora teñido de púrpura, y el sol pronto alcanzaría la cima de la colina. Los primeros rayos dorados besaron la meseta.

—¡No, Lenah, te lo suplico! —gritó Vicken de nuevo, pero me volví de espaldas—. ¿Qué significa eso? —preguntó—. ¿Qué significa, Suleen?

Me volví hacia Rhode, que tenía los ojos fijos en el suelo. Sus brazos colgaban a los lados del cuerpo; estaba inmóvil, como una estatua moderna.

Me acerqué y me detuve a unos pasos de él; estábamos muy juntos, tal como habíamos estado hacía unos meses.

—Voy a besarte —murmuré. Rhode alzó la cabeza y me miró a los ojos.

—Confiaba en que dijeras eso —musitó, y ambos sonreímos—. Lenah —dijo, y sentí el calor que emanaba su cuerpo—, ¿qué voy a hacer sin ti?

Me estremecí al tiempo que una palabra brotaba de lo más profundo de mi ser.

—Vivir.

Nuestros labios se unieron… La maravillosa presión de su boca sobre la mía. El calor y sabor de su boca. Seguí el movimiento de sus labios y la delicada presión de su lengua. Su mano ascendió por mi espalda y sentí que se me ponía la piel de gallina.

Era mejor de lo que había imaginado. Mi Rhode me besó con dulzura. Apoyó la mano en la parte posterior de mi cabeza e introdujo la lengua hasta el fondo de mi boca. *No te retires.*

El olor a manzanas, que me había perseguido durante todo el año pasado, me abrumó de nuevo, pero esta vez iba unido a la luz blanca de las Aeris. Las imágenes que acudieron a mi mente me mostraron miles de recuerdos de mi pasado con Rhode. Era como visionar una sucesión de diapositivas de los años que habíamos estado juntos.

Unos zarcillos de oro bajo la lluvia. Bailes en suntuosos salones. Risas bajo la estrellas. Rhode y yo acostados sobre un lecho de paja. Junto al fuego; Rhode se ríe de algo que acabo de decir.

No todo era dolor y muerte. Era amor.

Él se apartó, y aunque el aire entre nosotros era cálido, sentí que el frío matutino me helaba las orejas. Rhode fijó los ojos en los míos.

—¿Vas en busca de aventuras? —murmuró, alzando una comisura de sus labios y esbozando una media sonrisa. Me había repetido esa frase centenares, si no miles de veces. Me levantaba el ánimo.

—Anam Cara —murmuré. Él me dirigió una pequeña sonrisa, y eso me bastó. No tenía que explicarle lo que significaba. Pues ahora estábamos en un mundo nuevo, un mundo en el que nuestras historias carecían de importancia y éramos libres.

—Lenah... —dijo Suleen, y vi el resplandor dorado sobre el horizonte. Quizás era porque las Aeris me lo habían dicho, o porque yo sabía que el sol era Fuego, pero enseguida lo comprendí. Tenía que encaminarme hacia ese amanecer. Sabía que me llevaría a casa.

El azul de los ojos de Rhode era tan intenso como siempre. Me amaba. Regresaría al siglo XV sabiendo que, por una vez, había amado y me habían amado realmente. Él tomó mi cara en sus manos, me besó con dulzura en las mejillas y la frente y luego sus labios rozaron los míos.

Retrocedí, sintiendo unos escalofríos que me atravesaban el cuerpo. Cuando miré a Vicken, vi que unos gruesos lagrimones rodaban por su rostro. Se los enjugó y miró las yemas de sus dedos, asombrado del poder de un llanto que llevaba esperando más de cien años.

Suleen extendió la mano y, tal como le había visto hacer el año pasado, la apoyó sobre su corazón. El resplandor dorado del sol me reconfortó; todo mi cuerpo estaba envuelto en su calor. Sentí que me iba. Los árboles detrás de Rhode, Vicken y Suleen eran unas manchas borrosas rojas y anaranjadas que se recortaban contra el cielo.

Por último, miré a Rhode. Quería que fuera lo último que viera en este mundo. Tenía los labios entreabiertos. En esos instantes pudimos haber dicho muchas cosas. Pero yo me iba rápidamente. Apenas alcanzaba a ver a Vicken; era una mancha de luz blanca. Creí percibir el olor a manzanas.

No quedaba nada que pudiéramos decirnos Rhode y yo.

Las palabras jamás bastarían. De modo que me llevé la mano al pecho, sobre mi corazón que latía. Él había muerto por eso, por la capacidad de respirar y vivir. Dejé mi mano sobre mi pecho sin apartar la vista de esos ojos azules que amaba más de lo que el amor podía explicar.

Te amo. Te amo. Te amo.

La luz me rodeaba por completo, envolviéndome.

Éste sería un mundo distinto. Un mundo sin Lenah Beaudonte.

Y de repente, contemplando la luz ante mí que constituía una macha dorada y plateada...

Desaparecí.

¿Todos los errores permanecen alojados en nuestro corazón? ¿Podemos desprendernos de lo nocivo o lo superfluo? Lo que está escrito en piedra puede ser borrado. Pues la piedra no tiene poder alguno.

27

1418

Manzanas. Unas grandes esferas rojas que relucen al sol matutino.

—¡Lenah!

Alguien me llama. Unas manzanas redondas cuelgan de una rama. Conozco esta vista. Conozco este olor penetrante, la paja del lecho. Estoy en el manzanar de mi familia. El sol penetra a raudales través de la ventana, bañando el suelo de madera con un resplandor amarillo. Un gallo cacarea; se despiertan al alba. ¡Lo recuerdo!

—¡Lenah!

¡Mi padre! Mi corazón rebosa de alegría.

—¡Dormilona! ¿Estás indispuesta?

Oigo la voz de mi padre; hacía tanto tiempo que no la oía que me levanto al instante. Alzo una mano para tocar durante unos momentos el grueso cristal de una ventana medieval. La luz es más natural que en el mundo moderno; es real, no está creada por lámparas. Penetra a través del viejo cristal, grueso e imperfecto.

No me preocupa que mi camisón sea largo, que me cubra los pies. Me lo recojo y bajo corriendo la escalera, salvando los peldaños de dos en dos. Veo a mi padre, con su tupida barba y sus ropas de trabajo. Mi madre está frente a la lumbre, junto a una tina de agua y ropa sucia. Reconozco algunos vestidos míos. ¡Los recuerdo!

Me arrojo al arrugado cuello de mi padre. Su piel emana un leve olor a espliego; acaba de bañarse. Retrocede y me mira.

—¿Has vuelto a robar los tomates de los monjes? —me pregunta.

Le beso en las mejillas.

—No —contesto sonriendo—. Dame dos segundos —añado, indicando la escalera.

—¿Qué has dicho? —pregunta mi padre.

Vaya. Me vuelvo. La palabra «segundos» es un término moderno, una medida del tiempo. Mi familia no calcula el tiempo de esa forma. Su rutina cotidiana se rige por el movimiento del sol.

—Enseguida estoy lista —digo, rectificando.

—Apresúrate —dice mi padre.

Miro por la ventana, escuchando a mi espalda los sonidos que hace mi madre mientras lava la ropa. Había olvidado, durante mi larga historia, lo silencioso que era el mundo medieval. La cosecha ha pasado ya; la mayoría de los árboles están desnudos. Miro a mi alrededor: reconozco esta escena. La familia Médicis se ha llevado buena parte de nuestra cosecha, y el resto ha ido a parar a manos de los monjes, en cuyas tierras vivimos. Para elaborar sidra para beber y vender las manzanas para comer.

Hoy es el día destinado a limpiar. Después de la cosecha, hay que limpiar las hileras de árboles para preparar la tierra para el invierno.

Creo saber en qué fecha estamos, pero no quiero creerlo…, al menos, todavía no. Lo sabré con exactitud al anochecer, cuando mire el cielo.

Paso la tarde en el manzanar con mi padre. Le he echado de menos durante tanto tiempo que me coloco detrás de un árbol desnudo y le observo rastrillar la tierra mientras canturrea. Durante unos instantes añoro la comodidad de pulsar un botón. He visto a los operarios en Wickham utilizar aspiradores de hojas mecánicos. Pienso en el alivio que habría sido para las ajadas manos de mi padre. También me gustaría que pudiéramos tocar algo de música, y por supuesto pienso en Wickham y en sus largos campos de deporte. Los partidos de entrenamiento de lacrosse a los que asistía, durante los cuales sonaba una música atronadora para amenizar el rato.

Lacrosse.

Pestañeo porque le sol me deslumbra y tomo un puñado de tierra al pie de este árbol desnudo. Confío en que después de mi marcha Justin, esté donde esté, sea feliz. Y siga siendo humano.

Me enjugo el sudor de la frente, y observo cómo el sol se desplaza por el firmamento. En este mundo no hay coches, ni medicamentos, ni helados de chocolate con nueces. Sonrío al recordar las manos de Tony mojando un pincel en pintura azul. Sufriré no sólo debido a la pérdida de mis amigos y de Rhode, sino de mi reciente amor por el mundo moderno.

Quiero contárselo todo a mi padre. Pero no puedo. Es imposible que llegara a comprenderlo. Me agacho a los pies de un árbol y paso los dedos sobre la fértil tierra. He recordado de inmediato estos quehaceres. Recuerdo cómo podar las ramas, cómo cortarlas para que las manzanas crezcan sanas y fragantes.

—¡Lenah! —me llama mi padre, señalando la casa cuando unas oscuras y bulbosas nubes se ciernen sobre nuestro manzanar.

Yo respondo y me recojo el bajo de mi vestido para caminar con más facilidad. Observo que tengo las manos manchadas de tierra mientras sigo a mi padre hacia casa.

Tenemos que ir a la iglesia, me dice mi madre mientras comemos. Esto me complace. Tengo ganas de ver al padre Simon y oírle hablar de Dios y de la religión. Antaño, hace mucho tiempo, esos oficios religiosos me enseñaron cómo debía vivir, servir a Dios y pasar mi vida pensando en el más allá. Eran pensamientos medievales. Jamás imaginé que llegaría a tener mi propio criterio sobre la religión, sobre Dios, sobre el éter y sobre la vida antes y después de la muerte.

Mi madre me mira sonriendo mientras comemos.

—Pareces muy contenta —dice.

—La comida está muy rica —respondo.

Es un simple estofado, dice ella. Yo me digo que aquí la comida te la tienes que preparar tú. O capturas o matas a un animal, o compras los alimentos a otra persona. La comida aquí se prepara en casa, no se elabora en una fábrica.

Rhode me dijo hace tiempo que el amor era una emoción que existía más allá de los límites de la condición humana. Podía elevarse hasta alcanzar las cimas más altas, dijo. Incluso allí en el cielo, el amor volaba, surcaba el firmamento y se extendía entre las estrellas. Cuando pienso en ello, sentada aquí, frente a mis padres, creo que es verdad.

—Estás muy callada —observa mi madre en el preciso instante en que un trueno vibra sobre nuestra casita.

—Volverá a llover —anuncia mi padre, suspirando.

—Alégrate de que la cosecha ya ha pasado —dice mi madre, besándole en la cabeza.

Sé que va a caer una lluvia torrencial.

Cuando por fin empieza llover, reconozco ese batir sobre el tejado tan bien como conozco mi alma.

Ésta es la noche en que morí. Es la noche en que Rhode me convirtió en una vampira.

Las horas transcurren y al poco rato el fuego casi se ha extinguido. Los zarcillos de mi madre están a salvo; hoy no se los he pedido. No los he perdido en el manzanar.

Las Aeris me han hecho regresar a este día para recordarme mis elecciones. Me dirijo hacia la escalera, hacia la ventana que da a la octava estrella. Contar las estrellas es una costumbre infantil que a mí me sigue gustando hacer.

Apoyo una mano sobre el frío cristal. Mis dedos lo caldean, formándose un halo de condensación que emana del calor de mi cuerpo. Sé muchas cosas que aprendí durante mi vida moderna. Sé que la ciencia cambia, que la música cambia, que la gente llega a vivir muchos años.

Dediqué quinientos años a transformarme en un monstruo, alimentándome de las personas, convirtiéndolas en mis víctimas. Pero también vi cómo funcionaba el mundo. Pienso en el sendero del manzanar. Aunque no alcanzo a verlo, en cierta ocasión, en un mundo distinto, Rhode me esperaba allí.

Ahora no está al final del sendero en el manzanar, lo sé. Yo le salvé. Está a salvo.

También sé que jamás veré a Justin…, ni a Tony.

Wickham existirá dentro de cientos de años, mucho después de que yo haya muerto, de que haya desaparecido del mundo.

Dejo la mano sobre el cristal. Aprieto la mandíbula. El hecho de estar aquí sabiendo lo que sé, consciente de lo mucho que me aguarda en este ancho mundo y toda su belleza, me duele.

Aunque él no me observa, lo hago en aras de la historia. Para las almas que se salvaron en un momento. Murmuro las palabras:

Siempre te amaré.

Me llevo la mano al corazón y las lágrimas afloran a mis ojos. Siento unos escalofríos que me recorren el cuerpo de los pies a la cabeza: invaden todo mi ser, las lágrimas comienzan a rodar por mis mejillas y pronuncio las únicas palabras que comparten los vampiros: «Sigue adelante en la oscuridad y en la luz».

Trago saliva para reprimir las lágrimas, me alejo de la ventana y me detengo en el umbral de la habitación de mis padres. Duermen espalda contra espalda, muy juntos. Me pregunto si viviré el resto de mis días en esta casa. Si caeré enferma o si la inmunidad que me aportó el mundo moderno hará que mi vida se alargue. Quizá me case con un hombre de este mundo. Lo que sé con certeza es que esta vez conoceré a mi hermana, Genevieve. Asistiré a su nacimiento y la veré crecer.

Me apoyo en el quicio de la puerta, observando a mis padres un rato. Conozco la noche, el flujo y reflujo de las horas; siento cómo transcurren. El cambio que experimenta el oscuro cielo de negro, a azul, a un color lavanda teñido de rosa. Sólo cuando estoy segura de que está amaneciendo, me atrevo a acostarme en la cama.

Se acabó la sed de sangre. Se acabaron las muertes inútiles. Un último pensamiento acude a mi mente antes de quedarme dormida...

¡Cuánto le echaré de menos!

Epílogo

Querida:

Ni siquiera conozco tu nombre, querida. No puedo escribirlo aquí, en este papel, pues se me escapa. Cada día lo noto en la punta de la lengua, como un caramelo. Siento su sabor durante unos breves instantes y luego desaparece, antes de que pueda saborearlo e ingerirlo.

Te amo con locura.

Hay un halo de condensación en esta ventana que da a un campus que se aferra a los últimos días de estío. El otoño está en puertas. Ayer soñé de nuevo contigo. Llevabas el pelo recogido y un vestido largo. Un vestido que no existe en el mundo moderno. Lo lucías junto con un corselete y estabas en la cima de una elevada colina que se extendía hasta el horizonte.

Has empezado a obsesionarme también de día. A veces, cuando alguien me dice algo, veo tu rostro en mi imaginación, tus ojos de un color azul oscuro y tu sonrisa de complicidad. Una complicidad que siempre, en todo momento, asoma a tus labios.

¿Cómo te llamas? ¿Por qué me atormentas?

¿Por qué deseo contarte que han desaparecido unos estudiantes de la escuela? Tres en total. El primero sigue sin aparecer; se llama Justin. La segunda, una chica, murió y hoy celebran su funeral, y la tercera, también una chica, desapareció ayer por la mañana.

Descubrieron el cadáver de Jane Hamlin junto a la playa, con dos orificios en el cuello, exánime. ¿Por qué vi tu rostro en mi mente cuando me enteré de esa noticia?

Tú, con tu belleza de porcelana y tu piel sobrenatural.

Gritaría llamándote si creyera que podías oírme. Prendería fuego a este lugar si pudieras ver el humo. Te amo, estoy convencido de ello. Pero no recuerdo quién eres.

Debo irme y cerrar las páginas de este diario. Me he puesto un traje de calle para asistir al funeral de Jane Hamlin. Alguien ha llamado a mi puerta para avisarme de que es la hora. Todo el internado de Wickham asistirá. Es curioso. Hace un momento, cuando me disponía a dejar el bolígrafo, se me ha ocurrido una frase como si hubiera permanecido oculta en el fondo de mi mente y acabara de recordarla. Me pregunto si mis padres me la enseñaron antes de morir, aunque yo era demasiado pequeño para recordarlo.

Mal haya quien mal piense.

¿Conoces el significado de esta frase? Quizá sea otra pista. Otra forma de averiguar quién eres.

Mal haya quien mal piense.

Quienquiera que se dedique a matar a esos estudiantes debería tener presente este consejo.

Hasta pronto,
Rhode

Agradecimientos

En primer lugar, deseo expresar mi infinita gratitud a: Ruth Alltimes, Emma Young y Jennifer Weis. ¿Cómo puedo daros las gracias? ¿Qué palabras puedo elegir que hagan justicia al apoyo, la paciencia y los consejos que me habéis ofrecido mientras escribía esta novela? He disfrutado de cada momento. La familia Macmillan me ha hecho una mejor escritora.

Mollie Traver, gracias por tus consejos y tu tiempo. Me encantará volver a trabajar contigo en la última entrega de esta trilogía. (Si alguna vez necesito una compañera de ascensor, te llamaré a ti.)

Rebecca McNally, un ojo crítico, una maravillosa editora, y ahora en una nueva casa. Muchas gracias por tu asesoramiento editorial. Me siento muy afortunada de haber trabajado contigo y espero volver a hacerlo pronto. ¡La tercera entrega no será lo mismo sin ti!

A. M. Jenkins, gracias por esa tarde en las mesas de picnic de VCFA. Tu pasión y dedicación son un ejemplo. Trabajar contigo me ha hecho una mejor escritora. Trabajar contigo me ha enseñado lo que significa ser una gran maestra. ¡Te echo de menos!

Kirby Kim, mi fabulosa agente, estoy impaciente por empezar a trabajar en la tercera entrega y que ambas nos apliquemos en este último libro.

Matt Hudson: tus consejos fueron excelentes y muy apreciados desde el primer momento. Echo de menos nuestras charlas editoriales y confío en que volvamos a trabajar juntos. La próxima vez, los batidos corren de tu cuenta.

Toda la comunidad de VCFA, en especial los Guardianes de las Estrellas Danzantes, ¡sois estupendos!

Las CCW: Laura Backman, Judy Gamble, Gwen Gardner, Maggie Hayes, Mariellen Longworthy, Claire Nicogossian y Sarah Ziegelmayer. Me encantan nuestras reuniones mensuales. Aportáis alegría a mi vida de escritora.

Vaya también mi más profundo agradecimiento a: Franny Billingsley, Josh Corin (un magnífico lector), Amanda Leathers, Monika Bustamante, Heidi Bennett (vampirequeennovels.com) y Cathryn Summerhayes, mi maravillosa agente en el Reino Unido.

Gracias también a: David Fox, Michael Sugar y Anna Deroy, y a todo el personal de WME West.

Y, por supuesto, a mi hermana Jennie. Siempre sabes lo que más nos conviene a mí y a mis novelas. Te quiero.

Mamá y papá: no sé de qué otra forma daros las gracias por vuestro infinito apoyo. «¡Si no lo intentas…, no lo conseguirás!»

Y por último, pero no por ello menos importante, quiero dar las gracias a Kristin Sandoval: todo lo que escriba en este momento me parece poco. De modo que te doy simplemente las gracias. Gracias por leer mi novela multitud de veces. Por tu sinceridad. Por tener un ojo de lince como editora e indicarme el camino que debía seguir cuando yo no lo veía. Por nuestras llamadas a través de Skype, y por tu paciencia. Eres increíblemente inteligente y generosa. Este libro no existiría sin ti. Me siento muy afortunada por haberte conocido. Gracias. Gracias. Gracias.

síganos en **www.mundopuck.com**
y **facebook**/mundopuck